别是一家

唐宋词十八家细读

刘淑丽 — 著

广州新华出版发行集团
广州出版社
GUANGZHOU PRESS

图书在版编目（CIP）数据

别是一家：唐宋词十八家细读 / 刘淑丽著. —广州：广州出版社，2023.10

ISBN 978-7-5462-3612-4

Ⅰ. ①别… Ⅱ. ①刘… Ⅲ. ①唐宋词—诗词研究
Ⅳ. ① I207.23

中国版本图书馆CIP数据核字（2023）第105735号

书　　名　别是一家：唐宋词十八家细读
　　　　　Bieshi Yijia：Tangsongci Shibajia Xidu
著　　者　刘淑丽
出版发行　广州出版社
　　　　　（地址：广州市天河区天润路87号广建大厦9、10楼
　　　　　邮政编码：510635　网址：www.gzcbs.com.cn）
策划编辑　何　旻
责任编辑　司丽丽　何　旻
责任校对　王俊婕
印刷单位　三河市祥达印刷包装有限公司
　　　　　（地址：三河市杨庄镇杨庄村　邮政编码：065200）
规　　格　920 mm × 1250 mm
开　　本　1/32
印　　张　14.75
字　　数　345千
版　　次　2023年10月第1版
印　　次　2023年10月第1次
书　　号　ISBN 978-7-5462-3612-4
定　　价　88.00元

发行专线：（020）38903520　38903521
如发现印装质量问题，影响阅读，请与承印厂联系调换

目　录

第一讲

李白

柔美与苍凉的结合：《忆秦娥》

秦楼月。年年柳色，灞陵伤别。

箫声咽。秦娥梦断秦楼月。秦楼月。年年柳色，灞陵伤别。　乐游原上清秋节。咸阳古道音尘绝。音尘绝。西风残照，汉家陵阙。

李白（701—762）的这首《忆秦娥》，最初见于《邵氏闻见后录》卷一九，词后云：“李太白词也。予尝秋日饯客咸阳宝钗楼上，汉诸陵在晚照中，有歌此词者，一坐凄然而罢。”宋人李之仪《忆秦娥》题下注曰“用太白韵”，则认为本词为李白所作。此外，宋人释文莹《湘山野录》、魏庆之《诗人玉屑》都认为是李白所作。明胡应麟《少室山房笔丛》始怀疑此非李白所作，但清人刘熙载《艺概》、陈廷焯《白雨斋词话》、王国维《人间词话》在评价本词时亦将其系于李白名下。今人任半塘《教坊记笺订》《唐声诗》等亦认为本词属李白所作，且其考证信而有征。近年来安旗等在《李白全集编年笺注》中据任半塘考证认为：“由是可以推知，李白之《忆秦娥》若非《教坊记》失载，即是由当时流行之《忆长安》《忆汉月》等曲调变化而来。李集中既多有乐府旧题，又颇有自创之长短句，如《幽涧泉》《三五七言》等，故亦可创为《忆秦娥》。细玩此二词意内言外之旨，长吟远慕之情，确如刘熙载《艺概》所云，当作于长安陷敌，玄宗奔蜀之后。是时，白在庐山忧心如焚，而无可奈何，故借望远以抒孤臣之怀，托闺怨以寄故国之思。”[①]在无重大新证据发现之前，本文亦认为《忆秦娥》作者是李白。

① 安旗等《李白全集编年笺注》，中华书局，2015，第1250页。

一　哀怨的忆恋

词是用来吟唱的，尤其是唐五代，因此具有更多抒情的特色。人内心的起伏不平，多感多伤，也大多依托了这种歌吟的形式，得到了最接近心灵的表达。离开了感情和抒情的状态，是无法填出好的词的，也无法真正地读懂词。

词天然地与感情尤其是爱情有亲缘关系，这使得它总是被蒙上一层美丽的轻纱，如梦的衣裳，又如出水芙蓉，其间的曼妙婀娜、楚楚哀怨，足以沁人心骨，达到别的文学体裁无法达到的效果。从这一点上说，词本身是更近音乐的，在表达情感的哀婉细腻方面，它们有着异曲同工之妙。也正是这一点，决定了词往往是从细小处入手，从个人的感情入手。即使是表达个人感情之外的身世之悲、家国之感、故国之痛、怀古之愁，也几乎无法摆脱词的私人性与情感性这一前提。在诗与词的过渡中，《忆秦娥》即是这样一篇作品。它的表达方式体现了由诗而词的诸多特点，其中最为明显的，就是其所展现的柔情与苍凉相结合而产生的多重含义所具有的魅力。这一特点令词具有一种难以言说的美。

词调是带有一定叙事性的，尤其在词产生的早期，词调大约就是词题，所谓“《临江仙》则言仙事，《女冠子》则述道情，《河渎神》则咏祠庙”[1]，词调与其所咏的内容之间差别不大。如《忆秦娥》，就使人产生先入为主的印象，认为此词是描述女子哀怨的忆恋的。因此，读者在最初接触这首词时，会产生许多的疑问：忆

① 宋·黄昇编选、杨万里点校《花庵词选·唐宋诸贤绝妙词选》，上海古籍出版社，2019，第38页。

秦娥？还是秦娥忆？谁在忆秦娥？还是秦娥在忆谁？谁的箫声？谁的低诉？秦娥为谁梦断？梦断的又是什么？秦楼在何处？团团疑问，激起了我们的好奇，也使“秦娥”一词的意象本身更加神秘，她的身上已凝蓄了诸多内蕴，许多剪不断理不清的东西，犹如秦楼的明月，空中传来的箫声，可感可听又难以捕捉到，但是已在我们心底荡起了无法平复的涟漪。

秦娥何许人也？我们搜寻记忆，知道古时有一个女子，姓秦，就是那个“日出东南隅，照我秦氏楼，秦氏有好女，自名为罗敷”的女子。我们还忆起秦穆公有个女儿唤作弄玉，曾跟随一个叫萧史的年轻人学吹箫，后来双双乘凤而升天。此秦女与此箫声显然非彼时的秦女与箫声，但必是与美丽浪漫超凡多少有些干系的，其中必是寄托着如彼时的秦女与箫声一样动人的故事。秦娥，在我们的心中，就是那个美丽脱俗、曾有过非凡爱情如今却犯相思的女子。因了她的神秘，因了她的迷茫，因了她的萧散而无处不在的叹息声，吸引着我们在如此美的画面中踟蹰。

作者似乎深谙心理造势的学问，与我们捉迷藏，就此宕开去，不写秦娥而写秦娥居处的楼、秦娥凝望的月，给人一种“凤凰台上凤凰游，凤去台空江自流”的惆怅。此情此景的秦楼与秦月，似乎是见证过人间许多悲欢离合的老人，而秦娥的伤心故事，只是发生在灞桥边上无数爱情故事中的一个而已。由秦娥一人的相思进而扩展为无数未出场的未名人的相思，扩展为无数曾在此患过相思的人，尚活着的，已去世的，现在的，历史的。前尘往事，在这一个情感触媒上，都被勾挂了出来，无法逃避，无可藏匿。而秦娥，那个美丽的女子，她只是其中的一个具象，在难以计数的曾经存在的背景下被凸显了出来。相比而言，秦娥一个人的哽咽，一个人的梦断，又算什么？灞桥承载了太多的伤感故事，桥边的柳枝被无数爱人的手折断，送给她们所爱的人，柳枝在爱人们的手中被揉搦传递，又曾牵过多少人的手？灞陵沧桑，灞桥沧桑，柳枝更是有着年轻面孔的沧桑老人。碧苔斑驳的古老的灞桥，似乎再无力承受似秦娥般的肝肠寸断。但是，无论是见证历史的灞桥，还是灞桥边年年抽芽的柳枝，都无以掩饰、弥补秦娥心中永远如初的伤痛。柳枝绿了又枯，枯了又绿，相爱的人在桥上分了又聚，聚了又分，都无法混淆独属于秦娥的那一份记忆、牵挂。作者使情感在此一再造势，一再加浓，由一人之伤感而连锁为无数人之伤感，灞桥之沉重与秦娥之轻盈、灞桥与柳树之沧桑古老与秦娥之永远年轻的伤痛，形成极大反差。情浓到了极点，张力如满月的弯弓，一触即发。

也许作者害怕被那即将引爆的情感灼痛，遂将注意力移至乐游原上。这是长安人的休闲去处，常常是香车宝马，人迹熙攘，笑声如遗落在路上的花瓣，无人拣拾。但此时的乐游原清冷孤寂，不见繁华喧闹，亦成了伤心的渊薮。作者再将目光移至咸阳古道，一样的音绝尘消，清冷无限。世界仿佛于此刻停滞，唯有西风一如既往地刮过，残阳更像忠实的老臣，奄奄地守护着帝王的栖息地。可惜，凋残的存在再也无法重现昔日的辉煌。不仅是秦娥和灞桥边上经过的无数行人，就连浩浩帝王陵阙，也无法逃脱这荒寂、败落，无法阻挡凄凉。可谓伤感到家。

人生有时并不是悲欢交错而来，也不是否极泰来，有可能是喜上加喜，有可能是悲上添悲。本词即在悲到至极处，又涂抹了一层“西风残照”的苍凉，使悲和伤被晕染，被发散在咸阳古道和乐游原上。整座繁华都市的上空，笼罩着伤别伤感的愁云恨雾，莽郁苍茫。

而那忆中相思的泪眼，透过秦娥的哽咽，清寒的箫声，楼上的明月，掠过灞桥边上的柳枝，停落在乐游原上、咸阳古道旁，定格在夕阳下西风中的汉家陵阙上。

二　苍凉的潜语音氛围

以上的解读，是乍一看到这首词时，从感情的层面来体味相思女子的思念之苦的。这也是《忆秦娥》最初给人的印象和美感。但是，美的作品往往是言有尽而意无穷，常常伴有“曲终人不见，江上数峰青”的余韵。惆怅之余，不禁要想，难道秦楼和秦月，难道哽咽的箫声、秦娥的颙望，都只是作者随意拈来的意象，而没有更深的含义？此刻，地域标志性十分强的意象便异常醒目地跳入眼帘。传统意蕴的积淀，在以独特的方式提醒着我们它的存在。

能够引起人想象的诗词，在用语上大致有两类，一是时空的不确定性。如《春江花月夜》，它的地域性十分模糊，时间性也不强，从诗中所描绘的景物中，无法判断它是属于哪一个具体地方的春、江、花、月、夜，也无法确定它是哪一个具体时段的春、江、花、月、夜。正如诗中所表述的“江畔何人初见月，江月何年初照人”一样，人存在于斯的特定的地域与历史时段被淘洗殆尽，而在更大的时空轴线上，在苍茫的天宇下，浩瀚的长河中，历史与地域是一种高度的凝练与概括，极具世界与人生体验的普遍性。而另一种则是以具体的时空地域特征作为暗示。就在这意象与意象的空白处，历史与想象在那里充斥运动，更多的体验与意蕴也因之而产生。这些时空地域特征必须是为大家所熟悉认可的典型的时地景物。本词即属于后者。楼非楚楼、越楼而为秦楼，人非越女、赵女、中山女而为秦女，月是秦楼之月，陵是灞陵，原是乐游原，古道是咸阳古道，陵阙是汉家陵阙。这种强调的装饰性限定，已非仅仅是修辞需要，而是流露出浓重的倾向性。这里就涉及意象的传统积淀问题。因为，艺术创造与艺术欣赏都离不开审美主体相应的审美心理时空，它在审美心理活动中具有主动整合对象的感性材料与主体的心理内容的作用。

词由诗化来，真正弄清《忆秦娥》中一些典故意象在唐诗中的潜语言氛围，才会对整首词的含义有更为立体的感受和更为准确深入的理解，从而对掌握宋词这一体裁具有一定的价值。

在《忆秦娥》中，典型的意象有两类：一类是秦娥与秦楼，一类是乐游原与汉家陵阙。这两类意象，也代表了情感与历史两种不同的倾向。

据笔者粗略统计，唐人诗歌中涉及秦娥与秦楼的诗不下六十首之多，它们共同的故事来源是《列仙传》“萧史”条：“萧史者，秦穆公时人也。善吹箫，能致孔雀、白鹤于庭。穆公有女字弄玉，好之，公遂以女妻焉。日教弄玉作凤鸣。居数年，吹似凤声，凤凰来止其屋。公为作凤台，夫妇止其上，不下数年。一旦，皆随凤凰飞去。故秦人为作凤女祠于雍宫中，时有箫声而已。”①在古代，凤凰与龙、麒麟是作为政治清明的符瑞出现的。秦穆公为女儿筑凤台，既是私人行为，也可看作一种政治手段。弄玉的居处被神仙化与神圣化了，这就使得秦娥、秦女与秦楼等意象在唐人眼里都笼罩了美丽缥缈的色彩。而这个简单的成仙故事中所蕴蓄的诸多因子成为后人有关秦女、秦楼与箫声、凤凰的具有原型意义的记忆。如“素女悲清瑟，秦娥弄碧箫”（李商隐《送从翁从东川弘农尚书幕》）、“秦娥一别凤凰台，东入青冥更不回。空有玉箫千载后，遗声时到世间来”（胡曾《凤凰台》）、“吹箫不是神仙曲，

① （传）汉·刘向撰、林屋译注《列仙传》卷上，中华书局，2021，第113页。

争引秦娥下凤台”（黄滔《催妆》）、“缠绕春情卒未休，秦娥萧史两相求。玉勾阑内朱帘卷，瑟瑟丝笼十二楼”（翁承赞《柳》）、“鳌山海上秦娥去，鲈脍江边齐掾还”（徐夤《东》）。吹箫与凤的背后，是弄玉与萧史乘凤升仙故事的潜语言在起作用，诗人们的此类歌咏充满对双双成仙的向往，也有对昔人离去的叹惋。物是人非的历史感漫溢其间。

相比于秦娥意象的敷衍本事，秦楼意象的象征色彩要强一些。如“不似秦楼上，吹箫空学仙”（李世民《三层阁上置音声》）、“清籁远愔愔，秦楼夜思深。碧空人已去，沧海凤难寻”（张祜《箫》）、“若在秦楼畔，堪为弄玉媒”（杜牧《梅》）、“为云巫峡虽神女，跨凤秦楼是谪仙”（韩昭《从幸秦川过白卫献诗》）、“秦楼几夜惬心期，不料仙郎有别离。睡觉莫言云去处，残灯一盏野蛾飞”（鱼玄机《送别》）。鱼玄机自喻为弄玉，将情人喻为萧史，使本来平常的男女私情脱去了人间烟火色，而注入了一丝仙气，也颇为符合她女道士的身份。唐人诗中有关这一故事的歌咏，也与他们求仙学道的思想有很密切的关系。如李商隐《无题》二首之二：“闻道阊门萼绿华，昔年相望抵天涯。岂知一夜秦楼客，偷看吴王苑内花。”李氏曾学道，诗中不止一次出现仙女萼绿华。但后两句以秦楼客自比，以吴王喻泾原节度使王茂元，以宫内花喻妻子王氏，表达了对她的倾慕之情，其用意是借弄玉典故抬高自己和王茂元的身份。

虽然在唐人的观念中，神仙一词与歌妓舞女之间有着密切的关系，但是，成仙之后的秦女弄玉却成为对上流社会女子甚至帝王之家公主的尊称，这是由她秦穆公女儿的身份生发出来的。这层含义在唐诗中虽非明言，却是大家都心领神会、约定俗成的。如“畴昔承余论，文章幸滥推。夜陪银汉赏，朝奉桂山词。梁邸调歌日，秦楼按舞时”（徐晶《赠温驸马汝阳王》）、“秦楼宴喜月裴回，妓筵银烛满庭开。坐中香气排花出，扇后歌声逐酒来”（薛稷《夜宴安乐公主新宅》）、“无复秦楼上，吹箫下凤凰”（吴兢《永泰公主挽歌》二首之二）、“紫汉秦楼敞，黄山鲁馆开。簪裾分上席，歌舞列平台”（武平一《侍宴安乐公主新宅应制》）、“下嫁戎庭远，和亲汉礼优。笳声出虏塞，箫曲背秦楼。贵主悲黄鹤，征人怨紫骝。皇情眷亿兆，割念俯怀柔”（郑愔《送金城公主适西蕃应制》）、“画扇出秦楼，谁家赠列侯”（梁锽《崔驸马宅咏画山水扇》）、“主家阴洞细烟雾，留客夏簟清琅玕。春酒杯浓琥珀薄，冰浆碗碧玛瑙寒。误疑茅堂过江麓，已入风磴霾云端。自是秦楼压郑谷，时闻杂佩声珊珊”（杜甫《郑驸马宅宴洞中》）、“秦楼今寂寞，真界竟何如。不与蓬瀛异，迢迢远玉除”（武元衡《题故蔡国公主九华观上池院》）、“秦楼晓月残，卤簿列材官”（权德舆《赠魏国宪穆公主挽歌词》二首之二）。如果注意到这些诗的题目，就知道它们不是歌咏公主，就是为驸马的宅第应制，也就明白“秦楼”实是婉喻公主与驸马所居之处所，可证这一意象所含意义的普遍性。像《题故蔡国公主九华观上池院》则一语双关，点出蔡国公主慕仙之情，暗合了唐代公主们较为普遍的求仙学道的嗜好。

以上所说的秦娥与秦楼意象的含义，是《列仙传》典故里原有的，也是其原型性的意义。在唐诗中，秦楼开始与边塞之思联系起来，这可以说是溢于《列仙传》之外新产生的意义。如长孙佐辅《关山月》云：“凄凄还切切，戍客多离别。何处最伤心，关山见秋月。关月竟如何，由来远近过。始经玄兔塞，终绕白狼河。忽忆秦楼妇，流光应共有。已得并蛾眉，还知揽纤手。去岁照同行，比翼复连形。今宵照独立，顾影自茕茕。余晖渐西落，夜夜看如昨。借问映旌旗，何如鉴帷幕。拂晓朔风悲，蓬惊雁不飞。

几时征戍罢，还向月中归。”陈陶《水调词》十首之七：“长夜孤眠倦锦衾，秦楼霜月苦边心。征衣一倍装绵厚，犹虑交河雪冻深。”陶翰《出萧关怀古》：“驱马击长剑，行役至萧关。悠悠五原上，永眺关河前。北虏三十万，此中常控弦。秦城亘宇宙，汉帝理旌旃。刁斗鸣不息，羽书日夜传。五军计莫就，三策议空全。大漠横万里，萧条绝人烟。孤城当瀚海，落日照祁连。怆矣苦寒奏，怀哉式微篇。更悲秦楼月，夜夜出胡天。”长孙佐辅的《关山月》是以边地戍客的角度来写他们的相思，其中，秦楼是戍客的相思与牵挂之地。陈陶的诗则是以一个孤栖思妇，牵挂边关之人的冬衣，将秦楼与边塞交河联系在了一起。陶翰的诗则是以秦楼与边塞同望一月抒发思念家乡之苦，而秦楼正是家乡妻子所居之地。三首诗的共同点，就是将秦楼作为与边地对应的词出现，秦楼代表思妇，边地代表征夫。从这层意思，我们不难感受到《忆秦娥》中秦娥梦断的含义要更加丰富复杂一些，边地之思将秦楼意象特有的内涵体现了出来。

尽管秦娥、秦楼在唐诗中还有其他含义，但只是零星出现，并不像上述三层意义普遍而明显。而且，这些意象之间本身也有着丝丝缕缕的瓜葛。如郑愔的“笳声出虏塞，箫曲背秦楼”(《送金城公主适西蕃应制》）就是将秦楼与箫曲、笳声等边地景物特色联系在了一起，共同烘托出了一种荒凉的气氛，也为《忆秦娥》一词的意境奠定了文学内部的传统，《忆秦娥》对这些诗是否有所化用也未可知。

同样，本词中的乐游原也具有一定的暗示作用。乐游原在长安城南，地势很高，四望宽敞，汉宣帝时曾在此建立乐游苑，在唐代是休闲游览胜地。乐游原在唐代诗人心中的位置不一般，许多诗人留下了与乐游原有关的作品。李商隐在乐游原上迷茫地发出了“夕阳无限好，只是近黄昏”的慨叹与失落；杜牧则有“长空澹澹孤鸟没，万古销沉向此中。看取汉家何事业，五陵无树起秋风”（《登乐游原》）、“欲把一麾江海去，乐游原上望昭陵”（《将赴吴兴登乐游原一绝》）的思古叹今之句；豆卢回有“雄图奄已谢，余址空复存。昔为乐游苑，今为狐兔园”（《登乐游原怀古》），耿湋有“园庙何年废，登临有故丘。孤村连日静，多雨及霖休。常与秦山对，曾经汉主游。岂知千载后，万事水东流”（《登乐游原》）。李频的《登乐游原春望》曰：“五陵佳气晚氛氲，霸业雄图势自分。秦地山河连楚塞，汉家宫殿入青云。未央树色春中见，长乐钟声月下闻。无那杨华起愁思，满天飘落雪纷纷。”诗中提到的五陵即指汉高帝武陵、惠帝安陵、景帝阳陵、武帝茂陵和昭帝平陵。乐游原在长安城南，地势虽高，但不见得能望得见五陵，而唐人的诸多吟咏中，几乎都是将登原与望五陵或昭陵联系在一起，表达了浓重的怀古之思。本词提及乐游原，也是受这一既定的意象传统影响，这与“乐游原”在唐人心目中的印象有关。

三　表层与深层的情愁晕染

通过前两部分的解读，我们可以看到，其实《忆秦娥》是包含了两层基本意思的：表面的相思，深层的边地之思和怀古之愁。只是，后一种比较宏大的思绪不是直接表现出来，而是借缠绵的相思、迷茫的柔情被慢慢晕染，显影，渗透，从而扩散于读者的心胸，弥蒙于天地之间。正如王国维所评：“太白纯以气象胜。‘西风残照，汉家陵阙’，寥寥八字，遂关千古登临之口。后世唯范文正之《渔家傲》、夏英公之《喜迁莺》，差足继武，然气象已不逮矣。”[①]

苍凉与柔情，永远生生不息的情与已衰败不堪的历史存在，形成鲜明对比，造就了人的情绪的繁复，感受的多样。这也是词这种体裁独特的魅力。我们无法准确判断《忆秦娥》产生的时间，但是，它蕴涵了词这种体裁最典型的叙述表达方式：情感与人事交融，苍凉与柔美结合，缠绵的儿女私情与英雄失路、羁旅悲秋、怀古叹今错综交织。从这一点来说，它蕴蓄了词的最基本的表达方式，可以看作由唐入宋的过渡之作。这或许是“诗庄词媚”最本质的表现，也是李清照“词别是一家”的最好诠释。

纵观宋代词坛，这种表现方式被词家普遍运用。如苏轼表达怀古之情、抒发人生感慨的《念奴娇·赤壁怀古》，在讴歌“江山如画，一时多少豪杰”的同时，在回顾三国争雄的赤壁之战时，还不忘写上“遥想公瑾当年，小乔初嫁了，雄姿英发”这样的闲笔，使纯粹英雄逐鹿的政治军事事件被涂抹上了一层粉红的色彩。英雄之气因儿女之情的衬托而更显英姿勃发。南渡词人辛弃疾在表达故国之思的《水龙吟·登建康赏心庭》中，把江南山水比作了一个个忧愁的女子，所谓“遥岑远目，献愁供恨，玉簪螺髻”。而在抒发英雄情怀的失落时，也不忘了写上一句“倩何人唤取，红巾翠袖，搵英雄泪”，使本来是爱国的咏叹增添了儿女的柔情。这丰富的含义如五十弦的竖琴，弹出的曲调自然要比五弦琴更繁复，也包含了更多触动人心的因子。

由此看来，苍凉的人事感慨需柔美的情感来衬托，才不致沦为简单的粗粝之声，而具“长吟远慕”[②]之美。而这样的柔美之情，

① 徐调孚《校注人间词话》卷上，中华书局，2003，第4页。

② 清·刘熙载著、袁津琥校注《艺概·词曲概》，中华书局，2009，第486页。

看似闲笔，实则起到了极强的晕染作用，词的唯美也借此体现。人们对词最初的喜爱，就是由于感知到了这份淡淡的情绪。因此，苍凉与柔美的结合，可视为词的一种典型的叙述表现方式。

第二讲

白居易

江南词与江南梦

日出江花红胜火，春来江水绿如蓝。能不忆江南？

一　词里首唱江南好

白居易（772—846）的词，除去有争议的《宴桃源》《长相思》二首，他自己认定的有《竹枝词》四首、《杨柳枝词》八首、《浪淘沙词》六首、《忆江南词》三首，分别收入其生前编订的《白氏长庆集》（后名《白氏文集》）卷十八、三十一、三十四“律诗”中。白居易另有两首咏柳七绝，即“一树春风万万枝”和“一树衰残委泥土”，曾昭岷等《全唐五代词》也将其并入《杨柳枝》中，共有二十三首词。现存的几种整理本如顾学颉《白居易集》、朱金城《白居易集笺校》、谢思炜《白居易诗集校注》《白居易文集校注》，都保留了《白氏文集》的原有编次，所以上列白居易词中，题末带有的“词”字，是原集中就有的。

白居易有意在这些词作后加一个“词”，说明他是在强调，集子中所选的作品都是为这些曲子（《竹枝》《杨柳枝》《浪淘沙》《忆江南》）填的词，也就是后来五代西蜀欧阳炯《花间集序》里所说的“曲子词”。当时虽然没有明确、统一的叫法，但至少白居易已经知道他是在作词了。

白居易喜欢音乐，他一生在官场上辗转，其地位、身份决定了他有机会在更多场合听到或看到一般百姓看不到的歌舞。这些因缘际会将白居易培养成了这方面的“专家”。白居易的笔下记述了不少音乐、歌舞活动。如他的《霓裳羽衣歌》就是想将失传的《霓裳羽衣舞》重新整理，交付李娟、张态这些歌女去演唱、实践的。他沉迷于《杨柳枝》舞曲，不仅教家妓演唱，有时还亲自下场舞蹈，如《蓝田刘明府携酎相过与皇甫郎中卯时同饮醉后赠之》：

腊月九日暖寒客，卯时十分空腹杯。

玄晏舞狂乌帽落，蓝田醉倒玉山颓。
貌偷花色老暂去，歌蹋柳枝春暗来。
不为刘家贤圣物，愁翁笑口大难开。[1]

这首诗作于大和七年（833）腊月初九洛阳履道坊白居易府上。虽然白居易说自己能笑口大开是因为刘明府所赠美酒，但其实还是醉后与皇甫曙、刘明府同舞《杨柳枝》而真正起到了解愁去闷的作用。《杨柳枝》为踏歌舞曲，男女皆可舞。白居易显然是会跳此舞的。白居易不仅会《杨柳枝》舞，而且对此舞的着装要求也是丝毫不含糊的。大和八年（834）李绅寄来《杨柳枝》舞衫后，白居易十分高兴，即兴作了一首《刘苏州寄酿酒糯米李浙东寄〈杨柳枝〉舞衫偶因尝酒试衫辄成长句寄谢之》：

柳枝谩踏试双袖，桑落初香尝一杯。
金屑醅浓吴米酿，银泥衫稳越娃裁。
舞时已觉愁眉展，醉后仍教笑口开。
惭愧故人怜寂寞，三千里外寄欢来。

看来二位好友——时任苏州刺史的刘禹锡、越州刺史的李绅是太懂得白居易的心了。他们知道白居易喜酒、喜歌舞，尤其是喜《杨柳枝》舞，所以一个寄来了桑落酒，一个寄来了《杨柳枝》舞衫，以讨老友欢心。白居易饮着美酒，试着舞衫，觉得舞衫做工精细，不愧是出自越女裁缝。穿着这样的舞衫跳舞，白居易不觉愁眉舒

① 本文所引白居易诗，皆出自谢思炜《白居易诗集校注》，中华书局，2006，不另注。

展，乃至大笑。他觉得好友寄来的不仅是美酒舞衫，更是驱愁解闷的欢乐。

不仅限于《杨柳枝》，白居易对当时新出的曲子与曲谱都非常重视，说明在当时的曲子与填词方面，白居易是走在前面的。他在大和八年（834）写的《代琵琶弟子谢女师曹供奉寄新调弄谱》一诗，就反映了这方面的情况：

> 琵琶师在九重城，忽得书来喜且惊。
> 一纸展看非旧谱，四弦翻出是新声。
> 《蕤宾》掩抑娇多怨，《散水》玲珑峭更清。
> 珠颗泪沾金捍拨，红妆弟子不胜情。

白居易在诗中自注说："《蕤宾》《散水》，皆新调名。"京师教坊琵琶女师曹供奉寄来的不是旧谱，而是新翻出的乐谱，这令白居易很惊讶、很欣喜。他让家妓依谱演奏，翻出新声。并分别写下了对这两种新曲的感受：《蕤宾》掩抑哀怨，《散水》玲珑清亮。说明他对这两调所具有的情感特色的把握是非常准确到位的。

自身实践，教授家妓，及时关注当下歌舞新调、新谱，白居易在唐代乐曲的演绎以及歌舞方面的修养及研究可谓很难有人媲美。白居易有关词的创作，自然也是有意为之。而作于开成三年（838）的《忆江南词》三首，就是在这种音乐与填词氛围中创作出来的：

> 江南好，风景旧曾谙。日出江花红胜火，春来江水绿如蓝。能不忆江南？
>
> 江南忆，最忆是杭州。山寺月中寻桂子，郡亭枕上看潮头。何日更重游？

江南忆，其次忆吴宫。吴酒一杯春竹叶，吴娃双舞醉芙蓉。早晚复相逢。

先来看词调名。《乐府诗集》卷八二近代曲辞："《忆江南》，一曰《望江南》。《乐府杂录》曰：《望江南》本曰《谢秋娘》，李德裕镇浙西，为妾谢秋娘所制，后改为《望江南》。"[①]王灼《碧鸡漫志》卷五："《望江南》，……予考此曲自唐至今皆南吕宫，字句亦同。止是今曲两段，盖近世曲子无单遍者。然卫公为谢秋娘作此曲已出两名。乐天又名以《忆江南》，又名以《谢秋娘》。近世又取乐天首句，名以《江南好》。予尝叹世间有改易错乱误人者是也。"[②]

这里涉及《忆江南》的原名和别名。《乐府诗集》与《碧鸡漫志》都为宋人所著，其中所说的名字先后并不符合事实。实际上，《谢秋娘》应为最早的词调名。据《旧唐书·李德裕传》，李德裕曾三镇浙西，首次是在长庆二年至太和三年（822—829），末次是在开成元年至二年（836—837）。即使《谢秋娘》作于李德裕最后一次镇浙西时，也早于开成三年（838）白居易此词的创作时间[③]。其间，白居易与李德裕有诗歌来往，如长庆三年（823）白居易作于杭州的《奉和李大夫题新诗二首各六韵》、宝历元年（825）作于苏州的和李德裕之《小童薛阳陶吹觱篥歌》。因此对于李德裕的《谢秋娘》，白居易应该是不陌生的，依曲填词也是自然的，所以有了《忆江南》之名。

唐宋人有依词的内容为曲子重新命名的习惯，因此，无论是

---

① 宋·郭茂倩编《乐府诗集》卷八二，中华书局，1979，第1155页。

② 宋·王灼撰、郑明宝整理《碧鸡漫志》卷五，大象出版社，2019，第46页。

③ 据朱金城《白居易年谱》，上海古籍出版社，1982，第287页。本文涉及的白居易诗词的创作时间都依据《朱谱》，不另注。

“忆江南”还是“江南好”，都来自白居易这三首词的内容。此后，因皇甫松的词又有了《梦江南》之名，因温庭筠的词又有了《望江南》之名，温庭筠、皇甫松的词作都收在《花间集》中。至于佚名《隋炀帝海山记》中载炀帝“制《湖上曲·望江南》八阕”[①]，则不可采信。鲁迅《中国小说史略》认为《隋炀帝海山记》乃宋人所作，因其为小说家言，带有创作成分，所以所谓的隋炀帝创作的《望江南》八阕是宋人附会，既为附会，自然不明白这些词调名产生的由来及先后了。后人如果据此来判断《忆江南》词名的产生年代，必然会堕入以讹传讹的误区，而搅浑一池清水。

中晚唐时期的《忆江南》虽然调名不一，但格式是一致的，单调，五句三平韵，三五七七五句式。

白居易的这三首《忆江南》也是如此，是三首独立的词，但由于三首之间文本内部有着密切的联系，因此大家愿意放在一起读。或者，我们不妨假想一下，在当时这三首词是一起演唱的，就像我们现在的歌曲，一首歌曲相近的旋律重复三次。

白居易的这三首词，充分利用了多样句式的不同功能，首句以三个字来下结论，定基调——江南好，同时也交代了本词的主题，可谓扣题。在说出对江南的总体印象之后，一个五字句进行了穿插——说这风景是我旧日十分熟悉的。谙，谙熟、熟悉。这一句回到作者创作当下，通过交代自己熟悉江南，引入“忆”字，表达了对江南的想念，为下面两首词埋下伏笔。词的主体是两个七字句，下面两首也是。这两句是对江南风光的正面描写。写出了江南自然风景之美。你要说江南风景有什么特别的吗？似乎没有。不就是花啊水呀，这些在许多地方都有。但是，江南的风景

① 李剑国《唐五代志怪传奇叙录》，中华书局，2017，第1218页。

又是不同的。作者用了两个字——胜、如，写出了江南的花异常的红，比火都要红；江南的水尤其清澈，近看是绿的，远看是蓝的，澄澈清丽。这样的江南，在作者眼中又是特别的，是别样的。江南的山水，是别处没有的，也是不能比的。所以结句用一个五字句，用“能不”二字反问，写出江南之美诱发忆江南的必然、无法回避、不得不如此。

第二首起句三字句采用了钩句接字法，接着上一首结尾之“忆”来写，而且选取了最值得“忆”的生活片段。写了作者当初做杭州刺史时在月下山寺赏桂子、闲卧郡亭床上看钱塘江潮的情形。白居易于长庆四年（824）写的《留题天竺灵隐两寺》中提到了入山寺寻桂：“在郡六百日，入山十二回。宿因月桂落，醉为海榴开。”他留宿山寺是为了看月桂凋落的刹那形态。诗中白居易自注说：“天竺尝有月中桂子落，灵隐多海石榴花也。”由此可知，词中白居易写的山寺是天竺寺。由于当时留下了美好印象，令人留恋，所以结句用一个反问：“何日更重游？”不同于上一首的反问，这个疑问句中包含了不肯定——不知自己将来还有没有机会重游江南，更表达了期望和盼望——希望将来有机会再故地重游。这一句，是结而未结，有意为下一首留了出口。

第三首接着前两首潺湲而下，写了吴地的人情美。作者亦曾在苏州做刺史一年多，所以，在他的心目中，江南最让他牵挂的地方，除了杭州就是苏州，也就是吴地。吴地除了馆娃宫、竹叶酒，就数能歌善舞的吴娃（吴地美女），她们不仅美如芙蓉花，舞姿更是无人能比。结句“早晚复相逢”，回到现实，为白居易自己的江南忆画上了句号。这其中实际含有自我劝解之意——我迟早是会和江南再相逢的。结语中暗含了不舍和伤感，复扣了“忆”的主题，为这三首《忆江南》画上了完美句号。

这三首词体量小，是典型的唐词、小令。如此小的篇幅很难腾挪跌宕，更遑论写大题材，白居易却在看似浅显的抒情、描写中写出了江南的自然山水美、人文风情美和歌舞人物美。而且三首之间回环往复、复沓呼应、细针密线，在细致生动刻物的同时，寄寓了丰富复杂的感情，堪为同类词的典范，也成就了联章词的创作模式。

白居易之后，有关江南的咏唱一直不衰，直至北宋柳永的《望海潮》达到了一个难以超越的高度。但是，在有关江南词的歌咏中，尤其是晚唐五代温庭筠、皇甫松、韦庄等人的词中，都可以或隐或现地看到白居易《忆江南》的影子。所以说,《忆江南》对文人抒写江南的词影响甚大。

二　白居易的江南忆念

那么，白居易为什么会创作《忆江南》这样的词呢？这恐怕源于他对江南的深深喜爱。

白居易的一生中，有两个地方令他魂牵梦绕，一个是长安，一个是江南。一个瑰丽，一个旖旎。长安代表了他年轻时仕宦生涯的梦想。白居易在长安中举、走上仕途，曾任校书郎、周至县尉、左拾遗、太子左赞善大夫，充满了远大理想与政治抱负，希望能“惟歌生民病，愿得天子知”，救补时弊，实现自己读书人的梦想。因上书极谏被贬江州司马后，白居易的政治仕进之心受到很大打击，之后他虽然官至中书舍人，但朝廷内党争日益激烈、宦官专权，甚至发生甘露之变，许多朝士被屠杀、远谪，致使白居易的政治热情日渐消减。他有意谋求外任，远离长安这个是非中心，先后做了杭州刺史、苏州刺史。这是白居易与江南发生密切关系的时期。也因此，在白居易的心中，江南主要指苏杭两地，所谓“江南名郡数苏杭”（《见殷尧藩侍御〈忆江南诗三十首〉诗中多叙苏杭胜事余尝典二郡因继和之》）。

可以说，在晚年白居易心中，江南是一段抹不去的美好记忆。这当然与他在苏杭的仕宦经历有关，也与他任两地刺史时所受到的尊崇及江南任期大致愉悦、优游的生活状态有关。

其实，白居易的江南情结，在他十四五岁旅游苏杭二郡时就已经深结于心了。以致他多年后任苏州刺史时，在《吴郡诗石记》中，仍记述下了少年时的惊艳，以及对时任苏、杭刺史的韦应物、房孺复的仰慕：“贞元初，韦应物为苏州牧，房孺复为杭州牧，皆豪人也。韦嗜诗，房嗜酒，每与宾友一醉一咏，其风流雅韵，多播于吴中。或目韦、房为诗酒仙。时予始年十四五，旅二郡，以幼贱不得与游宴，尤觉其才调高而郡守尊。以当时心，言异日苏、杭苟获一郡足矣。”[①]敬佩韦、房二人为“诗酒仙”，“才调高而郡守尊”，“风流雅韵，多播于吴中”，并立下夙愿：“异日苏、杭苟获一郡足矣。”多年后白居易荣任二州父母官，显然是少年时夙愿的实现并超越，并且昔日羡慕的“苏、杭之风景，韦、房之诗酒，兼有之矣”，实现了早年既居高位又可以诗酒风流的仕宦生活理想。

长庆二年（822），白居易在中书舍人任上请求外任，七月被授予杭州刺史，十月到达杭州。长庆四年（824）五月末离杭，赴东都洛阳任太子左庶子。白居易在杭州任上实际待了一年零七个月。宝历元年（825）三月四日除苏州刺史，五月五日到任。宝历二年（826）九月初罢官，十月初离开苏州。在苏州任上，白居易满打满算只待了一年零五个月，期间因堕马伤足卧床一月，又以

① 谢思炜《白居易文集校注》，中华书局，2011，第1837页。

眼病请假百日，实际在官任上只有一年零一个多月。但是这实际不到三年的守郡时光，却对白居易此后的记忆产生了莫大影响。苏、杭为大州，“苏杭自昔称名郡”（《咏怀》），尤其是苏州，富甲天下，所谓“江南诸州，苏最为大”（《苏州刺史谢上表》），“甲郡标天下，环封极海滨。版图十万户，兵籍五千人”（《自到郡斋仅经旬日方专公务未及宴游偷闲走笔题二十四韵兼寄常州贾舍人湖州崔郎中仍呈吴中诸客》）。白居易在这两州任地方长官的日子，公务不甚繁忙。在杭州任上，他主持修筑钱塘湖堤，所蓄湖水可灌田千顷，留下了“白公堤”和“一湖水”；又疏浚城中李泌六井以供百姓饮用，造福当地百姓。后被授予苏州刺史，其制词中“藏于己为道义，施于物为政能。在公彤骨鲠之志，阖境有袴襦之乐”的评价，也是盛赞白居易任杭州刺史期间造福百姓、为政有道。

白居易在苏杭任上的愉悦心情，从他在江州、忠州时期诗风的明显差异中就可以感觉到。这些异常美好的记忆甚至在他离开苏州十五年后的诗中亦可看出：

> 官历二十政，宦游三十秋。江山与风月，最忆是杭州。
> 北郭沙堤尾，西湖石岸头。绿觞春送客，红烛夜回舟。
> 不敢言遗爱，空知念旧游。凭君吟此句，题向望涛楼。
> （《寄题余杭郡楼兼呈裴使君》）

他说“江山与风月，最忆是杭州”，对杭州西湖及红烛绿觞饮酒游乐难以忘怀。实际上，白居易对苏杭的思念与回忆，自离开苏杭之时就开始了。在此后的岁月，一直到会昌年间，白居易生命的晚年，在诗中断断续续都有表述。因此，只要有友人到苏杭赴任，他都会写诗送别，在诗中回忆当年领郡的辉煌，并寄寓对苏杭的惦念：

与君细话杭州事，为我留心莫等闲。
闾里固宜勤抚恤，楼台亦要数跻攀。
笙歌缥缈虚空里，风月依稀梦想间。
且喜诗人重管领，遥飞一盏贺江山。

渺渺钱唐路几千，想君到后事依然。
静逢竺寺猿偷橘，闲看苏家女采莲。
故妓数人凭问讯，新诗两首倩留传。
舍人虽健无多兴，老校当时八九年。
（《送姚杭州赴任因思旧游二首》）

一别苏州十八载，时光人事随年改。
不论竹马尽成人，亦恐桑田半为海。
莺入故宫含意思，花迎新使生光彩。
为报江山风月知，至今白使君犹在。
（《送王卿使君赴任苏州因思花迎新使感旧游寄题郡中木兰西院一别》）

不仅思念，白居易也会把这种思念分享给周围好友听：

江南名郡数苏杭，写在殷家三十章。
君是旅人犹苦忆，我为刺史更难忘。
境牵吟咏真诗国，兴入笙歌好醉乡。
为念旧游终一去，扁舟直拟到沧浪。
（《见殷尧藩侍御〈忆江南诗三十首〉诗中多叙苏杭胜事余尝典二郡因继和之》）

这里的“江南名郡数苏杭”与他后来在《忆江南词》里写的“最忆是杭州”“其次忆吴宫”是一致的。白居易读了协律殷尧藩的《忆江南诗三十首》之后内心波澜起伏，说“君是旅人犹苦忆，我为刺史更难忘”，你曾经在江南旅游都难以忘怀那里，写了这么多的诗，何况我曾是这两地的刺史。言下之意，我在苏杭地位的尊崇、受到的待遇、领略到的风情与人物之美，又岂是一般人所能领略的。因此，白居易对苏杭的思念，也较一般人更为深刻、绵长。

白居易身旁的一些挚友，好几个都是与他一起有过在苏杭生活经历的，他们有共同的回忆。所以，白居易也爱絮絮叨叨地和他们回忆在苏杭时的美好瞬间：

五岁优游同过日，一朝消散似浮云。
琴诗酒伴皆抛我，雪月花时最忆君。
几度听鸡歌白日，亦曾骑马咏红裙。
吴娘暮雨萧萧曲，自别江南更不闻。
（《寄殷协律》）

故人叙旧寄新篇，惆怅江南到眼前。
暗想楼台万余里，不闻歌吹一周年。
桥头谁更看新月，池畔犹应泊旧船。
最忆后亭杯酒散，红屏风掩绿窗眠。
（《寄答周协律》）

仁风膏雨去随轮，胜境欢游到逐身。
水驿路穿儿店月，花船棹入女湖春。
宣城独咏窗中岫，柳恽单题汀上苹。

何似姑苏诗太守，吟诗相继有三人。

（《送刘郎中赴任苏州》）

殷、周二协律（殷尧藩、周元范）曾与白居易一起在苏杭生活交往过，所以，白居易在《寄殷协律》的诗题下自注说："多叙江南旧游。"在《寄答周协律》诗题下自注曰："来诗多叙苏州旧游。"尤其是见到友人寄来叙旧诗篇后，"惆怅江南到眼前"，内心惆怅，仿佛昔日江南又出现在眼前。在这首诗的首句有一个"新"，是"故人叙旧寄新篇"，说明周协律寄给白居易的叙旧诗不仅这一首，以前也曾写过，所以才有"新"之谓。可见回忆江南，是白居易与友人之间不衰的话题。

白居易在《送刘郎中赴任苏州》诗中自注说："领吴郡日，刘尝赠予诗云：'苏州刺史例能诗，西掖今来替左司。'故有三人之戏耳。"刘禹锡在给白居易的诗中盛赞"苏州刺史例能诗"，是指在他之前曾任苏州刺史的韦应物、白居易，白居易在本诗中说"何似姑苏诗太守，吟诗相继有三人"，则也将刘禹锡算在内。韦应物、白居易、刘禹锡三人确实都善写诗，诗名都很高。更重要的是，白居易在诗中提出了"诗太守"的概念，这并非戏言。这是白居易对三人共性的总结，其实也是白居易的理想与自诩，更是白居易反复提到江南、苏杭，对其眷恋不已的原因——恰是在苏杭二地任职期间，白居易实现了作为文人的理想，做一个"诗太守"。

那么，这个"诗太守"对白居易本人而言意味着什么呢？意味着白居易在此二地享受着诗酒风流的生活，也就是他羡慕韦应物的"诗酒仙"。

白居易在长庆三年（823）首刺杭州时提出了"吏隐"的观念："何如兼吏隐，复得事跻攀。"（《奉和李大夫题新诗二首各六韵·因严亭》）在宝历元年（825）刺苏州时再次提到“吏隐”：“莫遣是非分作界，须教吏隐合为心。”（《郡西亭偶咏》）也就是说，在苏杭做官，白居易实际上奉行的是“外吏内隐”。表面上处理政务，迎来送往，造福百姓，实际内心则参禅学佛，交结老庄，看淡仕途，不再有更多积极仕进之心。而苏杭优越的自然与经济、人文环境，为他提供了可以寄情山水、实现吏隐的机会。这恐怕是白居易一直对苏杭念念不忘的深层思想原因。

具体而言，苏杭有三个方面尤其让白居易赞叹不已，也是让他认为苏杭之所以是苏杭的主要原因。

首先，风景秀丽。从这首著名的赞美西湖美景的《钱塘湖春行》就可以看出白居易的喜爱、赞美之情：

孤山寺北贾亭西，水面初平云脚低。
几处早莺争暖树，谁家新燕啄春泥。
乱花渐欲迷人眼，浅草才能没马蹄。
最爱湖东行不足，绿杨阴里白沙堤。

这首诗写于白居易刺杭州第二年（823），将春日西湖云清水澄、百花盛开、绿草如茵、鸟语花香以及林密沙白写得淋漓尽致。全诗音韵圆转，节奏欢快流畅，我们甚至能够感受到白居易内心掩饰不住的喜悦。这是他摆脱公务之后初次领略到杭州的清丽旖旎。

宝历二年（826），白居易在刺苏州时，写下了《吴中好风景二首》：

吴中好风景，八月如三月。水荇叶仍香，木莲花未歇。
海天微雨散，江郭纤埃灭。暑退衣服干，潮生船舫活。

两衙渐多暇，亭午初无热。骑吏语使君，正是游时节。

吴中好风景，风景无朝暮。晓色万家烟，秋声八月树。
舟移管弦动，桥拥旌旗驻。改号齐云楼，重开武丘路。
况当丰熟岁，好是欢游处。州民劝使君，且莫抛官去。

这二首联章诗首句相同，同时作为诗题，实际出现三次，等于是诗人反复再三地向读者强调——吴中风景好。由此可见诗人对吴中喜爱程度之深。而第一首侧重描写吴中自然气候与植物。水面荇菜漂浮，莲花盛开，虽是八月时节，可花繁叶绿，如同春日。而且微雨时洒，降暑去尘，江潮时涌，亭午时分都不觉酷热，真是气候宜人、风景绝佳呀！第二首进一步写吴中风景无论朝暮，都有令人流连不绝者。你看那万家笼罩在翠烟中，舟船上管弦嘹亮，旌旗蔽桥，齐云楼、武丘路（武丘路就是虎丘路，唐人避“虎”字而改为“武”。）人流不断，一派热闹景象。况且民丰物阜，怎不令太守欣喜若狂？两首诗的倒数两句意脉相连，反映了州民与太守之间良好的互动，以及州民对太守罢官离去的不舍。白居易因身体状况和朝堂变动罢官离苏，亦有不舍之情，就像他在《别苏州》诗中写的：“怅望武丘路，沉吟浒水亭。还乡信有兴，去郡能无情？”虽然还乡是令人兴奋的，但离开苏州又怎能让人无动于衷？这不是诗人的外交辞令，从白居易此后的诗词创作来看，他对苏杭是真的不舍，真的情有独钟。

其次，是江南风物。作于大和三年（829）的《问江南物》里，可以看出白居易所喜欢、关注的江南风物：

归来未及问生涯，先问江南物在耶？

引手摩挲青石笋，回头点检白莲花。
苏州舫故龙头暗，王尹桥倾雁齿斜。
别有夜深惆怅事，月明双鹤在裴家。

江南的青石笋、白莲花，苏州的画舫和双鹤，是白居易的牵挂。这些风物，都是他离开苏杭时从江南带回来的旧物。所以，当他罢刑部侍郎，以太子宾客分司东都，从长安一回到洛阳时，首先想到的不是问身边家人发生了什么事，而是以急切的口吻问他从江南带回来的几件宝贝是否安好。而白居易从江南带回来的宝贝并不止这几件，如其在诗文中自述的，还有天竺石、折腰菱等：

三年典郡归，所得非金帛。天竺石两片，华亭鹤一只。（《洛下卜居》）

乐天罢杭州刺史时，得天竺石一、华亭鹤二以归，始作西平桥，开环池路。罢苏州刺史时，得太湖石、白莲、折腰菱、青板舫以归，又作中高桥，通三岛径。（《池上篇序》）

后人只知宋代林逋十分喜爱鹤、梅，戏称其为梅妻鹤子，却不知道白居易对鹤亦是非常喜欢。从以上诗文可知，白居易离开杭州时带回了华亭鹤，离开苏州时又带回了太湖石等。所以《问江南物》中所提到的物事，基本都是他从江南带回的。关于白居易到底从杭州带回一只还是两只华亭鹤，他自己记述不一，后人很难再弄清楚了。但是他对华亭鹤的喜爱不假，后来在大和七年（833），做苏州刺史的刘禹锡亦曾送鹤给他，白居易作《刘苏州以华亭一鹤远寄以诗谢之》来致谢。《洛下卜居》作于长庆四年（824），《池上篇》作于大和三年（829），其时白居易已经将鹤送给裴度了。大约老友刘禹锡知道白居易对鹤还念念不忘，难以排遣失鹤的惆怅，故从苏州遥送华亭鹤一只给白居易，可谓是真的了解白居易，急故人所急啊。

出于对这些江南旧物的喜爱，白居易不止一次地在诗中写到它们，如《忆江柳》《种白莲》《看采莲》《六年秋重题白莲》《代鹤》《感白莲花》《感苏州旧舫》等，感叹“一为池中物，永别江南春”（《感白莲花》）、“江南境物暗相随”（《池上小宴问程秀才》），表达了对江南难以忘怀的眷恋和忆念。

当然，更让白使君念念不忘的还有苏杭的歌舞和歌妓。

苏杭富庶，民风好享乐，“水国多台榭，吴风尚管弦”（《和梦得夏至忆苏州呈卢宾客》），吴娃、美妓常相伴是白居易在苏杭的另一番风流。从白居易的诗中可以感觉到，自他任苏杭两地刺史始，诗中涉及歌妓、舞女、歌舞、乐曲的内容大量增加。玲珑、谢好、陈宠、沈平、李娟、张态、容、满、蝉、心奴、杨琼等，这些歌妓的名字，都是在苏杭时期出现的。他夜游武丘寺时，还带着歌女们迤逦而行，可谓声势浩大：“摇曳双红旆，娉婷十翠娥。香花助罗绮，钟梵避笙歌。”（《夜游西武丘寺八韵》）在诗中，白居易自注说：“容、满、蝉、态等十妓从游也。”夜游虎丘寺时有十名妓女随从，笙歌助兴，就连寺里的钟声与诵经声都被淹没，都得避让，可想盛况。白居易一直艳羡谢安东山携妓的生活，就像他在“唯有风流谢安石，拂衣携妓入东山”（《题谢公东山障子》）、“南山宾客东山妓，此会人间曾有无”（《夜宴醉后留献裴侍中》）中说的那样。在苏杭期间，他也与谢安一样，“携觞领妓处处行”（《题灵岩寺》），不乏携妓游览之作，如：

阊门曙色欲苍苍，星月高低宿水光。
棹举影摇灯烛动，舟移声拽管弦长。
渐看海树红生日，遥见包山白带霜。
出郭已行十五里，唯销一曲慢霓裳。
（《早发赴洞庭舟中作》）

在天还没亮就出发赴洞庭湖的舟上，在棹影与烛影的摇曳中，管弦长奏，舟移声传。船行十五里，乐奏了十五里，才勉强将一曲《霓裳》奏完，可想而知诗人白居易对妓乐的依赖。

宝历二年（826），白居易携乐去松江亭观渔，免不了要歌舞助兴：

震泽平芜岸，松江落叶波。在官常梦想，为客始经过。
水面排罾网，船头簇绮罗。朝盘鲙红鲤，夜烛舞青娥。
雁断知风疾，潮平见月多。繁丝与促管，不解和渔歌。
（《松江亭携乐观渔宴宿》）

在宴会上，在灯烛下，妓女歌舞。繁弦促节的歌舞，与一般日常的渔歌显然是不合拍的，所以白居易说“不解和渔歌”。这里的“不解”并非这些妓乐们不懂得如何奏乐、歌舞，与渔歌合拍，而是他们不屑于奏渔歌，其实暗含了民间原生态的渔歌、打渔曲向繁弦疾节的燕乐的妥协，也代表了民间乐曲向官员们享用的《霓裳》《六幺》之类“雅乐”的让步。

既然妓乐处处随行，白居易与妓乐之间自然建立了深厚感情。而且白居易创作了大量诗歌，传播范围广泛，如他在给元稹写的《与元九书》中说道：“昨过汉南日，适遇主人集众乐娱他宾，诸妓见仆来，指而相顾曰：‘此是《秦中吟》《长恨歌》主耳。’自长安抵江西，三四千里，凡乡校、佛寺、逆旅、行舟之中，往往有题仆诗者。士庶僧徒、孀妇处女之口，每每有咏仆诗者。”[①]元稹在《白氏长庆集序》中也提道：“然而二十年间，禁省、观寺、邮候墙壁之上无不书，王公妾妇、牛童马走之口无不道。至于缮写模勒、炫卖于市井，或持之以交酒茗者，处处皆是。其甚者，有至于盗窃名姓，苟求自售，杂乱间厕，无可奈何。……又鸡林贾人求市颇切，自云：‘本国宰相每以百金换一篇。其甚伪者，宰相辄能辨别之。’自篇章已来，未有如是流传之广者。”[②]白居易诗歌广泛流传，除了题于各种寺观、邮驿墙壁之上，还流传于王公妾妇、孀妇处女之口，那些不识字的人之所以知道白居易的诗，一是通过他人吟诵，再者是通过歌曲传唱。所以，歌妓见到白居易，会“指而相顾曰：‘此是《秦中吟》《长恨歌》主耳’”，因为她们一定演唱过白居易的诗，故见到诗人本尊会惊喜不已。白居易与歌妓的关系中，是有这么一层内容存在的，并不纯粹出于耳目享乐之娱。所以大和八年（834），白居易在送姚合赴任杭州时写的送别诗中，除了殷勤叮嘱之外，还不忘了“故妓数人凭问讯，新诗两首倩留传”（《送姚杭州赴任因思旧游二首》），专门托姚合问候以往结识的歌妓，给她们带去新写的两首诗，请她们被之于乐，广为传播。

有了这层关系，所以即使离别，白居易也要专门与歌妓们作别。长庆四年（824）离杭时，白居易写下了《西湖留别》：

征途行色惨风烟，祖帐离声咽管弦。

① 谢思炜《白居易文集校注》，中华书局，2011，第325页。

② 冀勤点校《元稹集》，中华书局，2010，第642页。

翠黛不须留五马，皇恩只许住三年。
绿藤阴下铺歌席，红藕花中泊妓船。
处处回头尽堪恋，就中难别是湖边。

白居易治杭有功，百姓拥护，所以离别时杭民夹道欢送，“耆老遮归路，壶浆满别筵”（《别州民》），送别白太守的人自不在少数。但是，在“处处回头尽堪恋”中，“就中难别是湖边”。为什么最难别离的是湖边？因为在湖边，在红藕花中，停泊着歌妓的船只。白居易与歌妓的感情，显然非泛泛的、虚假的。

宝历二年（826）罢官离开苏州时，白居易专门作了一首与众多妓女告别的诗，叫《武丘寺路宴留别诸妓》：

银泥裙映锦障泥，画舸停桡马簇蹄。
清管曲终鹦鹉语，红旗影动駮輵嘶。
渐销醉色朱颜浅，欲语离情翠黛低。
莫忘使君吟咏处，女坟湖北虎丘西。

在酒醉渐醒时，白太守不知说什么好，而歌妓们亦不知如何诉说离情，只是翠眉低蹙、愁容满面。最后，白居易叮嘱她们，不要忘记了你们经常陪使君吟咏的地方，就在这女坟湖北虎丘路西。宝历元年（825）白居易刚到任苏州后的秋日，曾修筑东起阊门西至虎丘的山塘河堤，改善了苏州西北部的农田水利和交通状况，实际上也为他频繁拜访虎丘寺提供了很大便利。所以，在往来虎丘路的时光中，那些歌妓都曾陪同，就如白居易在诗中所写的“在郡六百日，入山十二回”（《留题天竺灵隐两寺》），这回回陪同的，就是上文提到的容、满、蝉、态等歌妓们。

因为对江南不能忘怀，白居易在洛阳日常起居、生活记录中，会无意中把江南作为潜在的参照物来进行对比：

莫言不是江南会，虚白亭中旧主人。（《座上赠卢判官》）

远思两乡断，清光千里同。不知娃馆上，何似石楼中？（《答梦得八月十五日夜玩月见寄》）

晴芳冒苔岛，宿润侵蒲岸。洛下日初长，江南春欲半。（《南池早春有怀》）

而白居易几首忆苏杭的诗作，可以看作《忆江南词》的预演：

吴苑四时风景好，就中偏好是春天。
霞光曙后殷于火，水色晴来嫩似烟。
士女笙歌宜月下，使君金紫称花前。
诚知欢乐堪留恋，其奈离乡已四年。
（《早春忆苏州寄梦得》）

为忆娃宫与虎丘，玩君新作不能休。
蜀笺写出篇篇好，吴调吟时句句愁。
洛下林园终共住，江南风月会重游。
由来事过多堪惜，何况苏州胜汝州。
（《重答汝州李六使君见和忆吴中旧游五首》）

“霞光曙后殷于火，水色晴来嫩似烟”简直就是《忆江南》第一首

“日出江花红胜火，春来江水绿如蓝”的另一种表达；而“为忆娃宫与虎丘”就是《忆江南》第三首的“其次是吴宫”。白居易寄给时任苏州刺史刘禹锡的《忆旧游》，可以看作最像《忆江南词》三首的诗了：

忆旧游，旧游安在哉？旧游之人半白首，旧游之地多苍苔。江南旧游凡几处，就中最忆吴江隈。长洲苑绿柳万树，齐云楼春酒一杯。阊门晓严旗鼓出，皋桥夕闹船舫回。修娥慢脸灯下醉，急管繁弦头上催。六七年前狂烂漫，三千里外思徘徊。李娟张态一春梦，周五殷三归夜台。虎丘月色为谁好，娃宫花枝应自开。赖得刘郎解吟咏，江山气色合归来。

无论是起句的三字句“忆旧游”，还是接下来的五字句“旧游安在哉”，以及“江南旧游凡几处，就中最忆吴江隈”“修娥慢脸灯下醉，急管繁弦头上催”，篇章结构和所记述的风景、风物、人物等，都与《忆江南词》三首有极大的呼应。当然，这首《忆旧游》作于大和六年（832）。六年之后，白居易作了《忆江南词》三首。可以说，《忆江南》词三首是他经过长期记忆淘洗之后，对美好而令人眷恋的江南总体的感受和把握，其中涉及的风景、风物、歌妓等内容，则是他此前忆念江南时常见的内容。而这三者是他认为最主要的江南印象。正是这三者，使白居易在江南期间做到了诗太守、乐教主，过着诗酒风流的既官又隐的吏隐生活。而白居易在江南的生活，他对江南风物种种的描述与喜爱，是他创作《忆江南词》深沉而强大的文本背景。

三 历代文人的江南歌咏

我们说白居易是词里首唱江南好，但是在诗中，此前却不乏对江南的歌咏。最早可见于汉乐府《江南》：

> 江南可采莲，莲叶何田田。鱼戏莲叶间。鱼戏莲叶东，鱼戏莲叶西，鱼戏莲叶南，鱼戏莲叶北。

江南水乡，荷花盛开，莲叶田田，鱼戏其间，一片山清水秀，美丽如画。汉乐府对江南的歌唱直白、明朗、欢快，情感充沛，感染力强。许多读古诗的人，就是通过这首乐府诗留下对江南最初的记忆。六朝至唐代，有关江南的歌咏一直未断。这些歌咏，存在于吴声西曲中（尤其是吴声西曲《子夜歌》《子夜四时歌》等），存在于江南弄中，江南以另一种声气展开，比如乐府诗《江南曲》，许多诗人都有过创作。而杂曲歌辞《西洲曲》，更成就并丰富了人们对江南的想象：

> 忆梅下西洲，折梅寄江北。单衫杏子红，双鬓鸦雏色。
> 西洲在何处，两桨桥头渡。日暮伯劳飞，风吹乌臼树。
> 树下即门前，门中露翠钿。开门郎不至，出门采红莲。
> 采莲南塘秋，莲花过人头。低头弄莲子，莲子青如水。
> 置莲怀袖中，莲心彻底红。忆郎郎不至，仰首望飞鸿。
> 鸿飞满西洲，望郎上青楼。楼高望不见，尽日栏干头。
> 栏干十二曲，垂手明如玉。卷帘天自高，海水摇空绿。
> 海水梦悠悠，君愁我亦愁。南风知我意，吹梦到西洲。

诗中并没有指出西洲到底在何处，但从桨桥、渡口、南塘、莲花、采莲、海水等主要意象可以看出，这就是江南景象。尤其是句首“忆梅下西洲，折梅寄江北”，可知折梅者本人即身在长江以南，也就是江南。

如果说汉乐府中《江南》采莲者的性别身份并非十分明显，或者只是因采莲可判定为女性的话，到了东晋南朝的吴声西曲、江南弄中，诗中主人公便大多明确为女性。尤其是《西洲曲》，我们看到了一个采莲而相思的女子。她把对情郎的相思融入采莲的行为中，采莲则意味着对情郎的思念，其中也包含了盼郎归来的愿望，故亦有“望郎上青楼。楼高望不见，尽日栏干头”的高楼颙望、盼归的形象，这一点在王昌龄“闺中少妇不曾愁，春日凝妆上翠楼。忽见陌头杨柳色，悔教夫婿觅封侯”（《闺怨》）中被挥发，到温庭筠《望江南》之“梳洗罢，独倚望江楼”中发挥到极致。江边高楼思念、盼望情郎（丈夫）的意象从而成为词中常见意象与场景，《花间集》中多有此类作品。

以《江南曲》为题的相和歌辞之相和曲，见《乐府诗集》卷二十六，有南朝梁沈约的诗如下：

> 擢歌发江潭，采莲渡湘南。宜须闲隐处，舟浦予自谙。
> 罗衣织成带，堕马碧玉簪。但令舟楫渡，宁计路嵚嵚。

同题诗作还有南朝梁柳恽，以及唐代宋之问、刘昚虚等人的，列于下：

> 汀洲采白蘋，日落江南春。洞庭有归客，潇湘逢故人。
> 故人何不返，春华复应晚。不道新知乐，只言行路远。
> （南朝梁·柳恽）

妾住越城南，离居不自堪。采花惊曙鸟，摘叶喂春蚕。
懒结茱萸带，愁安玳瑁簪。侍臣消瘦尽，日暮碧江潭。
（唐·宋之问）

美人何荡漾，湖上风月长。玉手欲有赠，徘徊双鸣珰。
歌声随渌水，怨色起朝阳。日暮还家望，云波横洞房。
（唐·刘昚虚）

长干斜路北，近浦是儿家。有意来相访，明朝出浣纱。
发向横塘口，船开值急流。知郎旧时意，且请拢船头。
昨暝逗南陵，风声波浪阻。入浦不逢人，归家谁信汝。
未晓已成妆，乘潮去茫茫。因从京口渡，使报邵陵王。
始下芙蓉楼，言发琅琊岸。急为打船开，恶许傍人见。
（唐·丁仙芝）

艳唱潮初落，江花露未晞。春洲惊翡翠，朱服弄芳菲。
画舫烟中浅，青阳日际微。锦帆冲浪湿，罗袖拂行衣。
含情罢所采，相叹惜流晖。
（唐·刘希夷）

汀洲白苹草，柳恽乘马归。江头楂树香，岸上蝴蝶飞。
酒杯箬叶露，玉轸蜀桐虚。朱楼通水陌，沙暖一双鱼。
（唐·李贺）

以《江南曲》命名的乐府诗，不仅有相和歌辞之相和曲下的系列作品，《乐府诗集》卷五十“清商曲辞”之“江南弄”下，亦有南朝梁简文帝萧纲所作的《江南曲》，现列于下：

枝中水上春并归，长杨扫地桃花飞。清风吹人光照衣。光照衣，景将夕。掷黄金，留上客。

可以看出，“江南弄”中的《江南曲》，属七三言体，所歌咏的内容与相和曲中的《江南曲》差异较大，不属于一个文学传承系统，并不在本文讨论范围之内。

而相和曲中的《江南曲》，不是以女性口吻来写的代言体，就是以描述女性为主。说白了，诗中所吟咏的都是女性。这是此类《江南曲》的共性。不同的是，这些诗中所指的江南，有的有明确地点，比如洞庭、潇湘、越城、长干、横塘、南陵、京口等，有的仍笼统以“江潭”“汀洲”“湖上”“春洲”“江头”点明地处江南。《江南曲》所具有的意象要素，如水（江、湖、汀、洲）、莲、舟及当地自然风景等，以及采莲女形象，都具备并固定了下来。

在同题作品中，沈约的《江南曲》为此类题材创立了可资学习的范本。后人同题作品中的采莲、盼归意象等，可以说都从中有所汲取、借鉴。柳恽的《江南曲》中首次出现“江南春”“汀洲”意象，并将盼归与惜春、念远结合起来，也是后人同题作品借鉴的素材。

在同题作品中，不仅意象上有继承，甚至在韵律、形式上也有所借鉴。宋之问的《江南曲》所押覃韵，就与沈约之作押韵相同。宋之问的《江南曲》是一首工整的五律诗，且首句入韵，与沈约诗有两个韵脚相同——南、潭。但是沈约的诗处在近体诗尚未完全成熟的时期，因此，覃韵不是一押到底，结尾的“嵌”字属咸韵，与覃韵是邻韵。白居易《忆江南词》第一首押的也是覃韵，并且韵脚“谙”“南”亦见于沈约《江南曲》，这似乎并非巧合，应是有所借鉴。此外，在自然风景描述方面，白居易也对之前同题《江南曲》有所继承。

而白居易的《忆江南词》三首，与此前有关江南吟咏最大的不同，就是词中视角或曰主人公的性别转换了，由以往的女性转换为男性，由代言转换为自言。不仅如此，在身份上，主人公是太守，是官员，而非普通江南儿女。这种转换带来了视角、观物方式、审美趣味的巨大不同，词中出现的女性，由一贯的采莲女而变成了吴娃、歌妓，由民间走向了士阶层。

这些歌妓所歌咏、舞蹈的，亦不再是与采莲相关的民间歌曲，而主要是歌唱文人的诗或词。具体而言，白居易在苏杭期间，歌妓们所歌舞的，除了传统名曲如《霓裳》《六幺》《柘枝》《伊州》等之外，还包括白太守创作的诗或《杨柳枝词》。因为在听歌妓翻唱乐曲的时候，常常是“才子与妍词”(《杨柳枝二十韵》)，由白居易即兴创作诗词交与歌妓们翻唱。白居易《杨柳枝词八首》中，有三首与苏杭有关，如其四、五、六：“红板江桥青酒旗，馆娃宫暖日斜时。可怜雨歇东风定，万树千条各自垂。”“苏州杨柳任君夸，更有钱塘胜馆娃。若解多情寻小小，绿杨深处是苏家。”“苏家小女旧知名，杨柳风前别有情。剥条盘作银环样，卷叶吹为玉笛声。”这些诗，很可能就是白居易在听歌妓唱《杨柳枝》时即兴创作，作为缠头赏赐给歌妓的。白居易的诗知名度高，传唱广泛，他所结交的好友如殷尧藩、周元范，都曾是协律郎，说明白居易实际是很注重诗歌能否入曲并被传唱的。而他对歌妓精湛技艺的奖赏亦不似普通人“五陵年少争缠头，一曲红绡不知数”(《琵琶行》)那样，只给予物质奖励，而是常以优美动人的诗赠予歌妓，作为缠头，令其翻唱，所谓“缠头无别物，一首断肠诗”(《杨柳枝二十韵》)。这就是《忆江南词》中吴娃歌舞内容不再是采莲曲的主要原因之一。

从诗到词，从历代对江南的歌咏到白居易的江南词，完成了词与江南关系的缔结，也使词逐渐与文人发生了亲密关系。这种关系，是“绮筵公子”与“绣幌佳人”之间、创作者与演唱者之间的关系，所谓“递叶叶之花笺，文抽丽锦；举纤纤之玉指，拍按香檀”(欧阳炯《花间集序》)。此后，江南、江南歌妓与词之间的亲密关系，成为词这种文体的天然内部构成。

四　白居易的江南对晚唐文人词的影响

白居易的词对晚唐五代文人词，尤其是晚唐温庭筠、韦庄、皇甫松三位词人都产生了影响。从词调而言，白居易的《竹枝词》《杨柳枝词》《浪淘沙词》《忆江南词》，他们三人都有所侧重与继承。温庭筠有《忆江南》二首，《杨柳枝》八首；皇甫松《花间集》共收词十二首，其中有《杨柳枝》《浪淘沙》《梦江南》各二首，等于与白居易现存四种词调中的三种重合。韦庄虽然与白居易无相同曲调词作，但白居易的《忆江南》对其《菩萨蛮》五首中的三首影响甚大。

除了词调上的继承，上述词的内容也对白居易词作有所承继。温庭筠《杨柳枝》其三的“苏小门前柳万条”显然是取意于白居易的“若解多情寻小小，绿杨深处是苏家”（《杨柳枝词》其五）、“苏家小女旧知名，杨柳风前别有情”（《杨柳枝词》其六）；其《杨柳枝》其五“馆娃宫外邺城西”则取意于白居易“馆娃宫暖日斜时”（《杨柳枝词》其四）。皇甫松《杨柳枝》其二“烂漫春归水国时，吴王宫殿柳丝垂”也是取意于白居易《杨柳枝》其四；其《浪淘沙》之“去年沙觜是江心”取意于白居易《浪淘沙》之“白浪茫茫与海连，平沙浩浩四无边。暮去朝来淘不住，遂令东海变桑田”。初读《花间集》，许多读者不明白为何《杨柳枝》里有许多馆娃宫、苏小小之类的意象，难道柳就必然要生在馆娃宫、与苏小小有关系吗？这其实涉及同调词的继承问题。人们在依曲填词时，往往对典型的作品多少都会有所规摹与学习，自然就会在题材、意象方面取法前人。温庭筠、韦庄、皇甫松同调词作对白居易词作题材与意象的借鉴，即源于这一传统。

就白居易的《忆江南词》三首而言，其对晚唐文人词的影响，主要有如下几点：

首先，把江南引入词中。这一点前面部分已经说了。现将温庭筠、皇甫松的《梦江南》列于下：

千万恨，恨极在天涯。山月不知心底事，水风空落眼前花。摇曳碧云斜。

梳洗罢，独倚望江楼。过尽千帆皆不是，斜晖脉脉水悠悠。肠断白蘋洲。（温庭筠《梦江南》）

兰烬落，屏上暗红蕉。闲梦江南梅熟日，夜船吹笛雨萧萧。人语驿边桥。

楼上寝，残月下帘旌。梦见秣陵惆怅事，桃花柳絮满江城。双髻坐吹笙。（皇甫松《梦江南》）

温词虽没有出现"江南"二字，却有水、江楼、千帆、白蘋洲，皇甫松之词则明确出现了"江南"。而温词第二首之押韵，亦与白居易《忆江南词》其二相同，都押尤韵。

受白居易江南词影响最大的当属韦庄，其《菩萨蛮》五首，二首都与江南关系密切：

人人尽说江南好。游人只合江南老。春水碧于天。画船听雨眠。　垆边人似月。皓腕凝霜雪。未老莫还乡。还乡须断肠。

如今却忆江南乐。当时年少春衫薄。骑马倚斜桥。满楼红袖招。　翠屏金屈曲。醉入花丛宿。此度见花枝。白头誓不归。

韦庄的“人人尽说江南好”，其潜在文本显然是白居易《忆江南词》三首，尤其是其一的“江南好”三字。所以韦庄顺势以“好”所在之皓韵作为韵脚，连用两个“江南”。但是韦庄又将自己和“人人”区别开来。人人虽然意指多人，可在他心中，最主要的就是指白居易。白居易是苏杭两州的刺史，而自己只是“游人”，所以太守认为“江南好”，自己则认为只应该在“江南老”，这是一层不同。在白太守的笔下，山寺寻桂子，郡亭看潮头，饮吴酒，看吴娃醉舞，好不惬意！但作为游人，即使饮酒，也只能到酒楼，即使见美女，也只能是当垆女，所接触到的人和物是不一样的。即便如此，江南美景与美人仍令人流连，因为“还乡须断肠”。这也暗合了白居易说的“何日更重游”。

韦庄《菩萨蛮》其三开首“如今却忆江南乐”，也是就着白居易“江南忆，最忆是杭州”“其次忆吴宫”的“忆江南”文本挥发的。这也是承上一首“还乡”而言。上一首是在江南，这首是离开江南之后再忆江南。韦庄记忆中的“江南乐”，是就白居易《忆江南词》其三之“吴娃双舞醉芙蓉”而生发的。离开江南之后，最令他印象深刻、牵肠挂肚的还是当时年少“骑马倚斜桥。满楼红袖招”的青春风流。结句“此度见花枝。白头誓不归”表达了韦庄不愿意离开江南的决心。而产生这一决心的勇气，还源于“花枝”，即江南青楼女子。这也是化自白居易《咏怀》之“几时酒杯曾抛却？何处花枝不把看？白发满头归得也，诗情酒兴渐阑珊”，可见韦庄受白居易影响之深。只是由于时代与政治环境不同，韦庄的《菩萨蛮》中揉入了思乡与流落异乡的沧桑与伤感，这是其词中所独有的。

其次，把联章词引入词中。如以上所见的韦庄《菩萨蛮》五首等。

再次，把歌舞女性引入词中。这就打破了以往类似《江南曲》中女子主要是采莲女的形象，从诗歌内容与词中女性身份上逐渐远离民间，走入城市和市井。到了《花间集》中，涉及的女性绝大多数都是歌妓舞女，这一不易令人察觉的转变，其实意义重大。随着晚唐五代至北宋城市经济的进一步繁荣发展，在很长时间、很大范围内，词中女性形象都以歌妓为主，当然这当中包括阶层不同的歌妓，如宫妓、官妓、营妓、家妓以及私妓，她们成为文人词中经常面对与抒写的对象。

最后，词中江南范围的扩大与转移。白居易的江南，主要是指苏杭，但并不仅指苏杭。在《花间集》中，江南又包含了更广阔的地理范围，逐渐形成南方山水系统。其中，金陵、荆楚、巫山、潇湘、南粤、西蜀等地的民俗风情以及神话传说都被引入词中，丰富了词的内涵与意象群，扩大了地域标志，形成了典型的以南方山水为词的生发地与创作场的文学形式。

此后，北宋之前，南唐词人冯延巳也有关于江南的词作。在《鹊踏枝》（窗外寒鸡天欲曙）中，他说："屏上罗衣闲绣缕。一晌关情，忆遍江南路。"而他本人有二首《忆江南》，已经衍为双调。宋代张先《庆春泽》"还记忆江南，如今天气。正白苹花，绕堤涨流水"，欧阳修《蝶恋花》"芳草芊绵，尚忆江南岸。风月无情人暗换。旧游如梦空肠断"，刘焘《花心动》"偏忆江南，有尘表丰神，世外标格"，史浩《青玉案》"年来不梦巫山暮。但苦忆、江南断肠句"，卢炳《踏莎行》"断肠犹忆江南句"，方千里《侧犯》"梦忆江南，小园路迴"等，算是对白居易及有关《忆江南》词及记忆的一种远应吧。

第三讲

温庭筠

花间鼻祖的唯美世界与艺术密码

山月不知心里事，水风空落眼前花。摇曳碧云斜。

温庭筠（801—866）[1]，本名岐，字飞卿，又名庭云、廷筠，并州祁人，出生于吴中[2]。宰相温彦博之裔孙，晚唐著名诗人、词人，花间词代表作家，被称为“花间鼻祖”（冯金伯《词苑萃编》卷之二）[3]。温庭筠长于诗赋，初到京师[4]，即受人推重。但是一生未曾考取进士，最高只做到国子监助教，所以《花间集》称其为温助教。但温庭筠的词被称为是“神理超越，不复可以迹象求矣”（周济《介存斋论词杂著》），是“精妙绝人”（刘熙载《艺概》卷四）、“已臻绝诣，后来无能为继”（陈廷焯《白雨斋词话足本》卷一），在当时和以后的文坛享有很高的艺术声誉。

一　尘杂与唯美

关于温庭筠，新、旧《唐书》与《北梦琐言》《唐诗纪事》《唐才子传》都有记载，其中主要围绕其行事作风与没能中举两个方面。如《旧唐书》记载：

士行尘杂，不修边幅，能逐弦吹之音，为侧艳之词，公

---

① 温庭筠的生年，夏承焘先生《唐宋词人年谱》认为是元和七年（812），陈尚君先生《温庭筠早年事迹考辨》以为是贞元十七年（801），刘学锴先生《温庭筠系年》认同后者，今从陈说。

② 据刘学锴《温庭筠系年》：“庭筠之实际出生地当为吴中”，“旧居当在苏州附近，滨太湖，傍吴淞江之处”。（刘学锴《温庭筠全集校注》下册，中华书局，2007，第1319、1322页）

③ 温庭筠词现存69首，《花间集》收录66首，《尊前集》收录3首。有关温庭筠的词可见杨景龙《花间集校注》（中华书局，2015）、刘学锴《温庭筠全集校注》（中华书局，2007）。

④ 刘学锴《温庭筠系年》：“（大和）六年起行迹多在长安。”（刘学锴《温庭筠全集校注》下册，第1331页）

卿家无赖子弟裴诚、令狐缟之徒，相与蒱饮，酣醉终日，由是累年不第。……咸通中，失意归江东，路由广陵，心怨令狐绹在位时不为成名。既至，与新进少年狂游狭邪，久不刺谒。又乞索于杨子院，醉而犯夜，为虞候所击，败面折齿……自是污行闻于京师。①

《新唐书》同载：

然薄于行，无检幅。又多作侧辞艳曲，与贵胄裴诚、令狐滈等蒲饮狎昵。数举进士不中第。……不得志，去归江东。令狐绹方镇淮南，廷筠怨居中时不为助力，过府不肯谒。丐钱扬子院，夜醉，为逻卒击折其齿，诉于绹。绹为劾吏，吏具道其污行，绹两置之。事闻京师。②

《玉泉子》记庭筠游江淮事云：

温庭筠有词赋盛名，初从乡里举，客游江淮间。扬子留后姚勖厚遗之；庭筠少年，其所得钱帛，多为狎邪所费；勖大怒，笞且逐之。以故庭筠卒不中第。其姊，赵颛之妻也，每以庭筠下第，辄切齿于勖。一日，厅有客，温氏偶问谁氏，左右以勖对，温氏遂出厅事，执勖袖大哭，勖殊惊异，且持袖牢固不可脱，不知所为。移时，温氏方曰："吾弟年少，宴游人之常情，奈何笞之，迄今遂无有成，安得不由汝致之。"

① 后晋·刘昫等《旧唐书》卷一百九十下《文苑传下·温庭筠》，中华书局，1975，第5078页。

② 宋·欧阳修、宋祁等《新唐书》卷九十一《温彦博传》，第3787页。

复大哭，久之，方得解脱。勖归愤讶，竟因此得疾而卒。

温庭筠很有才，而且在诗赋尤其是词与音律方面造诣颇高。但是由于他爱饮酒戏乐，尤其是爱狂游狎邪，并因醉酒惹事遭受笞打，败面折齿，因此在士人间名声不佳，导致他后来未能考中进士。这是坊间如此认为的，也是温庭筠之姊愤恨姚勖的原因。没有考中进士不仅是温庭筠自己的意难平，也是时人的心病与困惑，所以有关温庭筠不中第的说法有多种，大约连温庭筠自己也不知道为何没有考中。所以，史载温庭筠本人也怨怪令狐绹不举荐他，致使自己未能中举。但从温庭筠的行事方式，以及坊间流传的他游戏科场[①]、冒犯皇帝[②]、嘲弄令狐绹等事来看[③]（虽然有的事未必为真），恐怕温庭筠未能中举并不如他自己以为的那样，而是他恃才傲物、放浪形骸、不拘小节的行为与主流社会格格不入，更不会被统治阶级所认同而导致。名声在温庭筠这里是双刃剑，他的名声愈大，那么他的行为和作风时人知道的就愈多，对于他的仕途就愈不利。他不被令狐绹推荐，似乎也不能视之为个人恩怨，而是因为他的举止行为与晚唐统治阶级所认定的士人人格严

① 《北梦琐言》载："庭云又每岁举场，多借为举人假手。沈询侍郎知举，别施铺席授庭云，不与诸公邻比。翌日，帘前谓庭云曰：'向来策名者，皆是文赋托于学士，某今岁场中并无假托学士。勉旃！'因遣之，由是不得意也。"（五代·孙光宪撰、贾二强校点《北梦琐言》卷四，中华书局，2002，第90页）

② 《北梦琐言》卷四："宣皇好微行，遇于逆旅，温不识龙颜，傲然而诘之曰：'公非司马、长史之流？'帝曰：'非也。'又谓曰：'得非大参、簿、尉之类？'帝曰：'非也。'谪为方城县尉，其制词曰：'孔门以德行为先，文章为末。尔既德行无取，文章何以补焉？徒负不羁之才，罕有适时之用。'云云。竟流落而死也。"（同上）

③ 《北梦琐言》卷四："玄宗爱唱《菩萨蛮》词。令狐相国假其新撰密进之，戒令勿他泄，而遽言于人，由是疏之。温亦有言云：'中书堂内坐将军。'讥相国无学也。"（同上）

重不符，这才是致使他最终被认为“有才无行”并“卒不登第”的原因。

另一方面，温庭筠的喜好也给他的仕途带来毁灭性打击。“能逐弦吹之音，为侧艳之词”在当时被认为是不务正业。因为词乃诗余，地位无法与诗、赋相比，诗、赋可以作为参加科举考试的敲门砖，词则只会被视为狂游狎邪的副产品。而温庭筠“有弦即弹，有孔即吹”，善为“侧辞艳曲”，对乐器和音律越熟悉、造诣越高，就越说明他没少光顾青楼歌馆，在士人中的名声和评价就越会受到影响。

但是，这些正史、野史所记有多少反映的是真正的温庭筠，没有谁会关心，而温庭筠在世人眼中就是一个轻薄浪子的形象。这一点，宇文所安在《晚唐：九世纪中叶的中国诗歌》中对于历史记载到底有多少与温庭筠真实的本人重合，也表达了疑惑：“如果我们将这一陈述当真，就会使温庭筠作为浪子的传统形象变得复杂。温庭筠的回答在唐代浪漫文化中占有一席之地。……他既相信确有深情，又认为相互有情的情况很少。这更符合他在诗歌中所表达的价值观，而不是作为风流浪子的轶事。”[1]宇文所安讨论的是温庭筠《答段柯古见嘲》这首诗：

彩翰殊翁金缭绕，一千二百逃飞鸟。
尾生桥下未为痴，暮雨朝云世间少。

这首诗的诗意，正如刘学锴先生的解释：“成式（即段柯古）嘲飞

① ［美］宇文所安著，贾晋华、钱彦译《晚唐：九世纪中叶的中国诗歌（827—860）》，生活·读书·新知三联书店，2019，第513页。

卿，盖调谑其与青楼妓女之间，彼此一往情深，故飞卿作诗以答。谓己虽插彩羽着华服聊作老年‘新郎’，然绝非好色贪欲之辈。己虽如尾生之守信抱柱而非痴，盖对方如美丽多情之神女，实世间难逢也。”①

此前，段成式有《嘲飞卿七首》，又有《柔卿解籍戏呈飞卿三首》，如下：

> 长担犊车初入门，金牙新酝盈深樽。
> 良人为渍木瓜粉，遮却红腮交午痕。
>
> 最宜全幅碧鲛绡，自襞春罗等舞腰。
> 未有长钱求郢锦，且令裁取一团娇。
>
> 出意桃囊一尺长，金为钿鸟簇钗梁。
> 郁金种得花茸细，添入春衫领里香。

温庭筠大约与青楼女子柔卿有恋情，故段成式作这两组诗来戏嘲温庭筠，而温庭筠的《答段柯古见嘲》即为此解释。从温庭筠的“尾生桥下未为痴，暮雨朝云世间少”来看，他与青楼女子之间虽然有恋情，但亦表现出充分的尊重，认为这样的女子世间少有，即使如尾生般守信，也不容易碰到，更何敢有其他非分之想！由温庭筠对柔卿的态度，可以推见他对所有青楼女子的态度，审美与尊重是主要的，未见轻薄。联系温词被后人认为是“深美闳约”（张惠言《词选序》）、“酝酿最深”（周济《介存斋论词杂著》），说

① 刘学锴《温庭筠全集校注》中册，中华书局，2007，第840页。

明其词中并无浮艳轻狎成分。这是从词的接受来说的。而温词之所以被人如此认为和推崇，从《答段柯古见嘲》就可以看到，是由于他对女性的那份珍惜与尊重在词中的自然体现。

温词的唯美特色，亦与此关系极大。正因为他认为“暮雨朝云世间少”，世间美丽多情如神仙般的女子太少了，所以更应该将她们记录下来，在词中表现出来。所以，他的词中，有专为女子画像者，有表现女子相思、闺怨、离情、思乡者。无论哪种题材，都以女子为表现中心。在描写过程中，温庭筠表现得极为含蓄而隐忍。他不愿将过多个人的主观色彩带入词中。

温词的唯美而隐忍，是他希望在词中构筑一个理想的唯美的脱离世俗的世界。温庭筠“与新进少年狂游狭邪”，以致发生败面折齿的事，多少是带有科考失利后的失意与发泄。而他的发泄又导致更大的不堪，致使他最后对仕途和主流社会彻底失去信心，遂将一腔才华倾注于词的创作。有人说温庭筠的词是有寄托的，这从温词中确实难以读出来，但温庭筠又确实不同于当时一般人作词的态度与倾向，他将在现实世界遭遇的挫折与世人的嘲笑、不解以及满腹的才华，转化为对青楼女子的热情，并将她们精心写入词中。对现实的失望与逃离，使温庭筠孤注一掷地希望在词的世界构筑一个唯美而不被打扰的幻境，这样的心态与理想，温庭筠是有的。

这些深婉的心思与唯美的观念，表现在温庭筠善为女子画像，精雕细刻地描写女子及其妆容、发饰、服装，展现女子美好的情态等方面。同时，温庭筠将女子置于美好的背景中，通过物象、意境来烘托女子之美。

温词大多写女子相思，但也有少数词只是为女子画像，注重画面感与静态美，仿佛是工笔的美人图。如下面这首《菩萨蛮》：

水精帘里颇黎枕。暖香惹梦鸳鸯锦。江上柳如烟。雁飞残月天。　　藕丝秋色浅。人胜参差剪。双鬓隔香红。玉钗头上风。

这首词以精美富丽的意象为我们展示了女子春睡的画面。水精帘、颇黎枕，晶莹璀璨，在阳光照射下折射出流水般梦幻的光泽，女子在绣有鸳鸯图案的锦衾中休憩，“暖香”形容出女子肌肤之香而暖，这样美丽舒适的环境自然容易入梦，勾逗出女子的梦来。而女子美丽的神韵也借此烘托了出来。“江上柳如烟”二句是神来之笔，写屏上山水，刻画出柳色如烟的美景，以及大雁飞过残月之天带给人的怅惘与虚空，侧写女子闺房之富丽，似乎将女子情思带到遥远的江上。下片首句描写女子服饰，但以浅浅的秋色形容藕丝罗裙，将无形之秋色赋予女子服色，浪漫而充满想象，与“江上柳如烟”写法相似。而“双鬓隔香红”，则描写出了一个有着如云鬓发、脸色红润的美丽女子，红润肌肤与黑发对照，色彩艳丽。最后一个“风”字，表面是形容女子的头饰随风摇曳，实则写她内心泛起微澜，但也仅此而已，再无更多信息可以透露。

再如以下两首《归国遥》：

香玉。翠凤宝钗垂䍦䍦。钿筐交胜金粟。越罗春水渌。　　画堂照帘残烛。梦余更漏促。谢娘无限心曲。晓屏山断续。

双脸。小凤战篦金飐艳。舞衣无力风敛。藕丝秋色染。　　锦帐绣帏斜掩。露珠清晓簟。粉心黄蕊花靥。黛眉山两点。

第一首开头以“香玉”二字形容女子洁白芳香的面颊，接下两句精雕细刻地描写了女子的首饰。“翠凤宝钗垂麗䍠”，点翠的宝钗上垂着流苏。钿筐即镶嵌着金银玉贝的簪子，金粟即边缘点缀的小如粟米的金珠。“钿筐交胜金粟”，即镶嵌有金银玉贝的凤形钗子边缘缀以金粟，钿筐与金粟的光泽交相辉映，可见珠光宝气。第四句写女子身着的越罗如春水一样，碧绿清亮，侧写女子如出水芙蓉一样鲜洁超尘。下片写居室环境。以画堂里帘映残烛、屏风曲折、屏上之山因此显得断续，来衬托女子梦醒后眼前所见以及耳中所听更漏之声，将女子梦后的孤寂刻画了出来。

第二首《归国遥》的写法与第一首相似。上片仍然依次写女子面容、发饰、罗衣及服色、材质。下片仍以绣帷、床簟等女子闺房陈设来烘托，结尾两句写女子的花靥与黛眉。花靥形容得很仔细，是粉色的心，绘有黄色的花蕊。而眉的形状并不是细而长的眉形，而是“山两点”，是短促而中间凸起如山形的。这样的眉，结合晚唐流行的眉形，就是桂叶眉。温词对妆容、发饰、服饰等每每描写精细，故颇具史料价值，对照考古出土的壁画、俑像等资料，结合词中描写，可以识物定名，对名物学研究非常有帮助。

此外如以下的《定西番》《南歌子》，也可以说是为女子画的像：

> 海燕欲飞调羽。萱草绿，杏花红。隔帘栊。　双鬓翠霞金缕。一枝春艳浓。楼上月明三五。琐窗中。（《定西番》）
>
> 扑蕊添黄子，呵花满翠鬟。鸳枕映屏山。月明三五夜，对芳颜。（《南歌子》）

温庭筠写女性不是全面开花，泛泛而写，而是抓住最便于表现主题的特征放大、强调，如特写镜头，抓住了神韵。虽然是白描般，却带有很强的情感指向。所以在温词中没有真正意义上的景语，一切景语皆情语。但即便温词再隐忍含蓄，也仍然有少数词，词人并不想表达更多意思，他只想为这些女子静静地画像，她们是什么样就是什么样，她们是什么姿态就是什么姿态，多数情况下她们如置身静态环境中，任词人去静静观察，细笔勾勒。以上几首词即给人这样的感觉。

当然，温词大多还是表现女子相思与闺怨的（这些内容将在以下部分呈现）。温庭筠从齐梁宫体诗那里继承了对自然界花草风月等细节的感知，沉迷于细节的展示，沉醉于构造如七宝楼台般虚幻的琉璃世界、唯美的意境。在此背景下，女子的哀愁也好，她们的相思也罢，由此产生的行为也好，不紧不慢款款道来。温庭筠虽然从李贺歌诗中继承了一些特质，如对色彩的敏感与执着，对修饰词的苦心孤诣，但他并没有学李贺使用动词的劲力狠准，有时词中动词的动作性并不强，有时只是几组名词的排列，繁密的意象却因不同的组合而烘托出唯美的词境。

二　温氏密码

温词含蓄蕴藉，有一套自己的话语体系，不掌握其中的奥秘，就无法真正准确地理解其词意。

首先是以景言情。

你看他似在写景，实际是写情，写女子的情感与心理状态。这些都体现在表达相思、闺怨的题材中。温庭筠总是不愿把相思的女子写得过于直白而无所蕴藉，而是通过情语将她们写得美丽而凝重，怨而不怒，楚楚动人。如这首《菩萨蛮》：

杏花含露团香雪。绿杨陌上多离别。灯在月胧明。觉来闻晓莺。　　玉钩褰翠幕。妆浅旧眉薄。春梦正关情。镜中蝉鬓轻。

上片前两句是倒叙，是女子梦醒后回想梦中分别的情景。首句“杏花含露团香雪”写当时的情景，杏花绽放，像雪一样洁白，花上还有露珠，将露珠之清亮与杏花之洁白、芬芳完美晕融在一起。但是，这并不仅仅是在写景，也写出了别离时女子流泪的形象如杏花含露，而“香雪”则是言其皮肤洁白芬芳。温庭筠当然不会直接去写女子别离弹泪的样子，他将女子含泪形容为如杏花含露一样娇美，如雨打梨花深闭门一样，将这一凄楚动人的情形通过杏花含露刻画了出来。结句写女子的状态，不是直写，而是通过镜子的照射，照出镜中女子的“蝉鬓轻”。何为蝉鬓轻？仅仅是形容女子的鬓发吗？联系温庭筠其他的词，“蝉鬓轻”实际是说女子因相思而憔悴的情形。如此写法，可参另一首《菩萨蛮》：

凤凰相对盘金缕。牡丹一夜经微雨。明镜照新妆。鬓轻双脸长。　　画楼相望久。栏外垂丝柳。音信不归来。社前双燕回。

首句是说用金缕绣成的相对的盘状凤凰贴在女子的衣服上。写凤凰成对，已暗中反衬女子孤单。次句写闺房外景物。牡丹经过一夜微雨，花上还滚着雨珠。接着又写刚化完妆的女子照镜子，镜中女子又是“鬓轻”，再加以“双脸长”，憔悴。倒数第二句“音信不归来”呼应上片第二、四句，则“牡丹一夜经微雨”，分明又是写女子因情人在远方、相思而流泪的样子，如雨打牡丹一样，所以才会憔悴、精神不振。明白了温庭筠的创作习惯，就可知他词中屡次出现的鬓轻、蛾浅、眉薄等，都意味着相思憔悴，如“眉翠薄，鬓云残，夜长衾枕寒”(《更漏子》)。如果仅仅将这些词理解为字面上的意思，就不能领会他所写的真正含义，更不能读懂他的词了。诸如此类的情形在温词中很普遍，就不再多举例了。

其次是取象遗形。

沈义父在论作词之法时说：“下字欲其雅，不雅则近乎缠令之体。用字不可太露，露则直突而无深长之味。”[①]温词含蓄蕴藉，又注重唯美，故在用词上不同于一般诗词，往往根据事物的形状、色彩、质料等来形容、指代事物。这样雅则雅矣，但却容易造成歧义，不过对于构筑唯美词境却十分有益。在形容女子容貌时，温庭筠常捕捉女子容貌的色泽与气味来代指。如上举词例中，以“香红”“香玉”“香雪”来形容女子面颊，以“暖香”形容女子肌肤等。

在服装、帘幕上，以质料来代指。如以下这首《菩萨蛮》：

> 玉楼明月长相忆。柳丝袅娜春无力。门外草萋萋。送君闻马嘶。　　画罗金翡翠。香烛销成泪。花落子规啼。绿窗残梦迷。

其中的“画罗”指什么？难以确定。杨景龙注释曰：“或言蜡灯罗罩上画有翡翠图案，唐李商隐《无题》：‘蜡罩半笼金翡翠，麝熏微度绣芙蓉。’或言丝罗衣衫、帷幕上绣有翡翠花纹。均可通。”[②]这

---

① 宋·沈义父《乐府指迷》，唐圭璋编《词话丛编》，中华书局，2005，第277页。

② 杨景龙《花间集校注》，中华书局，2014，第44页。

样看似解释了，但又似乎没解释，因为还是不能确定。那么，画罗到底指什么？“金翡翠”是贴绣在什么上？这还需从唐诗中考察唐人的画罗、翡翠习惯用法。翻检众多唐诗，翡翠出现于帐幕上的情形比较多：

翡翠明珠帐，鸳鸯白玉堂。（王绩《过汉故城》）

帷横双翡翠，被卷两鸳鸯。（郭震《子夜四时歌·冬歌二首》其二）

翡翠巢书幌，鸳鸯立钓矶。（徐晶《同蔡孚五亭咏》）

凤阙轻遮翡翠帷，龙墀遥望曲尘丝。（刘禹锡《杨柳枝》）

尤其是中唐刘禹锡，他的诗中直接出现了“翡翠帷”。说明从初唐以来，人们习惯在帷帐上绣翡翠。因为翡翠与鸳鸯、鸂鶒一样，也是成对栖止。而女子刚送别情人，返回闺房、卧在床上时，抬眼看到的就是帷帐，因此翡翠应该是绣在帷帐上的。如此，画罗就是指罗帐，是绣有翡翠的罗帐。类似用法在温词中较常见。只不过比较而言，以画罗为材质制作的衣物等太多了，因此更易产生歧义。这种情况下，还需参照唐人的生活习惯以及这些词语在唐诗中的使用背景来辅助证明。类似的用法如“藕丝秋色浅”（《菩萨蛮》），以藕丝指代衣裙；“金雁一双飞，泪痕沾绣衣”（《菩萨蛮》），以金雁代指鎏金雁柱筝。

还有就是词含深意。

温词中的一些意象蕴含深意，由于年代久远、习俗变迁，我们今人是无感的，多数情况下也很难察觉，需要专门细究才会理解作者的创作意图。如这首《菩萨蛮》：

雨晴夜合玲珑日。万枝香袅红丝拂。闲梦忆金堂。满庭萱草长。　　绣帘垂箓簌。眉黛远山绿。春水渡溪桥。凭栏魂欲销。

全词除了结尾三字“魂欲销”之外，很难看出女子的情感状态。而除了结句，其他七句都是在描写景物、闺房、女子面容，似乎是纯景物描写。

但是，为何温庭筠会用上片四句、超过本词一半的篇幅来写两种植物——合欢和萱草，而不是其他，这难道有什么深意？《诗经·卫风·伯兮》曰：“焉得萱草，言树之背。”毛苌《诗传》解释：“萱草令人忘忧。”《神农本草经》载：“萱草，一名忘忧……令人好欢乐无忧，轻身，明目。”[①]揭示出萱草具有令人忘忧的功能。嵇康《养生论》亦曰：“合欢蠲忿，萱草忘忧，愚智所共知也。”说明合欢具有祛忿、萱草具有忘忧功能，在嵇康所处的曹魏时期，这是人所共知的常识。甚至由于其功能，在南朝时期，读书人径呼其为“疗愁花”，如任昉《述异记》所云：“萱草，一名紫萱，又呼为忘忧草，吴中书生呼为疗愁花。”因此自东汉开始诗中就引萱草以表达忘忧情绪了，唐代亦是如此，如韦应物《对萱草》云：“何人树萱草？对此郡斋幽。本是忘忧物，今夕重生忧。”刘禹锡在赠好友白居易的诗中亦写道：“唯君比萱草，相见可忘忧。”（《赠乐天》）萱草与合欢的这一功能被普遍接受并认同，甚至是作为说话的前提和论据被引用。某种程度上，“合欢蠲忿，萱草忘忧”这一功能已经被经典化了。

正是基于这样的文化铺垫与诗歌内部传统的传承，温词中的

① 马继兴主编《神农本草经辑注》，人民卫生出版社，2013，第186页。

萱草、合欢意象便有了与诗不同的表述方式。在诗中，无论是表达萱草、合欢可以去忧也好，还是表达即使萱草、合欢亦无法令人忘忧也好，萱草、合欢与表达人的情绪之词如忧愁、忧思、愤懑等，在诗句中往往是同时出现的，是一种对照式的情绪表达。而到了温词中，人之情感字眼如“忧”等并不出现在字面上，是隐含在萱草、合欢意象之中的，萱草、合欢所具有的功能已经内化为词义了。所以，如果我们只看到它们的表面，不能如唐人一样明白其功能，那么就读不出其内含词义，因此会以为这四句只是平常的景物描写，自然也不会理解词中所蕴含的情绪状态了。其实，枝繁叶茂、色彩绚丽的合欢花，以及一片金黄的萱草，除了构境之外，主要是起到摅懑功能，间写女子见萱草、合欢而希望能蠲忿、忘忧，实则写女子之忧忿难遣。这才是温庭筠所要借以表达的意旨。由此，结合末三字“魂欲销”，即可界定此词是表达春日闺怨的，属闺怨题材无疑。温词所谓的“蕴藉深厚”“酝酿最深”，大约与此类隐性的叙事方式有很大关系。

再如《更漏子》：

柳丝长，春雨细。花外漏声迢递。惊塞雁，起城乌。画屏金鹧鸪。　香雾薄。透帘幕。惆怅谢家池阁。红烛背，绣帘垂。梦长君不知。

这本是一个欣喜而多情的春天雨夜。但“花外漏声迢递”一句，却移景入情。花之外，说明漏声遥远；迢递，说明漏声绵延不绝。寂静的夜里，能一直听到远处传来的隐约不绝的漏声，就只有失眠之人了。看似写景，却在写人。迢递的漏声此刻具有神奇的力量，它跨越时空阻隔，到了遥远的边关，但“画屏金鹧鸪”一句，片刻间又闪回闺房，双栖的金鹧鸪反衬出女子的孤独和懊恼。

上片后三句由于易生歧义，故理解有误，说法不一。李冰若先生《栩庄漫记》认为"'画屏金鹅鹊'一句强植其间，文理均因而扞格矣"[1]，华钟彦先生则云"此言漏声迢递，非但感人，即征塞之雁，闻之则惊；宿城之乌，闻之则起，其不为感动者，惟画屏上之金鹧鸪耳。以真鸟与假鸟对比，衬出胸中难言之痛，此法惟飞卿能之"。[2]而吴小如先生则认为华钟彦此说"甚牵强。试问更漏之声，岂能'惊'、'起'雁与乌乎"[3]？叶嘉莹先生则认为"'惊塞雁，起城乌'者，是此词中之主人公于春宵细雨、夜阑人静之际，偶尔曾闻得一二声遥天雁唳、城上乌啼。曰'惊'、曰'起'者，则固未尝真个便见其'惊'、其'起'也，只是自此雁唳、乌啼声中所生想象之辞，而其所以生此想象者，则系因花外点滴之雨声，既入乎耳，乃动乎心，此心既已动，遂于雁唳、乌啼亦生惊起之想，自是此人之心惊念起，乃有此言也。至若画屏上之鹧鸪，则固不能鸣叫，亦不能惊起者也，然自此心惊念起、面对画屏，耳闻雁唳乌啼之人观之，则屏上之鹧鸪亦有惊起、鸣叫之感，遂并此惊起之塞雁城乌连言而举之矣"，"若以为此说仍不免牵强，则私意以为此三句词实但如鄙说乃温词纯美之特色，原不必深求其用心及文理上之连贯。塞雁之惊、城乌之起，是耳之所闻；画屏上之金鹧鸪，则目之所见，机缘凑泊，遂而并现纷呈，直截了当，如是而已"[4]。

---

① 李冰若《花间集评注》，四川人民出版社，2019，第24页。

② 华钟彦《花间集注》，河南大学出版社，2008，第13页。

③ 吴小如《画屏金鹧鸪——释温庭筠〈更漏子〉第一、六首兼论典型温词的特色》，《名作欣赏》1983年第2期。

④ 叶嘉莹《温庭筠词概说》，《迦陵论词丛稿》，河北教育出版社，1997，第29页。

以上诸家争论在漏声与塞雁、城乌、鹧鸪上。之所以有如此多的不同说法，其实是因为历来研究者对于春日与“塞雁”之间的矛盾无法解释清楚。大雁每年春分后飞往北方繁殖，秋分后飞回南方过冬。杨景龙注“惊塞雁”曰：“惊起了从北方飞来的大雁和城上栖息的乌鹊”[①]。但他在疏解的首句却说：“词写春闺怀人。”词写春闺怀人没错。但既然在春天，大雁本来应该是从南方飞往北方的，怎么能是“从北方飞来的大雁”呢？大雁秋天才从北方飞来，如果“从北方飞来的大雁”的解释是对的，那么本词就不是“春闺”而应该是“秋闺”怀人了。但“柳丝长，春雨细”，显然是春日物候特征。

正如吴小如先生所言，写女子闻塞雁而惊，听城乌而起，亦有闻之惊心动魄之意。但塞雁不应该理解为塞外的大雁，而应理解为飞往塞外的大雁。这样与春天的物候就不违和了。女子被飞往塞外的大雁和城上的乌鹊惊起之后，看到画屏上画的双双金鹧鸪，更感自身孤单。结句“梦长君不知”呼应上片结尾之“画屏金鹧鸪”，进一步为闺中相思定调。卒章显志。

词中“城乌”与“鹧鸪”的出现并非偶然。城乌，城上的乌鹊，常与大雁、漏声连类而及。如：

城乌惊画角，江雁避红旗。（白居易《叙德书情四十韵上宣歙翟中丞》）

宫漏滴渐阑，城乌啼复歇。（白居易《和思黯居守独饮偶醉见示六韵时梦得和篇先成颇为丽绝因添两韵继而美之》）

① 杨景龙《花间集校注》，中华书局，2014，第86页。

而在唐诗传统中，乌鹊常代表思念行人不归。如：

为客裁缝君自见，城乌独宿夜空啼。（李白《庐江主人妇》）

青娥宛宛聚为裳，乌鹊桥成别恨长。惆怅梧桐非旧影，不悲鸿雁暂随阳。（刘商《送女子》）

城乌作营啼野月，秦川少妇生离别。（王建《秋夜曲二首》其一）

叵耐灵鹊多谩语，送喜何曾有凭据？几度飞来活捉取，锁上金笼休共语。（无名氏《鹊踏枝》）

鹧鸪，其叫声如“行不得也哥哥”，唐代有《鹧鸪词》，如李益、李涉的如下：

湘江斑竹枝，锦翼鹧鸪飞。处处湘阴合，郎从何处归。
（李益《鹧鸪词》）

湘江烟水深，沙岸隔枫林。何处鹧鸪飞，日斜斑竹阴。
二女空垂泪，三闾枉自沉。惟有鹧鸪鸟，独伤行客心。

越冈连越井，越鸟更南飞。何处鹧鸪啼，夕烟东岭归。
岭外行人少，天涯北客稀。鹧鸪啼别处，相对泪沾衣。
（李涉《鹧鸪词》二首）

三首《鹧鸪词》都有郎行在外，女子在家相思垂泪、表达不舍之意。

可知乌鹊与鹧鸪、子规等意象所蕴含的寓意类似，代表思念、行人不归、空闺独守，所以此处出现塞雁、城乌意象，也是温庭筠惯常的委婉含蓄的写法。上片结句定格在画屏的金鹧鸪上，也是在婉转表达闺怨、相思之意。只是这其中的塞雁与城乌意象，常代表秋季物候之景，由此产生解读上的分歧，但如果将其理解为飞往塞外的大雁，就不会说不通了。这也是温庭筠用词深隐的地方。如果理解不了，就会认为其词纯为意象的堆积、手法的跳跃，如吴小如先生认为的“我以为（温词）最主要的是意境的朦胧和手法的跳跃。惟其手法跳跃，乃益助长其意境的朦胧。因为运用跳跃手法的结果，势必使读者不易捕捉其词中所表达的形象之涵义。”①

最后是对比映衬。

主要表现在真实的或首饰、衣裙上绣的一些鸟类上。就如《更漏子》词中的“画屏金鹧鸪”一样，温庭筠在《菩萨蛮》里亦有“双双金鹧鸪”之句，就是借鹧鸪成双反衬女子的孤单。这是温词常见的写作手法。除了上文提到的翡翠、鹧鸪等，还有鸳鸯、鸂鶒、凤凰、蝴蝶、双燕等。如以下词中：

翠翘金缕双鸂鶒。水纹细起春池碧。（《菩萨蛮》）
凤凰相对盘金缕。牡丹一夜经微雨。（《菩萨蛮》）
翠钗金作股。钗上蝶双舞。（《菩萨蛮》）
金雁一双飞。泪痕沾绣衣。（《菩萨蛮》）
宝函钿雀金鸂鶒。沉香阁上吴山碧。（《菩萨蛮》）
一双娇燕语雕梁，还是去年时节。（《酒泉子》）

① 吴小如《画屏金鹧鸪——释温庭筠〈更漏子〉第一、六首兼论典型温词的特色》，《名作欣赏》1983年第2期。

草初齐，花又落。燕双双。(《酒泉子》)

攲枕覆鸳衾。隔帘莺百啭，感君心。(《南歌子》)

懒拂鸳鸯枕，休缝翡翠裙。罗帐罢炉熏。近来心更切，为思君。(《南歌子》)

细雨双燕。钿蝉筝，金雀扇。画梁相见。雁门消息不归来。(《蕃女怨》)

虽然结句是“此情谁得知”之类含蓄语，或“月明花满枝”之类景语，但一般出现这些成双成对的飞鸟与水鸟时，基本是反衬女子的孤单，表达相思与闺怨。这也是温词的一个密码。温庭筠被认为是“下语镇纸”(周济《介存斋论词杂著》)，这也是其中的一种表现。

温词中不仅有以双反衬单者，也有以单类比单者。如“鸾镜”：

鸾镜与花枝。此情谁得知。(《菩萨蛮》)

约鬟鸾镜里，绣罗轻。(《遐方怨》)

南朝宋刘敬叔《异苑》卷三记载：“罽宾国王买得一鸾，欲其鸣，不可致，饰金繁，飨珍馐，对之愈戚，三年不鸣。夫人曰：‘尝闻鸾见类则鸣，何不悬镜照之?’王从其言，鸾睹影悲鸣，冲霄一奋而绝。”故常以鸾喻孤独。唐人诗中用及鸾者也是此意，如“生憎帐额绣孤鸾，好取门帘帖双燕”(卢照邻《长安古意》)，“凝笳悲驷马，清镜掩孤鸾”(权德舆《赠魏国宪穆公主挽歌词二首》其二)。这是温词的另一个密码。

三　小令极致

温庭筠词,《花间集》收录六十六首，用了二十八个词调，据《钦定词谱》，其中十五个在《花间集》中属于正体。在《钦定词谱》中明确标出始自温庭筠的词调有八种:《更漏子》《归国遥》《南歌子》《女冠子》《玉蝴蝶》《遐方怨》《思帝乡》《河传》。刘毓盘在《词史》中说:“宣宗大中间，温庭筠出，始专为词。……赵崇祚《花间集》录其词六十六首，最著者为《菩萨蛮》词。……其所创各体，如《南歌子》《荷叶杯》《蕃女怨》《遐方怨》《诉衷情》《定西番》《思帝乡》《酒泉子》《玉蝴蝶》《女冠子》《归国遥》《河渎神》《河传》等，虽自五七言诗句法出，而渐与五七言句法离，所谓解其声故能制其调也。宜后人奉以为法矣。……其真能破诗为词者始于李白之《忆秦娥》词，极于温庭筠之《河传》词。”指出了温庭筠创调之功显著。

温庭筠所用词调，体现了词的渐趋独立。

从句式方面考察，著名的《菩萨蛮》十四首，六个五言句、两个七言句，基本是七言与五言的组合，还较为整饬。就其自创词调而言,《南歌子》《玉蝴蝶》属于与诗区别不大的词调。其余六个词调则更具词的长短句面貌。

《南歌子》七首，单调二十三字，五句三平韵，句式为五五五五三，等于一个五绝后加一个三字句的尾巴，其实是五绝的变体。

《玉蝴蝶》，双调四十一字，上片四句四平韵，下片四句三平韵，上片句式为六五五五式，下片句式为五五五五式，等于两个五绝外加一个字，离五言诗句式比较近。

《女冠子》，双调四十一字，上片五句两仄两平、下片四句两平韵，上片句式为四六三五五，下片句式为五五五三。等于是从一到七字句中，除了一、二、七字句都用到了。当然，七字句大约是温庭筠在创调中有意回避的，而一字句几乎不见，二字句也极少见，仅在上古弹歌中可见："断竹、续竹，飞土、逐肉。"（《吴越春秋·勾践阴谋外传》）但许多版本是将以上八字断作两个四字句的。如此说来，二字句就更少见了。当然，中唐人常创作的《调笑》是例外。

《更漏子》六首，较《菩萨蛮》《南歌子》更具词的面目。双调四十六字，上下片各六句，句式为两个三三六、三三五式。中国古代诗歌的发展，从《诗经》时代起，经历四言、五言、七言诗，尤其是唐代，五、七言近体诗完全成熟，出现了五律七律、五绝七绝。词体兴起之前，诗歌的句式主要是四言、五言、七言，因此，打破传统的诗歌句式，就是产生不同于四、五、七言的句式，因此大量的三、六言句式的出现，就是词体独立、渐趋成熟的标志。相对于北宋慢词产生之后八、九、十、十一言句式的出现，在小令这一词体内，三、六言就是最远离诗的句式了。所以，温庭筠的《更漏子》句式的多变，使其在表情达意时长短错落、摇曳多姿，更具词的声情。虽然两个三字句的连用实际是七言句中间一字的挖空、六言句从中间的截断，但毕竟是在音乐与文字上的改变。

此外，如《遐方怨》，单调三十二字，七句四平韵，句式为三三四七七五三式，也比较长短错落。《思帝乡》，单调三十六字，八句五平韵，句式为二五六三六五六三。从句式看，愈发长短错落，几无规律可言，这也是越来越具有词体面貌的体现。

在温词中，《河传》应该确如刘毓盘先生所言是"破诗为词"之极致者。双调五十五字，体量已经接近小令上限。上片七句两仄五平，下片七句三仄四平，上片句式为二二三六七二五，下片句式为七三五三三二五。一到七字句中，除了一、四字句都有了，而且是每句押韵，平仄都有，韵密句促。对四字句的规避，亦是对《诗经》以来古雅的四言诗的扬弃，这也是温词小令的一种取向。北宋慢词成熟后，由于领字的频用，大量四字句的运用，词又在某种程度上回归四言体的惯式，这是词体发展体现出来的惰性。

《河传》从二字句到七字句，句式字数差别较大，不乏二、三字短句，恰好能十分生动逼真地表达女性化与情绪性极强的情感与琐碎的情绪，是十分契合词的声情与情感表达的词调。

除了词调句式的选择与变化之外，温词一句之中句内词的构成方式也很有特色，体现了温庭筠尽力在打破旧有诗歌句式构成的平衡性。其中最为突出的就是七首《南歌子》：

手里金鹦鹉，胸前绣凤凰。偷眼暗形相。不如从嫁与，作鸳鸯。

似带如丝柳，团酥握雪花。帘卷玉钩斜。九衢尘欲暮，逐香车。

倭堕低梳髻，连娟细扫眉。终日两相思。为君憔悴尽，百花时。

脸上金霞细，眉间翠钿深。欹枕覆鸳衾。隔帘莺百啭，感君心。

扑蕊添黄子，呵花满翠鬟。鸳枕映屏山。月明三五夜，对芳颜。

转眄如波眼，娉婷似柳腰。花里暗相招。忆君肠欲断，恨春宵。

懒拂鸳鸯枕，休缝翡翠裙。罗帐罢炉熏。近来心更切，为思君。

这一词调的前两句是工整的对句，这当中，其一、四、五、七是诗中常见句式，但其二、三、六的前两句如“似带如丝柳，团酥握雪花”“倭堕低梳髻，连娟细扫眉”“转眄如波眼，娉婷似柳腰”，则是温词的独创。韵律上虽然仍遵循仄仄平平仄、平平仄仄平，却是两个五言的名词性词组。五言名词性词组在杜甫诗中偶尔见到，温庭筠将其用在词中，显然是一种创新。温庭筠惯用名词性词组，相比其他词人，动词用得较少，即使用动词，其动作性也不很强，而且一些动词常用在否定句中，这就使得温词意象繁密绮艳，具有很强的视觉冲击力，仿佛是静态的呈现，画面感极强。而其中大量名词性词组的运用，是形成这一特色的主要原因。除了五言句式，七言句式中不用动词，单名词性组合的也不少见，尤其体现在温词《菩萨蛮》的上片前两句，如：

水精帘里颇黎枕。暖香惹梦鸳鸯锦。
翠翘金缕双鸂鶒。水纹细起春池碧。
杏花含露团香雪。绿杨陌上多离别。
满宫明月梨花白。故人万里关山隔。
宝函钿雀金鸂鶒。沉香阁上吴山碧。
雨晴夜合玲珑日。万枝香袅红丝拂。
竹风轻动庭除冷。珠帘月上玲珑影。

这些七字句中往往有一句是名词性词组，有的是弱名词性词组，即其中有方位词连接或辅以形容词。这样的句式，将本应是动词所占的位置节省出来，用于名词性意象的呈现，有的七句中有三个意象，如“翠翘金缕双鸂鶒”“宝函钿雀金鸂鶒”“珠帘月上玲珑影”，可谓意象密集。而温词被人诟病的意象堆积、手法跳跃、难以理解，大约就是因为意象的密集呈现，缺乏明确的动词表明逻辑关系。但这却是温庭筠构筑唯美词境的一种显著手法。

最后，说说温词的结构。

温词的最大特点是情景交融，一切景语皆情语。所以词中以景起、以景结的情形特别多。如《菩萨蛮》十四首，都以景起。只不过这个景，有的是自然界景色，有的是闺房或女子衣饰等人工之景。温词以景结的也很多。再如《菩萨蛮》十四首，除了“燕归君不归”“此情谁得知”“无憀独倚门”“凭栏魂欲销”之外，都结于景。其中“月明花满枝”“燕飞春又残”“画楼残点声”，画面唯美，引人深入，意境隽永，余韵悠长。

以景起、以情结的这种情形，《更漏子》六首比较典型。六首都以景起，其中“柳丝长，春雨细”“星斗稀，钟鼓歇”“背江楼，临海月”“玉炉香，红蜡泪”，意境都十分美好，具有很好的铺垫、造境作用。而其以情作结的句子，如“梦长君不知”“旧欢如梦中”“觉来更漏残”，亦是余味曲包。其以景作结的句子如“一声村落鸡”“空阶滴到明”，以声音作结，形象警醒，如临其境。

温词善于通过景物来描写、刻画、铺垫、晕染情事，形成以景起、中间叙事言情、以景作结的常见结构方式，在二十到五十多个字的篇幅中腾挪跌宕，字字省净，通过景物与意象的对比、衬托、暗示、类比、外射等，将抒情叙事发挥到了极致。张炎曰：“词之难于令曲，如诗之难于绝句，不过十数字，一句一字闲不得。末句最当留意，有有余不尽之意始佳。当以《花间集》中韦庄、温庭筠为则。”（《词源》卷下）周济亦曰：“飞卿酝酿最深，故其言不怒不慑，备刚柔之气。针缕之密，南宋人始露痕迹。”（《介存斋论词杂著》）都意识到了温词下字凝重、含义丰富、细针密织的特点。温词达到的这些艺术造诣，与温庭筠对小令这种文体的高度掌握和创造性运用密切相关。

第四讲

韦庄

爱恋与寄托

——词人的情感自白

夜夜绿窗风雨。断肠君信否。

韦庄（836—910），字端己，杜陵（今陕西西安东南）人，丞相韦待价之后、韦应物四世孙。性悭吝，疏旷不拘小节。乾宁元年（894）登进士第，授校书郎，后转左补阙。后依王建为掌书记，寻为起居舍人。王建即位，拜散骑常侍，进吏部侍郎判中书门下事，累官至吏部侍郎兼平章事。卒后谥为文靖。韦庄有集二十卷，另有《浣花集》，其弟韦蔼编录。《花间集》收录其词48首。

韦庄四十五岁（即广明元年，880）之前经历可考者不多。大约二三十岁时曾在虢州村居约十年。咸通二年（861）二十六岁时入京应举再次落第，后辞家泛游湘江、江南。广明元年（880）十二月，黄巢军攻入长安，韦庄在京应举，被困。中和二年（882），四十七岁，春天离开长安。中和三年（883）三月在洛阳作《秦妇吟》，旋赴润州入镇海军节度使周宝幕府，开始为期十年的江南避乱生涯。光启二年（886），五十一岁时，唐僖宗为李克用所逼出奔兴元（今陕西汉中）。韦庄自江南经汴州往陈仓迎驾，未入关即被乱兵所阻，绕道山西还金陵。光启三年（887），五十二岁时，镇海军乱，周宝被逐，韦庄南下居越州（文德元年，888）、婺州（龙纪元年，889）。大顺二年（891），韦庄五十六岁，辞婺州游江西、湖南（892），次年（892）入京应举未中。乾宁元年（894）中举，时已五十九岁。乾宁四年（897），六十二岁的韦庄随谏议大夫李询奉诏入川与西川王建和解，未成。天复元年（901），六十六岁的韦庄应聘入蜀任王建掌书记。此后直到去世，韦庄仕蜀十年，为王建扩大势力、建立大蜀政权出谋划策，外交内政多所倚重，官至吏部侍郎兼平章事[①]。

① 以上有关韦庄生平参夏承焘《唐宋词人年谱·韦端己年谱》，商务印书馆，2013，第3—34页。

韦庄家世显赫，“才敏过人”[1]，有强烈的建功立业思想，在战乱与漂泊之中，在艰难险阻中，始终未泯经时济世思想，以志匡尧舜为己任，如他在《关河道中》所说：“平生志业匡尧舜，又拟沧浪学钓翁。”[2]“大盗不将炉冶去，有心重筑太平基。”（《长年》）“闲冲暮雨骑牛去，肯问中兴社稷臣。”（《赠野童》）“为儒逢世乱，吾道欲何之。”（《寓言》）韦庄志向远大，但家道中落，科场不利，遭逢战乱，仕进无路，常饮酒自伤：“千蹄万毂一枝芳，要路无媒果自伤。题柱未期归蜀国，曳裾何处谒吴王。马嘶春陌金羁闹，鸟睡华林绣羽香。酒薄恨浓消不得，却将惆怅问支郎。”（《下第题青龙寺僧房》）韦庄的这些经历和思想在无形中对他的词产生了深刻影响。

一　恋情告白

词这种体裁由于其产生的环境与特殊功能，不可避免地要写男女之情，这类题材在此前温庭筠词中占大量篇幅。韦庄写女性与温庭筠不同的是，温词写得含蓄而隐忍，他在为女子画像时尽力克制个人对词中女性的影响，力求能客观地构筑一个唯美的世界。而韦庄则善于在词中表现自己的恋情，且具有强烈主观色彩。

在韦庄词中，写女性有三种情形。一是写女子相思，这类题材继承温庭筠词的写作传统，常常情景交融，较为含蓄，如以下这首《望远行》：

---

① 元·辛文房撰、傅璇琮主编《唐才子传校笺》，中华书局，1995，第322页。

② 聂安福《韦庄集笺注》，上海古籍出版社，2002，第25页。以下所引韦庄诗皆出自此书，不另注。

欲别无言倚画屏。含恨暗伤情。谢家庭树锦鸡鸣。残月落边城。　　人欲别，马频嘶。绿槐千里长堤。出门芳草路萋萋。云雨别来易东西。不忍别君后，却入旧香闺。

上片起句亦是温词中常见的以景起，通过描写女子倚屏、院中锦鸡啼叫和残月照边城，渲染别离伤感氛围。过片换景，依然围绕别离。临别马频嘶反衬二人依依惜别。绿槐是远景，也是想象之景。“千里”将女子的视线由眼前拉到更远的千里之外，犹如目送心上人至千里之外。芳草萋萋不仅扣了春景，也通过化用淮南小山“王孙游兮不归，春草生兮萋萋”（《招隐士》）和王维“春草明年绿，王孙归不归”（《山中送别》），既寄别意又隐含盼归之情，且兼含担忧心上人不归之意。结句虽曰“不忍”，但仍以景结。不忍别后入“旧”闺房，是怕触物生情，勾起往日美好记忆。虽似明言，实则暗含曲折。韦庄这首词虽沿袭温词套路，以景起结，但直抒胸臆，坦率表达感情，不似温词含蓄蕴藉，有时须通过深究物象才能明白其所寄寓的感情。但是，从韦庄对古人词句、典故的化用，其直白的语言背后所蕴含的深意而言，也不能仅以浅露直率来理解韦词。所以，评家认为韦词“似直而纡”不是没有道理的[①]。

但是韦庄写女子相思闺怨的词却并不如温词一样密不透风，而是清空善转，多以室外与自然之景来映衬女子心理、情感，如其《天仙子》二首：

① 清·陈廷焯撰、孙克强等辑校《白雨斋词话全编·白雨斋词话》卷一，中华书局，2013，第1167页。

蟾彩霜华夜不分。天外鸿声枕上闻。绣衾香冷懒重熏。人寂寂，叶纷纷。才睡依前梦见君。

梦觉云屏依旧空。杜鹃声咽隔帘栊。玉郎薄幸去无踪。一日日，恨重重。泪界莲腮两线红。

第一首起句高妙。蟾彩，月光也；霜华，秋霜也。蟾彩与霜华色泽相似，都具清亮光泽，词人将其结合，来了无理而妙的这一句。此句也侧写了女子内心的纷乱。这是视觉方面。下一句从听觉描画。鸿雁的鸣叫，就好像是从天外传来一样。而这声音，是从枕上听闻的，天地反差之大，亦令人感叹。韦相清空善转，于此可见一斑。天与地、月与霜都写了，视觉回到室内。不写人，而是写绣衾香冷。香冷即需熏，似乎是正常思维，韦庄偏偏逆转，说“懒重熏”，懒得再熏了。至此，三句三转，似乎能感觉到女子别扭、懊恼的情绪，以此婉写其相思到骨。下两句颇具禅意。两个三字句用了两个叠字，加深了夜的寂静，也似乎加快了树叶掉落的速度，无形中放大了叶落的声音，令人想起王维的“木末芙蓉花，山中发红萼。涧户寂无人，纷纷开且落”（《辛夷坞》），亦是一种人寂寂、叶纷纷。只是王维写的是春夜山景，受佛教影响，诗中有一种宁静、物喜与澄澈。而韦词中形容的人寂寂、叶纷纷，则弥现孤独，更接近于杜甫的“无边落木萧萧下”（《登高》）。纷纷掉落的每一片叶，凝结了她的哀愁，凝结了她的思恋。结句仍写入梦，本无甚稀奇，但“才”“依前”与“梦见君”的修饰，将女子的痴情写到了极致，一是才睡就入梦，二是一入梦就梦见心上人，这得是多么密不透风的思念！

《花间集》写闺思题材极多，容易落入俗套，但此词突破窠臼，写得天上地下，天马行空，见才情，见雅意，见风神，见诗性。

而韦词写女性最应注意的是第二类，即大胆直率地表露自己的爱情。韦庄可谓是第一个直写自己恋情的词人。如下面这首《菩萨蛮》：

红楼别夜堪惆怅。香灯半卷流苏帐。残月出门时。美人和泪辞。　　琵琶金翠羽。弦上黄莺语。劝我早归家。绿窗人似花。

西晋张华善写情诗，被钟嵘评为“儿女情多，风云气少”（《诗品》）。历来善写情诗者，总不免给人英雄气短之感。温、韦词相较，温词更像女儿词，缘于作者全篇皆以女子身份、视角写词，纡徐婉转；而韦词则多以男性身份入手，大胆坦陈自己的爱恋。即如本词，首句即直接抒发别时惆怅，毫不遮掩，情感充沛。次句为别时回眸闺中之景。灯为照明，帘帐为半卷，给寓目者以人去楼空之空旷和凄凉感。虽为白描，却意境全出。下两句移景室外，写月下美人送别。和泪辞，写出美人泪别，楚楚动人，为下片进一步表达思念埋下伏笔。下片写别后生活。词人漂泊在外，亦有歌吹管弦的生活，身边不乏如花美眷，但都无法阻挡思念。因此也听琵琶，也见鲜衣美饰，但都幻化为闺中人的身影与细语。琵琶声如黄莺语，分明是闺中人在叮嘱他早早回家。“劝我早归家”是词人想象闺中人的话语，飞来妙笔。此黄莺语亦翻用金昌绪之“打起黄莺儿，莫教枝上啼。啼时惊妾梦，不得到辽西”（《春怨》），以此巧妙传达出词人无法忍受分离，而生早日归家之意。在文人词中这样大胆坦荡抒写相思，韦庄可谓开了先河。

类似直陈相思的词作如《归国遥》：

金翡翠。为我南飞传我意。罨画桥边春水。几年花下醉。　　别后只知相愧。泪珠难远寄。罗幕绣帷鸳被。旧欢如梦里。

上首词是由琵琶声作为媒介勾起相思，还算是有一个由头。这首词干脆连这简单的婉转套路都不用，开篇就让翡翠鸟为他传情达意。下面六句，都可以看作词人通过翡翠鸟之口对闺中人的诉说。他告诉闺中人，在罨画桥边度过的几年美好时光，令人陶醉。以致分别后，除了相思，只有惭愧。回想闺中温存相伴，旧日欢乐如在梦里。

全词几乎都以赋的手法写就，叙事性极强，像对着心上人娓娓道来，诉说着别后的相思。即使写到景语，如“罗幕绣帷鸳被”，也是将其置于叙事的间隙，作为叙事的辅助，率真、直白、痛快，更是对所思念的女子在情感上的大胆承认与肯定。这在当时应该还是需要勇气的。类似词作如《浣溪沙》：

惆怅梦余山月斜。孤灯照壁背窗纱。小楼高阁谢娘家。
暗想玉容何所似，一枝春雪冻梅花。满身香雾簇朝霞。

这首也是写男子的相思。首句写梦醒后内心惆怅，故想起闺中女子，想象着她的容颜和形貌，以解相思之苦。韦庄形容女性，喜用雪、梅等清冷高洁物象来比喻，色彩鲜丽、清亮，像极了他的清丽风格。清空善转，不应仅仅被看作词风的体现，亦应看作词人喜欢动态地去描写、刻画人事。而韦庄喜用七言句较多的词调，也与他善写七绝、词作风格受七绝影响深刻有关。

韦词写相思，还有一类是词中视角性别难辨者。既像是以女子视角写的，又像是以男子视角写的。典型的如著名的《女冠子》二首：

> 四月十七。正是去年今日。别君时。忍泪佯低面，含羞半敛眉。　　不知魂已断，空有梦相随。除却天边月，没人知。
>
> 昨夜夜半。枕上分明梦见。语多时。依旧桃花面，频低柳叶眉。　　半羞还半喜，欲去又依依。觉来知是梦，不胜悲。

两首词是联章词，上一首写别时情景，下一首写别后相思。

上首开头纯以日期体现，在词中极少见。下句作为补充，一个“正是”，带出别离时间，记忆深刻，显得十分真实。“忍泪”两句写出别时女子羞涩矛盾的情态：想流泪，又怕对方担心，故“忍”，故假装低头；因为害羞，故不好意思表现出愁眉深锁，只是半锁半展，将女子似愁非愁、似泪非泪、似羞非羞的纯情细腻生动地描绘了出来，如在目前。但这么生动的画面却是梦中情景，醒来时，只有天边的月亮窥探到了心事。

下一首写别后相思。依然是上片记梦，下片后半部分写梦醒。只不过，下一首接着上一首写，就像是故事的延展、电视剧情节的推进一样。写梦境“分明”，即梦里情景十分真实，两人好像真的见到了。“依旧”体现出男子异常挂念，“桃花面”写出女子美丽，频频低着的柳叶眉写出女子的害羞，两个“半”字一个“又”字，如别时的“含羞半敛眉”一样，仍然依恋不舍但又羞涩难掩。女子的深情依然没变，故仍如别时一样低首羞涩，情思婉转，这是“依旧”的另一层含义。

《女冠子》是以男性还是女性身份写就，读来是有矛盾的，所以解说者也无法确定，如杨景龙先生即说“或解此词是男子的回忆，带有词人的自叙传性质，亦可说通”[①]。之所以会有这样的歧义，是词中的笔法与视角所致。首先，“别君时”一句，按照“君”一般指男子的习惯，易使人认为本词是以女性视角所写，是女子的自叙相思。但两首词写得最动人的地方，如“忍泪佯低面，含羞半敛眉”“依旧桃花面，频低柳叶眉”“半羞还半喜，欲去又依依”，又刻画得太形象生动了。这样的笔法与视角，显然不可能是女子写自己的，必然是以男子视角写的，故第二首更像是词人回忆别后梦中情形而作，这就造成了两首词视角与主人公身份的模糊与歧义。又由于这二首词通过具体明白的别离日期和联章体的运用，写得太真实了，甚至有的解词家认为这是韦庄回忆其宠姬之作。如华钟彦：“端己《女冠子》二首，皆为怀念宠姬而作。”[②]刘永济：“此二首乃追念其宠姬之词。”[③]吴世昌：“《女冠子》（二首）亦皆为忆故姬之作。”[④]甚至有人认为这两首词是写韦庄与女冠的感情的。如萧继宗所言：“花间诸家《女冠子》词，皆用本意，独韦相二首不同，首句音节亦小异。临川‘嫌与题意稍远’，栩庄谓‘为胶柱之见’，仆初读此二首，亦与临川同感，盖此调在唐五代时，创调未久，作家尚悉遵本意，韦相不宜独异。窃谓他家之作，文调切合，乃为文造情，未必真依事实。韦相文不符调，乃为情造文，反出真意。疑韦相所恋之人，乃真女冠，事真情真，又不能不深

① 杨景龙《花间集校注》卷三，中华书局，2014，第448页。
② 华钟彦《花间集注》卷三，河南大学出版社，2008，第91页。
③ 刘永济《唐五代两宋词简析》，人民文学出版社，2018，第17页。
④ 吴世昌著、吴令华辑注、施议对校《词林新话》，北京出版社，2000，第99页。

讳其人，故暗寓其人于调，作者之用心，善读者宜能知之。如所揣不诬，则实则反虚，而虚者反实。若徒从字面着眼，转为作者所赚矣。”[①]认为由于韦庄所恋的是一位女冠，不便明言，但“事真情真，又不能不深讳其人”，所以借《女冠子》词调来写，虽然表面所写之事与女冠无涉，实则此二首词的女主人公即为女冠。

以上诸家，无论是认为二词乃悼念宠姬之作也好，还是认为影射了词中女主人公的身份也好，都是认为此乃“事真情真”，是写韦庄自己真实的恋情的，所以才会多方开解，以使其能纾解得通透。

另如《清平乐》：

> 野花芳草。寂寞关山道。柳吐金丝莺语早。惆怅香闺暗老。　　罗带悔结同心。独凭朱栏思深。梦觉半床斜月，小窗风触鸣琴。

由“罗带悔结同心”句，此词似写女子相思，词中主人公应为女子。但从“香闺”“朱栏”用语来看，应为男子视角。因为女子很少自称自己的闺房为香闺的。同样，凭栏就是凭栏，很少用凭朱栏这样的词。香闺、朱栏的他人视角十分强烈，显然是男性对女子居处的概括用词。另外，虽然都标明季节，但塞外荒凉的关山道和庭院香闺内的春色是不一样的。野花芳草，是走在关山路途中的，大自然纯粹自然生长的，朴实，带有荒野气息。而女子所居之处，是在关山之南的地方，所以，庭院里种植着柳树，上有

① 萧继宗《评点校注花间集》，《花间集校注》卷二，中华书局，2014，第545页。

莺啼。柳、莺虽也是平常物候，但它们不是野生的。男子想象着女子的庭院里金柳吐丝，莺歌燕语，春意甚浓。想象着她见此而起波澜，产生悔意，故说女子惆怅自己香闺寂寞，一人暗自老去。

过片仍是男子视角的想象，想象着女子因盼不到自己归家而后悔与自己定情，且想象着女子因相思而独自凭栏愁思。倒数第二句乃点睛之笔。“梦觉”二字总束前四句。原来有关女子的惆怅、后悔，都是男子梦中所见，并不是想象。梦醒后才发现都是梦，这时床上一半都洒满了月光。斜月，表明不是月圆之时。但“梦觉半床斜月”，凄清冷寂，烘托出男子独自在外的孤独。之后以景作结。

同样是写相似之景，温庭筠是“竹风轻动庭除冷，珠帘月上玲珑影”（《菩萨蛮》），韦庄是“梦觉半床斜月，小窗风触鸣琴”。琴乃士人常备雅具，又是文人的人格象征。写风吹小窗鸣叫，就像琴声一样，似阮籍“夜中不能寐，起坐弹鸣琴。薄帷鉴明月，清风吹我襟”（《咏怀八十二首》其一）。这显然是男性文人的常用意象，与温庭筠《菩萨蛮》女性色彩较浓的意象不同。而“风触鸣琴”则暗示男子梦醒后内心情感起伏较大，像风把窗户吹得如琴声鸣叫一样。可知本词是以男性视角写的。

再如《天仙子》：

> 怅望前回梦里期。看花不语苦寻思。露桃宫里小腰肢。眉眼细，鬓云垂。唯有多情宋玉知。

此词初看是写女子相思，题材与温词相同，但写法似同又不同。词中的男性视角和打量的眼光很明显，无论是女子看花不语，还是她的腰肢、眉眼、鬓发，都以男子视角描写刻画。这样的写法导致了身份的混乱，在女子相思与男子想象女子相思的意思中混淆。

韦庄词中出现的这种性别模糊与矛盾，是词在由大量代写闺怨的代言体发展为表达男子相思的自言体的过程中，主观情感与具体写法之间产生的不同步，也是词由男子而作闺音发展为表达男性情感爱恋必经的一段艺术蜕变留下的痕迹。

二　始道文人沧桑

陈廷焯说："韦端己词，似直而纡，似达而郁，最为词中胜境。"①韦词多采用白描手法直抒胸臆，对所经历之情事进行大胆、直接而明晰的叙述，注入强烈的主观色彩和抒情身份，在丰富而复杂的体验和描摹中，将自我的漂泊感、故园与故国之思、伤离念别之情、对人生苍凉的感受，以及豁达、疏放甚至颓废的情感融入其中，拓展了词的内容。

具体而言，首先表现为思乡题材入词。这类题材此前在文人词中虽然少见，但也不是没有，如温词中的"楚女不归，楼枕小河春水"(《酒泉子》)、"两蛾愁黛浅，故国吴宫远"(《菩萨蛮》)，但毕竟只是委婉提及，一笔带过。韦庄生活在唐末战乱时期，在黄巢兵变中流离失所，兄妹乱中分散，居无定所，这种动荡流窜的生涯不可能不在他的词中留下痕迹。这从他著名的《菩萨蛮》组词可以看出：

人人尽说江南好。游人只合江南老。春水碧于天。画船

① 清·陈廷焯撰、屈兴国校注《白雨斋词话足本校注》，齐鲁书社，1983，第33页。

听雨眠。　　垆边人似月。皓腕凝双雪。未老莫还乡。还乡须断肠。

如今却忆江南乐。当时年少春衫薄。骑马倚斜桥。满楼红袖招。　　翠屏金屈曲。醉入花丛宿。此度见花枝。白头誓不归。

第一首在赞美江南好的时候，不忘强调自己“游人”的身份。江南虽好但却是他乡，对游人来说，老于江南是幸运的。接着描写江南水乡的自然美景与江南美女。在对江南令人难忘的体验中，仍然无法摆脱对故乡的思念，所以结尾两句劝人不到老不要归乡，因为离开江南回到故乡之后肯定会思念江南，魂牵梦绕。表面疏旷，实则深情，形成一种对比和张力——江南越美，对江南的景、人、事越沉迷，越见出对故乡的无法割舍。就在这种极度拉扯中，词人完成了对江南的深情咏唱及对故乡的刻骨思念。

下一首承接上一首末尾两句，体现出联章体蝉环而下的特点。前首以“人人尽说”起句，这首以“如今却忆”起句，两首关系密切，可以对读。在江南时留恋江南、难忘故乡，如今离开江南正印证了当初“还乡须断肠”的猜想。此“忆”不仅是忆念江南，也暗扣了此前有关江南的许多咏唱以及《忆江南》词调。既是双关，又是自己独特的感受。对于词人来说，忆江南到底忆的是什么？韦庄毫不虚伪地忆起了年轻时曾游狎邪逛青楼的经历，此也遥应了上一首“垆边人似月，皓腕凝霜雪”。对于多情的词人来说，最深刻的江南之美是通过这些女子体现出来的。而韦庄的追忆，多半掺有对消逝的青春时光的怀念。“当时年少春衫薄”一句，说尽了青年书生的丰神俊朗。由于年少，故身形消瘦，显得青涩腼腆；由于清瘦，故显得衣衫单薄，无形中使人产生怜惜的感情。

这些流露出来的气质与体验都是属于青春的。这么美好的少年，不能不具吸引力，才有下面“骑马倚斜桥，满楼红袖招”。鲜衣怒马的少年与青春美丽的女子，如白居易的“墙头马上遥相顾，一见知君即断肠”(《井底引银瓶》）一样，场景虽然不同，但青年男女一见钟情的吸引力却相同。韦庄并不避讳他游狎邪的经历，直率写出“醉入花丛宿”，并感叹“此度见花枝，白头誓不归”。被青楼女子吸引，产生白头都不愿归乡的想法。结尾两句又是一种反笔，表面发誓不归，实则故乡像一根线，永远牵扯着他，即使在他最为沉迷的时候，都令人难以割舍。

故乡入词，故乡与女性纠缠，成为韦庄心中与女性同等重要的存在，将沉郁之气注入了书写女性的传统中，亦使纯粹写故乡的作品多了几分文人内心的真实与旖旎，两者相互辉映，相得益彰。韦庄另一首与洛阳有关的《菩萨蛮》干脆以女性视角书写：

> 洛阳城里春光好。洛阳才子他乡老。柳暗魏王堤。此时心转迷。　　桃花春水渌。水上鸳鸯浴。凝恨对残晖。忆君君不知。

词中的“洛阳才子”是指词人自己。如同前引第一首《菩萨蛮》，前两句两称“洛阳”，强调洛阳作为故乡的重要性。韦庄虽非洛阳人，但他在避难中曾居洛阳，故亦将洛阳视为故乡。洛阳的春光虽好，那个洛阳的才子却无福消受，只能在他乡老去。是女子闺怨的口吻，亦是对流落他乡的才子未能归洛阳的慨叹。接下四句写洛阳美景。结尾两句，女子对落日而凝立，“忆君君不知”流露了对洛阳才子的思念和哀怨。这两句化用温庭筠词的痕迹很明显。其中“凝恨对残晖”，意境化自温庭筠《望江南》：“梳洗罢，独倚望江楼。过尽千帆皆不是，斜晖脉脉水悠悠。肠断白蘋洲。”末句化自温庭筠“心事竟谁知，月明花满枝”(《菩萨蛮》)、“鸾镜与花枝，此情谁得知”(《菩萨蛮》)、“梦长君不知”(《更漏子》)。但比起温词专写女子相思闺怨，韦词的思想内涵显然深厚了许多，也宽广了许多，更易引起人的共鸣。

类似的思乡词如下面这首《清平乐》：

> 春愁南陌。故国音书隔。细雨霏霏梨花白。燕拂画帘金额。　　尽日相望王孙。尘满衣上泪痕。谁向桥边吹笛，驻马西望销魂。

在梨花如雪般盛开的春日细雨中，词人顿起思念故国之情。衣上泪痕打湿征尘，闻笛声而驻马销魂的形象，还是首次在文人词中出现。此后反映这类内容的题材逐渐增多，到北宋柳永、张先笔下发展为羁旅行役这种反映文人常见生活状态的词作，韦庄的首开之功不可没。

韦庄词中亦有褪去女性色彩、单写思乡的词作，如其《上行杯》：

> 白马玉鞭金辔。少年郎，离别容易。迢递去程千万里。　　惆怅异乡云水。满酌一杯劝和泪。须愧。珍重意。莫辞醉。

写出少年郎不知离别故乡真正意味着什么，而轻易离乡。而送别的人却知人在异乡的孤独惆怅，故在饯别劝酒时不由落泪。

这种思乡与人生沧桑之感在韦庄笔下通过借酒消愁体现出来。尽管在诗中这样的内容可谓比比皆是，如韦庄以下诗作：

多病仍多感，君心自我心。浮生都是梦，浩叹不如吟。（《对酒赋友人》）

睡觉寒炉酒半销，客情乡梦两逍遥。无人为我磨心剑，割断愁肠一寸苗。（《冬夜》）

华开疑乍富，华落似初贫。万物不如酒，四时唯爱春。峨峨秦氏髻，皎皎洛川神。风月应相笑，年年醉病身。（《晚春》）

有国有家皆是梦，为龙为虎亦成空。（《上元县》）

曾为流离惯别家，等闲挥袂客天涯。灯前一觉江南梦，惆怅起来山月斜。（《含山店梦觉作》）

如幻如泡世，多愁多病身。乱来知酒圣，贫去觉钱神。异国清明节，空江寂寞春。声声林上鸟，唤我北归秦。（《遣兴》）

伯伦嗜酒还因乱，平子归田不为穷。（《将卜兰芷村居留别郡中在仕》）

云散天边落照和，关关春树鸟声多。刘伶避世唯沉醉，宁戚伤时亦浩歌。已恨岁华添皎镜，更悲人事逐颓波。青云自有鹓鸿待，莫说他山好薜萝。（《云散》）

送君同上酒家楼，酩酊翻成一笑休。正是落华饶怅望，醉乡前路莫回头。（《东阳酒家赠别二绝句》其一）

岂知新岁酒，犹作异乡身。（《岁除对王秀才作》）

金管多情恨解携，一声歌罢客如泥。（《江皋赠别》）

莫向尊前惜沉醉，与君俱是异乡人。（《江上别李秀才》）

醉凭马鬃扶不起，更邀红袖出门迎。（《南邻公子》）

才喜新春已暮春，夕阳吟杀倚楼人。锦江风散霏霏雨，花市香飘漠漠尘。今日尚追巫峡梦，少年应遇洛川神。有时

自患多情病，莫是生前宋玉身。(《奉和左司郎中春物暗度感而成章》)

贫穷多病，异乡漂泊，故国沦落，抱负成空，有家难回，这些情绪积郁在韦庄胸中难以消化，他不仅通过诗歌来抒愁发恨，也借用词这种在当时还不曾抒发类似内容的体裁来进行表达。在韦词中不乏饮酒、颓废的内容。如下面这首《浣溪沙》：

绿树藏莺莺正啼。柳丝斜拂白铜堤。弄珠江上草萋萋。
日暮饮归何处客，绣鞍骢马一声嘶。满身兰麝醉如泥。

本是美好的春天，绿树黄莺，柳丝吹拂，绿草萋萋，但日暮饮酒之后，满身兰麝香味的客人却醉倒如泥。“何处客”可理解为不知来自何处的客人，也可理解为突然不知该归于何处的客人。那么他为什么醉酒？为什么烂醉如泥？异乡为客，不言自明。

思乡、羁旅、饮酒，男性文人诗中常见的主题在韦庄词中都出现了。词的内容扩大的同时，功能也在扩大，而且更趋文人化。在韦庄这里，词已经成为表达个人感情、抒发人生失意沧桑的工具了。所以韦庄词更接近文人的创作与心态。

韦庄词中虽有部分颓丧、反映及时行乐的内容，但瑕不掩瑜，他在词的内容与功能上的开拓并没有因此受到影响。

三 “宠姬被夺”说辨正

历来读韦庄词，总会遇到诸如宠姬被夺的说法。那么，韦庄真有宠姬被夺之事吗？到目前为止，韦庄本人作品及史书中并无记载。那么，宠姬被夺的说法到底是怎么来的？梳理现有材料可知，这种说法最早出现于宋人杨湜的《古今词话》：

> 韦庄以才名寓蜀，王建割据，遂羁留之。庄有宠人，资质艳丽，兼善词翰。建闻之，托以教内人为词，强庄夺去。庄追念悒怏，作《小重山》及《空相忆》……情意凄怨，人相传播，盛行于时。姬后传闻之，遂不食而卒。①

此后，明清及近现代词评家都是在此基础上沿袭、敷衍这一说法，内容大同小异，不妨罗列于下：

> 后寓蜀。蜀王建闻庄有美姬，善词翰，托以教内人为词，强夺去。庄作《谒金门》云（略）。姬闻之，遂不食卒。②
>
> 庄有美姬，善文翰，高祖托以教宫人为词，强夺去。庄作《谒金门》辞忆之，姬闻之不食而死。③
>
> 韦庄寓蜀，有美姬，善词翰，王建托以教内人，强夺去。庄作《谒金门》……姬闻之，不食死。④
>
> 《乐府纪闻》曰：韦庄……以才名寓蜀。蜀主建羁縻之，夺其姬之善词翰者入宫。因作《谒金门》'空相忆，无计得传消息'云。……《尧山堂外纪》曰：韦端己思旧姬，复作《荷叶杯》《小重山》二阕。流传入宫，姬闻之，不食死。⑤

---

① 唐圭璋编《词话丛编》，中华书局，2005，第20页。

② 明·卓人月《古今词统》卷八，辽宁教育出版社，2000，第274页。

③ 清·吴任臣《十国春秋·韦庄传》，中华书局，2010，第594页。

④ 清·徐釚《词苑丛谈》卷七，中华书局，2008，第165页。

⑤ 清·沈雄《古今词话·词评上卷》，唐圭璋编《词话丛编》，中华书局，2005，第971页。

韦端己思旧姬作《荷叶杯》词云(二首略)。又,《小重山》词云(略)。流传入宫,姬闻之,不食死。[1]

韦庄……以才名寓蜀,蜀主建羁留之。庄有宠人,资质艳丽,兼善词翰。建闻之,托以教内人为词,强夺去。庄追念悒怏,作《荷叶杯》《小重山》词,情意凄怨,人相传播,盛行于时。[2]

衡之以上诸说,从源头来看,杨湜提出宠姬被夺说是源于对韦庄词的解读,尤其是《小重山》《谒金门》(空相忆)与《荷叶杯》。此后的论者逐渐加入了《归国遥》《应天长》《清平乐》《女冠子》《浣溪沙》等词。这些作品之所以被视为韦庄为被夺的宠姬所作,只是因为词中存在一些难以理解的地方,便由此臆断,从而得出宠姬被夺的结论。

而评者普遍有这样的看法,其实与韦庄经常在词中表现自己的恋情有关。既然韦庄在词中写自己的恋情,那么一些看似被阻于深宫、两地相思、难以团聚的内容,便是由于其自身的经历,所以评者才会臆造出韦庄有宠姬被王建夺入宫中,故而才有这样的解读。这透露了两个问题,一是韦庄词作给人造成的误解,二是后人解读时产生的误解。其实结合韦庄的诗来细读韦庄以上词作,便会有不同的看法。

先来看《荷叶杯》(记得那年花下)(《小重山》将在下一部分解读):

① 清·王奕清等《历代词话》卷三"韦庄词"条,转引自《尧山堂外纪》,唐圭璋编《词话丛编》,中华书局,2005,第1129—1130页。

② 清·王奕清等《历代词话》卷三"秦妇吟秀才"转引自《古今词话》,唐圭璋编《词话丛编》,中华书局,2005,第1129页。

记得那年花下。深夜。初识谢娘时。水堂西面画帘垂。携手暗相期。　　惆怅晓莺残月。相别。从此隔音尘。如今俱是异乡人。相见更无因。

关于这首词，李冰若先生说得很有道理：“《浣花集》悼念亡姬之作甚多，《荷叶杯》《小重山》当属同类。杨湜宋人，纪宋事且多错忤，其言不足据为典要。即如此词第二首［按，指《荷叶杯》(记得那年花下)］，纯为追念所欢之词，亦不似《章台柳》也。”[①]他的观点可解为三：一，《荷叶杯》《小重山》与韦庄诗中悼亡姬之作同类，都属于悼亡词；二，杨湜作为宋代人，记录当朝事情都多有错误，何况异代之事？所以他认为宠姬被夺说不足为信；三，进一步指出《荷叶杯》(记得那年花下)属于追念旧欢之作，不属于悼亡姬之作。

在众多有关宠姬被夺的论述中，李冰若的观点是最为中肯、可信的。首先，就其所说的《荷叶杯》(记得那年花下)词作本身来看，是反映了当年一场美好的相遇。这次邂逅给韦庄留下了深刻印象，故他在词首句用“记得”二字。相遇是在深夜的花下，而且是在水堂的西面，垂着画帘。景美、境美、人美，现实的相遇经过记忆的淘洗变得异常美好，所以令韦庄难以忘怀。过片前两句写二人不知何故分离。但既为萍水相逢，分离是必然的。后三句写别后词人的思念。由于战乱，二人漂泊不定，失去了联系。想必那个她亦因避乱离开了故乡，所以才有“如今俱是异乡人”的感伤。这样的情形下，相见更是不可能了。前面已经提及，韦庄写恋情时，会将思乡与漂泊之感融入其间，如他的《菩萨蛮》

① 李冰若《花间集评注》，四川人民出版社，2019，第67页。

等词一样，这首词也应是夹杂着思乡之情的怀旧之作。词中这位女子，韦庄称之为“谢娘”，是对心爱女子或青楼女子的泛称，怎么可能是指所谓的宠姬？退一万步说，即使真有杨湜所谓的宠姬被夺之事，既然宠姬已入宫，韦庄也绝不会以“谢娘”来称呼对方。但为何这首词亦被认为是写宠姬被夺？是今人固有思维模式所致。此首《荷叶杯》列于上一首之后，既然上一首有“碧天无路信难通”句，反映了宠姬被夺宫中，韦庄无法与之通信，那么这首也一定是写宠姬的。由于词在晚唐五代时期并无词题与词序，同一词调的词作往往被排列在一起进行传播，实际上，除非彼此在内文上有紧密联系，否则是没有必然关系的。今人不能因其排列在一起，就想当然地将其视为联章词而进行有滤镜的解读。

再看《谒金门》与《荷叶杯》（绝代佳人难得）：

空相忆。无计得传消息。天上常娥人不识。寄书何处觅。　新睡觉来无力。不忍把伊书迹。满院落花春寂寂。断肠芳草碧。（《谒金门》）

绝代佳人难得。倾国。花下见无期。一双愁黛远山眉。不忍更思惟。　闲掩翠屏金凤。残梦。罗幕画堂空。碧天无路信难通。惆怅旧房栊。（《荷叶杯》）

《谒金门》首句三字，奠定了此首为回忆、追念之作，而“空”字又透露了一种失落、无奈，表明相忆亦是徒然，并不能改变什么。下一句“无计得传消息”，给人阻隔的感觉，容易有被迫离别的印象。而接下一句“天上常娥人不识”，“天上”二字按照惯性思维，很容易使人以为是指宫中。这就造成了韦庄有心爱的姬妾被强行留在宫中的印象，即如杨湜所载“建闻之，托以教内人为词，强庄夺去”。而《荷叶杯》开头的“绝代佳人难得。倾国”两句，化自汉代李龟年的“北方有佳人，绝世而独立。一顾倾人城，再顾倾人国。宁不知倾城与倾国，佳人难再得”(《李延年歌》)，所以才有杨湜所谓的“庄有宠人，资质艳丽”。而“碧天无路信难通”，当然就是指与宫中难通消息了。

梳理以上两首词，容易引起误解的地方，不外是“无计得传消息”“天上常娥人不识”“碧天无路信难通”几句。但“天上”“碧天”难道仅能指皇宫吗？为何不能解释为它的本意，就是指天上呢？如果指天上，那为何不是表达天人相隔的意思呢？

韦庄词受其诗的影响甚大，以韦庄之诗来对读，大约更能接近韦词本意。韦庄有《悼亡姬三首》，如下：

凤去鸾归不可寻，十洲仙路彩云深。
若无少女花应老，为有姮娥月易沉。
竹叶岂能销积恨，丁香空解结同心。
湘江水阔苍梧远，何处相思弄舜琴。

默默无言恻恻悲，闲吟独傍菊花篱。
只今已作经年别，此后知为几岁期。
开箧每寻遗念物，倚楼空缀悼亡诗。
夜来孤枕空肠断，窗月斜辉梦觉时。

六七年来春又秋，也同欢笑也同愁。
才闻及第心先喜，试说求婚泪便流。
几为妒来频敛黛，每思闲事不梳头。
如今悔恨将何益，肠断千休与万休。

此外，韦庄的《灵席》《旧居》，亦属悼亡姬之作。

从韦庄的诗中可以看出，他有一位心爱的姬妾，二人感情甚好，一起生活了六七年，其间如元稹《遣悲怀三首》写的那样，贫贱相知，百事可哀，如“六七年来春又秋，也同欢笑也同愁。才闻及第心先喜，试说求婚泪便流”。现今姬妾亡故，韦庄是“如今悔恨将何益，肠断千休与万休”，悔恨交集，思念不已。有这样的伴侣、这样的经历，韦庄又常在词中坦陈自己恋情，亡姬怎么可能不入词呢？而这个姬的称呼，就如韦庄“试说求婚泪便流”所反映的一样，二人未曾有婚姻，故有这样的称呼。现在返回看《谒金门》（空相忆）之“天上常娥人不识”，与《悼亡姬》其一“为有姮娥月易沉”意类似，而《荷叶杯》之“碧天无路信难通”则与《悼亡姬》其一“凤去鸾归不可寻，十洲仙路彩云深”意类似。至于“无计得传消息”，不就是写天人永隔、再无联系与厮守的可能吗？所以，这些词句都不是宠姬被王建所夺、闭处深宫的确证。

再从词意看，“惆怅旧房栊”与“寄书何处觅”，不就是悼亡诗中所写的“开箧每寻遗念物，倚楼空缀悼亡诗”吗？大约韦庄爱姬通文墨，与他有诗书往来，故韦庄每每念及，哀痛更甚，而这点被杨湜附会为宠姬“兼善词翰”。

韦庄另有《应天长》二首、《归国遥》（春欲暮）亦被吴世昌先生认为是写宠姬被夺的。吴先生原文如下：

端己《归国遥》（“春欲晚”）、《应天长》（“绿槐阴里黄莺语”“别来半岁音书绝”）三首皆代作闺怨。《应天长》两首即代其姬作，想象此姬为王建夺取后之心境。又《清平乐》（“野芳花草”）、《谒金门》（“空相忆”）、《女冠子》（“四月十七”“昨夜夜半”）、《小重山》（“一闭昭阳春又春”）各首亦皆为忆故姬之作。[1]

吴世昌先生认为的韦庄词中代其姬作及忆故姬之作，数目最多。先来看其《归国遥》与《应天长》：

春欲暮。满地落花红带雨。惆怅玉笼鹦鹉。单栖无伴侣。　南望去程何许？问花花不语。早晚得同归去。恨无双翠羽。(《归国遥》)

绿槐阴里黄莺语。深院无人春昼午。画帘垂，金凤舞。寂寞绣屏香一炷。　碧天云，无定处。空有梦魂来去。夜夜绿窗风雨。断肠君信否。(《应天长》)

别来半岁音书绝。一寸离肠千万结。难相见，易相别。又是玉楼花似雪。　暗相思，无处说。惆怅夜来烟月。想得此时情切。泪沾红袖黦。(《应天长》)

《归国遥》纯是抒写相思之作，虽有“惆怅玉笼鹦鹉，单栖无伴侣”句，但只是比喻女子身在闺房如笼中鹦鹉般孤独、无奈罢了。第一首《应天长》之“碧天云，无定处”亦是比喻，比喻心上人如天上云一样漂泊无定，只有梦中才能相见。末句通过描绘绿窗外夜夜风雨，象征女子内心情感动荡无法平静，以抒发断肠之恨。第二首《应天长》明确写别后时间为半年，写女子离肠千结的痛苦哀怨，况且又正值花开似雪的美好季节，更增添了独守闺房的怨恨。因此夜不能寐，泪湿红袖。

① 吴世昌著、吴令华辑注、施议对校《词林新话》，北京出版社，2002，第99页。

韦庄曾言自己“今日尚追巫峡梦，少年应遇洛川神。有时自患多情病，莫是生前宋玉身”(《奉和左司郎中春物暗度感而成章》)。韦庄自言患了多情病，怀疑自己前身是宋玉。宋玉有《登徒子好色赋》，韦庄将自己比作宋玉，所指为何不言自明。韦庄虽然在诗词中对某个特定女子表示过深情，如《悼亡姬三首》，但这并不意味着韦庄生命中只有一段感情。相反，他应该是有不止一段甚至多段感情经历，诗中明确可指的女子即有姬人、灼灼、女仆阿杜、杨氏妓等。所以，这几首词为写某位女子或思念某位女子是合情合理的，不必非要牵强附会到宠姬身上。况且韦庄最宠爱的姬人早已离开人世。

韦庄尚有一首《浣溪沙》，颇为难解，现列于下：

夜夜相思更漏残，伤心明月凭栏干。想君思我锦衾寒。咫尺画堂深似海，忆来唯把旧书看，几时携手入长安？

此词实为表达男子相思之作，更确切地说，是表达韦庄的相思。所以，上片前两句是写词人夜夜相思、明月下凭栏。第三句则是诗从对面来，想象着女子担心他旅途中锦衾单薄而寒冷。最易引起歧义的是过片这句“咫尺画堂深似海”，意为近在咫尺却无法相通。易令人想到“侯门一入深如海”。唐人范摅《云溪友议》卷上“襄阳杰”曾记秀才崔郊爱婢被于頔买去，崔郊思慕不已，作诗“侯门一入深如海，从此萧郎是路人”表达心意，于頔知晓后厚置奁匣归爱婢于崔郊[①]。细味咫尺之意，表示距离很近，但不一定非

① 唐·范摅撰、唐雯校笺《云溪友议校笺》卷上，中华书局，2017，第17—18页。

指人与人之间距离近。《南史·齐武帝诸子传》曰："于扇上图山水，咫尺之内，便觉万里为遥。"李白《连理枝》云："咫尺宸居，君恩断绝，远似千里。"韦庄词中写的是"咫尺画堂"，意为画堂虽然近在咫尺，但却深似海。为何有这样的感觉？因为心爱的那个人已经不在人世，虽然她曾居住的地方近在咫尺，但那个人却仿佛在似海深的地方，永远也见不到了。只能像在悼亡诗里写的那样，"开箧每寻遗念物，倚楼空缀悼亡诗"了。所以这首词应为韦庄悼念亡姬之作，并非宠姬被夺。

四 《小重山》是宫怨词

韦庄虽然常在词中写自己的爱恋和情感经历，但不一定笔下所有的词都是写作者本人的恋情的。读者之所以易混淆词中男主人公与词人本身的身份，还有一个原因是韦庄词中所用的修辞手法，易使人产生词中所写是真实发生之事的错觉。主要体现在韦庄喜欢用一些回忆色彩极强、似乎真正发生过的词语和句子，如"记得那年花下"(《荷叶杯》)、"四月十七，正是去年今日""昨夜夜半，枕上分明见"(《女冠子》)等。这些似乎实有其事的词句的运用，在韦庄词中发酵开来，成为一种既定的前置文本，即使是不同的词作，亦使人容易产生如《荷叶杯》《女冠子》中那样真实、历历在目的错觉，也就容易把所有写情事的词作都当作写韦庄本人的了。而词既然是一种创作，当然有一定的虚构与想象成分在内。正如董乃斌先生在《锦瑟哀弦——李商隐传》中写到的："读解这些诗（讴歌爱情的），需要破除阅读中国古诗的一种思维习惯，即不要把作品主人公与作者本人等同，不要认为诗中所写都是作者本人经历的真事，而要把它们理解为是诗人对爱情生活的幻想；诗中的男女主人公当然并不是诗人和他的女友；诗所描述的空间和时间都是诗人假定的，因而是虚设的，缥缈无定的，甚至是上天入地，打通了人神界限，突破了日常生活逻辑的。不过，诗人所写虽不是自己的经历和遭遇，但却贡献了喷薄如火的恋爱激情和刻骨铭心的恋爱体会。”① “困难的症结在于我们往往不自觉地陷在读中国古诗的那种思维定式之中。即往往把抒情诗的内容仅仅看作作者的自述，把诗之主人公与作者本人画符号，而诗中所写之事也就必然是其本人之事迹，所抒发的也必为其本人之情感——除却那些明白标出‘代’字的作品以外。”② “诗歌虽不是小说戏剧，但诗歌也绝不是行踪实录。诗人完全有可能在诗中假托人物、虚构情境乃至编造故事，只是其表现方式不像小说戏剧那样采用作者隐身的叙述或表演之法，而是借了那故事的一点躯壳来抒发感情。故事唯见模糊框架，诗人的兴趣和用力点其实是在抒情。”③

董乃斌先生所指出的我们阅读古诗的思维习惯，在词中也存在。因此免不了穿凿附会，才有诸如宠姬被夺这样的说法代代延续，甚至愈演愈烈，对韦庄《小重山》的解读亦是如此。只因涉及“昭阳”这样的词语，便认为是写被夺的爱姬。实际上，结合韦庄诗歌来读，这应为一首宫怨词：

一闭昭阳春又春。夜寒宫漏永，梦君恩。卧思陈事暗销魂。罗衣湿，红袂有啼痕。　歌吹隔重阍。绕庭芳草绿，倚长门。万般惆怅向谁论？凝情立，宫殿欲黄昏。

① 董乃斌《锦瑟哀弦——李商隐传》，作家出版社，2015，第46页。
② 同上书，第47页。
③ 同上书，第47页。

韦庄曾于入蜀前编成《又玄集》，选唐人诗歌近三百首，其中收妇女诗十九家，为收录女子诗作开了先河。可见韦庄对女性题材的诗歌如宫怨、闺怨是比较感兴趣的，如他仅选了王昌龄的一首诗，便是其宫怨诗《长信宫秋词》："奉帚平明金殿开，暂将团扇共徘徊。玉颜不及寒鸦色，犹带昭阳日影来。"[①]此外入选《又玄集》的宫怨诗还有李华《长门怨》、杨凌《明妃怨》、刘皁《长门怨》、韦应物《送宫人入道》、元稹《连昌宫词》、薛逢《汉武宫词》、刘德仁《悲老宫人》、于武陵《长信宫》、杜荀鹤《春宫怨》等。韦庄自己也创作宫怨诗，如《宫怨》：

一辞同辇闭昭阳，耿耿寒宵禁漏长。
钗上翠禽应不返，镜中红艳岂重芳。
萤低夜色栖瑶草，水咽秋声傍粉墙。
展转令人思蜀赋，解将惆怅感君王。

观韦庄《小重山》，与其《宫怨》诗从造境到词句多有重合处。如"一闭昭阳春又春"，就与其诗中第一句"一辞同辇闭昭阳"相似；第二句"夜寒宫漏永"又与其诗中第二句"耿耿寒宵禁漏长"意思相同。而词中之"罗衣湿，红袂有啼痕"又与诗中之"镜中红艳岂重芳"意思相类。词中之"绕庭芳草绿，倚长门"及"凝情立，宫殿欲黄昏"与诗中之"萤低夜色栖瑶草，水咽秋声傍粉墙"一样，反映女子于庭中辗转徘徊、憔悴哽咽之状，又同化自司马相如《长门赋》，只不过诗中有"展转令人思蜀赋"句，明言女子思《长门赋》("蜀赋"即指《长门赋》)。

① 傅璇宗等编《唐人选唐诗·又玄集》，中华书局，2014，第783页。

从《小重山》所选取的意象、表达的情感到所体现的女子徘徊隐忍的状态，整体都有化自《长门赋》的影子。所以韦庄的这首《小重山》应为宫怨词，是韦庄是有意创作，并不是写自己的情感经历，也更非历来评家所认为的写宠姬被夺。

从韦庄宫怨诗、词之间的密切关系亦可看出，他编辑《又玄集》所选取的宫怨诗实际是为了便于学习、规摹宫怨诗与宫怨词的创作而准备的。

韦庄宫怨词并非首创，只不过这类内容在《花间集》中极少，所以大家容易忽略，也无法真正体认到。如此前温庭筠的《清平乐》即可视为宫怨词：

> 上阳春晚。宫女愁蛾浅。新岁清平思同辇。争奈长安路远。　凤帐鸳被徒熏。寂寞花锁千门。竞把黄金买赋，为妾将上明君。

而韦庄《小重山》亦非《花间集》中宫怨词的最后一首，它对后人的影响甚为明显，薛昭蕴即有两首《小重山》，也是以长门为明显意象写宫怨。薛昭蕴此二首直接承续韦庄词调，且从其中所运用的意象等可以看出宫怨词特点十分明显，说明薛昭蕴在创作同调词时即认为韦庄是写宫怨的，这也可反证韦庄的《小重山》为宫怨词，并非指宠姬被夺。前人由于执念于韦庄词中恋情为其亲身经历，又对宫怨词并无概念，便错将这首宫怨词也归为是韦庄写爱姬被夺。千年误解，是该到了揭开其神秘面纱的时候了。

第五讲

孙光宪

花间别调的代表

目送征鸿飞杳杳，思随流水去茫茫。兰红波碧忆潇湘。

詹安泰先生曾说："花间词派，孙孟文是一大家，与温、韦可鼎足而立。《花间集》录孙作特多，不为无故。"他还说："学飞卿或失之难，学端己或失之易，惟学孙孟文可无所失。"[1]可见孙光宪词的重要性、全面性和独特性。

孙光宪（896—968），字孟文，陵州贵平（今四川仁寿）人。生于蜀地，卒于北宋，官于荆南三十七年，是为五代词人。后唐时曾为陵州判官。后唐天成元年（926）避地江陵，任掌书记。事南平三世，累官至荆南节度副使、朝仪郎、检校秘书少监，入宋后为黄州刺史。孙光宪祖上世代务农，唯独他年少时即十分好学。博通经史，尤勤学，聚书数千卷，或自抄写，孜孜校雠，老而不废。好著撰，自号葆光子。孙光宪素以文学自负，处荆南，怏怏不得志，尝慕史氏之作，颇恨居幕府，无法展示其才力。据《宋史》本传记载，孙光宪所著有《荆台集》三十卷、《巩湖编玩》三卷、《笔佣集》三卷、《橘斋集》二卷、《北梦琐言》三十卷、《蚕书》二卷。又撰《续通历》，被宋初统治者认为纪事失实，太平兴国初年诏毁之[2]。今存《北梦琐言》二十卷。事见《新五代史·南平世家》《宋史·孙光宪传》《十国春秋》等。

孙光宪雅善小词，《花间集》收词61首，《尊前集》收词23首，共84首。除去南唐冯延巳，词作数量名列五代词人之首，也属花间词人之冠。孙光宪官于西蜀之外的荆南，赵崇祚却将他的词作编入《花间集》，数量仅次于温庭筠，可见孙光宪在当时的声誉及其词的影响力和美誉度。

孙光宪的著述遍及史、子、集，实际著作要比现存数目大得

① 詹安泰《宋词散论》，广东人民出版社，1980，第122页。

② 见元·脱脱等撰《宋史·孙光宪传》，中华书局，1985，第13956页。

多。据零星钩沉，尚有《纪遇诗》十卷（见《唐音癸签》卷三〇）、《乐府歌集》（见僧齐己《谢荆幕孙郎中见示〈乐府歌集〉二十八字》），以及《纂唐赋》一卷、《杜甫集序》《太元金阙三洞八景阴阳仙班朝会图》五卷等，都未能保存下来[1]。可知孙光宪确实十分勤奋，著述不辍，不仅撰写过史书、笔记小说、笺奏公文、农蚕书等，还写过诗歌。

而孙光宪之所以被认为是花间一大家，足可与温庭筠、韦庄抗衡，其词作也被视为花间别调，与他独特的人生经历、广泛的兴趣爱好、宽广丰厚的学术视野不无关系。其词作体现出来的丰富的题材、多样的艺术风格以及词境的开阔、富于感发性，都源于孙光宪本人的不同凡响。

一　引入新题材拓展词风

首先，农家生活入词。孙光宪出生于农家，对农村生活不仅熟悉而且感觉亲切。虽然他后来成为荆南集团最高统治者十分倚重的重臣，但童年的生活环境与经历却不是那么容易忘记的。如这首《风流子》就是农家田园生活十分自然而有趣的描写：

茅舍槿篱溪曲。鸡犬自南自北。菰叶长，水葓开，门外春波涨渌。听织。声促。轧轧鸣梭穿屋。

不同于以往词中常写女子居于红楼、玉殿、玉楼、画屏之内，起

① 有关内容可参照陈尚君《"花间"词人事辑》（《唐代文学丛考》，中国社会科学出版社，1997）、房锐《孙光宪与〈北梦琐言〉研究》（中华书局，2006）。

句“茅舍”一词着实新人耳目，并点明了是居于小溪边上。茅舍外插着槿篱，槿篱内鸡和犬自由地踱步、闲逛，“自南自北”写出了小动物们悠闲自在的状态，洋溢着喜感。篱笆外，小溪边，碧绿的茭叶细长，水蘋开着粉红色的花，绿色的春水清澈见底，泛起细细的波浪。屋内织机声急切、短促，梭子转动的声音传出屋外。这一幅有声有色的画面，令人恍如走入陶渊明“暧暧远人村，依依墟里烟。狗吠深巷中，鸡鸣桑树颠”（《归园田居五首》其一）的生活中了。这是一幅南方农村常见的画面，棕色的茅屋，绿色的菰叶、溪水，红色的水蘋花，懒散的鸡犬，画面鲜亮温暖，视觉冲击力强。其中的鸡犬声、织布声、鸣梭声、水流声，亦和谐动人。而孙光宪对农家生活的描述自然逼真，充满着美好和喜爱。

以前本在田园诗中常见的画面，如今却出现在词中，而且在花间词中绝无仅有，足见孙光宪在词的创作上的求变与魄力。这样的内容到北宋苏轼笔下才有相应鲜活的表现。苏轼《浣溪沙》写道：“簌簌衣巾落枣花。村南村北响缫车。牛衣古柳卖黄瓜。　酒困路长惟欲睡，日高人渴漫思茶。敲门试问野人家。”但苏轼是以官员身份酒困道渴敲门而入的视角来写，较孙光宪词终是隔了一层。南宋辛弃疾《清平乐》：“茅檐低小。溪上青青草。醉里吴音相媚好。白发谁家翁媪？　大儿锄豆溪东。中儿正织鸡笼。最喜小儿亡赖，溪头卧剥莲蓬。”才算是自然逼真的农家乐，可与孙光宪此词媲美。李若冰评此词曰：“《花间集》中忽有此淡朴咏田家耕织之词，诚为异采。盖词境至此，已扩放多矣。”[①]确为允当。

此外在表达相思、闺怨的词中，孙光宪亦喜欢不经意间引入以往只在田园诗中出现的禽鸟、公鸡意象，使画面骤然间富有喜

① 李冰若《花间集评注》，四川人民出版社，2019，第210页。

感与烟火气。如“花冠闲上午墙啼”(《浣溪沙》)、“花冠频鼓墙头翼”(《菩萨蛮》)、“墙外晓鸡咿喔”(《更漏子》)、“翠檐愁听乳禽声”(《虞美人》)。花冠即鸡冠，指公鸡，花冠啼鸣或鼓翼意指公鸡打鸣。此前,《花间集》只在温庭筠词中见到一句“一声村落鸡”(《更漏子》)，表达拂晓送别之意。而孙光宪词中屡次出现这类意象，这是对词境与词风有意识的改造，当然也流露出他对昔日农村生活的留恋。

其次，咏物词。这在《花间集》中虽然并不算新题材，但以往咏物词多见于《杨柳枝》，此前温庭筠、皇甫松、顾敻的《杨柳枝》就有十一首。孙光宪也有四首，但都跳不出咏柳主题，题材陈旧，难出新意。而一些词虽有咏物成分，如皇甫松《浪淘沙》二首之“去年沙觜是江心”“寒沙细细入江流”，但词作本身并非咏物。像孙光宪笔下的《望梅花》才属真正意义上的咏物词：

> 数枝开与短墙平。见雪萼、红跗相映，引起谁人边塞情。　　帘外欲三更。吹断离愁月正明。空听隔江声。

上片三句，前两句实写梅花，写数枝梅花开在墙边，红色花蕾被雪衬托得分外妖娆。第三句由笛曲《梅花落》逗引出边塞离情。过片点出时间为三更。接着写月下听《梅花落》，更引发离愁。结句以景作结。抓住夜里听觉敏锐的特点，仍以“听”入词，但一句“空”表现无奈，一个“江”意境突大，笛声与江声交融，使《梅花落》之曲悠扬婉转，隽永不绝，将一首咏梅的词作赋予深广的意蕴与优美的意境。东晋杂曲歌辞《西洲曲》借折梅寄人表达相思：“忆梅下西洲，折梅寄江北。单衫杏子红，双鬓鸦雏色。”南北朝时陆凯有《赠范晔诗》表达友情：“折花逢驿使，寄与陇头人。

江南无所有，聊赠一枝春。”本词暗承六朝时期即已流行的借梅诉相思与友情的传统，使一首咏梅词能突破词调束缚而颇具风雅与美感，确与词人深厚的文化积淀有关。

不仅咏植物，还有咏蝴蝶的：

> 春欲尽，景仍长。满园花正黄。粉翅两悠飏。翩翩过短墙。　　鲜飚暖。牵游伴。飞去立残芳。无语对萧娘。舞衫沉麝香。(《玉蝴蝶》)

这也是词咏本调。首二句点明季节正值春日。第三句写园中花儿盛开，为引出蝴蝶作铺垫。“黄”与下句的“粉”是借对，是为了与蝴蝶的色彩形成鲜明对比。接下两句写蝴蝶越过矮墙飞来，着重写其双翅。过片三句，通过春风吹拂，写蝴蝶结伴飞舞，并立在残花上。结尾两句引出观蝶女子。此词的新颖之处是以蝴蝶的视角写它无语对萧娘。蝴蝶虽然在花丛中采花授粉，但它仍能闻到女子舞衫上浓郁的沉麝熏香。以香作结，结而未结，余味悠长。人与蝶相对、陪伴，蝶却看穿了人的心事。萧娘是舞女，她的愁怨和牵挂是什么呢？不言而喻。含义隽永。咏物词能写到这个程度，也是难能可贵了。

第三，渔隐词。《花间集》中共有八首《渔歌子》，孙光宪有二首。在孙光宪之前，只有顾夐有一首《渔歌子》，虽然结句“名利无心较逐”表达了仕隐之心，但仍不脱画帘、翠屏、满袖荷香之类香艳风格。孙光宪之后，魏承班有一首《渔歌子》，沿袭温词传统，“柳如眉，云似发。蛟绡雾縠笼香雪”，仍写相思离愁，实称不上花间别调。李珣的四首《渔歌子》与孙词内容、风格一脉相承，明显受孙词影响，甚至有句式的模拟和词句的直接袭用，如

“草芊芊，花簇簇”，由此亦可见孙光宪词在题材与艺术风格上的开拓性。

中唐时期张志和有类似作品五首，《全唐诗》名《渔父歌》，《钦定词谱》名《渔歌子》，单调五句二十七字，四平韵，是七绝变体。其中第一首最著名：“西塞山前白鹭飞。桃花流水鳜鱼肥。青箬笠，绿蓑衣。斜风细雨不须归。”表现渔父打渔之乐。孙光宪《渔歌子》双调五十字，上下片各六句三仄韵。张志和《渔父歌》五首写在湖州打渔往来，词中的西塞山、青草湖、霅溪等即在湖州。而孙光宪《渔歌子》中的青草湖、霅溪、东湾、松江亦在湖州，两首词末之“侬家”亦为古代吴人自称，从题材和地点上都对张志和《渔歌子》有所继承。孙光宪《渔歌子》二首如下：

草芊芊，波漾漾。湖边草色连波涨。沿蓼岸，泊枫汀，天际玉轮初上。　　扣舷歌，联极望。桨声伊轧知何向。黄鹄叫，白鸥眠。谁似侬家疏旷？

泛流萤，明又灭。夜凉水冷东湾阔。风浩浩，笛寥寥，万顷金波澄澈。　　杜若洲，香郁烈。一声宿雁霜时节。经霅水，过松江，尽属侬家日月。

第一首前三句写青草湖风景，暗扣“青草”二字。接下来写渔船沿岸穿行，岸边红蓼盛开，停泊在枫汀时，月亮正升上天空。下片首句“扣舷歌”扣词调中之“歌”字。月下放歌，仰望夜空，词境清杳而辽阔，心情随之舒畅。接下来以问句形式提出疑问：桨声咿呀，这船儿到底要驶向何方？问而不答，语带双关，触动人生思索。下面两个三字句宕开一笔，听到天上黄鹄叫，看到沙滩上白鸥眠。鸟儿都如此自在，何况人呢？暗喻人亦如天上飞翔之黄鹄、地上安眠之白鸥，随遇而安。而黄鹄意象又暗含一种自得与自信，“燕雀安知鸿鹄之志”(《史记·陈涉世家》)、“黄鹄据其高，众鸟接其卑”(韩愈《南山有高树行赠李宗闵》)，词人自认自己是不同于燕雀的鸿鹄，虽眠沙饮露，亦不失自信与志向。故结句以反问表达出甚于他人的疏旷自在。

第二首以萤火虫起句，抓住水边夜里常见物象来写。萤火虫在暗夜里飞行，忽而明亮，忽而暗淡，烘托出吴地水乡夜里的寂静、荒凉。此刻东湾的水在暗夜里平静地流淌，开阔而凉冷。水边的风大而浩浩，断续传来寂寥的笛声，水面金波闪烁，澄澈无边。杜若洲上的香草芳香浓郁，一声雁鸣滑过天空，提醒人应该是霜降时节了。船儿在月下轻轻滑过水面，经过松江，无声无息。月夜下，仿佛整个天地日月都是属于自己的。

相较而言，第二首意境更为清冷孤寂，更体现了渔隐意蕴。词人对秋夜月下明灭的萤火虫、冰冷的湖水、寂寥的笛声、万顷金波、浩荡之风、银冷的清霜、大雁的鸣叫、浓郁的芳香的体认，集结了视、听、嗅、触诸觉，感觉细腻灵动，具有极高的感知力与审美力，其清峻遒劲的词风在此可见一斑。苏轼《赤壁赋》“白露横江，水光接天。纵一苇之所如，凌万顷之茫然，浩浩乎如冯虚御风”的意境，与孙光宪后一首《渔歌子》尤其神似。

李珣《渔歌子》四首体式与孙光宪词完全相同。但孙词既不似顾敻“名利无心较逐”(《渔歌子》)、李珣“不见人间荣辱”“名利不将心挂”“不议人间醒醉”(《渔歌子》)那样略带牵强、概念化的抒发，也不同于张志和“斜风细雨不须归”“笑着荷衣不叹穷”(《渔歌子》)一般偏于打渔之乐，而是更着重表现渔隐的自在，享受着由此带来的疏旷与自得，尽管其中也伴随着清冷与孤寂。这是孙词的独特之处。

第四，宫怨词。宫怨题材，《花间集》中温庭筠、韦庄、薛昭蕴、毛文锡都有涉及，孙光宪亦有一首：

金井堕高梧，玉殿笼斜月。永巷寂无人，敛态愁堪绝。　　玉炉寒，香烬灭。还似君恩歇。翠辇不归来，幽恨将谁说。(《生查子》)

孙光宪词虽然在题材方面上承韦庄、薛昭蕴，但避开了二人词中屡见的昭阳、长门意象与典故，而是另取“永巷”这一意象，可谓突破了凡言宫怨、失宠即引长门等特定宫殿意象的陈窠，是其生新处。整首词的写作也十分自然动人，无牵强附会之嫌。上片首句点明季节。金井、梧桐亦是宫廷题材常见意象，本句不仅具有点明季节的作用，亦营造了萧瑟氛围。次句“玉殿”再紧扣宫中之景，斜月笼罩玉殿，一片清冷。同样的氛围，不同的写法。三句写失宠女子所居之永巷寂静无人，状其孤独。而这种孤独又是不可以伸张的，是需要自我承受的，故用了“敛态”，将宫女的卑微凄惨刻画了出来。故其愁，非风花雪月之愁，亦非单纯的相思闺怨之愁，而是被囚困、失去自由之后的愁，是愁中之愁，自然是愁“绝”了。此愁绝，温庭筠笔下的“蝉鬓美人愁绝”(《更漏子》)显然无法与其相比。下片前三句以烬灭炉寒喻君恩断绝，寒意与绝望弥现。结尾两句进一步扣题，君王的翠辇不归来，君恩亦不会再沾溉，这样的幽恨，对于宫中女子而言，又岂止一人独有？况且自己居于永巷，更无人倾听，也就无人诉说了。孙光宪这首代言宫怨的词作，读来完全契合宫中女性的情感与心理状态，仿佛是宫女的自诉，因其真实，故而更为感人。孙光宪另有一些涉及宫女嫔妃的词作，将其归于怀古更为恰当，故不在此介绍。

第五，边塞词。此前，韦应物以及花间词人毛文锡都有这一题材的词作。孙光宪处于五代战乱时期，他曾亲历西蜀被灭，并从后唐避乱至荆南，在荆南最高统治集团任过掌书记，对于起草檄文、战书颇为熟悉，对战争亦不可能漠视，故笔下亦涉及这一内容。此题材词作有三首，列于下：

鸡禄山前游骑，边草白，朔天明。马蹄轻。　鹊面弓离短韔，弯来月欲成。一只鸣髇云外，晓鸿惊。（《定西番》）

帝子枕前秋夜，霜幄冷，月华明。正三更。　何处戍楼寒笛，梦残闻一声。遥想汉关万里，泪纵横。（《定西番》）

草草离亭鞍马，从远道、此地分衿。燕宋秦吴千万里。无辞一醉。野棠开，江草湿。伫立。沾泣。征骑骎骎。（《上行杯》）

第一首写北方边地情形。第二、三首背景应为荆南所在的湖湘，故出现了化自“帝子降兮北渚”（屈原《九歌·湘夫人》）这样的句子，以及“江草”意象，将边塞词的地域扩大了，不仅限于北方。这是受五代战乱特定的地理情势影响。

以上内容，有的是孙词中首次出现，有的在别人词中虽有，但孙词兼有且更为独特。更有一点需要注意的是，孙光宪的八十四首词中，大约只有十多首词不是写女性的，如上面所举词例，而大多数词是写女性或与女性有关的。孙词丰富的题材、宏阔的视野、多样的艺术手法是通过描写女子相思闺怨等题材表现出来的。这一点也是孙光宪对词这种体裁的体认，是在词的既定模式与规则中的创新与尝试。

二　塑造了一些新的女子类型

孙光宪词被称为花间别调，当然也包括他描绘了一批以往词中所没有的女子类型。

首先，怀古词中的女性。当历史的烟尘逐渐散去，女子在当时起什么样的作用，她们具有怎样的心态，大约是孙光宪出于史学家的敏锐在思考或力求要表达的。

一类是殿脚女。《隋炀帝开河记》记载："龙舟既成，泛江沿淮而下。至大梁，又别加修饰，砌以七宝金玉之类。于是吴越间取民间女年十五六岁者五百人，谓之殿脚女。至于龙舟御楫，即每船用彩缆十条，每条用殿脚女十人，嫩羊十口，令殿脚女与羊相间而行，牵之。"[①]殿脚女就是挽船女子，此前只在韦庄的《河传》中出现过："何处。烟雨。隋堤春暮。柳色葱茏。画桡金缕。翠旗高飐香风。水光融。　青娥殿脚春妆媚。轻云里。绰约司花妓。江都宫阙，清淮月映迷楼。古今愁。"《花间集》中除了韦庄，只有孙光宪这首词是表现殿脚女的：

> 太平天子。等闲游戏。疏河千里。柳如丝，偎倚渌波春水。长淮风不起。　如花殿脚三千女。争云雨。何处留人住。锦帆风。烟际红。烧空。魂迷大业中。(《河传》)

这也是一首怀古词。上片写隋炀帝疏凿大运河，沿河南下。下片写如花一样年轻美丽的殿脚女曾经是那样争宠，可如今哪里能留

① 李时人编校、何满子审定、詹绪左覆校《全唐五代小说》卷六八，中华书局，2014，第2326页。

下来？只有吹在锦帆上的江风依旧，水天相接处，夕阳如血般燃烧。烧空，双关语，既状晚霞绚丽，又有将历史上曾发生之事全部烧空的意思，并且收束词意。结句点题，为一首咏怀隋炀帝大业中历史的词。孙光宪另一首《河传》如下：

> 柳拖金缕。着烟笼雾。濛濛落絮。凤皇舟上楚女。妙舞。雷喧波上鼓。　　龙争虎战分中土。人无主。桃叶江南渡。襞花笺。艳思牵。成篇。宫娥相与传。

孙光宪《北梦琐言·逸文》卷第一载："唐乾符中，绵竹王俳优者，有巨力。每遇府中飨军宴客，先呈百戏，王生腰背一船，船中载十二人，舞《河传》一曲，略无困乏。"[①]《河传》亦为舞曲，并曾在竿木上表演。本词即写楚女在船上妙舞。过片一句"龙争虎战分中土"写隋末大战，隋炀帝与曾经妙舞的女子都如烟尘一样覆灭，只有曾经的风流韵事被写在花笺上，在宫女中流传。"一首怀古词，结以艳情，正见《花间》本色"[②]，这也反映了孙光宪词善于通过女性表现各类题材的特点。

一类是陈后主宫廷中女性。如《后庭花》两首，其中第二首为：

> 石城依旧空江国。故宫春色。七尺青丝芳草碧。绝世难得。　　玉英凋落尽，更何人识。野棠如织。只是教人添怨忆。怅望无极。

---

① 孙光宪撰、贾二强点校《北梦琐言》，中华书局，2002，第396页。

② 杨景龙注《花间集校注》，中华书局，2014，第1109页。

首句写石城依旧，江水亦仍纵横。自然景色中蕴蓄苍凉。第二句直接写古迹。昔日宫殿前，春色依旧，但无人迹，实在荒凉。第三句再进一层，将绿草与青丝对比。《陈书·皇后传》载："张贵妃发长七尺，鬒黑如漆，其光可鉴。"①所以七尺青丝当指陈后主贵妃张丽华。芳草如丝，年年返绿，但曾经那个拥有七尺美发的女子，却不知今在何处，只能令人感叹佳人难得。过片仍写张丽华的杳逝如玉英凋落，令人产生美破碎凋零之后的怜惜感，亦产生无人识的叹惋。而棠梨开得正盛，满眼都是。面对此情此景，怎不令人心生愁怨、怅然若失？

本词情感积郁，叹惋伤感，怀古之情通过叹惜张丽华的命运展现出来。在写作时，词人几次将自然与人事进行对比。石城、江国依旧，旧日宫殿依然矗立，芳草又青，野棠如织，但曾经生活在这江国、宫殿中的人却消逝无踪。曾经是如此美艳青春的存在，如今踪迹何在？又有何人识得？相比自然的长久，人事的代谢令人平添伤感。可谓抓住了怀古词的核心。这种人事与自然的鲜明对比，在苏轼《念奴娇·赤壁怀古》中亦屡屡表现并被发挥到极致。孙光宪这首词所具有的思想深度与情感饱满度，使本是词咏本调的词作突破了题材的固有局限和"为赋新词强说愁"（辛弃疾《丑奴儿》）的牵强，具有了深刻的感染力。

孙光宪怀古词中还有一类女性是西施。他有《思越人》二首：

古台平，芳草远，馆娃宫外春深。翠黛空留千载恨，教人何处相寻。　　绮罗无复当时事。露花点滴香泪。惆怅遥天横渌水。鸳鸯对对飞起。

① 唐·姚思廉等《陈书·皇后传》，中华书局，1972，第132页。

渚莲枯，宫树老，长洲废苑萧条。想像玉人空处所，月明独上溪桥。　　经春初败秋风起。红兰绿蕙愁死。一片风流伤心地。魂销目断西子。

两首词通过拜访古迹、思念古人展开。馆娃宫、长洲苑为苏州标志性古迹。馆娃宫为吴王夫差宠幸西施而扩建，长洲苑曾为吴王阖闾游猎处。时间过去已经很久远了，但去姑苏却无法忽视它们的存在，那与这些宫殿、苑囿相关的人，又岂能被轻易忘记？尤其是那个当初极富传奇色彩的女子西施。两首词就是在这样的心境之下写就的。对于西施，词人是同情的。

第一首开篇之“古台”即姑苏台，古台平，指越灭吴时古台被毁。古台虽然被毁，只留下遗迹，但春天仍如期而至。姑苏台上，馆娃宫中，春草依旧萋萋。但那个曾经颦眉捧心的西施却早已不知何处，空留遗恨，令人千载之下如见其颦眉。但是，叫人去何处寻找？写得真挚、凄迷，十分感伤。过片由绮罗想到西施。越罗十分出名，西施最初又是浣纱女。看到花上露珠，又似看到西施掉下香泪，西施人虽消逝，但其灵魂、踪迹又似无处不在，多情的凭吊者。结尾两句宕开去，不再写人事，亦不再写遗迹，而是抬头怅望，遥天绿水，相伴于天际，而水中鸳鸯正对对飞起。如此鲜活的自然，如此鲜活的生命，更显出消逝的西施的悲哀与落寞。

第二首也是一样的写法。上片前三句三处遗迹三处景，但景景皆荒芜废弃——洲渚边的莲枯萎了，馆娃宫内的树老了，长洲苑亦荒废了。景尚如此，人何以堪？故只能月下独上溪桥，探寻旧迹，想象在西施曾经的居处停留。下片是秋景。写经过春天到秋天后，秋风起，红兰绿蕙都未能经受住秋风的袭击而凋零枯萎，这不正象征了西施的命运吗？曾经年轻、旺盛，但却无法抵抗人事的挫折，最终凋逝。如今后人来到以往她曾经生活过的地方，风流散尽，只留下伤心和遗憾。结句点题，不仅是此首，还兼上一首——那个西子啊，令人目断魂销，惦念不已。

《花间集》中有四首《思越人》，张泌、鹿虔扆各一首，都写相思，只有孙光宪这两首词为怀古。

孙词中出现《思越人》《后庭花》《河传》六首怀古词，对春秋、南朝陈、隋朝这三段历史中涌现的女性，无论有名或无名，都进行了关注和凭吊，可见孙光宪是有意在探寻这些女性曾经在历史中的处境和所扮演的角色、所起到的作用，这不能说与他历史学家的身份、兴趣和视野无关。孙光宪具有历史学家的敏锐意识，为《花间集》贡献了有关这类历史女性的抒写。

其次，描写了地域特色十分明显的南方女性。欧阳炯《花间集序》曾言使"南国婵娟，休唱莲舟之引"[①]，是希望花间词突破局限走向雅化，所以所选词被认为是当时词中的阳春白雪。但是由此带来的是题材的狭窄化，孙光宪众多写女性的词是对这种状况的一种反拨。他写这些女性，有时是以他者眼光在关注她们，关注她们的日常生活状态，而不仅是相思闺怨。如他的《河传》：

> 风飐。波敛。团荷闪闪。珠倾露点。木兰舟上，何处吴娃越艳。藕花红照脸。　　大堤狂杀襄阳客。烟波隔。渺渺湖光白。身已归。心不归。斜晖。远汀鸂鶒飞。

本词以一个"襄阳客"的视角写他看到的采莲女。吴娃，吴地美女；越艳，越地美女，以吴越间美女比喻采莲女的美丽。尤其是

① 杨景龙《花间集校注》，中华书局，2014，第2页。

在采莲时，粉红色的藕花与女子年轻的面容交相辉映，不仅写出采莲女的美，也侧写出采莲女因劳动而呈现健康红润的肤色。这种美，游客远远一见而倾心，离开后仍不能忘怀。比起闺中女子的愁怨，采莲女的形象更加富有活力，代表了一种自然淳朴的气质。

孙光宪虽然屡写采莲女，但并非单调的重复，他非常欣赏采莲女在劳作中流露的美。这也代表了孙光宪独特的女性审美理想：

> 青岩碧洞经朝雨。隔花相唤南溪去。一只木兰船。波平远浸天。　　扣舷惊翡翠。嫩玉抬香臂。红日欲沉西。烟中遥解觿。(《菩萨蛮》)

青岩碧洞，典型的植被茂盛的南方环境。经过朝雨洗涤，空气清新湿润，风景美不胜收。在这样的环境中，采莲女隔着花呼唤，相约一起去南溪采莲。这是十分具有特色的江南水乡生活情景。尤其是后两句，小船越来越远，仿佛在水天相接处，意境平远而富有诗意。在船上的女子，扣舷而歌。太阳快落山的时候，采莲归来，在雾色迷蒙中，解觿准备炊饭。南朝梁刘孝威《采莲曲》写道："金桨木兰船，戏采江南莲。莲香隔浦渡，荷叶满江鲜。"木兰船与江南、采莲常连类而及。孙光宪自己也创作乐府诗，对前代乐府想必非常熟悉，而且他的词中常有化用前人诗意的习惯。故而这首词应是写女子采莲，而不是与人约会。觿，锥子，用象骨制成。《礼记·内则》载女子"鸡初鸣"即起床劳作[1]，佩带的工具中有小觿、大觿，小觿用来解小结，大觿用来解大结。觿是劳作的工具，不能理解为解觿就是解佩，也不能将这首词臆断为女

① 王文锦《礼记译解》，中华书局，2016，第375页。

子与情人约会。

类似写南方风情的词作还有《竹枝》二首，其中第一首如下：

门前春水竹枝白蘋花女儿。岸上无人竹枝小艇斜女儿。商女经过竹枝江欲暮女儿，散抛残食竹枝饲神鸦女儿。

前两句写春水流淌，水中白蘋盛开。岸上无人，只有小艇斜靠在岸边。意境与韦应物“野渡无人舟自横”(《滁州西涧》)类似，平静、闲淡的水乡自然风光。日暮的时候歌女经过，将残留食物抛喂神鸦。这神鸦应该是栖息在水边祠庙，尤其是湘妃祠里。歌女来凭吊湘妃，顺便喂食神鸦。这是当地居民日常的习惯，被敏感的词人捕捉到了。这首词很可贵地留下了当初演唱时集体和声的痕迹。在每句第四字和第七字后分别以小字标出“竹枝”“女儿”可见独唱与和声配合歌唱的情形。

唐人段公路有《北户录》，孙光宪曾为其作注，在卷三《睡莲》条注引“孙光宪续注曰：‘从事江陵日，寄住蕃客穆思密尝遗水仙花数本，如橘，置于水器中，经年不萎’”[①]。《北户录》记录岭南风俗、饮食、歌谣、服志以及草木果蔬、虫鱼鸟兽之类，孙光宪既然为其作过注，想必对岭南风俗异趣十分了解，故其词中亦有描写岭南风物之词。如：

木绵花映丛祠小。越禽声里春光晓。铜鼓与蛮歌。南人祈赛多。　　客帆风正急。茜袖偎樯立。极浦几回头。烟波无限愁。(《菩萨蛮》)

① 李裕民《四库提要订误・北户录》，中华书局，2005，第130页。

木棉为岭南常见植物，一般高达二十米，首句描绘出了典型的南粤风景图画：木棉树高大挺拔，相形之下，丛林中的祠庙更显矮小。接下写到的越禽、铜鼓、蛮歌、南人、祈赛，具有浓厚的南粤风土气味。

孙光宪另有一首《八拍蛮》也写南粤风情：

孔雀尾拖金线长。怕人飞起入丁香。越女沙头争拾翠，相呼归去背斜阳。

本词与上一首词的内容都是有关南粤风土人情的。孔雀亦属南粤独有，孔雀入词，与木棉入词一样，给人造成很大的震撼。孔雀拖着长长的金色的尾巴在踱步，见到有人来，感到害怕，便飞到丁香树丛中。孔雀生性机警，胆小怕人，孙光宪正是抓住了这一点，进行生动的刻画。而越地的女子在沙滩上争着拾拣孔雀翠色的羽毛，在斜阳下互相招呼着归去。拾翠与采香、采珍珠一样，都是南粤女子的日常劳作项目。本词为我们呈现了南粤风土日常、人与孔雀和谐相处的画面。

孙光宪词中还写到越艳、越罗，还有词调《思越人》，这些"越"都指越地，而非指南粤。在这些南土风情词中，孙光宪的关注点在当地女子的生活状态与风俗习惯的描绘和呈现上，有的词作是女子群像，这是孙光宪有意为之。这些词摆脱了以往词作只写女子相思爱恋的传统，将风土民情及女子的日常生活纳入视野，写她们最平常的生活状态，拓展了词的内容与功能。

另外，孙光宪词中还写到边塞词中的思妇。如以下这首《酒泉子》：

空碛无边，万里阳关道路。马萧萧，人去去。陇云愁。　　香貂旧制戎衣窄。胡霜千里白。绮罗心，魂梦隔。上高楼。

以思妇视角想象着北地阳关空旷的沙漠无边无际，带出离愁。下片前两句写旧制的戎衣变窄，胡地霜华似乎弥漫千里，也是想象语。结句写女子上高楼瞭望，表达相思。但由于词人视野开阔，故词中沙漠、胡霜营造的意境辽远凄清，非常具有感染力。

三　传统题材写法生新

孙光宪收入《尊前集》的二十三首词，应该是天成元年（926）避地江陵之前所作[①]，是他三十一岁之前的作品。这些词多写他年轻时游冶青楼的经历，风格艳冶，开柳永词先河。所谓“花下月，枕前人。此生谁更亲”（《更漏子》），“春病与春愁，何事年年有。半为枕前人，半为花间酒”（《生查子》），美酒、美人几乎占据了他生活的全部。但他毕竟别有追求，如以下两首《浣溪沙》所写：

十五年来锦岸游。未曾何处不风流。好花长与万金酬。满眼利名浑信运，一生狂荡恐难休。且陪烟月醉红楼。

落絮飞花满帝城。看看春尽又伤情。岁华频度想堪惊。风月岂唯今日恨，烟霄终待此身荣。未甘虚老负平生。

---

① 刘尊明《“花间词人”孙光宪生平事迹考证》（《文学遗产》1989年第6期）认为：“从公元926年春避地江陵，直到公元963年归顺大宋王朝，其间长达三十七年，孙光宪一直在荆南。”

孙光宪出蜀以前虽过着风流迷醉的生活，但他不是没有抱负和理想，故有“未甘虚老负平生”的表达，较为准确地概括了他当时的思想诉求与心理状态。收入《花间集》的词应该是孙光宪三十二岁至四十五岁之间的作品，这时他遭遇变故，辗转流徙，生活阅历丰富，思想和情感发生了重大改变。这一段时期的创作突破了年轻时期狭窄的青楼狎妓题材，而转向以更为丰富的题材反映不同的生活内容以及多种类型女性的情感与心理，如前面所介绍的多种女子类型。

但是一些以往词中常见的写女性相思、闺怨的词仍是孙词中写得最好、艺术造诣最高的作品。

首先，重视表现女性心理活动、情态动作。如以下这首《思帝乡》：

> 如何。遣情情更多。永日水堂帘下，敛羞蛾。六幅罗裙窣地，微行曳碧波。看尽满池疏雨，打团荷。

首句二字表示疑问，透露出女子的六神无主。接下一句写令她困惑的具体内容。本想驱散情思，结果反而更陷入其中无法自拔。三四句写女子整日在水堂帘下愁思。五六句写无奈至极，起而行走，希望驱散离愁。两句十一字，写出女子拖着六幅罗裙在庭中散愁的情态。微行曳碧波，写出罗裙之长，也写出女子行走的风姿绰约。结尾两句，用女子眼中看到之物结束。她看见秋日池中满是荷花，疏雨落在团荷上，声音时有时无，忽远忽近，声音亦令人陷入愁思。结尾以雨打荷花的声音呼应开头的情感困境，形成一个轮回。本想遣情遣愁，结果愁情更甚。而这些是通过女子动静间不同的情态动作体现出来的，场景也不再如温庭筠词一般局限于室内。

类似词作还有以下这首《清平乐》：

> 等闲无语。春恨如何去？终是疏狂留不住。花暗柳浓何处？　　尽日目断魂飞。晚窗斜界残晖。长恨朱门薄暮，绣鞍骢马空归。

与上一首一样，本词也是以情起以景结，较温词常见的以景起以景结，词意更加明朗，这一点与韦庄词类似。上片四句四仄韵，似以女子口吻自言自语。第一句“无语”，第二句“春恨”勾画出女子孤独焦虑的情形。女子用了一个“如何”，似是在问自己如何祛除春恨，实则是无奈之语，她的春恨消解不去的原因是无法留住心上人的脚步，他依然是不受拘束地离开了。他在何处呢？花暗柳浓，暗示男子必定眠香偎翠。下片四句三平韵，情感较上片稍有平复。前两句写女子整日魂不守舍，窗前翘盼，直到夕阳余晖照射在了窗棂上。结尾两句一个“长恨”领起，写出了女子的生活与情感状态：她长年恨薄暮笼罩朱门，是因为她总是盼不到那个人归来。可谓写出了思妇普遍的春恨与哀怨，以及特有的生活与心理状态。本词只有四十六个字，但却思致紧密，层次分明而结构匀称。词人充分运用疑问词（如何、何处）、否定词（无语、不住）和形容词、副词（长、空、终是、尽日）以及重复出现的词（春恨、长恨）传情达意，使女子情感的表达不致过度靡弱，而是感性中渗透着理性，遒劲俊朗，闲雅有情，体现了词人的思想与学养。

其次，孙光宪十分善于营造朦胧幽美的意境，以衬托笔下女子的情态。表现之一是充分利用帘的疏隔与透视功能，营造出含蓄朦胧的意境。如下面这首《浣溪沙》上片：

半踏长裾宛约行。晚帘疏处见分明。此时堪恨昧平生。

男子见一女子半踏着长裾宛约而行，其美不可言喻。这种美是透过画帘，在画帘的稀疏处隐约看到的，朦胧而不真切，故产生神秘感，增加了想象中的美好，因此暗生情愫，相见恨晚。

孙光宪词中常用帘幕来营造朦胧幽美意境，如：

半垂罗幕，相映烛光明。(《临江仙》)
红幕半垂清影。(《更漏子》)
寒影堕高檐。钩垂一面帘。(《菩萨蛮》)
晚来高阁上，珠帘卷。(《后庭花》)
扃绣户，下珠帘。(《更漏子》)
微傅粉，拢梳头，隐映画帘开处。(《风流子》)
朱户掩，绣帘垂，曲院水流花谢。(《风流子》)
帘拂疏香断碧丝。(《定风波》)
红窗静，画帘垂。(《更漏子》)

其中典型的一首如下：

花渐凋疏不耐风。画帘垂地晚堂空。堕阶萦藓舞愁红。　　腻粉半粘金靥子，残香犹暖绣熏笼。蕙心无处与人同。(《浣溪沙》)

上片三句皆写景，一、三句写花。首句写花不耐风吹而渐趋凋落，枝上花变得稀疏。词人并未写明是什么花，更着意于花凋零的状态，类比女子易逝青春如花般在凋落。第三句写花落在阶前，落在苔藓上，飞舞的落红分明，似舞着愁。意象缤纷、鲜丽又透露着凄美。而在前后两句的花、风、藓、红、愁中，词人刻意写了画帘低垂、晚堂空寂的画面，耐人寻味。此处的画帘，有从画堂外窥探画堂内女子生活状态的意味，而堕阶萦藓的落红又似以画堂内女子的视角在看。画帘在此起到了疏隔、美化的作用，也增加了一重视角，使庭中风吹落花、落红萦阶的景象内涵丰厚了许多，它们同时从画堂内外人的眼中呈现，朦胧、唯美、梦幻。而在画帘内的女子，虽然是“腻粉半粘金靥子”，有温词绮艳的色彩，但她的状态又体现了词人的审美理想。脸上的花靥不是实实地粘着，而是“半”粘着；熏炉里的香虽即将燃尽，但仍是“残”留着。就是这残香，仍能送暖，起到熏香的作用。半、犹，这种情态上的纠缠、拉扯，也造成了一种莫名的朦胧含蓄状态。

孙光宪词中非常喜欢类似“半”的状态带来的朦胧、缠绵、复杂的感觉，并且“半”常搭配其他副词，表达丰富、复杂的情感或生活状态，如“歌袖半遮眉黛惨，泪珠旋滴衣襟”（《河满子》）、“翠袂半将遮粉臆，宝钗长欲坠香肩”（《浣溪沙》）、“粉箨半开新竹径，红苞尽落旧桃蹊”（《浣溪沙》）等，这类用词亦适合表达女子矛盾复杂的心态，以及她们的含蓄美。孙光宪此类表达方式，应是受了韦庄词的影响，韦庄《女冠子》二首中“半羞还半喜，欲去又依依”“忍泪佯低面，含羞半敛眉”“不知魂已断，空有梦相随”，将女子的腼腆、单纯、羞涩刻画得入骨三分，孙光宪应是体会到了其中的精髓并将其运用到自己的写作中。

朦胧幽美意境的表现之二是虚实相映、共同发酵。如下面这首《河传》：

花落。烟薄。谢家池阁。寂寞春深。翠蛾轻敛意沉吟。沾襟。无人知此心。　　玉炉香断霜灰冷。帘铺影。梁燕归红杏。晚来天。空悄然。孤眠。枕檀云髻偏。

“玉炉香断霜灰冷”一句，炉为实，饰以玉，更具有质感；而香是味觉，是无形的，是不易捕捉的，但用了“断”字这个形容有形、刚硬的词，形成反差与对比。接着连用三字“霜灰冷”，霜是晶莹、冰冷、富有光泽的，是秋冬时节天冷后水汽凝结而成，此处用来修饰灰，是取了它的颜色，但又形容灰之冷，形容香灰的温度。视觉、色彩、光泽与嗅觉、味觉以及玉、霜的质感混融，营造出丰富独特而又非常富有层次感的意境，这一意境突破了温韦笔下闺房浓厚的人造痕迹，展现了自然、传神、高妙的境界。

朦胧幽美意境的表现之三是善于表现庭院中的自然景色。这类情形在孙词中所占比例不小。如：

红窗寂寂无人语。暗澹梨花雨。(《虞美人》)

画堂流水空相翳。一穗香摇曳。交人无处寄相思。落花芳草过前期。(《虞美人》)

霜拍井梧乾叶堕，翠帏雕槛初寒。(《临江仙》)

暗澹小庭中，滴滴梧桐雨。(《生查子》)

揽镜无言泪欲流。凝情半日懒梳头。一庭疏雨湿春愁。(《浣溪沙》)

暮雨凄凄深院闭，灯前凝坐初更。(《临江仙》)

庭院之内所见的景有什么呢？无非是建筑物如门、窗、堂、井、墙、栏杆等，以及庭院中的自然景物如花、草、树、雨、水、风等。女子对这些自然景物，尤其是花与雨等更有感觉。前者类比了青春年华，后者类比了幽怨哀愁，故它们成为闺怨词中常见之景。如上面第一首，红窗是鲜艳之景，但红窗内却寂无人声，反倒彰显了寂寞。梨花雪白，本应在枝头绽放，却遇到了春雨。红窗内女子寂寞无聊，故她更加在意窗外之景。窗外的梨花，此刻正被春雨打湿，虽然美丽，但也意味着此后不久就将凋零。春天如此，夏天亦如此。在幽静的小庭中，夏日的雨滴在梧桐上，亦令人生愁。即使雨并不是打在梧桐与梨花上，仅是满庭的春雨，依旧令春愁难以逃避，仿佛被那疏落的春雨打湿了。“一庭疏雨湿春愁”，唯美而忧伤，将常年独守空闺的女子的普遍心态外化，典型而引人共鸣。孙光宪写闺中女子时常写雨，写雨中的花，写暗淡的庭院，写灯前凝坐、雨中春愁，将闺怨题材词作的常见词境由温庭筠笔下富丽辉煌的室内扩大至庭院，同时以自然物象代替了女子的妆容服饰和大量的室内物象，可谓将自然特色注入了闺怨词。较为开阔的意境也是对传统闺怨词逼仄浓密意境的一种改造，使其具有更为朦胧感人的特质，对词境是一种拓展。

第三，孙光宪亦喜用更为广阔的自然山水意境来表现女子的形象及其情感状态。如下面这首《菩萨蛮》：

> 月华如水笼香砌。金环碎撼门初闭。寒影堕高檐。钩垂一面帘。　　碧烟轻袅袅。红颤灯花笑。即此是高唐。掩屏秋梦长。

这首词虽写幽会，但上片的景却写得清亮高远。首句写月光如水照在台阶上，三句写月亮清寒的影子照在高高的屋檐上，四句写帘钩放下半边帷帐。砌、门、檐、帘，这些实在的室内与庭院物象，因为与月华、寒影相接，就显得境界开阔甚至高远。尤其是意象的运用，如“钩”到底指帘钩还是弯月，并不易分别，作者就是选取其相似点用到词中，使本应写闺房内物象的词句变得似在写弯月，月亮弯弯的形状照在半垂的罗帐上的意境显然要更开阔、富有感发性。另外，在将闺房庭院物象与自然物象连接时，动词十分关键，本词中的笼、堕、垂，都是形容实物的动作性较强的动词，但它们却用来形容虚幻的月光、寒影等，在虚实交换间显得梦幻浪漫。下片虽然以高唐比喻男女之情，但高唐所指的巫山意象，亦将闺房内的私昵之情扩大至遥远的巫山。这些都是利用自然、山水意象，在真实与虚幻中将本限于闺房庭院的词境扩大，使其具有自然山水之美，这是孙光宪词独有的创造。类似写法还有：

> 小庭花落无人扫。疏香满地东风老。春晚信沉沉。天涯何处寻。　　晓堂屏六扇。眉共湘山远。争奈别离心。近来尤不禁。(《菩萨蛮》)
>
> 曲槛小楼，正是莺花二月。思无憀，愁欲绝。郁离襟。　　展屏空对潇湘水。眼前千万里。泪淹红，眉敛翠。恨沉沉。(《酒泉子》)

这首《菩萨蛮》写闺怨，也是通过庭院落花、东风来衬托女子内心的荒凉幽怨，“天涯”本是在问男子到底在何处，词人却将词中空间扩大至天涯，意境随之开阔。下片写闺房内女子忧愁之状。但是在形容女子的眉时，即兴拈来屏上的湘山比拟，意境顿然开朗。下面的《酒泉子》亦是如此写法。在闺房床上郁闷、愁绝，独自面对床周围的屏风。屏风本起阻隔视线的作用，但女子愁中蓦见屏风上画的潇湘水，眼前顿现千里万里之景。屏上山水不仅使本来幽闭的闺房意境突变开阔，对闺中女子亦起着摅愁解恨、调节心理的作用。山水进入闺房，是孙光宪词的贡献。

当然，孙光宪笔下自然缺不了对真实山水的描绘，如下面这首《河渎神》：

江上草芊芊。春晚湘妃庙前。一方卵色楚南天。数行征雁联翩。　　独倚朱栏情不极。魂断终朝相忆。两桨不知消息。远汀时起鸂鶒。

《河渎神》咏祠庙，本词也是词咏本调，自然离不开河、水、庙等意象。但江、江边的绿草、楚地的天、天上的大雁，无不给人高远辽阔的感觉，并且十分具有绘画感。虽也是借祠庙写相思，但却如山水画中闯入人物的背影或剪影，结尾以远汀上鸂鶒飞起作结，起结都是景，使言情之作仿佛变为写景之作，是词中写情的新变。

以写景的方式言情，这方面的代表作应属下面这首《浣溪沙》了：

蓼岸风多橘柚香。江边一望楚天长。片帆烟际闪孤光。
目送征鸿飞杳杳，思随流水去茫茫。兰红波碧忆潇湘。

这首词的意境与薛昭蕴的《浣溪沙》较为类似："红蓼渡头秋正雨。印沙鸥迹自成行。整鬟飘袖野风香。　　不语含颦深浦里，几回愁煞棹船郎。燕归帆尽水茫茫。"薛词中虽然写了渡头、秋雨、沙鸥、帆尽、水茫，但女子的形象还较为明显，她不语含颦的凝立，令棹船郎发愁，使人印象深刻。而孙光宪这首词中是看不到人影的，甚至分辨不出主人公是男是女，因为我们只能感觉到词中所写之景是主人公眼中看到的，但这个主人公却置身画外，我们看不到。开篇先写江边植物，红蓼盛开，橘柚飘香，是为近景。接着写远景，通过一“望”字将视线拉长，拉到遥远的天际，并点明是楚地的天。第三句写离人所乘的船远至天边。“片”“孤”两字，写烟水交接的天际只有离人所乘的一叶扁舟；而“闪孤光”，又将送别之人的目光凝聚在那遥远如一点的舟上，虽然遥远，但那一点船影执拗地在天边，仿佛不忍驶出送别女子的视线一样。“烟”“光”，又赋予船以朦胧与光泽，似绘画在发酵、晕染。这句意境与李白的“孤帆远影碧空尽，唯见长江天际流”有类似之处，但在凝练前人意境的基础上又有发挥，极为精彩。如诗中之自然山水，如大谢之山水诗，空间大开，阔远清亮，富于浑然的神韵。所以陈廷焯评价说“七字压遍古今词人”①。

下片写别后送别人眼前之景与心中所想。前两句是工整的对句。运用双声、叠韵、叠字的形式，征鸿的飞翔与水的流动，以及“目送”之后产生的“思随”的结果，形成了流畅的节奏与浏亮的音乐感，将送别人（即女子）的思绪、状态十分形象地通过外在意象与语言的结构、格式完美表现了出来。结句七字景与情很好地融合，亦点明本词主题。红、碧，色彩鲜亮，红兰、碧波与潇湘搭配，构成一幅潇湘烟水图，但一个“忆”字使这自然烟水有了来去，它们是离去之人曾生活之地与记忆所在，也是送别之人的所在，亦是她希望离人永远不要忘记、永远都能“忆”起的所在。而“潇湘”这个意象，本身与屈原笔下湘君、湘夫人关系密切，其所蕴含的爱恋、愁怨、不舍之意十分明显。这首词可

① 清·陈廷焯撰，孙克强等辑校《白雨斋词话·云韶集辑评》卷一，中华书局，2013，第42页。

以说代表了孙光宪词作的最高水平，是将相思闺怨进一步扩大到更为广阔的天地的代表作。这类词作对毛熙震、张先影响较大。

最后，孙光宪写词非常善于借鉴诗歌的题材、意境。词是生长在诗之上的。多数情况下，词人爱化用诗句，却少见借鉴诗意与题材甚至意境的，这本身需要宽广的视野以及深厚的诗歌与学术积淀。孙光宪在这方面显示出其高于常人之处。如其《清平乐》：

> 愁肠欲断。正是青春半。连理分枝鸾失伴。又是一场离散。　　掩镜无语眉低。思随芳草萋萋。凭仗东风吹梦，与郎终日东西。

“凭仗东风吹梦，与郎终日东西”化自《西洲曲》结尾四句：“海水梦悠悠，君愁我亦愁。南风知我意，吹梦到西洲。”《谒金门》：“留不得。留得也应无益。白纻春衫如雪色。扬州初去日。　　轻别离，甘抛掷。江上满帆风疾。却羡彩鸳三十六，孤鸾还一只。”“轻别离”见白居易《琵琶行》之“商人重利轻别离”，据此本词似是写商人妇。《更漏子》：“今夜期，来日别。相对只堪愁绝。偎粉面，捻瑶簪。无言泪满襟。　　银箭落。霜华薄。墙外晓鸡咿喔。听付嘱，恶情悰。断肠西复东。”其中“银箭落。霜华薄”意境借鉴自韦庄“蟾彩霜华夜不分”（《天仙子》）。孙光宪词受韦词影响较大，所以汲取与借鉴韦庄之处亦不少，如上引《思帝乡》之“永日水堂帘下”即化自韦庄“水堂西面画帘垂”（《荷叶杯》），而“看尽满地疏雨、打团荷”（《思帝乡》）又化自李商隐“留得枯荷听雨声”（《宿骆氏亭寄怀崔雍崔衮》）。

孙光宪词中还有向民歌学习的地方，如《竹枝》之“藕花落尽见莲心”，“莲”“怜”语义双关，习自东晋吴声西曲。此不多赘。

孙光宪词题材丰富，早期也有一些倚红偎翠之作。大约与他所生活的西蜀文化环境及重娱乐享受的风气有关。随着遭遇战乱、逃离蜀地、荆南为官，视野扩大，经历增多，所接触的社会面增大，孙光宪对社会、现实、政治、军事和历史的认识也在加深，思想逐渐深刻，所关注的内容拓宽，所写题材也突破了旧有局限和藩篱，而变得空前广阔起来。主要表现在花间词人常见的闺怨、相思等相同主题之外，多了一些以往花间词中没有或少见的内容。大体而言，孙光宪早年词作写亲身经历的成分居多，而中年词作则有意识的创作成分居多。他对温韦都有继承，但词作也有受词调本身特色影响的因素，如《浣溪沙》《菩萨蛮》等。

总之，孙光宪词脱去了闺怨词常见的绮艳柔靡以及对艳俗场景的描摹，部分词作视野开阔，意境浑然，情思悠远，空灵流转，有疏淡之风，格高韵雅，具有丰富深刻的感发力量，可谓花间别调的代表。由于曾居荆南，他的笔下多楚女、楚天、湘妃、潇湘等意象，以及商女、越女、西子、阊门、吴台等意象，将怀古吊今与闺怨题材很好地结合；一些富有标志性的地域性意象的选用，拓宽了词的题材，丰富了词的内容，使描写绮筵公子、绣幌佳人的花间词在艺术、格调上又推进了一层。陈廷焯评价孙光宪说“孟文词在五代时最见气格，风致亦复不泛”①，况周颐说“孙孟文词……语不涉俗”②，可谓都把握到了孙词精妙之处。

① 清·陈廷焯撰，孙克强等辑校《白雨斋词话全编·云韶集辑评》卷一，中华书局，2013，第42页。

② 清·况周颐撰《历代词人考略》卷六，凤凰出版社，2019，第100页。

第六讲

李珣

专咏隐逸生活与南地风俗

曲中情，弦上语。不堪听。

李珣，字德润，生卒年不详，梓州（今四川三台）人。先世为波斯人，后入蜀，王衍昭仪李舜弦之兄。少小苦心，屡称宾贡，所吟诗句，往往动人，以小词为王衍所赏。前蜀亡后不仕。有《琼瑶集》，多感慨之音，已佚。与尹鹗友善。对药学颇有研究，有《海药本草》六卷，惜南宋时已佚。事见《鉴诫录》《十国春秋》等。

《花间集》收李珣词三十七首，《尊前集》收十八首，其中一首《西溪子》（金缕翠钿浮动）与《花间集》重复。李珣共存词五十四首，这五十四首词的内容主要分三类：有关渔隐的十首，有关南地风俗的十六首，有关女性相思闺怨的二十首。其中前两类内容属于《花间集》中少有、但李珣词中多见者，是李珣词独特之处。

一　扁舟自得逍遥志

李珣之前，《花间集》中有四首《渔歌子》，其中顾敻一首、孙光宪二首，都与渔隐题材有关。但像李珣这样渔隐题材有十首之多，《花间集》中尚属独一份。李珣为何钟情这一题材，可能与他的身份有关。李珣祖上为波斯人，到了他那一辈，波斯人的特征还很明显，不然好友尹鹗也不会嘲弄说：“异域从来不乱常，李波斯强学文章。假饶折得东堂桂，胡臭薰来也不香。”[①]而据《鉴诫录》记载：“宾贡李珣……本蜀中土生波斯也。少小苦心，屡称宾贡，所吟诗句往往动人。”[②]《鉴诫录》称李珣为“宾贡李珣”，而且“屡称宾贡”。宾贡在隋唐时期，一指乡贡秀才，一指宾贡进士，后者属于外国人士如新罗、大食、渤海、波斯等国考中进士

① 五代·何光远撰、邓星亮等校注《鉴诫录校注》卷四，巴蜀书社，2011，第93页。

② 同上。

者，尤其是中晚唐时期，这类宾贡进士屡见记载[①]。但是有关李珣的记载，一是“屡称宾贡”，一是“预宾贡”[②]，一是“以秀才预宾贡”[③]，屡次提到宾贡，但这宾贡的含义似乎不是指中晚唐时期普遍的宾贡进士，否则不可能“屡称宾贡”，即屡次中宾贡进士。所以，这里的宾贡大约还是乡贡秀才之意，这也就是《花间集》在提及李珣时称他为“李秀才珣”而不是“李进士珣”的原因。而尹鹗嘲李珣的“假饶折得东堂桂”也是说假设李珣成功折桂，侧面反映当时李珣并没有折桂即考中进士。

如此看来，李珣应该是没有中过进士，他是王衍昭仪李舜弦之兄，属于前蜀外戚，到底曾任何官职，史书无明确记载。在前蜀灭亡后，不仕也是自然的。所以，李珣的不仕，一方面是其前蜀外戚身份所限，另一方面是其在前蜀也许并无入仕经历。

正是李珣的在野身份，导致他对渔隐生活比较关注。而从“十载逍遥物外居”（《定风波》）的叙述看，他也许曾经真有过渔隐生活，这些词作就是他渔隐生活的记载。

与孙光宪《渔歌子》中表现疏旷之情和自由放达不同，李珣词似乎在描写自然山水与渔隐之乐的同时，更有意在说理，如谢灵运山水诗总是有玄言诗的尾巴。

李珣虽然也过着渔隐的生活，但他的身份与文化水平使他毕竟不同于真正的“以山水之资为生计的劳动者”[④]，因此，他无法像

---

① 参任晔《隋唐五代“宾贡进士”考》，《考试研究》2021年第5期。

② 宋·黄休复《茅亭客话》，大象出版社，2019，第21页。

③ 清·谭献纂，罗仲鼎、俞浣萍整理《复堂词录》卷一，浙江古籍出版社，2016，第50页。

④ 赵汀阳《历史·山水·渔樵》，生活·读书·新知三联书店，2019，第102页。

真正的渔夫那样，表现出“宠辱不惊的平等和沧海桑田的平静”①，而是多了貌似不在乎的对于世俗功名的无法忘怀。如：

不见人间荣辱。(《渔歌子》)

名利不将心挂。(《渔歌子》)

不议人间醒醉。(《渔歌子》)

《花间集》收李珣《渔歌子》四首，其中三首的结句都是这样的议论。在这三句话中，虽然词人都是通过否定句式表达不会将世俗、人间的名利、荣辱和醒醉挂在心头，实则我们看到的却是他对这些名利荣辱的无法割舍和忘怀。而其中的一首《渔歌子》甚至不仅在结句有类似表达：

九疑山，三湘水。芦花时节秋风起。水云间，山月里。棹月穿云游戏。　　鼓清琴，倾渌蚁。扁舟自得逍遥志。任东西，无定止。不议人间醒醉。

在其他三首《渔歌子》中，下片的这个七字句位置往往是写景或叙述渔隐生活，这首却表达了“扁舟自得逍遥志”这样的思想。上片开头前两个三字句交代了地点，九疑山即九嶷山，也就是苍梧山，九疑山与三湘水都在湖南。接下四句写秋风吹拂，芦花飘荡，在水云间，在山月的照耀下，小舟如穿云棹月般轻松滑过，如游戏一般，表现出渔隐的快乐。下片前两句写棹船间隙鼓

① 赵汀阳《历史·山水·渔樵》，生活·读书·新知三联书店，2019，第124页。

琴饮酒的潇洒，而从这些潇洒中，词人充分感受到了逍遥自在，而且这逍遥自在是遂了自己一贯的心愿，故云“自得逍遥志”。并且这种逍遥是任意往来，没有固定的定止之处，不受任何束缚。在这样的情况下，谁会在意世俗的醒醉呢？

如果去掉下片的这两句议论，这首词从意境的渲染、小舟轻盈穿梭往来、饮酒弹琴以及云间山水来看，是足够逍遥并且快乐的。但是，有了“扁舟自得逍遥志”和“不议人间醒醉”这样的表述，反倒破坏了浑然的渔隐快乐，使人感到无法割舍的不自在，那么词人所言的“逍遥”便不是真的逍遥了，其中掺杂了勉强与故作姿态，甚至有一些勉强说理和自我开释的成分。

当然，李珣还有一首《渔歌子》，李调元《雨村词话》卷一评曰：“世皆推张志和《渔父》词以‘西塞山前’一首为第一。余独爱李珣词云：‘柳垂丝，花满树……。’不减‘斜风细雨不须归’也。”[1]李冰若《栩庄漫记》亦说：“词虽缘饰题意，而风趣洒然。此首不作说明语尤佳也。”[2]李调元虽然没有说出他喜欢这首词的原因，但李冰若却道出了其中缘由，是因为“不作帮助语”。此“帮助语”即上面所提到的说理和表明立场与心志部分。本词列于下：

柳垂丝，花满树。莺啼楚岸春天暮。棹轻舟，出深浦。缓唱渔歌归去。　　罢垂纶，还酌醑。孤村遥指云遮处。下长汀，临浅渡。惊起一行沙鹭。

本词一句一景，一句一个话头，十分爽利。上片前三句点明

① 唐圭璋编《词话丛编》，中华书局，2005，第1389页。
② 李冰若《花间集评注》，四川人民出版社，2019，第253—254页。

时地及景色，柳丝飘垂，鲜花满树，黄莺啼叫，楚地水边已经是暮春时节。此时驾一叶小舟向深浦驶去，傍晚唱着渔歌，悠闲归来，停下垂钓的丝纶小酌，生活如此的惬意。偶有人问路，指向遥远的被云遮住的孤村。于是继续棹船，下长汀，临浅渡，惊起岸边一行沙鹭。全篇无一字说理，整首词都在诉说渔隐生活的自由惬意，以及人与大自然相处的随意。但逍遥与理趣自然流露。这是忘记了世俗功名、荣辱和自我的真正的渔隐之乐，是人与自然的极自然融合。前人认为本词比张志和《渔父》写得好，也恰在这些特质。

此外，李珣的一首《南乡子》亦真切表现了渔夫打渔之乐：

> 云带雨，浪迎风。钓翁回棹碧湾中。春酒香熟鲈鱼美。谁同醉。缆却扁舟蓬底睡。

虽然自姜太公钓鱼以来，“钓翁”一词被认为是醉翁之意不在酒，但本词在写钓翁回棹碧湾即钓鱼归来之外，还写了鲈鱼的美味以及春酒的香馥，写醉后在舟蓬下睡眠，活现了渔父的生活，除写云雨风浪之外无更多说理文字，因此也算是一首难得的写渔父生活的词了。

李珣还有一首《渔父》，与此首内容类似：

> 棹警鸥飞水溅袍。影随潭面柳垂绦。终日醉，绝尘劳。曾见钱塘八月潮。

这首词更为传神地写出了渔隐生活的画面。船行迅速，惊起了鸥鸟，也激起水花，溅湿了袍子。水面如镜，小舟映在水面的影子随舟行而移动，柳条垂下的丝绦亦映在澄澈的水面。在这样的美景中，终日沉醉，杜绝了一切尘世的烦劳。结句以钱塘江八月潮水作结，表达了渔隐的见识与自豪。

起、结画面波澜起伏，中间又平静似水，在一动一静中，渔父领略了山水之美，也荡涤了心灵，脱去了尘俗的羁绊，人与自然完美地融合，是一首难得的渔父词，其艺术水准不低于上引的《渔歌子》(柳垂丝)。

但是，无论是上举的三首《渔歌子》，还是收于《尊前集》的两首《渔父》和两首《定风波》，李珣仍喜欢在写渔隐生活的同时，表达他的"志不在鱼"的思想：

水接衡门十里余。信船归去卧看书。轻爵禄，慕玄虚。莫道渔人只为鱼。(《渔父》)

避世垂纶不记年。官高争得似君闲。倾白酒，对青山。笑指柴门待月还。(《渔父》)

衡门，出自《诗经·陈风·衡门》："衡门之下，可以栖迟。"方玉润《诗经原始》曰："衡门，贤者自乐而无求也。"陶渊明《癸卯岁十二月中作与从弟敬远》："寝迹衡门下，邈与世相绝。"陶诗中衡门意味着与世相绝，后指隐者所居之门。第一首词中出现衡门，亦意味着隐居。开首不言打渔，只言衡门与水相接，暗扣在水边隐居，是渔隐而非樵隐。接着写隐居日常生活，信船而出，卧船看书，并无打渔的任务和辛劳。接下三句就直接谈理。不要认为我这个渔人只是为了打渔，我是轻视爵禄而慕求玄虚的，表达了远世俗近老庄的思想。第二首《渔父》更是开篇即议论，先说自己避世垂钓，已经不记得有多少年了，表明隐居时间长。接着说高官生活怎能比得上渔隐悠闲呢？也是在表达不慕世荣、一心隐居的决心。但有了比较，即说明心中还是未除尽世俗名利。

李珣的两首《定风波》，其中一首借范蠡功成退居五湖的典故表达隐居之志[①]：

> 志在烟霞慕隐沦。功成归看五湖春。一叶舟中吟复醉。云水。此时方认自由身。　花岛为邻鸥作侣。深处。经年不见市朝人。已得希夷微妙旨。潜喜。荷衣蕙带绝纤尘。

烟霞即指山水。希夷，《老子》第十四章云：“视之不见，名曰‘夷’；听之不闻，名曰‘希’。”河上公注曰：“无色曰夷，无声曰希。”[②]荷衣蕙带，屈原《九歌·少司命》云：“荷衣兮蕙带，儵而来兮忽而逝。”词中言范蠡已得无声无色的微妙之旨，故内心喜悦，荷衣蕙带而弃绝尘俗。这里宣扬的是老庄的“无”的逍遥自在。

另一首《定风波》所表达的逍遥物外的老庄思想更为明显：

> 十载逍遥物外居。白云流水似相于。乘兴有时携短棹。江岛。谁知求道不求鱼。　到处等闲邀鹤伴。春岸。野花香气扑琴书。更饮一杯红霞酒。回首。半钩新月贴清虚。

本词开头即直言逍遥物外已达十年之久，并且说“谁知求道不求鱼”，一是表达渔隐生活虽然悠闲自在，纵兴自然，有琴书美酒为

---

① 《吴越春秋》卷十载，越灭吴后，范蠡为避身远祸，“乃乘舟出三江，入五湖，人莫知其所适”（周生春《吴越春秋辑校汇考》卷十，上海古籍出版社，1997，第172页）。

② 陈鼓应《老子注译及评介》，中华书局，2009，第113页。

伴，但也有不被人知道、不被人理解的遗憾，故用了“谁知”一词。这样的表达比“莫道渔人只为鱼”(《渔父》)更为直接、明确。

无论是“莫道”还是“谁知”，李珣在阐述渔隐思想的时候，都有不被人理解的遗憾和孤独，以及渴望被人理解、接受的愿望，这就使他的渔隐词在表面的自然山水、以琴书酒为伴的生活中，多了一份执着。这份执着与他极力表现的道家的虚无、逍遥思想是相悖的，仿佛是为渔而渔，为隐而隐，渔隐是证明自己给他人看。这是李珣渔隐词的显著特点，也是其局限。但他试图通过词这种以往只是侑酒的体裁来说理、表达思想的做法，在花间词人中毕竟是属于开先河的尝试，因此功能上具有开拓意义。

二　南地风俗与南女生活

本文所说的南地，显然与李珣在渔隐词中常言及的三湘、九嶷、橘洲不同，而是在更远的南方，主要指岭南或南粤一带。程郁缀先生说:“集中笔墨将南国山光水色、风俗民情写入词中，这在词的发展过程中，无疑是一个创新。李珣将南国风土人情，以浅显本色的语言、近乎白描的手法，描绘得如此广泛生动、细腻逼真，没有切身的感受，恐怕是难以面壁虚构而成的。”[①]而宋人《茅亭客话》在介绍李珣之弟李玹时说他“以鬻香药为业，善弈棋，好摄养，以金丹延驻为务。暮年，以炉鼎之费，家无余财，唯道书药囊而已”[②]。

李玹以卖药为业，李珣有《海药本草》，其中所列之药大都

① 程郁缀《五代词人李珣生平及其词初探》，《北京大学学报》1992年第5期。
② 宋·黄休复撰、赵维国整理《茅亭客话》，大象出版社，2019，第21页。

从海上传来，故名。那么兄弟俩自然有从南方或海上购买药物的经历。李玹好道家金丹术，也多道书，这些对李珣在《渔歌子》《渔父》《定风波》词中屡次提到的“逍遥”“求道”思想不能说没有影响。而李玹从南方进药的见闻，或者说令其兄与之同行，也不是没有可能。况且，我们刻板地认为李珣居于蜀地就一生不会有出蜀他游的经历，实际上古人即使不为官也有游历的行为，李珣怎么就不可能游历南粤或海上？所以，才有了上文程郁缀先生所说的“没有切身的感受，恐怕是难以面壁虚构而成的”这样的看法。

我们看《南乡子》系列词，除了极个别的词之外，几乎都是写南地女子的日常生活与风俗习惯。显然，从各首词中，我们常能感觉到一个他者视角在观察，在将其作为新鲜的见闻与有趣的风俗来记录、描写，那么这个视角，就是李珣的。这组词也许是李珣游历南粤时随处记下的所见所闻，故采用了《南乡子》这个词调，使所写内容与词调一致。而从词中记录南乡生活的丰富多彩且具有南国风光特色与风俗习惯来看，这显然不是一般的缘题所赋之作所能比的。

在这十六首《南乡子》中，列于《花间集》第一首的词作先言地远、游客思乡。这似乎与南地风俗没有明显关系，词中也看不到南粤风光习俗，但这首词在李珣《南乡子》系列中属于交代背景的前奏：

> 烟漠漠，雨凄凄。岸花零落鹧鸪啼。远客扁舟临野渡。思乡处。潮退水平春色暮。

鹧鸪，白居易有《山鹧鸪》：“山鹧鸪，朝朝暮暮啼复啼……啼到晓，唯能愁北人，南人惯闻如不闻。”词中描写鹧鸪啼，也是为了表达游客的异乡之感，借此扣题，表明本词所咏之地在南方偏远的地方。而这种南国风俗，接下来主要以女性的日常生活展开。

李珣笔下的女性都是一些参加日常具体劳作的劳动女性，不同于温庭筠笔下的青楼女子，她们身上有来自自然山水的原生态的淳朴、乐观、自由和豁达。如采莲的女子：

兰棹举，水纹开。竞携藤笼采莲来。回塘深处遥相见。邀同宴。渌酒一卮红上面。(《南乡子》)

乘彩舫，过莲塘。棹歌惊起睡鸳鸯。游女带香偎伴笑。争窈窕。竞折团荷遮晚照。(《南乡子》)

携笼去，采菱归。碧波风起雨霏霏。趁岸小船齐棹急。罗衣湿。出向桄榔树下立。(《南乡子》)

登画舸，泛清波。采莲时唱采莲歌。拦棹声齐罗袖敛。池光飐。惊起沙鸥八九点。(《南乡子》)

有关采莲女的描写不少，但像李珣笔下的这些采莲女却十分特别。首先，她们是携带藤笼去采莲的，用藤笼盛装劳动成果。采莲时碰到刮风下雨，就在巨大的桄榔树下躲雨。在采莲时她们会唱采莲歌，歌声会惊起鸳鸯和沙鸥。采莲女常结伴而行，彼此游戏、依偎，阳光照射的时候，她们会将荷叶摘下顶在头上来遮阳，也带有扮靓争美的意味。并且，采莲归来，还会邀请同伴一起吃饭，宴会上因饮酒而面色红艳。这是南地采莲女的生活状态，此前词中虽有写采莲女的，却没有这样细致地将她们的日常生活细节写出来，甚至都没有提及她们采莲是用什么工具盛装，但李珣的词却如绘画般将其描绘、记录了下来。

除了采莲，南地女子最常见的劳作还有采珍珠：

> 归路近，扣舷歌。采真珠处水风多。曲岸小桥山月过。烟深锁。豆蔻花垂千万朵。(《南乡子》)
>
> 云髻重，葛衣轻。见人微笑亦多情。拾翠采珠能几许。来还去。争及村居织机女。(《南乡子》)
>
> 新月上，远烟开。惯随潮水采珠来。棹穿花过归溪口。沽春酒。小艇搅牵垂岸柳。(《南乡子》)

采珍珠较采莲不易，一受环境限制，岸边水上水多风大；还受涨潮时间限制，但劳动所得却没有想象的多，所以词人说“争及村居织机女”。村女织布，只要付出辛劳，就有回报。而采珍珠完全是靠天吃饭、靠海生物的多寡决定收获的多少，所以随机成分较多。但李珣在词中提到了织机女，这是《花间集》中除孙光宪之外仅有的描写村居织女的词作。孙光宪有“听织。声促。轧轧鸣梭穿屋”(《风流子》)，是描写村居生活中女子劳作的内容，但孙词不是主要写织女的，织女只是通过声音来体现，并未出场。而李珣却细致地表现了女子采珍珠的细节，包括有时采珍珠是乘着小船出海的，途中扣舷而歌，夜晚归来，在月光下，船驶过曲岸、小桥，岸边烟雾迷蒙，岸上豆蔻花开，千万朵压枝，十分艳丽。写采珍珠女子头发茂密，穿着葛衣，见人就微笑，性格温柔多情。有时在采珍珠归来后，明月清朗之时，也会让小艇停靠在岸边柳树下，沽酒犒劳自己。

词中还顺带提到了南地女子另外一种劳作，即拾翠，“拾翠采珠能几许”。拾翠即拾取孔雀或翠鸟羽毛作首饰。据《本草纲目》引，孔雀夏季脱毛，所以在南粤有孔雀的地方，常有女子以拾孔雀羽毛为生。但拾翠较采珍珠，收获就更少了，所以词中才说“能几许”，无论采珍珠还是拾翠，能有多少收获呢？能换来多少钱财呢？

日常劳作只是一部分内容，生活在南地大自然中的女子，还有她们自己的游戏与乐趣：

倾渌蚁，泛红螺。闲邀女伴簇笙歌。避暑信船轻浪里。闲游戏。夹岸荔枝红蘸水。（《南乡子》）

拢云髻，背犀梳。焦红衫映绿罗裾。越王台下春风暖。花盈岸。游赏每邀邻女伴。（《南乡子》）

双髻坠，小眉弯。笑随女伴下春山。玉纤遥指花深处。争回顾。孔雀双双迎日舞。（《南乡子》）

红豆蔻，紫玫瑰。谢娘家傍越王台。一曲乡歌齐抚掌。堪游赏。流酌螺杯流水上。（《南乡子》）

山果熟，水花香。家家风景有池塘。木兰舟上珠帘卷。歌声远。椰子酒倾鹦鹉盏。（《南乡子》）

李珣在这里几次提到“女伴”，其实反映了当地女子娱乐的现状，即她们常与女伴们一起游乐。避暑的时候，邀请女伴们一起信船而往，游戏、饮酒；春天时，邀请邻女一起去越王台下赏花、游春；跟女伴们一起下山，在百花深处看到孔雀双双迎着太阳舞蹈；家住越王台附近的女子，和女伴们游赏时常唱着南地的乡曲，且在水边流杯而酌；在山果成熟的季节，女子们在木兰船上，品果唱歌，用鹦鹉盏饮着椰子酒。这样的生活丰富而有趣，好不惬意。而她们所处的环境是在清山媚水中，在夹岸的红色荔枝中，在千万朵盛开的艳丽的红豆蔻、紫玫瑰中。她们穿着具有当地风俗特色的焦红杉、绿罗裙，拢着云发，插着犀牛角制成的梳子，这些都体现出浓厚的南国风味。

当然，其中也有反映南方女子恋爱风俗的，如：

相见处，晚晴天。刺桐花下越台前。暗里回眸深属意。遗双翠。骑象背人先过水。(《南乡子》)

骑象的少女看到中意的男子，不是如温词笔下女子那样被动期盼，而是主动示意，丢下首饰，骑着大象去对岸幽会。这在南地女子身上是自然而然的，没有道德的束缚，没有犹豫不决，没有对自我的怀疑，也没有因上述原因而产生的矛盾。这是中原女性所没有的，也是南方女子非常独特的一面。当然，李珣对南地风俗的体现，除了不止一次出现的标志性意象——越王台和岭南植物、风俗之外，也表现了岭南特有的动物，如上引的孔雀、大象，以及猩猩等（“愁听猩猩啼瘴雨”），共同烘托出南粤特色的女性生活以及风土人情。

女子采摘是从《诗经》以来诗词歌谣中常出现的主题，《诗经》中女子采卷耳、采芣苢、采蘋、采蘩、采桑等，是中原女子的日常劳作内容。男耕女织，男子耕作、打猎，女子采桑、织布，也是这些地域乡村男女的日常劳作内容。但是在有关南方尤其是岭南地带的诗词中，却极少反映女子的日常劳作内容。水乡男子打渔，故在不少作品中有渔夫形象，李珣笔下比较集中描写渔夫的渔隐题材，就是类似内容的体现。只不过，他描写的不是真正以打渔为业的渔夫，而是借打渔来隐居的隐士，但也毕竟是少见的有如此多作品来反映渔隐题材的词人。而对于水乡女性采珍珠、采莲、拾翠等劳作的大量反映，在《花间集》中李珣是唯一的，在晚唐五代词人中也是唯一的。这说明他是在非常了解水乡百姓生活的前提下，有意将女性的生活与劳作内容以及娱乐、恋爱等风俗民情写入词中来进行记录、反映。

由于李珣特殊的在野身份以及其波斯商人的身份与游历、视野，他所感受到的生活内容是与众不同的，他的视野也是独一无二的，反映在词中，所有这些内容成就了他独特的词风和在词史上独特的无可替代的地位。

三 旧欢无处再寻踪

李珣词集中写了南地风俗与渔隐生活主题，但其中写女子相思闺怨等传统题材的词作数量仍不可忽视，大约有二十首。这些词作主要有三大类。

其一，善写女子的幽远闲思。这些女子普遍被描写得淡雅闲远，与温词笔下女子的富艳秾丽不同。而且李珣在写她们的相思闺怨时，特别善于描写她们沉思悠远的情态。如下面几首词：

> 入夏偏宜澹薄妆。越罗衣褪郁金黄。翠钿檀注助容光。　相见无言还有恨，几回拚却又思量。月窗香径梦悠扬。(《浣溪沙》)
>
> 晚出闲庭看海棠。风流学得内家妆。小钗横戴一枝芳。　镂玉梳斜云鬓腻，缕金衣透雪肌香。暗思何事立残阳。(《浣溪沙》)
>
> 帘卷池心小阁虚。暂凉闲步徐徐。芰荷经雨半凋疏。拂堤垂柳，蝉噪夕阳余。　不语低鬟幽思远，玉钗斜坠双鱼。几回偷看寄来书。离情别恨，相隔欲何如。(《临江仙》)

秋雨联绵，声散败荷丛里，那堪深夜枕前听。酒初醒。　　牵愁惹思更无停。烛暗香凝天欲晓，细和烟，冷和雨，透帘旌。(《酒泉子》)

回塘风起波纹细。刺桐花里门斜闭。残日照平芜。双双飞鹧鸪。　　征帆何处客。相见还相隔。不语欲魂销。望中烟水遥。(《菩萨蛮》)

上引第一首《浣溪沙》中女子的无言有恨及多方思量，第二首《浣溪沙》中女子残阳下若有所思的剪影，以及《临江仙》中女子不语低头幽思深远的样子,《酒泉子》中女子在秋雨残荷中牵愁惹思的样子,《菩萨蛮》中女子烟水中不语遥望的愁思情形，都是词人对这些女子形象有意的塑造。

写女子相思幽怨的不少，韦庄笔下女子“忍泪佯低面，含羞半敛眉”(《女冠子》)，着重描写她们羞涩、矛盾又纯情的心态；牛峤笔下女子要么情感浓烈，泪流不止，如“两条红粉泪。多少香闺意”(《感恩多》)、“愁匀红粉泪。眉剪春山翠”(《菩萨蛮》)，要么坦陈心事，表达心愿，如“挑锦字，记情事。唯愿两心相似”(《更漏子》)、“寄语薄情郎，粉香和泪泣”(《望江怨》)。而李珣笔下女子的闲雅幽思是作者的审美趣向及有意创造，淡泊闲雅的风格体现在女子形象与个性塑造上。李珣更青睐有优雅闲思的女子，而这样的女性在某种程度上也更易于寄托李珣的思想倾向。

其次，李珣在表达女子相思时，屡述及旧欢无处寻的幽恨。如下面几首词：

莺报帘前暖日红。玉炉残麝犹浓。起来闺思尚疏慵。别愁春梦，谁解此情悰。　　强整娇姿临宝镜，小池一朵芙蓉。

旧欢无处再寻踪。更堪回顾，屏画九疑峰。（《临江仙》）

隔帘微雨双飞燕。砌花零落红深浅。捻得宝筝调。心随征棹遥。　　楚天云外路。动便经年去。香断画屏深。旧欢何处寻。（《菩萨蛮》）

雁过秋空夜未央。隔窗烟月锁莲塘。往事岂堪容易想。惆怅。故人迢递在潇湘。　　纵有回文重叠意。谁寄。解鬟临镜泣残妆。沉水香小金鸭冷。愁永。候虫声接杵声长。（《定风波》）

寂寞青楼。风触绣帘珠碎撼。月朦胧，花暗澹。锁春愁。　　寻思往事依稀梦。泪脸露桃红色重。鬟欹蝉，钗坠凤。思悠悠。（《酒泉子》）

结合上文介绍的闲雅有情思的女子，李珣在写女子相思闺怨时，虽然情形不同、意境不同、季节不同、风格有异，但他总是或多或少会表达一种旧欢无处寻觅的伤感，以及往事依稀如梦的惝恍惘然和此情不被他人理解的惆怅忧郁。这种怅然若失的感觉、不被他人理解的苦恼，在他的渔隐词中似有若无地出现过，说明这是萦绕在他心中无法轻易根除的一种情愫。这种情愫不好深究，那样容易穿凿，但如果仅仅是为了表现女子的相思闺怨之情，又似乎没有说服力。只能说，李珣在写到这些女子时，和他写渔隐词一样，心中大约无法忘记前蜀被灭之事，故而词中会若隐若现地带出此种情绪。说他是无意为之也好，说他是有意寄托也好，总之，李珣的这些词作，似乎不能认为仅仅是描写女子相思闺怨。清人况周颐在《历代词人考略》卷五中说："宋人《黄氏客话》称李德润国亡不仕，词多感慨之音。《渔父》及《渔歌子》数阕，具见襟情高澹，故能晚节坚贞。"看来，不仅宋人认为李珣"词多感慨之音”，况周颐也是赞同的。而况周颐只是看出李珣渔隐词有类似内容，实则他写女性的词中也寄寓了这样的情感。

第三，李珣还有几首写女性的词，非常具有感发性，似亦含有深意。如：

雨渍花零。红散香凋池两岸。别情遥，春歌断。掩银屏。　　孤帆早晚离三楚。闲理钿筝愁几许。曲中情，弦上语。不堪听。(《酒泉子》)

秋月婵娟，皎洁碧纱窗外，照花穿竹冷沉沉。印池心。　　凝露滴，砌蛩吟。惊觉谢娘残梦，夜深斜傍枕前来。影徘徊。(《酒泉子》)

金缕翠钿浮动。妆罢小窗圆梦。日高时，春已老。人未到。满地落花慵扫。无语倚屏风。泣残红。(《西溪子》)

上引第一首《酒泉子》写离别相思，上片前两句写雨打花零、香凋红散，景色凄美。过片写想象中对方孤帆远离的情景，唯有理筝来驱散忧愁。但“曲中情，弦上语。不堪听”，凄楚欲绝。第二首《酒泉子》应为咏月词，但写秋月照花穿竹的凄冷，凝露蛩鸣的清寒，以及月影惊梦与徘徊的孤影，都太过凄冷。在咏月之外，令人感觉到词人心中凄寒孤冷，似有所寄托。而《西溪子》中写伤春女子泣残红时，突然说出一句“春已老”，看似平淡实则十分感伤寂绝，也是令人心头一惊，有不一样的感觉。

总之，李珣在写女子相思闺怨这类传统题材时，出于自觉的求变创新也好，或者是审美趣尚也好，或者是有意为之也好，他善于塑造女子身上深思悠远的特质，并且在她们身上寄托了往事旧欢如梦一样无法寻觅的感伤。同时，在造境中弥散非同寻常的清冷凄寒，以及不被他人理解的遗憾。这些情感特质就不仅仅是相思闺怨题材所能蕴蓄的了，因此给人感觉似有深意，或者如前人所说的“多感慨之音”。这是李珣这类词所独有的特质。

第七讲

冯延巳

描情千万状

细雨湿流光。芳草年年与恨长。

一　冯延巳其人

冯延巳（903—960），一名延嗣，字正中，广陵（今江苏扬州）人。其父令頵，事南唐烈祖李昪，吏部尚书致仕。据夏承焘《冯正中年谱》[①]，冯延巳二十八岁从李璟游处，三十五岁为李璟吴王元帅府掌书记。南唐保大元年（943）李璟即位，冯延巳拜谏议大夫、翰林学士，迁户部侍郎，时年四十一岁。保大四年（946），四十四岁时官至同平章事，相当于宰相。在此后的十二年间，冯延巳四次为相，又以兵败、失地、贬损仪制等原因四次罢相，在太子少傅、昭武军节度使、冠军大将军、左仆射、太子太傅与平章事任上辗转沉浮。

冯延巳置身偏安一隅的南唐，又处多事之秋。南唐以一小国，常受周围强国觊觎。中主李璟在军事上积极冒进，却连遭失败。先是伐福州败北，后又失湖湘地，接着东都沦陷，后来尽失江北土地，版图一再缩小。由于冯延巳颇受李璟器重，李璟“悉委以政”（陆游《南唐书·冯延巳传》），这一切的失败，冯延巳都脱不开干系。因此，大臣们难免对冯延巳不满。而其时又兴党派之争，冯延巳又“喜大言，多树朋党”（《资治通鉴》卷二八五），与宋齐丘、陈觉、李征古、魏岑、查文徽以及其同父异母弟延鲁为宋党，与以孙晟、常梦锡、萧俨、韩熙载、江文蔚等为主的另一党相互攻讦，时生龃龉。也因此，冯延巳被指柔色希旨、蔽惑天聪，又以所谓的“与弟异居、舍弃其母”（陆游《南唐书·江文蔚传》）等，遭到政敌的攻击。记述南唐历史的一些史书如马令、陆游二家的《南唐书》以及《资治通鉴》，在记述冯延巳之事时，也

① 夏承焘《唐宋词人年谱·冯正中年谱》，商务印书馆，2013，第35—69页。

“多凭朋党攻讦之辞”[1]，所以冯延巳在史书上的评价并不高。野史笔记如《钓矶立谈》在记述冯延巳时也时有不公之论，除了异党攻讦，还因为对方核心人物大都享有高寿、影响了野史笔记书写话语权：“易代之后，遗民抱宗社之痛者，一以南唐之亡，归狱宋党。益之韩熙载、徐铉皆享老寿，文采倾动一时。世士响慕，遂多阿孙、常而贬宋、陈。……细稽《立谈》所以致憾正中，盖亦有故。”因为《钓矶立谈》的作者乃史虚白之次子，史虚白与韩熙载关系密切，“故其子于宋党诸人，斥贬至严。以恶齐丘、陈觉诸人，遂并及正中矣”[2]。说白了，冯延巳身上所负骂名，多少有党争方面的因素。

冯延巳“工文辞”（《资治通鉴》卷二八五），“初以文艺进”“工诗……尤喜为乐府词”（陆游《南唐书·冯延巳传》），且学问渊博、文章突出，就连《钓矶立谈》都这样记述：“其学问渊博，文章颖发，辨说纵横，如倾悬河，暴而听之，不觉膝席之屡前，使人忘寝与食。”[3]此外，冯延巳还工书法，风格与虞世南相近（参马令《南唐书·宋齐丘传》）。但几种文学形式中，冯延巳尤喜填词，“著乐章百余阕，其《鹤冲天》词……见称于世”（马令《南唐书》卷二一）。有词集《阳春集》，但宋初已散佚。宋嘉祐三年（1058），陈世修始搜集成书。据曾昭岷等《全唐五代词》本，除去重出、错入者，冯延巳现存词112首[4]。陈世修在《阳春集序》中说：“公薨之后，吴王纳土，旧帙散失，十无一二。今采获所存，勒成一

① 夏承焘《唐宋词人年谱·冯正中年谱》，商务印书馆，2013，第36页。

② 同上书，第37页。

③ 宋·史温撰，虞云国、吴爱芬整理《钓矶立谈》，大象出版社，2019，第151页。

④ 本文所引冯延巳词，皆出自曾昭岷、曹济平、王兆鹏、刘尊明编撰《全唐五代词》，中华书局，1999。不另注。

帙，藏之于家云。"[1]按照陈世修的记载，这一百多首词在冯延巳词中，不到十分之一二，可知冯延巳的词作数量在晚唐五代词人中首屈一指。即使散佚十分之八九，冯延巳也仍然是晚唐五代存词最多的词人，可见冯延巳专力填词并在作词上所下的功夫。

二　善道人所共有之情

冯延巳词给人最为明显的感觉是，他善于宛述各种情愁。如"年光往事如流水，休说情迷"（《采桑子·画堂昨夜愁无睡》）、"倚楼情绪懒。惆怅春心无限"（《应天长·石城山下桃花绽》）、"款举金觥劝，谁是当年最有情"（《抛球乐·逐胜归来雨未晴》）、"梅落新春入后庭。眼前风物可无情"（《抛球乐·梅落新春入后庭》）、"此情千万重"（《更漏子·金剪刀》）等。在冯延巳现存112首词中，直接写到"情"字的有24处、"愁"字23处、"恨"字17处。如这首著名的《鹊踏枝》：

> 谁道闲情抛掷久。每到春来，惆怅还依旧。日日花前常病酒。敢辞镜里朱颜瘦。　　河畔青芜堤上柳。为问新愁，何事年年有。独上小楼风满袖。平林新月人归后。

这是一首典型的冯延巳的词。首句前二字的"谁道"是反问，亦含一种懊恼，已颇见内心波澜。这种情不是词中常述的别情，不是相思之情，而是"闲情"。何谓闲情？它到底包含怎样的内容？

① 宋·陈世修《阳春集序》，《宋代序跋全编》卷一三，齐鲁书社，2015，第329页。

很难说清楚。由于其难以描述，故包蕴丰富，难以捉摸，更难以防备。它每到春天就来，不曾减却分毫，更不曾减却惆怅的程度。这闲情、这惆怅，令人束手无策。也曾通过每日花前饮酒至醉、至病，也曾因此看到镜里的自己容颜憔悴。至此，词人将闲情的执拗、年年轮回、难以排遣，它带给人的种种感受、困扰以及令人形神消瘦，以赋的手法直接描述出来，让人对闲情有了认识。

过片以景入词。河畔已经绿了的青草地，堤上抽了条的柳枝，映入眼帘。词人与青草堤柳猛然相遇，就像陶渊明“采菊东篱下，悠然见南山”(《饮酒》二十其五）一样，这种无心而见的绿暂时洗涤了词人的眼睛与心灵，但接下来又回到原来的困惑与苦恼：为什么愁年年都会长出来？为什么它们就不会消失、离去？这种无理而妙的提问，道出了闲愁的本质，也进一步透露了词人的无奈。结尾两句宕开去，既然新愁年年有，驱之不尽，那么也只能如此了吧。

“独立小楼”一句是词人自述，也似从他人视角看到的词人形象，就像卞之琳在《断章》中写到的：“你站在桥上看风景，看风景的人在楼上看你。”为何有这样的错觉？因为“风满袖”三字描述出了词人在小楼远望时的情形，因为太逼真、形象，就如我们看到的一样，所以才有此错觉。而词人在小楼上看到的是什么呢？他看到在月下的树林里，有人回来了。这是一个温馨的结束场面。“平林”呼应了居处之高，故看到的情景不是平视，而是俯视。这是实景，亦可能是虚景，因为在这种俯视中写出了词人的一目了然，就像杜甫的“一览众山小”(《望岳》)。杜甫表达的是一种决心和自勉，所以上一句有“会当”二字，是没有发生之事。而冯延巳是已经居于楼上，有一种俯视众生的感觉，也见其气魄。他站在小楼上，虽曰小楼，但毕竟地处高处，看到的是别人看不到的风景。这种俯视与一目了然，多少暗喻了他自己的政治身份和地位，而他所看到的“平林新月人归后”，也只有他能看到。虽然新月如钩，但他看到在疏淡朦胧的月光下，有人自外归来了。这未尝不是一种心理上的解脱与超越。因此，结尾复归平静，并且温暖而带有希望，缓解了词中所写的新愁不断带来的焦虑与忧伤。北宋晏殊《浣溪沙》结句“小园香径独徘徊”的自我调节与复归平静，大约亦取法本词。

为什么说这是一首典型的属于冯延巳的词？因为其中所述的闲愁、感伤，不同于花间词人笔下女主人公的相思哀怨，抑或代词中主人公传达的哀婉和忧伤，这是属于词人冯延巳的情愁与精神世界。它蕴含着对人生总体的感受、时光流逝的哀叹、节物变换带来的伤感等，但却不像韦庄那样，是由于某个具体的女子所引发的刻骨相思和忆念。

这种莫名的闲愁与感发，有时是不知原因，无端而起：

> 月落霜繁深院闭。洞房人正睡。桐树倚雕檐，金井临瑶砌。　　晓风寒不啻。独立成憔悴。闲愁浑未已。人心情绪自无端，莫思量，休退悔。(《醉花间》)

本词选取秋夜月落作为背景。以景起。月亮落下，但是繁霜的晶莹光泽还在夜里闪烁。秋已深，背景清冷。次句转入房内，写人已睡。三四句再写景。梧桐树高大，树枝依倚着雕梁画檐，金井、瑶砌，尽显华丽。下片首句承接上片，仍在刻景铺垫。风为拂晓之风，呼应了起句之“月落”，说明人在夜里站立已非片刻。接下来正面写人，“独立成憔悴”，这句也由上句之“晓风”蝉联而下，言人站立久了，形容憔悴。但是，憔悴真是由于站久了吗？

显然不是。是因为人有心事，故而不自觉地站立、愣神、惆怅，而显神情落寞。而且，这闲愁并未能停止，只能是“浑未已”。这种情绪无端而起，心情也跟着无端忧愁，故而词人最后只能妥协，说，不要去思量了吧，也不要再退缩、后悔。

本词情景浑融，自成一体。词人有意在表现手法上淘炼掉更多细节与信息，如词中虽写洞房中入睡的人，但究竟是男人还是女人，无更多交代；另如独立憔悴的，也只以“人”来形容。写人重其神采，写景重其清冷、高远与莹洁。实际上，词人的主要目的只在于描述这种无端而起、难以言说的闲愁与纠结，所有外景、节物如深院、洞房、梧桐、雕檐、金井、瑶砌以及落月、繁霜、晓风等，只是为了表述这种情绪而凭借的外物，可谓托物言情。这种情，不是一般常见的男女之情，而是一种说不清、道不明但时时困扰着词人的情绪。

这种情绪有时融入离别相思的词中，使这类词具有了不同面貌。如：

马嘶人语春风岸，芳草绵绵。杨柳桥边。落日高楼酒旆悬。　　旧愁新恨知多少，目断遥天。独立花前。更听笙歌满画船。（《采桑子》）

上片四句都在写景。首句马嘶、人语，写离别场面，“春风”点明季节。杨柳桥边，宛写惜别。第四句落日高楼上酒旗高悬，隐写愁绪。这种蕴藉的手法类似温庭筠。过片直接抒情。“旧愁新恨知多少”，仿佛压抑在心中很久的话脱口而出，颇为伤情。之后接以“目断遥天”，富于感发的形象突现眼前。结句虽然复归常见的笙歌画船场面，但主人公独立花前、目视远方天空的形象，使词突破了一般描写离别相思时视线多局限于闺房、庭院的传统，而显得视野开阔，格局变大，具有同类词所没有的意境与境界。所以，本词与其说是写离愁别恨，不如说是旧愁新恨，万事聚心，莫名愁绪，借离别相思突显。离别只是外壳，要抒发的是旧愁新恨，以及难以排遣的孤独。

从以上三首词可以看出冯延巳是一位多情的人，一位敏感的人，一位思虑深挚有着别样情怀的人。他的深微的感觉与幽隐的情怀，也往往是他人难以理解的，这便使得词人常常只能独自憔悴，消化那些难以释怀的情绪。冯煦评价冯延巳说："俯仰身世，所怀万端，缪悠其辞，若显若晦，揆之六义，比兴为多……其忧生念乱，意内而言外，迹之唐五季之交，韩致尧之于诗，翁之于词，其义一也。"[①]从"俯仰身世，所怀万端"与"忧生念乱，意内而言外"来说，他对冯延巳的把握显然是较为精准的。冯延巳笔下那么多的闲愁暗恨、不得不排解的情绪，与他所处的内忧外患的时局与复杂的政治环境应有深切的关系。有研究者认为冯延巳并无兴趣反映丰富复杂的现实斗争，其实并不是，鉴于他的身份地位与词体特质，他是在遵守词体传统写作规范的情形下，以一种隐晦的别样的形式将其抒发出来。从这一点上，评价阮籍常用的"阮旨遥深"(《文心雕龙·明诗》)一语，用来形容冯延巳的部分词作倒是恰当不过。但是，这并不意味着冯延巳词就一定有寄托。

① 清·冯煦《阳春集序》，葛渭君编《词话丛编补编》，中华书局，2013，第1127页。

三　借写女性相思抒发复杂遥深之情

写女性相思是文人词自《花间集》以来的传统，作为填词行家，冯延巳亦熟谙这一传统。但是，他笔下的女性相思又有不同，你总是能在他写女性相思之外，感觉到更多内涵。冯延巳之词似乎是在写相思，又不似在写相思。如这首《清平乐》：

深冬寒月。庭户凝霜雪。风雁过时魂断绝。塞管数声呜咽。　　披衣独立披香。流苏乱结愁肠。往事总堪惆怅，前欢休要思量。

表面虽然是写女子相思难眠，实则从深冬寒月、霜雪、北风、塞管等意象的选取，以及“披衣独立”，令人想到了阮籍的“薄帷鉴明月，清风吹我襟”(《咏怀八十二首》其一)、张九龄的“情人怨遥夜，竟夕起相思”(《望月怀远》)，如果不是结句“前欢休要思量”，恐怕令人感觉词人见月而心事骤起，百感交集，愁肠乱结，这些并不一定就是因为相思。这是词的内涵大于形象，或者说其中意蕴大于文本本身的体现。

即使是相思，亦极具感发性。冯延巳提供了表达相思的另一种可能：我们可以书写闺房视角，但不必是香艳画面，我们所写之物也不一定囿于此。如以下这首《采桑子》：

画堂灯暖帘栊卷，禁漏丁丁。雨罢寒生。一夜西窗梦不成。　　玉娥重起添香印，回倚孤屏。不语含情。《水调》何人吹笛声。

写画堂中灯烛的燃烧，外溢的色彩令人感到温暖。写漏声，从温庭筠开始就在写，尤其是《更漏子》词调下的不少作品，如“花外漏声迢递”(温庭筠)，但却没有人用象声词“丁丁”来正面形容过它。在给人新鲜感觉的同时，又使听觉立体化，仿佛真听到了丁丁的漏声。而用“丁丁”这种金属质感十分强的刚性的语词形容水滴在漏壶上的声音，本身就会令人感到清醒和寒意。并且在抓住夜里刻物尤重听觉的惯用写法时，除了漏声，又引入笛声。而且这笛声不是常见的《梅花落》，而是《水调》，亦可谓新人耳目。相思情淡，但对夜里自然外物的感受敏锐细腻，充满美感。这种闲雅疏淡的风格，又不是以往写女子相思词中所具有的，而增加了深度和审美上的更高追求，体现了词人不凡的词学素养，更主要的是体现了词人拥有一个异常敏感、多情、深刻、丰富的精神世界。

再如另一首《采桑子》：

> 笙歌放散人归去，独宿江楼。月上云收。一半珠帘挂玉钩。　　起来点检经游地，处处新愁。凭仗东流。将取离心过橘洲。

这首词为我们塑造了一位别有情怀与感发力的歌女。这种感发，非一般人所能意识到，但却道出了一个多情且具有深心与复杂精神世界的女子的莫名感受。这种感受，由于其深刻、颖悟，而具有一定的普泛性，将写歌女的内容推向深入，又生发出新意，像蝉蜕变一般，幻化出五彩斑斓。从冯延巳的词中，你总能看出温韦的影子。即如本词，“独宿江楼”，令人想起温庭筠“独倚望江楼”(《梦江南》)，但冯延巳写歌女在笙歌散后独宿的寂寞时，眼前景不再局限于闺房，他借歌女的眼，从楼上看到了更高处的月，以及月上的云；瞬间，他的笔锋一转，又写到珠帘半卷，月映照在珠帘上，如玉钩挂在上面。利用月、云与玉在色彩与光泽上的相似性，又以钩来喻弯月，且透过光影流动的珠帘来显示，如梦如幻，可谓虚实相映。在这样的氛围中，人会挣脱理性，而变得非理性，故而才有“起来点检经游地，处处新愁”。这“经游”的恐怕不仅是“地”，而是过往的生活，往日的记忆，一切的情感遭遇，缘起缘灭。故而旧愁未去，又生出新愁，新愁未定，新愁又来。“处处新愁”，看似简单，却写出了许多人都能感觉却难以捕捉的情感体验。故而，虽然是写歌女宴散人去之后的失落与寂寞，但道出的却是许多人都体验过的情感的落寞、忧伤。

这种内心的坎坷，很少有人能凭借文字表达出来，所以说冯延巳善道人所共有之情。也因此，他的词能引起更多人的共鸣，受到更多人的喜爱，尤其是具有一定思想深度的人。从这一点来说，冯延巳实际是将词由诗客曲子词转化为士大夫词。他不再仅仅如花间词人那样，在词中简单描写歌女的哀愁或女子的相思、闺怨，而是借这一旧的题材与写作传统，开始抒发一些士大夫在思考、关注的问题和情感。

这样的写法，淡化了女性身上的脂粉气，从审美角度而言，使女性之美由唐代女性的浓墨重彩而趋向于淡雅纤细；从形象塑造来说，更趋向于普遍性与感发性、多义性。这种审美取向产生的效果是词中女性的性别色彩减弱、模糊，而更具以往诗词中男性所具有的情思、情怀与深度。如以下两首《虞美人》：

画堂新霁情萧索。深夜垂珠箔。洞房人睡月婵娟。梧桐双影上朱轩。立阶前。　　高楼何处连宵宴。塞管吹幽怨。

一声已断别离心。旧欢抛弃杳难寻。恨沉沉。

碧波帘幕垂朱户。帘下莺莺语。薄罗衣旧泣青春。野花芳草逐年新。事难论。　　凤笙何处高楼月。幽怨凭谁说。须臾残照上梧桐。一时弹泪与东风。恨重重。

词中女子虽然在相思，但她们的相思似乎已不再执着于局限一人，而是抛开相思的对象，主要表达“相思”这种情绪，以及它带给自己的感受。这种感受，又不是常见的居于闺房中，以闺房中的物事如香炉、帷幕、屏风、烛光等来衬托与表达，而是借助室外物象与自然界的风云水月等来烘托、映射女子的心事。这些物象的选取，如梧桐、高楼、塞管、凤笙、残照等，并不是以往花间词中传统的相思、闺怨所依倚的景物，而是以往在诗歌中男性诗人笔下常见的物象，因此这种“男性化”的景与物象融入写女子相思的词中，会使人在阅读中产生一种错觉，似乎在读的是表达男性情怀与幽思的词作，而不是写女子的相思。这样的手法，令人想起刘勰对晋宋之交兴起的山水诗的评价：“庄老告退，而山水方滋。”（《文心雕龙·明诗》）当时山水诗虽然兴起，但谢灵运的诗还留有玄言诗的尾巴。冯延巳的词，其中具有标志性的描述女子的词句，就是他词中的“尾巴”。这些词有一个共同特点，就是凭借带有“男性化”与感发性的外物来抒写女子相思，使这些词看似写女子相思，又不似写女子相思。

冯延巳当然也有传统意义上的纯写女性的词，如这首《谒金门》：

风乍起。吹皱一池春水。闲引鸳鸯香径里。手挼红杏蕊。　　斗鸭阑干独倚。碧玉搔头斜坠。终日望君君不至。

举头闻鹊喜。

本词亦采取花间词常见的先景后人模式。通过风吹皱了一池春水，写女子内心起了波澜，犯了春思。既而又见鸳鸯双双而怜己之孤单，故有手挼红杏蕊这样焦虑的动作。过片承上片意，围绕孤独再写她独自倚栏的形象。“斜坠”的碧玉搔头表明其低头沉思之状。“终日”一句直写相思，化自《西洲曲》之“忆郎郎不至，仰首望飞鸿。鸿飞满西洲，望郎上青楼”，只不过昔日的“郎”变成了现在的“君”。结句是对此前相思哀怨的呼应，化自敦煌曲子词“叵耐灵鹊多谩语。送喜何曾有凭据。几度飞来活捉取。锁上金笼休共语”(《鹊踏枝》)，暗示心上人有音讯至。但是这首词令人觉得新颖的却是前两句带有感发性的景语，其刻物细腻，如在目前，令人见之一眼难忘。

当时人亦注意到这两句词的美，故而留下有关这两句词的逸事：

> 延巳工诗，虽贵且老不废……尤喜为乐府词。元宗尝因曲宴内殿，从容谓曰：“‘吹皱一池春水’，何干卿事？”延巳对曰：“安得如陛下‘小楼吹彻玉笙寒’之句？”①

作为同喜填词的人，中主李昪的“何干卿事”，多少是带有一丝揶揄与嫉妒的。这也侧面说明冯词在写景、言情方面较擅长，而在写女子相思方面，大约略逊一筹。类似词作如《南乡子》：

① 钱仲联、马亚中主编《陆游全集校注·南唐书校注》卷十一，浙江古籍出版社，2015，第305页。

细雨湿流光。芳草年年与恨长。烟锁凤楼无限事，茫茫。鸾镜鸳衾两断肠。　　魂梦任悠扬。睡起杨花满绣床。薄幸不来门半掩，斜阳。负你残春泪几行。

本词中，人们觉得写得醒目惊人的是第一句“细雨湿流光”。雨怎么会把流光打湿了呢？这种虚实相接的写法大约取法杜甫，如其“半扉开烛影”（《暝》）、“春城雨色动微寒”（《遣闷戏呈路十九曹长》）等，此不赘述。

另外，冯延巳写女性与花间词人的很大不同是，不再如温词精细描述女子长相、妆容、发式，而是以点染的笔法，抓住其神采进行刻画，如以下这首《醉桃源》：

南园春半踏青时。风和闻马嘶。青梅如豆柳如眉。日长蝴蝶飞。　　花露重，草烟低。人家帘幕垂。秋千慵困解罗衣。画梁双燕栖。

本词与女子长相相关的只一句——青梅如豆柳如眉。女子到底长得怎样？要由读它的人去体会。而且，这到底是在写眉，还是写柳？隐约，相似，暧昧，在各人的体味中，词意隽永。

四　秋冬景象大量入词及词境、词风的改变

词风的改变，离不开所写内容，尤其可以从作者最喜欢用的物象中窥察一二。在冯延巳所作的112首词中，有些常用物象是花间词中所没有或少有的。

首先是大量秋冬景象入词。这一点，从前文列举的《醉花

间·月落霜繁深院闭》《清平乐·深冬寒月》中已经可以领略到。在冯延巳之前的晚唐五代词中，表情达意所选取的节候主要是春季，也因此，大量词的主题内容可以用春思、春怨来概括。就以花间词两大代表人物温庭筠、韦庄为例。在温词中，“春”出现了29次，“秋”只出现了3次[①]。韦词中，“春”出现了28次，“秋”则一次都没有出现。而在冯延巳词中，“秋”出现了19次。

春生秋杀，大量秋冬景象的出现也带来了词境与词风的微妙变化。如这首《鹊踏枝》：

萧索清秋珠泪坠。枕簟微凉，展转浑无寐。残酒欲醒中夜起。月明如练天如水。　　阶下寒声啼络纬。庭树金风，悄悄重门闭。可惜旧欢携手地。思量一夕成憔悴。

前三句初看似写女子掉泪、辗转无眠。仔细体味，其中并无明显闺房意象或可以证明是女子屋内的陈设，而“萧索清秋”亦使人想起宋玉悲秋：“悲哉秋之为气也！萧瑟兮草木摇落而变衰。”（《楚辞·九辩》）兴起的是文人悲秋之情。那么，这个“珠泪坠”，到底是因相思而坠，还是因悲秋而坠，便成了不确定的，多了一层意蕴。而辗转无寐，虽也是指失眠，但是人们见此而想起的却是《诗经·关雎》中那个“求之不得，寤寐思服。悠哉悠哉，辗转反侧”的君子，所以，落泪主人公的性别亦不甚明晰。而接下的残酒欲醒、中夜起床、凝视远天的行为，则似乎是有心事的男子才会有的举动，“月明如练天如水”则化用谢朓的“澄江净如练”（《晚登三山还望京邑》）。李白十分喜欢谢朓，亦有“解道澄江净

① 这里涉及的秋不包括非节候词语，如秋千。

如练，令人长忆谢玄晖”（《金陵城西楼月下吟》）之句。

下片首句，阶下的寒是通过蟋蟀哀鸣显示出来的。蟋蟀鸣一声，寒意深一层。李白有“络纬秋啼金井阑，微霜凄凄簟色寒”（《长相思》），本词的意境亦与其相类似。络纬，即蟋蟀，言及蟋蟀，常令人想起“蟋蟀在堂，役车其休”（《诗经·唐风·蟋蟀》），意在告诫士人要“好乐无荒”。金风，阴阳五行中与西方、秋天相应，指秋风。这些都是十分男性化的表达。

从以上词中所隐含的文本可以看出，本词绝不仅是写相思，而是有所寄托。冯延巳所在的南唐首都地处金陵（今南京），所以他化用典故，无论是谢朓所登之三山（在今南京市西南），还是李白所登之金陵城西楼，都在南京。李白《金陵城西楼月下吟》全诗如下：“金陵夜寂凉风发，独上高楼望吴越。白云映水摇空城，白露垂珠滴秋月。月下沉吟久不归，古来相接眼中稀。解道澄江净如练，令人长忆谢玄晖。”李白独上高楼，望吴越而内心起伏、积郁，慨叹世间知音难觅，因此令他长忆谢朓。李白的积郁与知音难觅的痛苦，他中宵高楼独立的情形，于冯延巳想必十分契合，故而他不仅化用“澄江净如练”，还化用了微霜凄寒的枕簟、秋夜月下鸣叫的络纬：“络纬秋啼金井阑，微霜凄凄簟色寒。孤灯不明思欲绝，卷帷望月空长叹。美人如花隔云端。”（《长相思》）谢朓在诗中抒发的是因登山望乡而兴起的人生感慨，李白此诗所追求的“美人”却并不是指美女，而是一种理想或追求。如果用屈原美人香草之喻来解释，他的“美人”应该指明君、贤王。总之，无论指明君还是贤王，抑或是理想，都不仅局限于女子相思。

从冯延巳此词所化用文本可以感觉到，他所要抒发的是一种如李白、谢朓那样的人生感慨或曰精神追求，以及知音难觅的苦闷。不仅如此，他也化用了《诗经·唐风·蟋蟀》、谢朓《晚登三山还望京邑》、李白《金陵城西楼月下吟》《长相思》中秋夜月下清冷、疏淡、莹洁的意境，扩大了自《花间集》以来词的意境，拓展了词的内涵，使词开始更多反映士大夫的情怀、苦闷、思考与精神世界。从这一点来说，冯延巳也可谓是较早的以诗入词者。陈廷焯说“冯正中词，极沉郁之致，穷顿挫之妙”[①]，大约就是指此类词作。

因此，大量秋冬景物被写入词中，并不仅仅意味着节物意象的改变，主要是借此体现词人精神风貌的改变，以及词境的拓展，将以往在诗中可以表达的一些内容，写入词中。

词境的改变，使冯延巳部分词作意境清冷、淡雅、疏阔，颇具感发性。如以下二首：

秋入蛮蕉风半裂。狼籍池塘，雨打疏荷折。绕砌蛩声芳草歇。愁肠学尽丁香结。　　回首西南看晚月。孤雁来时，塞管声呜咽。历历前欢无处说。关山何日休离别。(《鹊踏枝》)

雁孤飞，人独坐。看却一秋空过。瑶草短，菊花残。萧条渐向寒。　　帘幕里。青苔地。谁信闲愁如醉。星移后，月圆时。风摇夜合枝。(《更漏子》)

冯延巳三十八岁时，《花间集》编成，想必他熟读过《花间集》，因此受其影响颇大。冯词中，最具花间词风格尤其是最具温词风格的，就数他的《菩萨蛮》八首了，可谓是地道的花间风格。

① 清·陈廷焯撰、孙克强等辑校《白雨斋词话全编·白雨斋词话》卷一，中华书局，2013，第1167页。

就此，王国维说冯词“不失五代风格”[1]，是有道理的。而以上二首词的风格，却不是花间词典型风格，可谓冯延巳的独创。

这两首词仍选用秋景，第一首押入声韵，首句即言“秋”，无论蕉之“蛮”，还是裂、打、折，动词的力道都很大，情感表现强烈。不同于花间词中的和风细雨，眼前是一幅暴风骤雨。风将长势甚好的芭蕉吹裂了一半，雨将本已疏落的荷花打折了，池塘里一片狼藉。更甚者，芳草渐枯，蟋蟀哀鸣。这一片愁景令人的心也如丁香结一样打起了结。再回首看西南方向晚出的月，孤雁哀鸣，塞管呜咽，皆是愁人的景，实则言人心中愁苦。故有“历历前欢无处说”这样的伤心语。

第二首人的独坐与大雁的孤飞形成类比。“一秋空过”可理解为大雁单独飞过秋日天空，也似体味出词人空度一秋的哀怨、不甘。菊花已残，已是深秋，渐感寒冷。无论是在帘幕里，还是踱步青苔地，闲愁都无法驱除，故有“谁信闲愁如醉”这样痴情又令人心痛的表达。最后以景作结，但选用“夜合枝”，亦有寓意。夜合即合欢，“合欢蠲忿，萱草忘忧”（嵇康《养生论》），这是古人了然于心的，故词中虽是秋景，合欢花期已过，但亦可借合欢树枝来委婉表达希冀忘忧蠲忿的心愿。言下之意，这如醉的闲愁自然是蠲除不去的了。

词中物象，如孤雁、塞管，都是花间词中不曾出现的字眼。二词中大量秋景的集中出现，亦可谓是冯延巳笔下才有的景象。这样的词境与词风，确实是词中一种新鲜血液的输入。

其次是独上高楼的孤独憔悴形象的塑造。如：

① 彭玉平《人间词话疏证》卷上，中华书局，2011，第108页。

尽日登高兴未残。红楼人散独盘桓。一钩冷雾悬珠箔，满面西风凭玉阑。归去须沉醉，小院新池月乍寒。（《抛球乐》）

梧桐落，蓼花秋。烟初冷，雨才收。萧条风物正堪愁。人去后，多少恨，在心头。　　燕鸿远。羌笛怨。渺渺澄江一片。山如黛，月如钩。笙歌散。魂梦断。倚高楼。（《芳草渡》）

冷红飘起桃花片，青春意绪阑珊。画楼帘幕卷轻寒。酒余人散后，独自凭阑干。　　夕阳千里连芳草，萋萋愁煞王孙。徘徊飞尽碧天云。凤笙何处，明月照黄昏。（《临江仙》）

南园池馆花如雪，小塘春水涟漪。夕阳楼上绣帘垂。酒醒无寐，独自倚阑时。　　绿杨风静凝闲恨，千言万语黄鹂。旧欢前事杳难追。高唐暮雨，空只觉相思。（《临江仙》）

独上高楼的孤独形象，冯词中屡有出现，前面几首词中都有描述。在冯词登高意象中，有“独上小楼风满袖。平林新月人归后”（《鹊踏枝》）的闲愁，有红楼人散后的徘徊，有悲秋与魂断的哀愁，更有流连光景的孤独，有酒醒人散后的伤感，和由于节物、人事、流光、情感而引起的孤独、憔悴、思虑。隐隐约约，孤独的独立思考者形象也渐显影。

更进一步，这些萧索、枯折、残败、萧条、荒寒之景，冷风、淡月、疏星，词人的闲愁、孤独、憔悴、感发、思考，于景于人而言，都仿佛青春不再，到了人生的中老年，体现了一种老境。这种老境，从美学风格而言，渐趋向宋人诗中的老成、枯瘦。就像冯延巳在词中所写的“寒在梅花先老”（《清平乐》）一样，他在事物方生之时已经注意到它们的枯老，这其实也是词人心态的变化。天生的敏感多情与南唐日渐西下的国势，令词人不免忧患多虑，心态沧桑，故而笔下有此风格流露。

五　取法诸家而自成一格

冯延巳词虽脱于温韦但却不限于温韦，他所诗法家数众多，可谓转益多师。

冯词喜欢写自然物象，风、月、水、云，天空、夕阳、远山、征鸿等，景象高远宏大，视野开阔，风格清淡。如“楼上春寒山四面。过尽征鸿，暮景烟深浅”(《鹊踏枝》)、“回首西南看晚月”(《鹊踏枝》)、“关山何日休离别”(《鹊踏枝》)、“疏星时作银河渡”(《菩萨蛮》)等。这些自然物象在词中所占比例已远大于花间词常见的闺房意象，开拓了词的意境。而且，冯延巳词中出现了一些以往在诗中常见而词中很少见或者没有的意象。

其次，表现手法多样，进一步文人化，尤其注重心理的真实。一方面表现在淡化季节与人物性别上（性别模糊前已述及），另一方面是因注重心理真实而忽视外物的衔接，致使外物跳跃性较强，有时甚至会出现一定的矛盾和难以理解的情况。前者如以下几首词：

林雀归栖撩乱语。阶前还日暮。屏掩画堂深，帘卷萧萧雨。　　玉人何处去。鹊喜浑无据。双眉愁几许。漏声看却夜将阑，点寒灯，扃绣户。(《醉花间》)

画堂昨夜愁无睡，风雨凄凄。林鹊争栖。落尽灯花鸡未啼。　　年光往事如流水，休说情迷。玉箸双垂。只是金笼鹦鹉知。(《采桑子》)

朱颜日日惊憔悴。多少离愁谁得会。人事改，空追悔。枕上夜长只如岁。　红绡三尺泪。双结解时心醉。魂梦万重云水。觉来还不睡。(《应天长》)

后者如“春山澹澹横秋水”(《虞美人》)等。

可以看到冯延巳词取法众家，多所借鉴。最明显的如《鹊踏枝》“独上小楼风满袖。平林新月人归后”化自李白“平林漠漠烟如织。寒山一带伤心碧。暝色入高楼。有人楼上愁。　玉阶空伫立。宿鸟归飞急。何处是回程。长亭接短亭”(《菩萨蛮》)。而他的“须臾残照上梧桐”(《虞美人》)亦化自李白“西风残照，汉家陵阙”(《忆秦娥》)。

此外，冯延巳对李商隐的诗歌也有所借鉴，比如“雨打疏荷折”化自李商隐“留得枯荷听雨声”(《宿骆氏亭寄怀崔雍崔衮》)，其“愁肠学尽丁香结”化自李商隐《代赠二首》其一“芭蕉不展丁香结。同向春风各自愁”以及李珣的“愁肠岂异丁香结”(《河传》)等。

一些色彩词如“冷红飘起桃花片”(《临江仙》)之“冷红”也可见李贺的影响。其他如《诗经》、古诗十九首、谢朓、杜甫、白居易、韦应物、温庭筠、韦庄等人的写作手法、句法、字法、动词及句式，都可以在冯词中隐约看到影响。

最值得注意的是，冯延巳是词由诗客曲子词向士大夫词转捩的关键人物。这当然有身份方面的原因。如白居易的词是太守词，冯延巳词则是宰相词。身份不同带来思考内容与角度的不同，填词的侧重点不同。就温庭筠而言，他的词专为歌妓演唱，选用美丽物象、表达隐忍委婉；就韦庄而言，在词中开始抒发一己之情，但仅限于具体事件、具体人物，不然也不会有“爱姬被夺”说，这都是因为他的词抒写自我情感，代入感太强，所以读者自然将其中所写的情都认定为发生在韦庄身上，词中主人公被当作词人本身了。冯延巳词则是在填词传统中，在物象的选取、文辞的表达以及情感的抒发方面，更加注意斟酌。使词在乐曲的基础上，向文学的传统更迈进一步。

韦庄词文人化，得失俱在。得是能在一片妖艳软媚的歌妓唱词中坚持表达自己的真情实感，向文人化道路更进一步。但缺点是与诗的渐趋同质化，一者失去词所独有的范围与特色，二者限制了词所带给人的新鲜与想象力。并且，词的文人化还会带来文人思维的惯性与写作手法的程式化，这都是比较危险的倾向。

而冯延巳的词一方面保留了花间词以来传统题材、风格的独特性，一方面又使其深化与雅化，并且突破了花间词言情几乎专写男女之情的定式，而尝试传达属于一个士大夫的、宰相的情感与思考、视野与境界，这是冯延巳词真正的巨大的贡献。

在写法上，冯延巳不执着于具体的女性，在歌妓、乐曲、酒筵的背景之下，更多表达了词人的感受，其心灵世界、情感世界，其所思虑的一些难以捕捉的或捉摸不透的东西，这就是精神世界的一种需求或境界了。这是以往词中所没有的。王国维说冯延巳词“开北宋一代风气”①，实际也是敏锐感觉到这一点，而王国维所说的冯词“堂庑特大”②，也是就冯延巳词的意境与视野及所传达的胸襟气度而言的。从这一点上来说，王国维的感觉是准确的。

总之，冯延巳拓展了词境，丰富了词的内涵与表达方式，塑

① 彭玉平《人间词话疏证》卷上，中华书局，2011，第108页。

② 同上。

造了独立的思考者形象，使词更趋向雅化，总体呈现为清雅、疏淡、富有感发性，使词从以往的诗客曲子词转变为士大夫之词。这些是冯延巳的独到贡献。

第八讲

李煜

抒血泪之情，造惝恍之境

独自莫凭栏。无限江山。别时容易见时难。

李煜词[①]现存34首（其中一首缺字，一首只有一句）。数量虽少，但其所具有的艺术成就却极高，故前人多有论述，不过主要集中在其后期词作。

李煜词作虽数量少，但涉及的内容有相思、闺怨、离愁、恋情、女子情态、渔隐以及故国情等。李煜后期抒发故国情、亡国恨的作品仅占四分之一，其他四分之三的内容是如花间词一样，在文人词故有的传统范围内，无论立意、写作手法等都受花间词影响，这一点应该说明。而对于一个文学家，无论创造性有多强，艺术造诣有多高，其在文学史上具有创新意义的作品，毕竟只占一部分。也因此，最伟大的作家，其作品也不可能首首是精品。我们阅读其作品，要明白其中哪些是具有创新意义的，是在某种程度上前所未有的，是影响文学史发展流变的。我们探讨文学的传承、发展与流变，就是要考镜源流，体认、挖掘、提炼出其最具有启示意义的作品的艺术特质与表现手法。鉴于此，本文撮其要，从五方面感知李煜及其词，希望能在一定程度上突破窠臼，深入解读并挖掘李煜词之独特性。

一　天意弄人

李煜（937—978），初名从嘉，字重光，南唐中主李璟第六子。史谓李煜“姿貌绝美”[②]，“性宽恕”“神骨秀异”[③]，“广颡隆准，

① 据王仲闻校订，陈书良、刘娟笺注《南唐二主词笺注》（中华书局，2013）。本文所引词主要依据此书，个别有争议处参照其他版本。

② 宋·曾慥《类说》卷五十二引《翰府名谈》，《南唐二主词笺注》，中华书局，2013，第211页。

③ 宋·释文莹撰、郑世刚整理《湘山野录》卷中，大象出版社，2019，第95页。

风神洒落，居然自有尘外意”[①]，“为人仁孝，善属文，工书画”[②]，“妙于音律”[③]，笃信佛教。

从李煜的性格与爱好看，他“天性喜学问”[④]，且“幼而好古，为文有汉魏风”[⑤]。但是，他又“丰额骈齿，一目重瞳子”[⑥]，具有所谓的帝王相。兄弘冀为太子，性严忌。李煜为避祸只得低调行事，“独以典籍自娱，未尝干预时政”[⑦]。南唐显德六年（959）八月，弘冀鸩杀对其权位具有威胁的叔父景遂，九月即暴毙而亡。此前，弘冀以上四兄皆早夭，二十三岁的李煜顺位居东宫。建隆二年（961）七月，李煜嗣位于金陵，更名煜，时年二十五岁。至南唐被灭，在位十四年。

作为帝王，李煜从其父手里接过的是一个版图愈益缩小、回天乏力的偏安小朝廷，面对北宋统一大势，国灭的命运无法改变，所能改变的只是残喘时间的长短。李煜在位十四年，在偏安一隅中赔着小心，希望能绵延国祚。如果不是形势所逼，李煜做一个守成皇帝应该是可以的。史书称李煜器轻志放，说他非帝王材，故成为亡国之君。还说他因沉迷女色与音乐，从而导致亡国。这些都是在为南唐灭亡寻找借口。历史已经发生，只要寻找，总是能找到其发生的合理性。人们又喜引宋太祖说的这句话，将亡国

---

① 宋·史氏撰，虞云国、吴爱芬整理《钓矶立谈》，大象出版社，2019，第158页。

② 宋·欧阳修撰、徐无党注《新五代史》卷六十二，中华书局，1974，第777页。

③ 宋·陈彭年撰、常易安、陈尚君整理《江南别录》，大象出版社，2019，第151页。

④ 宋·史氏撰，虞云国、吴爱芬整理《钓矶立谈》，第158页。

⑤ 宋·陈彭年撰，常易安、陈尚君整理《江南别录》，第148页。

⑥ 宋·欧阳修撰、徐无党注《新五代史》卷六十二，第777页。

⑦ 宋·陈彭年撰，常易安、陈尚君整理《江南别录》，第148页。

归责于李煜因沉湎作诗误国:“李煜若以作诗工夫治国事，岂为吾虏也?”[1]但是，人们也不应该忘记宋太祖还说过这样的话:“卧榻之侧，岂容他人鼾睡耶。”[2]这两句话，哪句才是决定李煜及南唐命运的，不言而喻。即使李煜勤力治国，能改变宋太祖大一统的决心吗?所以，他一个人担负不了亡国的全部责任，只能说他生不逢时，且生在帝王家，没有选择。所谓天意弄人。

事实上，历史上不乏亡国之主，但何曾多了千古词人?李煜的艺术成就要说与其遭遇无关，这是不符合事实的。但首先，更与他的天然禀赋与个性气质有关。他的才华与喜好，上文已经说了。此外，李煜天性清冷孤傲，体弱多病，且忧郁多情，这些都是艺术家天然的气质。这些可从李煜现存不多的诗作中感受到。如“背世返能厌俗态，偶缘犹未忘多情”(《九月十日偶书》)，见其孤高多情。再如其《病中感怀》:“憔悴年来甚，萧条益自伤。风威侵病骨，雨气咽愁肠。夜鼎唯煎药，朝髭半染霜。前缘竟何似，谁与问空王。”此外如《病中书事》《病起题山舍壁》等，可见其身体状况，以及依赖佛教纾解身心痛苦与烦恼的情状。李煜与大周后夫妻恩爱，但他们的幼子夭折，大周后伤郁而亡，给李煜造成极大打击，他有《悼幼子瑞保》《悼周后》《书琵琶背》《挽辞二首》等作抒发伤痛之情。这些内在个性与气质在人生遭受巨大打击和挫折时就被激发出来，使其后期词作言愁抒恨，突破众家，大放异彩。

纵观李煜的一生，正如清代郭麐诗中所言“作个才子真绝代，可怜薄命作君王”(《南唐杂咏》)，是“天教心愿与身违”(李煜存

① 清·厉鹗撰，陈昌强、顾圣琴点校《宋诗纪事》卷八十六引《西清诗话》，浙江古籍出版社，2019，第3053页。

② 明·李贽《藏书·世纪》卷八，中华书局，1959，第133页。

疑词《浣溪沙》)。虽然于其个人是悲剧，但却无意中成就了其在词史上的地位。

二　以画入词

诗中具有画面感，读书犹如读一幅画，这样的审美体验在唐诗中并不鲜见。苏轼在评王维诗时说:“味摩诘之诗，诗中有画。观摩诘之画，画中有诗。诗曰:‘蓝溪白石出，玉川红叶稀。山路元无雨，空翠湿人衣。’”①这是说王维的诗具有画面感，读其诗如读画，而其画又具有诗的意境。王维的诗中有画主要是他的诗注重色彩，画面感强，如苏轼提到的这首诗；还有一些诗能够让人感觉到线条与构图的壮美，如“大漠孤烟直，长河落日圆”(《使至塞上》)；而另一些诗有写意与泼墨的感觉，如“白云回望合，青霭入看无”(《终南山》)。但很少或几乎没有人注意到李煜词与绘画之间也有密切的关系。

李煜的词能让人明显感觉到动态的绘画创作。我们读他的词，仿佛看到了他作画的整个过程，甚至连笔法，作画的先后顺序，如何在画纸上布局、勾染都看得清清楚楚。如以下这首《长相思》:

云一緺。玉一梭。淡淡衫儿薄薄罗。轻颦双黛螺。
秋风多。雨相和。帘外芭蕉三两窠。夜长人奈何。

先画一緺如云般的秀发，再将头上的玉饰画成梭形。无论一

①《书摩诘〈蓝田烟雨图〉》，明·茅维编、孔凡礼点校《苏轼文集》卷七十，中华书局，1986，第2209页。

娲还是一梭，都是淡淡点染，轻柔滑过，不是浓墨重彩。这样的风格从女子的着装亦可看出。淡淡，是形容颜色浅淡；薄薄，言其衫质单薄，皮肤若隐若现。而这“淡淡”“薄薄”亦是绘画上的轻柔描画、点染。四句写双眉微皱，但眉不用常见的“蛾眉”一类的词，而是用了“黛螺”，既表明眉形，又形容了其色彩，更以画料黛墨直接出镜，除了质感强烈之外，也脱不开画的思维习惯。而且，此处的“双黛螺”，又似有双关意，亦指年轻女子乌黑的双丫髻，此又与前三句清新、柔巧的风格相契，活画出少女的纯真无邪。过片意转，写自然界的风雨。但用了常见但不常形容风雨的两个形容词——多、和。风，惯以大小、柔劲形容，却不用“多”形容；雨，亦不用“和”形容。但此处的“多”“和”分明是以画家作画笔墨多少的方式来感觉的：风似乎“画”得有些多了，但是没关系，我们用“雨”来调和一下浓淡。至此，画面似乎还缺了些什么，显得生硬，那么，就在帘外画两三棵芭蕉吧。芭蕉的浓绿与秀发的青、玉的莹润、罗衫的淡雅、蛾眉的黛黑形成呼应，并提亮了画面，使画面浓淡相宜，且以芭蕉为衬，人景相映，突显了人，但又不至孤立突兀，所绘之画面唯美而引人入胜。

前人亦感到本词不同寻常，表示了极大喜爱，但也只是觉得“多”“和”二字用得妙。如明沈际飞即言：“‘多’字‘和’字妙，‘三两窠’亦嫌其多也。”（《草堂诗余续集》卷上）明卓人月亦曰：“徐士俊云‘云一緺。玉一梭’缘饰尤佳。”（《古今词统》卷三）明潘游龙则曰：“‘多’字、‘和’字妙；‘三两窠’亦嫌其多也，妙妙！”（《古今诗余醉》）。但是他们却没有指出为何而妙，更没有体会到李煜是用画家笔意感物、立意、构图和用词，所谓“以画入词”。

李煜善书画，书法有聚针钉、金错刀、撮襟等体，绘画方面工翎毛与墨竹。宋人沈括说“后主善画，尤工翎毛”[①]，郭若虚亦曰：“后主李煜，才识清赡，书画兼精。尝观所画林石飞鸟，远过常流，高出意外。金陵王相家有《杂禽花木》，李忠武家有《竹枝图》，皆希世之玩。”[②]宋代佚名《宣和画谱》较为全面地记载了李煜书法绘画诸艺：

> 江南伪主李煜，字重光，政事之暇，寓意于丹青，颇到妙处。……能文善书画……画亦清爽不凡，别为一格。然书画同体，故唐希雅初学李氏之错刀笔，后画竹乃如书法，有颤掣之状。而李氏又复能为墨竹，此互相取备也。其画虽传于世者不多，然推类可以想见。至于画《风虎云龙图》者，便见有霸者之略，异于常画，盖不期至是而志之所之有不能遏者，自非吾宋以德服海内而率土归心者，其孰能制之哉？今御府所藏九：《自在观音像》一、《风虎云龙图》一、《柘竹双禽图》一、《柘枝寒禽图》一、《秋枝披霜图》一、《写生鹌鹑图》一、《竹禽图》一、《棘雀图》一、《色竹图》一。[③]

如上所录，李煜“能文善书画”，在绘画方面，尤工禽鸟、墨竹、顽石，至宋代仍有画作流传。并且，宋人已经意识到李煜书画同体，“互相取备”，其实是意识到诗文书画之间潜移默化的相互影响。词因属小技未被提及，但可想而知，就李煜的艺术造诣而

① 宋·沈括撰、胡静宜整理《补笔谈　续笔谈》卷二，大象出版社，2019，第238页。

② 宋·郭若虚撰、吴企明校注《图画见闻志校注》卷三，上海书画出版社，2020，第231—232页。

③ 王群栗点校《宣和画谱》卷第十七，浙江人民美术出版社，2019，第186—187页。

言，他悟性很高，善于融会贯通。而且，他所擅长的翎毛与墨竹，是需要细致观察与描摹的，这样的功夫和悟性用在填词上，自然是以画家的眼光去刻物，以画家的素养去择取他认为最形象的词语来形容他看到的外物的感觉，这才有了以“虾须”形容珠帘这一初见颇为奇怪、细味却十分生动逼真的创造：

辘轳金井梧桐晚，几树惊秋。昼雨新愁。百尺虾须在玉钩。　　琼窗春断双蛾皱，回首边头。欲寄鳞游。九曲寒波不泝流。（《采桑子》）

首句写金井梧桐，典型常见的秋季节物，委婉点出季节。下句四字乍看似乎多余。首先，“几树”应指梧桐，“惊秋”又为词意重复，但读来却别有滋味，就在于与《长相思》之“三两窠”一样，也是以画家视物与感知方式来写。并且，“几树惊秋”感觉是以皴擦之法画就，十分生动。第三句景勾起愁，第四句七字出语新奇。百尺虾须，形容帘子的流苏如虾须一样细且长，是一个很新奇的比喻，而虾须在玉钩，又是用画家之眼观物。这种感觉和命名是直接从绘画时的直感转化而来的。可谓是将温庭筠笔下取象遗形的借代手法运用到了极致。但是温词直接以事物的形象、质感来代指事物本身，形象是形象，但不像身兼画家的李煜，以画意与画家观物方式入词，观物方式的不同引起刻物、描绘的变化，表现在语言上，也就能突破文学惯常用词的传统，而使词语生新，产生新鲜、陌生化的效果。如“皱”字，比起“颦”“愁”，更具有画面感，而且“皱”字令人如见眉间皮肤因愁而紧皱，起了皱纹，真如面对画纸一般。这类似于冯延巳的“风乍起。吹皱一池春水”（《谒金门》），仿佛水面是一袭锦缎或一张纸起了皱褶，具有绘画的质感，因此格外形象逼真。另外，虽然“鳞游”可理解为书信往来，正如“客从远方来，遗我双鲤鱼。呼儿烹鲤鱼，中有尺素书”(《饮马长城窟行》)一样，但是与前之“虾须”后之“九曲寒波”正好相匹配，共同营造出一个相思但带有浓厚龙宫神话色彩的氛围，画面如在目前。如果不用“虾须”“鳞游”与“九曲寒波”，虽然同样是表达相思、欲寄书信而不得，却没有本词这样新人耳目的生动。而利用水中名物营造的龙宫意境，又似李商隐诗中之“星沉海底当窗见，雨过河源隔座看。若是晓珠明又定，一生长对水晶盘”(《碧城三首》其一)，如入海底，迷离梦幻，凄迷多情。

以画入词，见笔法，见立意，见构图，遣词造句上易于平淡中见独特。有时多表现在动词的运用上。如其《喜迁莺》：

> 晓月坠，宿云微。无语枕频欹。梦回芳草思依依。天远雁声稀。　啼莺散。余花乱。寂寞画堂深院。片红休扫尽从伊。留待舞人归。

月“坠”云“微”，实则是月落云淡，但这一动词一形容词，却是在用绘画的眼光观察。尤其“微”字，见绘画中淡淡涂抹意；而“啼莺散。余花乱”表明莺啼而飞，花因鸟之飞起而轻微颤动，这是画家的观物与感知方式。画家会将一切生动立体的事物及其动态固定在画纸上，那么从绘画视角而言，就是啼莺“散”了，花受其影响，显得“乱”了。这是绘画的语言。这样的用词，自然给人十分强的画面感。

此外如李煜《渔父》之前两句“一棹春风一叶舟，一纶茧缕一轻钩”，亦如在看作者创作山水画一样。类似的写法，需要我们仔细体会。

我们都能感觉到李煜词描物新奇独特，具有生新、陌生化的效果，却没有意识到，只要换一个视角，以画家观物刻物的方式来写眼前之景，将文学用词置换为绘画用词，写出的东西就会别样的新奇与独特。这其实也可以看作词的一种艺术创作手法，李煜为我们做了很好的示范。

三 以赋为词

从《花间集》开始，写词注重造境，先景语，后情语，情景交融，方能很好地表达深婉细腻的情感。这方面，温庭筠是代表。韦庄有所不同，善于在词中直接抒发情感，但多数词也是注重情景交融以及景语的铺垫作用的。在直接抒情的道路上，冯延巳推进了一步，善于描述不可言状的具有共同感受的情感，且在词中塑造了独倚高楼的孤独憔悴者形象，但是冯延巳的词同时亦注重传统的景物描写与铺垫。李煜则又进了一步。

李煜后期表达亡国之恨、故国之思的词，径直突破了以往委婉的景语铺垫，也不同于韦庄、冯延巳的直抒胸臆，无论写景还是抒情，都在一种“诉”的状态下，被笼罩在他强大的直陈事物与情感的语言体系中。这种“直”，超越了钟嵘的“直寻”，以及所谓的直抒胸臆，而是带有强烈的直诉、直陈色彩。他所要表达的，就是自己的直截了当的感受和情感，不假思索，不加修饰，即使写景也是在直接陈情的背景下。这种强烈的直接陈情的现象，在李煜后期表达思家念国的作品中尤其强烈，笔者暂称之为“以赋为词”，即直接陈情、赋情。虽然这样的提法未必十分契合，但却比直抒胸臆要更为接近李煜的表达。如下面这首著名的《虞美人》：

春花秋月何时了？往事知多少。小楼昨夜又东风。故国不堪回首月明中。　　雕栏玉砌应犹在。只是朱颜改。问君能有几多愁？恰似一江春水向东流。

全词上下片共八句，一句写景，一句抒情。但写景不纯粹是写景，而是被置于抒情的话语系统中，如上片第一句“春花秋月”是写景，“何时了”是诉情；第三句小楼昨夜东风是写景，“又”是诉情；下片“雕栏玉砌”是写景，“应犹在”是诉情；结句“一江春水向东流”是写景，嵌入的“恰似”是诉情。故写景亦是诉情。而在每个写景句中嵌入的诉情词语，表达了迷茫、厌倦、犹疑和不肯定。在直接诉情的句子中，李煜表达的又是伤悼、悔恨、悲伤，以及这些深愁万恨的难以驱除、啮咬人心。因为，这不是一般的恨，而是亡国之恨。自己作为亡国之主，负有不可推卸的责任，故其悔也深，其恨也浓，伤有多痛，愁有多深，情就有多真，它们弥天漫地，令人无法承受，更无处逃避，故于口中肆口而发、笔端直泄而下。结句之愁如一江春水，恰恰将心中万千愁恨懊悔寄寓其中，这些愁太多了，无法具言，更无法言明，就像这一江春水一样多，又像这一江春水一样汩汩不绝，没有尽头。这确实是有史以来写愁写得十分“狠”、十分“决绝”的例子。故王国维说“后主之词，真所谓以血书者也……俨有释迦、基督担荷人类罪恶之意”[①]，是真正体味到了。

俞平伯在评价李煜这首《虞美人》时说：“盖诗词之作，曲折似难而不难，唯直为难。直者何？奔放之谓也。直不难奔放亦不

① 徐调孚《校注人间词话》卷上，中华书局，2003，第7页。

难，难在于无尽。”[1] 也是敏锐地感受到了李煜词少见的直陈、直诉现象。他指出直比曲折难写，直就是奔放，这种奔放更难在“无尽”，即在直陈直诉中，给人丰富复杂的感受以及含义隽永的韵味，而非与“直”俱来的了无意蕴。

李煜的以赋为词，在直陈、直诉的表达方式之下，也是有一定规则与技巧可循的。

一是以景、事作为直陈的触发，写景是在直诉的话语体系内。如下面这首《乌夜啼》：

> 昨夜风兼雨，帘帏飒飒秋声。烛残漏断频欹枕，起坐不能平。　　世事漫随流水，算来梦里浮生。醉乡路稳宜频到，此外不堪行。

上片前三句是写景，但是从上下语气看，它们是绾合在第四句“起坐不能平”之下的。单独看，似乎每句是在写景，但合起来看，每句的写景都指向一个共同的中心，这个中心就是“起坐不能平”。不仅写景如此，在同样是诉情的下片，前二句是对人生经验的伤痛总结，是叙事，但是亦统合在结句“此外不堪行”中。是直陈中的直陈。

再如下面这首《破阵子》：

> 四十年来家国，三千里地山河。凤阁龙楼连霄汉，玉树琼枝作烟萝。几曾识干戈？　　一旦归为臣虏，沈腰潘鬓消磨。最是仓皇辞庙日，教坊犹奏别离歌。垂泪对宫娥。

① 俞平伯《读词偶得》，人民文学出版社，2018，第38页。

首二句用两个名词六字句组合，表达失去故国之痛。两句同时用了表示时间与距离的数量词来言说故国历史之长与占地之广，但是有意不配以动词和名词，一是隐讳，毕竟以亡国之君来写亡国并不光彩，二是所要表达的情感复杂伤痛。因为包含的哀愁和难以言说的东西太多了，干脆以六字词组作结，刻意的省略亦能传达完整意思。这是在直诉。下面两个七字句，写故国宫禁中景物，似是在写景，但接下一句“几曾识干戈”才是表达的目的，景是统合在这一目的之下的。而且，从大的意群组合上断句，这两个七字句可以视为“几曾识干戈”的主语。李煜不说自己及南唐臣民不识干戈，而是说这些凤阁龙楼、玉树琼枝不识干戈，就将意思又向深处推进了一层，加深了悲伤色彩。所以，读者在读到这两句时，不会感觉到是在单纯写景，只是会感觉到是为了后面伤痛的爆发而作必要的铺垫。

另一种表现形式是在直陈之余，通过景物、叙事等起到映衬、辅助诉情的作用。如这首《子夜歌》：

> 人生愁恨何能免。销魂独我情何限。故国梦重归。觉来双泪垂。　　高楼谁与上？长记秋晴望。往事已成空。还如一梦中。

上片四句，前两句劈头直诉失去故国的愁恨。这两句似乎是关于人生愁恨的具有普泛意义的抒发，说人生的愁恨，谁又能逃得过呢？所以我的销魂是难以限制和言说的，写自己愁恨之深、之重。接下两句是对这种愁恨伤痛之情的补充，说我的愁恨因为梦中回到故国而更加悲伤，醒来发觉自己不知不觉已经泪流满面了。下片后两句与前两句的关系亦如上片。

再如下面这首《浪淘沙》：

> 往事只堪哀。对景难排。秋风庭院藓侵阶。一任珠帘闲不卷，终日谁来。　　金锁已沉埋。壮气蒿莱。晚凉天净月华开。想得玉楼瑶殿影，空照秦淮。

上片五句，在总体的直陈诉情的话语中，前两句是直陈自己的感受——回忆到往事时心中只有悲哀，对着景物更难以排遣。接下一句“秋风庭院藓侵阶”则是补充，起到辅助、强化诉情的作用。

当然也有二者完美结合的作品。如上面的《虞美人》，以及下面这首《浪淘沙令》：

> 帘外雨潺潺。春意阑珊。罗衾不耐五更寒。梦里不知身是客，一晌贪欢。　　独自莫凭栏。无限江山。别时容易见时难。流水落花春去也，天上人间。

显然，上片是以景作为直陈诉情的触发，下片则是直陈之余通过景、事辅助、映衬。

李煜“以赋为词”之所以能做到曲味包蕴，不致沦为空洞无物的嘶喊，大约与他在直诉体系内所借助的这些情景铺垫、叙事刻画有关，也与他对人生的透彻感悟有关，而不是简单、浅显的诉情。他的一些警句，本就是人生伤痛的凝结，含血带泪的体验，说出了共性和普泛性。如“问君能有几多愁？恰似一江春水向东流”（《虞美人》）、“世事漫随流水，算来梦里浮生”（《乌夜啼》）、“人生愁恨何能免”“往事已成空，还如一梦中”（《子夜歌》）、“梦里不知身是客，一晌贪欢”“别时容易见时难”（《浪淘沙令》）等，是王国维说的“不失其赤子之心者”，是“以血书”[1]者，是“以人类感情为其一己之感情”[2]者。感慨深厚，血泪之语，本身易引起极大共鸣。

李煜的以赋为词，不仅是艺术观念的新创，而且是他经历国破家亡巨变的亲身体验。自己作为俘虏，寄身于北宋首都，饱尝失去故国亲人之痛与成为阶下囚的屈辱，生命与尊严受到极大威胁。在这种人生与政治的巨变之下，他哪里再有心思去表达小情小义，去琢磨手法技巧，心中的伤痛与委屈脱口而出，就是伤心语，就是血泪语。故李煜后期词作主要以赋的手法直抒直陈，与其说是艺术手法的改变，不如说是因人生变故而致。这一点，我们无须从艺术上有意拔高。

四　以实写虚

李煜词的一个独特之处是特别善写愁恨。最主要的是，这种独特是由于他善于将情愁具象化。这一手法在其诗中亦有表现，如“云笼远岫愁千片”(《归宋渡江作》)，愁本无形，但是在李煜笔下却是可以具化为“千片”的。再如上引《虞美人》之“问君能有几多愁：恰似一江春水向东流”，愁本是一种情感、感觉，是看不到摸不着的，但李煜的贡献是，他将愁写成了可以用来衡量的实物。愁到底有多少呢？愁多得就像是一江水一样。整个江水成了愁的载体。不仅如此，愁还是流动的，是一直向东流的。这又是在进一步言愁之多：愁不仅像一江水一样多，愁还是不停流动的，就像水一样一直往东流。水流不息，愁也就没完。愁在

① 徐调孚《校注人间词话》卷上，中华书局，2003，第7页。

② 王国维《人间嗜好之研究》，彭玉平《人间词话疏证》卷下，中华书局，2011，第366页。

有形的基础上，变成无穷无尽的了。李煜的语言表达力简直太强了。

在李煜笔下，愁不仅多，而且是有质感的。如《相见欢》：

> 无言独上西楼。月如钩。寂寞梧桐深院、锁清秋。
> 剪不断。理还乱。是离愁。别是一般滋味、在心头。

离愁是什么？不好说，但它是一种“剪不断”的东西。愁本无形，但却成了一种实实在在的东西，是用剪刀都剪不断的颇有韧劲的东西。愁的质感与韧性都刻画出来了。

李煜写恨，与写愁有异曲同工之妙。如他的《清平乐》：

> 别来春半。触目愁肠断。砌下落梅如雪乱。拂了一身还满。　　雁来音信无凭。路遥归梦难成。离恨恰如春草，更行更远还生。

恨是什么？恨与愁一样，也是无形的看不到的，它只能通过人的感受体现。但李煜的“离恨恰如春草，更行更远还生”，却把恨比作春天的草。春天的草，你说有多少呢？你能数得清吗？根本数不清。地有多大，春草的覆盖面就会有多大。而且，它是“野火烧不尽，春风吹又生”的，它是会遍及脚步所至的任何一个地方的。将恨比作春草，已是绝妙；而将恨比作“更行更远还生”，则恨不仅是无限的，而且是一直生生不息的，这是多么精绝的比喻！

李煜词善写无形与虚幻，不仅体现在善写愁恨，也体现在其他无形事物上，比如对时光的描写：

冉冉秋光留不住。满阶红叶暮。又是过重阳，台榭登临处。茱萸香坠紫，菊气飘庭户。晚烟笼细雨。雝雝新雁咽寒声，愁恨年年长相似。(《谢新恩》)

"暮"指夕阳，又指暮秋。茱萸果实为红。冉冉，形容时光渐渐流逝。屈原《离骚》有"老冉冉其将至兮，恐修名之不立"，《文选》吕向注曰："冉冉，渐渐也。"本词中用以形容秋光渐渐远去。茱萸香、紫菊气、晚烟，都是实景虚化。李煜不是执着于写这些事物本身，而是通过这些事物的气息、香味、烟雾来烘托暮秋气氛，而与之相配的动词由于选用得十分具有质感和方向感（如以"坠"形容"香"、以"飘"形容"气"、以"笼"形容"雨"、以"咽"形容雁之发声），使这些自然界的风雨、花香、气味、鸟鸣可以任人安排，又颇具"行动性"与"力道""人性"，本身就是对这些物象的重新发现和塑造。这些都是冉冉逝去、留不住的秋光。秋光是什么？很抽象，很难说清楚。但李煜在本词里，却将秋光具象化了——它们就体现在茱萸香的坠落过程中，紫菊气味飘过庭户的刹那，晚烟笼束住细雨之时，以及雁声凄寒哽咽中。尤其是"茱萸香坠"，完全是李煜个性化的体验与感觉。无论香味或香气，都是往上走的，袅袅而起，人才可以闻到，怎么可能是坠落呢？坠落的只能是茱萸的果实。因为重阳时早已过了茱萸开花的时节，但李煜偏要说是茱萸的香气坠落，这是何等的任性，又是何等出人意表的美好。正因自然节物美好又短暂，故不忍见其凋零、衰落，心中难免生出愁恨来，因此，词人才无法抵抗这种美好的陨落。这种心痛，不会随着年龄增长、周而复始而改变、减弱，才有了结句之"愁恨年年长相似"。紧扣主题，遥应首句。

此外，如香的具象化：

秦楼不见吹箫女，空余上苑风光。粉英金蕊自低昂。东风恼我，才发一衿香。　　琼窗梦笛残日，当年得恨何长。碧阑干外映垂杨。暂时相见，如梦懒思量。(《谢新恩》)

作者写东风吹拂下散发的香气，却用了一个很实但不常见的量词——衿，将香具象化、量化了。这也是以前没有见过的刻画方式。后来晏殊词中喜用“两眉愁”，大约是受此启发。

五　以梦写真

经历巨大挫折与变故之人都有一种典型心态，就是不愿意承认现实，宁愿去梦里寻求安慰，故产生大量描述愁梦之词。李煜写梦的词，由于其经历之少见，故写来异常伤痛：

梦里不知身是客，一晌贪欢。(《浪淘沙令》)
世事漫随流水，算来梦里浮生。(《乌夜啼》)
往事已成空。还如一梦中。(《子夜歌》)
雁来音信无凭。路遥归梦难成。(《清平乐》)
宴罢又成空。魂迷春梦中。(《菩萨蛮》)

梦的残酷就在于，它只是存在于梦中，那些发生的事，也只是存在于过去。能在梦中出现，无疑是美好的、欢乐的、令人难以忘却的事，而这些，都随着梦的结束一起结束，不再重现。在此情景下体味旧日的美好，那种残酷与伤心，是无法用语言表达出来的。李煜后期词爱写梦境，未尝不是存有昨日美好重现的奢望，希望国未亡家未失，现实的一切都是噩梦，梦中的美好才是真实。这种奢望虽然只在梦中，或许偶尔溢泄在梦外，徘徊于梦与现实的边缘，但毕竟是一种奢望，是沦为亡国奴、阶下囚的帝王不愿丢弃的一点执拗和幻想。

其中尤有两首写梦词，尤其伤痛感人。如《望江梅》：

> 闲梦远，南国正芳春。船上管弦江面绿，满城飞絮滚轻尘。忙杀看花人。　　闲梦远，南国正清秋。千里江山寒色远，芦花深处泊孤舟。笛在月明楼。

这首词，上下片开首之“闲梦远”，一再强调是在做梦，是在梦中。但由于词人现实处境之苦楚，忆念故国之切，故给人的感觉不仅仅是在梦中，而是自己的精魂回到了故国。他在金陵正值芳春的季节，看到江水清碧，画船上游人吹着管弦，满城柳絮飘飞，游人熙攘，虽然车后滚起轻尘，但这样的繁华是多么难得呀！而他又是多么的后知后觉！由于情之切，情之真，精诚所至，仿佛灵魂出窍，在梦中回到了故国。因此，这首词多少让人能感到忆念之精切而带来的心痛，多少带有一丝“鬼气”。后来晏几道之“梦魂惯得无拘检，又踏杨花过谢桥”（《鹧鸪天》），其中的鬼气，惊心动魄，可以与李煜这首词相提并论。小晏亦是经历了家庭的巨大变故，由宰相之子沦为潦倒文人，其心中的悲苦恐非他人能解，故词中亦多真切、赤诚之语。这一点，与李煜是相通的。

从词的发展来看，这首《望江梅》，实际就是《忆江南》《望江南》《梦江南》，只是唐五代时期，这一词调是单调二十七字，五句三平韵，白居易、温庭筠、皇甫松都有很好的作品，至李煜，始见双调五十四字体，上下片各五句三平韵，实际就是将唐五代的单调衍为双调，这是需要交代的。另外，在词境的构造上，上片有皇甫松《梦江南》的影子："楼上寝，残月下帘旌。梦见秣陵惆怅事，桃花柳絮满江城。双髻坐吹笙。"

另一首如《望江南》：

> 多少恨，昨夜梦魂中。还似旧时游上苑，车如流水马如龙。花月正春风。　　多少泪，断脸复横颐。心事莫将和泪说，凤笙休向泪时吹。肠断更无疑。

这两首词的词调很有意思，都是《望江南》。被俘后的李煜居于汴京，对故国、故乡江南（金陵）的思念异常强烈，所以这个词调不是随便选的，其中寄托了他无限的情思与悔恨。而这种情感，平时无法等闲面对，只有在梦中，时光才会倒流，回到过去，暂时摆脱愧疚、痛苦。梦中的李煜，还是偏安江南的一国之主，梦中的故国一切依旧。春天的时候，百花盛开，芳草如茵，江水碧绿，画舫穿梭，笙歌不断，游人如织。秋天的时候，虽然景色清冷，但千里江山无恙，芦花深处亦可以泊舟，即使笛里吹奏的是相思念家之曲，但亦是平静安宁中小的离愁。在李煜的梦中，他希望一切安好，身边人和臣民没有经历战火的荼毒，没有经历国破家亡的痛楚，所以他最希望看到"忙杀看花人""车如流水马如龙"的景象。这两句虽然看似极简单、平常，我们亦不会注意到，但在一个失去家国的人眼里，这最平常亦是最不平常的了。而只有在梦中，李煜才能静下心去着意描绘。

李煜后期词梦境之所以真实，给人留下深刻印象，一是由于其情之真切，二是由于其在反映梦境的词中，通过大量画面感十足的场景，将春秋尤其是春天最美好的一面呈现出来。在表现过程中，不执着于一事一物的描画，而是注重人们普遍的感受与较大场面的展现，运用大量具有感发性的色彩词，注重自然景物与人文景物的描画及其互相之间的发酵，并辅以声觉、触觉。这样做的效果是往日的江南故国仿佛真的重现于眼前，实则是重现于梦中，故给人的感觉是，虽然写的是梦境，但梦却十分逼真，就如用摄像机所摄，于某种情境下，回放于眼前。正因如此，我们感觉李煜的写梦词特别真实，明显感受到词人的良苦用心，所谓伤心人伤心语，字字带血泪，故具有异常的感染力。可谓李煜词的一绝。

以上所写都是李煜词中所体现出来的比较独特新创的手法，而关于李煜词中传统内容的部分，本文就不详述了。但是这些题材中仍有写得非常美的作品，如有关伤春的《相见欢》，描写歌妓舞女情态的《一斛珠》，以及男女相思、约会的三首《菩萨蛮》，写闲愁、惜韶光的《虞美人》《玉楼春》，而《菩萨蛮•铜簧韵脆锵寒竹》中之“宴罢又成空。魂迷春梦中”，似有李商隐“一春梦雨常飘瓦，尽日灵风不满旗”（《重过圣女祠》）的影子，而《阮郎归・东风吹水日衔山》之“留连光景惜朱颜，黄昏独倚栏”，又见冯延巳词的影子。

李煜词以画入词、以赋为词、以实写虚、以梦写真的特质共同构筑了其词风，时见哀感顽艳、凄迷惝恍之境。

第九讲

晏殊

太平宰相闲雅词

满目山河空念远，落花风雨更伤春。不如怜取眼前人。

一　刚简自律　太平宰相

晏殊（991—1055），字同叔，抚州临川人，就是现在的江西临川。晏殊生来聪明好学，七岁能作文，被当地人目为神童，十四岁作为神童被举荐到朝廷。

当时，十四岁的晏殊与一千多名贡士一起参加殿试，但是他从容不迫，气势上丝毫不输那些成年人，援笔立就，受到真宗的嘉奖，赐同进士出身。两日后，又进行殿试，诗赋论各一首。赋所出的题目晏殊私下练习过，晏殊就如实相告：这道题我曾私下练习过，不敢隐瞒。请试以其他题目[①]。晏殊的诚实不欺，令宋真宗十分赏识[②]。赋成，真宗称赏再三，授予他秘书省正字。晏殊从此踏上仕途，最高做到宰相。可以说，晏殊真诚自律的品格是他仕宦生涯的起点，也是他能够不断高升、位极人臣的核心品格。所以欧阳修的《晏公神道碑铭》中说他“为人刚简，遇人必以诚”。

晏殊被称为太平宰相，并不是像人们认为的那样，说他圆滑，善于明哲保身[③]。“明哲保身”的评价，实际最早出自晏殊门生欧阳修，欧阳修在其《晏元献公挽辞三首》其三中说：“富贵优游五十年，始终明哲保身全。一时闻望朝廷重，余事文章海外传。旧馆池台闲水石，悲笳风日惨山川。解官制服门生礼，惭负君恩隔九泉。”欧阳修在与晏殊一生的交往中有过不和谐，二人最激烈的冲突莫过于推行改革新政时期，在欧阳修被吕夷简弹劾、被排挤出

① 宋·欧阳修《观文殿大学士行兵部尚书西京留守赠司空兼侍中晏公神道碑铭》，李逸安点校《欧阳修全集》卷二十二，中华书局，2001，第350—354页。

② 宋·沈括撰、胡静宜整理《梦溪笔谈·人事》卷九，大象出版社，2019，第80页。

③ 邵明珍《论晏殊被“污名化”的深层原因》，《苏州大学学报》2018年第6期。

京时，晏殊没有阻止，相反同意吕夷简的意见，导致欧阳修被贬，晏殊的女婿富弼因此在仁宗面前大骂晏殊“奸邪”。但是，后来的欧阳修已经意识到座师晏殊用心良苦，并与之达成了和解。他的这番评语，并不包含贬义。而且，从律诗平仄押韵来讲，这两句应该是四三句式，即应该断为“始终明哲/保身全”两部分，而“明哲”则完全符合晏殊天才式的个性与智慧，因为“明哲”，才“保身全”。但由于“明哲保身”已经成了成语且语意带贬义，才导致后人对晏殊有这样的评价。这是没有考虑当时实际情况和具体语境的想当然的评语，与事实不符。

相反，晏殊也有刚峻狷急的一面，这从他身形清瘦、食量甚小可以看出来[①]，从他因仆隶迟到而以笏板击落人家的牙齿可以看出来[②]，也从他的《山亭柳·赠歌者》词的激昂慷慨、抑郁不平可以看出来。所以在处理政事时，晏殊敢于犯颜直谏，不怕得罪太后和皇帝，也因此几次受到贬谪，外放做官。晏殊从政五十年，大约有十六年的时间被贬官或外放。尤其是晚年，在庆历三年（1043）罢相后，晏殊在外辗转十年，最后因病才得以回到京城。

二　乐善知人　文坛盟主

晏殊的另一大特点是他乐善知人，爱提携后进。这也许与他少年即因人举荐踏入仕途的经历有关。知人善任是很多官员做不到的，一是因为识人不准，二是因为有私心，往往嫉贤妒能。而晏殊是很有眼光的，看人也准。比如王安石（1021—1086）。庆历

① 宋·欧阳修《归田录》卷一，大象出版社，2019，第12页。

② 宋·李焘编《续资治通鉴长编》卷一〇五，中华书局，2004，第2435页。

二年（1042）王安石以进士第四名及第（时年二十二岁），仁宗皇帝让前十名进士去拜谢时为枢密使的晏殊（枢密使相当于宰相）。晏殊（时年五十二岁）等众人退下之后，单独将王安石留了下来，对他说：在殿试上听说你是我的老乡，而且久闻德行之美，我虽位为执政，但是看到乡贤取得如此好的成绩，实在是与有荣焉。又说，等休假的时候我们一起吃饭啊。出来的时候，又命手下值班的官员请王安石吃饭。对王安石可谓十分器重。饭后，晏殊又与王安石聊天，说，你将来的名位会如我现在这样，甚至比我还强，并且又大加赞赏了好一阵，最后说：然而有两句话想奉告，不知可否愿意听。二十出头的王安石作为晚辈，受到大自己三十岁的当朝宰相如此殷勤厚待，岂能不听？晏殊直言："能容于物，物亦容矣。"王安石只是略微答应，回到旅舍后便说：晏公为大臣，怎么教人这些话啊？心里非常不平。后来王安石变法（1069—1074）得罪了大量朝臣，许多人纷纷罢官，离开京城，王安石也被罢相，弟弟王安礼说起当初的事时说：我在朝廷，当时友人，人人与他为敌，不知当初晏公是怎么料定我哥此后的遭遇的。王安石遭受很多非议，司马光对他的评价较为中肯：人们都说王安石奸邪，是诋毁太过了，他只是不晓人事，脾气又太拗。[①]明代冯梦龙《警世通言》里有《拗相公饮恨半山堂》，可知王安石的拗是出了名的。而这些，在三十多年前，晏殊已经预料到了。由此可以看出，晏殊确实是察微知著、十分具有识鉴才能的。

而在知贤荐贤方面，晏殊可以称得上是宋代宰相第一人，所谓"一时名士多出其门"[②]。晏殊举荐的人很多。我们就拣大家耳熟

① 清·黄以周等辑注《续资治通鉴长编拾补》卷五，中华书局，2004，第245页。

② 宋·欧阳修《归田录》卷一，大象出版社，2019，第247页。

能详的举例。当时的知名人士如范仲淹、欧阳修、孔道辅、张先、宋庠、宋祁等都出自他的门下。范仲淹比晏殊还大两岁，虽然后来名望高于晏殊，但终身以门生的身份礼遇晏殊。范仲淹、韩琦、富弼、宋庠、宋祁等，都因受他举荐而得到重用。贤士如张先、梅尧臣等，都聚集在他的周围。仁宗朝人才济济，晏殊是起到很大作用的。

三 性情豪爽 喜宴宾客

晏殊自己虽然刚简自律，《宋史》本传亦说他是"奉养清俭"，欧阳修也说他"虽处富贵如寒士"①。但他同时又是儒雅旷达、性格豪放的。《避暑录话》说他"虽早富贵而奉养极约，惟喜宾客，未尝一日不燕饮……每有嘉客必留……必以歌乐相佐"②。什么意思呢？就是说晏殊特别喜欢招待客人，每次招客必有歌舞音乐相伴。在酒过数巡、歌舞差不多尽兴时，晏殊必然会遣散乐妓，说："你们已经献艺了，现在该我了。"于是取来纸笔，"相与赋诗"。这是晏殊府上宴会的常态。

在晏殊三十八岁、被罢官留守南京时，与曾经被他提拔的王琪"宾主相得，日以赋诗饮酒为乐，佳时胜日未尝辄废也"。有一次中秋夜晚没有月亮，晏殊早早歇息了，王琪来访，见晏殊已经寝息了，就派人递入两句诗："只在浮云最深处，试凭弦管一吹开。"晏殊得诗大喜，即起身命人开宴奏乐，后来月亮果然出来了，

① 欧阳修《观文殿大学士行兵部尚书西京留守赠司空兼侍中晏公神道碑铭》，李逸安点校《欧阳修全集》，中华书局，2001，第353页。

② 宋·叶梦得撰、徐时仪整理《避暑录话》，大象出版社，2019，第49页。

欢饮达旦[①]。

从这些故事我们知道，晏殊喜欢招待客人，每有客至即宴饮，且酒席间常吟诗作赋，进行创作。他自己常在席上填词来侑酒。当时，张先的词写得不错，每次张先来，晏殊就让他家侍女歌唱张先的词。

可以说，晏殊家的宴会，团聚了不少名臣、贤士与词人，他们在沟通感情、歌舞娱乐的同时，也凭借词与音乐发泄情感，抒发来自心灵深处的呓语，是一个十分难得的诗词创作生发场。在这种情形下，晏殊不仅自己创作了大量的词，被称为“北宋倚声家初祖”[②]，也在潜移默化中影响了周围的人。他的地位和影响力，是不言而喻的。可以这么说，在仁宗朝，晏殊不仅是政坛的领袖人物，也是词坛的盟主。

四　崇尚气象　反对鄙俗

晏殊词现存138首[③]，其中一首为残句。这些词大都产生于酒席宴会。每首的上下片往往表达的不是一个内容，其中一半的篇幅都是与饮酒作乐有关。可以说，晏殊词所表达的内容是在饮宴的背景与底色上显影的，其中许多词往往很难用传统方法确定主题，也很难用传统的方法来解读，原因即在于此。这也是晏殊词令人难以理解的地方。人们很难从中抓住一些典型、明确的东西。

---

① 宋·叶梦得撰、清·何文焕辑《历代诗话·石林诗话》，中华书局，2004，第405页。

② 清·冯煦《蒿庵词话》，唐圭璋编《词话丛编》，中华书局，2005，第3585页。

③ 据张草纫《二晏词笺注》，上海古籍出版社，2008。

即便如此，晏殊词的内容也大体可以分为几类：闲思、闲愁、相思、别离、惜流年、歌妓舞女、咏花、祝寿等，其中，属于闲思闲愁的作品最多，至少有44首，其次是咏花词，有35首，再次是祝寿词，有29首。

晏殊从十四岁踏入仕途，除去晚年，一生几乎没有大的起伏与挫折，人生也无大的遗憾与磨难，也没有什么是他难以得到的，因此晏殊词中缺乏一般文人所经常表达的落魄与艰难，失意与痛苦。晏殊的困惑与苦恼，主要是对光阴的惋惜与感叹，对生命消逝的无法挽留，以及对于一切美好、短暂事物难以永恒的惋惜与不甘。这些弥漫于他的生命当中，也常见于其词作。鉴于晏殊的身份、经历和审美趣向，可知晏殊词最重气象。这从宋人吴处厚《青箱杂记》的一则记载可以看出：

> 晏元献公虽起田里，而文章富贵，出于天然。尝览李庆孙《富贵曲》云："轴装曲谱金书字，树记花名玉篆牌。"公曰："此乃乞儿相，未尝谙富贵者。"故公每吟咏富贵，不言金玉锦绣，而唯说其气象，若"楼台侧畔杨花过，帘幕中间燕子飞""梨花院落溶溶月，柳絮池塘淡淡风"之类是也。故公自以此句语人曰："穷儿家有这景致也无？"①

晏殊所鄙薄的是以满眼金玉锦绣的词句来刻意显示自己的富贵，他所推崇的是字里行间流露的气象。这些气象，非富贵雍容者难以达此境界，更难以表达出来。就像他举的这两联诗，初看似很平常，细味其实暗含气象。花、鸟、风、月，本是自然界常

① 宋·吴处厚撰、李裕民点校《青箱杂记》卷五，中华书局，1985，第46页。

景，无甚稀奇，但是得看花是落在哪儿了，燕子是飞在哪儿了，月光是照在哪儿了，风是吹在哪儿了。这两联诗，句子的前面都是人为景观——楼台侧畔、帘幕中间、梨花院落、柳絮池塘，限制了花鸟风月的场所，使自然景物因为人文景观的不同而显富贵气象。你想，普通人家居住环境往往简单，乡村农民住茅草屋，市井小民赁屋而居，哪住得起宽敞的庭院？就连范仲淹这样的官员，在京城都是租房子住，否则就不会有李清照流落途中“不如向帘儿底下，听人笑语”(《永遇乐》)了，潘金莲窗户上的竹竿子也打不到西门庆了。显然，她们住的都是临街的屋子，难说有大的庭院。李清照喜欢“庭院深深深几许”一句，固然因其意境幽美，但难说不喜其中隐含的富贵大气，故而才以此为首句写了《临江仙》。帘幕，现代人受居住习惯所限，我们大多理解为门帘，实际帘幕在古人生活中起着非常重要的作用，可以说是一种软装修。在房间里，除了门窗挂帘之外，床帐的外面要有帘幕隔开视线，厅堂里也是用屏风和帘幕起到间隔区域、阻挡视线的作用，而花园里的亭台楼榭，也是用帘幕来遮风，并进行装饰，营造朦胧之美。所以，凡是有庭院和楼台的人家，有池塘与帘幕的人家，必然非富即贵，这在当时的生活环境中是不言自明的，富贵也是蕴蓄在这当中的。但是晏殊说了，我不会把这些作为主要描写对象，我写的是这些环境中的风月花鸟，那雍容富贵岂不是骨子里流露出来的风雅？

晏殊作诗如此，作词也是这样的追求。他追求富贵闲雅，反对艳俗和脂腻气。张舜民《画墁录》载：

柳三变既以词忤仁庙，吏部不放改官。三变不能堪，诣政府。晏公曰：“贤俊作曲子么？”三变曰：“只如相公亦作曲子。”公曰：“殊虽作曲子，不曾道‘彩线慵拈伴伊坐’。”柳遂退。[1]

柳永好为淫冶词曲，曾作《鹤冲天》词，其中有“忍把浮名，换了浅斟低唱”，此词传到仁宗耳朵里，放榜时，仁宗批语：“且去浅斟低唱，何要浮名！”[2]柳永于是落榜，与儇薄子弟纵游娼馆酒楼间。从上文晏殊对柳永的抢白可以看出晏殊对柳永词作的不屑，他不认同柳永直率露骨地描写青楼女子以及闺房男女情态的一些词作，所以他认为柳永的词作是无法和自己相比的。无独有偶，晏几道亦曾就其父的词作发表过意见：

晏叔原见蒲传正（蒲宗孟字）云：“先公平日小词虽多，未尝作妇人语也。”[3]

晏几道说父亲晏殊虽作小词，但不曾作妇人语，蒲宗孟以晏殊“绿杨芳草长亭路。年少抛人容易去”来反驳，认为这就是晏殊的妇人语。赵与时也认为是晏几道失言了。但是我们来细味晏殊的这首《玉楼春》，却是他人没有理解晏殊父子：

绿杨芳草长亭路。年少抛人容易去。楼头残梦五更钟，花底离情三月雨。　　无情不似多情苦。一寸还成千万缕。天涯地角有穷时，只有相思无尽处。

---

① 宋·张舜民《画墁录》，葛渭君编《词话丛编补编·历代词人考略》卷八，中华书局，2013，第3996页。

② 宋·吴曾《能改斋漫录》卷十六，大象出版社，2019，第198页。

③ 宋·赵与时撰、姜汉椿整理《宾退录》卷一，大象出版社，2019，第77页。

所谓的“妇人语”，其实是指以女性的视角、心理来诉女性的情感。而这首《玉楼春》虽然是在写相思别情，但是却没有拘泥于此类题材只着眼描写女子的妆容、发饰、着装及居处环境的一般写法，而是将一切女性化标志十分明显的物象省去了，取而代之的是具有感发性的场景和人物，所抒发的情亦是具有普遍性的情感。从词中主人公所借用的外物如绿杨芳草、楼头钟声，很难判定是男性还是女性。而“年少”应该是指青年男子，这一称谓的意义并不是在于指某个具体的人，如以前词中常见的刘阮、檀郎等，而是以对方的年龄作为借代，主要在于表达少年人不懂得人生艰辛、不懂珍惜情感这样的含义，而这又与词人一直在意的惜年光、珍惜眼前人的思想相一致。晏殊曾在《浣溪沙》《木兰花》两首词里写有“不如怜取眼前人”，就是这种思想的一再体现。而他在这种相思里寄托的多情之苦、情感的深沉绵永以及相思的无穷无尽，则是一切有情人、一切相思着的人普遍都有的感受。可以说，晏殊是借这一相思主题，说出了相思者普遍的感受，以及相思之情的绵久、深刻、无以排遣，这种感情不仅是无穷的，而且从空间上来说，也是无处不在的，即使走到天涯地角都无法摆脱。所以，晏殊是借此表达深情与执着、专一，当然不是妇人语、女儿词了。

词与女性的亲密关系众所周知，到底怎么写、侧重写什么，着实可以看出写作者的审美、气质与取向。通过以上晏殊在写相思时所体现的思想与审美倾向可知，他是十分注重闲雅、感发，以及透过事物本身抽绎、提炼情感与思想的，故而在感性之上，多了理性的思考与深刻。这些，当然非“妇人语”可以概括得了的。

有关晏殊的审美与诗词主张，以下这则记载也可以作为参考：

公风骨清羸，不喜肉食，尤嫌肥膻，每读韦应物诗，爱之曰："全没些脂腻气。"故公于文章尤负赏识，集梁《文选》以后迄于唐别为集，选五卷，而诗之选尤精，凡格调猥俗而脂腻者皆不载也。①

晏殊厌恶脂腻气不仅仅体现在创作上，更由于其个性使然。他身形清瘦，颇有风骨，平生最不喜肥腻，相应地，在诗词创作上，也十分厌弃猥俗与脂腻。晏殊喜欢韦应物的诗，是因为韦诗没有一点脂腻气。相反，他厌恶柳永的词，也是认为其词猥俗与脂腻。而柳永的词确实被后人认为俗腻，故有"腻柳"②之称。由此足见晏殊自己填词时也是反对猥俗与脂腻、崇尚气象与闲雅的。这些雍容气象，并不局限在某一主题的词的创作中。如这首《蝶恋花》：

帘幕风轻双语燕。午醉醒来，柳絮飞撩乱。心事一春犹未见。余花落尽青苔院。　　百尺朱楼闲倚遍。薄雨浓云，抵死遮人面。消息未知归早晚。斜阳只送平波远。

首句以帘幕外双燕呢喃起句，暗示女子孤单。第二、三句以午睡起来见柳絮翻飞缭乱暗喻内心烦乱，又以心事"一春犹未见"掩饰，女子的烦恼及曲折心理毕现，亦见笔法的迂回、婉转、蕴藉。这些都是传统写女性的手法。但接下来，她将视线落在长满青苔的院落里，青苔上落了以前未落尽的花，如今，这枝上剩余的花也都落尽了。暗喻女子的期望正在一点点消耗殆尽。这句话

① 宋·吴处厚撰、李裕民点校《青箱杂记》卷五，中华书局，1985，第47页。
② 清·陈廷焯撰、孙克强等辑校《白雨斋词话全编·白雨斋词话》卷一，中华书局，2013，第1169页。

本身就已经充满意绪，在落与未落间、尽与未尽间见机理、见禅意。下片首句写女子高楼凝望。楼为百尺楼，且为朱楼。在百尺朱楼上本以为望得更远，但却因薄雨浓云，生生遮住了人的视线，令人懊恼。又是一层婉曲。结尾两句舒缓。没有那个人归家的确切消息，只见斜阳照在波涛上，静静地送着那波涛流向远方。

虽是以女性口吻写相思，可从帘幕、青苔院、百尺朱楼见富贵气象，而由高楼颙望、闲倚遍，由“斜阳只送平波远”见气度与眼界，更见闲思与理性，这就不是一首单纯的写相思的词了，而是蕴含了更多人生意蕴。尤其结句，被赞为“淡语之有致者”[①]、“佳境”[②]，其意境将人引向更广远的深思。

再如这首写闲愁的《清平乐》：

春来秋去。往事知何处。燕子归飞兰泣露。光景千留不住。　　酒阑人散忡忡。闲阶独倚梧桐。记得去年今日，依前黄叶西风。

这本是饮宴散后词人自己独处时的心境，说是闲愁也好，说是闲思也好，但词人在此寄托的却是他对于往事、今日以及日后的感慨。开头前两句即发出疑问：春来秋去，那么多的往事到哪里去了？困惑，亦是留恋，更是对往事的无法释怀。即便如此，往事亦如要飞向南方的燕子一样，是无法留住的。不仅往事留不住，现在的光景，更是千留万留也留不住的。这就将心事与思想又提升了一步。这些感受、思考，都是在酒散客去之后，一个人

① 明·王世贞《艺苑卮言》，唐圭璋编《词话丛编》，中华书局，2005，第388页。

② 明·卓人月汇选《古今词统》卷九，辽宁教育出版社，2000，第338页。

孤独的时候涌上心头的。在词人的心中，歌筵酒席固然是人生乐事，但由此生发的感慨，往事今景，光景易逝，时光不再，物是人非，这些每每令人感伤、苦闷。则这些思想，又不能用简单的流连酒筵概括，其中隐含着作者的思考与气象，也见典雅雍容。

五　感物细腻　情曲深婉

晏殊词虽然重气象，但并非眼中无物。他之所以有如许的伤感、感慨，皆因他细腻的心理，和对身边事物的喜爱、珍惜。所以，他能看到别人不易注意到的细节，或是在旁人眼中的寻常景中，见出美妙。而这些美妙的事物，彼此之间相互辉映，营构出美妙的词境。如下面这首《浣溪沙》：

小阁重帘有燕过。晚花红片落庭莎。曲阑干影入凉波。
一霎好风生翠幕，几回疏雨滴圆荷。酒醒人散得愁多。

本词六句，前五句都在写景。首句写小楼阁的重重帘幕外，有燕子飞过；次句写黄昏时分，红色花瓣飘落在庭中的莎草上，有动有静，但都是比较实的物象。接下两句，写弯曲的栏杆的影子，映入了池中的凉波中。“影入凉波”，影本虚幻，这虚幻之影映入流动的冰凉的水波中，是虚虚相对，亦如波光闪烁，给人恍惚之感。过片写风，亦是无形之物，无形的风吹在翠色的帘幕上，用了一个“生”字，好似风真的是生在了帘幕上，虚实相融，产生别样的感觉。这时再引入声音。几回，写雨时下时停；疏，表示雨不大。几回疏疏落落的雨点，滴在了圆圆的荷叶上，传出不经意的嘀嗒声。这声音更引得客散酒醒后的人多了愁绪。而疏与圆虽非反义词，但这样的排列对比亦产生了一种莫名的张力和空虚感。如果不是末句点题，只从前面的景物描写，恐怕真不易判断出词人要表达什么样的感情。但是，前五句物物之间的关系及其相互映发，已经给人的眼睛带来了美好享受，使人的内心产生了别样的感受。这些都与晏殊细腻的感情与感物方式分不开。

这种物物之间奇妙的排列而产生的关系，会使人对客观世界的观察更为仔细、深刻一些，感觉也更新奇一些。而且，也创造了独特的词境。如下面这首《踏莎行》：

> 小径红稀，芳郊绿遍。高台树色阴阴见。春风不解禁杨花，濛濛乱扑行人面。　　翠叶藏莺，朱帘隔燕。炉香静逐游丝转。一场愁梦酒醒时，斜阳却照深深院。

此词本写春愁。但下片“炉香静逐游丝转”，写熏炉里的香缭绕上升，竟与飘浮在空中的蛛丝追逐、缠绕。这种细致的描写实属少见。香烟因烟气微弱会产生如细线一样的香气，这样的状态与空中实际飘着的游丝状态何其相似，二者相遇、接近、缠绕，看似实景，实则一虚一实，这样奇妙的感受如果不是词人心思细腻、感物幽微，一般看不到也想不到。所以，炉香静逐游丝转，可以看作实物，也可能是词人想象中的景象，但无论如何，两种不同材质的银丝在空中追逐、缠绕是很奇特的景观。此如梦如幻之景后，接以作者愁闷与酒醒，本就梦幻，而结句“斜阳却照深深院”，只是写即将落山的斜阳，照在幽深的院落里，但这种静态的景，却带给人无限想象，构筑了深远的词境，如庭院落照图，吸引人进入画中无尽徜徉。

这就是晏殊观物写景的微妙。其他如“玉碗冰寒滴露华”（《浣溪沙》)，写夏日盛冰的碗因外界高温，碗壁上凝结出水珠。这是很仔细的观察。但词人却用了材质不同但都具有晶莹、清亮光泽的物质——玉、冰、露来形容，而露珠用“华”来修饰，给人仙界玉液琼浆的感觉。这些不仅体现富贵气象，而且通过本身的材质与光泽以及显示的意象，令人身在盛夏亦心生凉意，起到了很好的表现富贵人家防暑途径的效果。

再如“无奈绕堤芳草，还向旧痕生”(《相思儿令》)两句，写芳草春日复生。这本是极平常的景象，但妙在词人用了“旧痕”二字，描写芳草在去年原来的痕迹处又生长出来了。写芳草又不似仅写芳草，因为那“旧痕”太有寓意了，提醒人，莫不是旧日的情愫，旧日的心事、愁怨，也随着芳草的再生而原处生发了？微妙至极。

类似的物物描写再如这首《清平乐》：

> 红笺小字。说尽平生意。鸿雁在云鱼在水。惆怅此情难寄。　　斜阳独倚西楼。遥山恰对帘钩。人面不知何处，绿波依旧东流。

这是一首写离情的词。但晏殊主要通过描写景物及景物之间发生的关系而发酵、渲染这种情绪，因而显得典雅，别具思致。上片其实是在写锦书难寄，但是词人将这一意思展开、揉碎，任其中意象相互生发、产生意蕴。他以“红笺小字”写女子用花笺写信，字迹清秀娟小，已产生美感。“说尽平生意”是说女子情感深挚柔婉，笔下似将一生情意都写尽了。如此深情美意，本应让对方看到，但第三句却写“鸿雁在云鱼在水”，写出了传书不得的无奈。鸿雁在天空飞翔，并不落下来，传书者抓不到；鱼儿在水里游弋，不肯上岸，传书者亦抓不到。即使有鸿雁有鱼儿，对于要传书信的那个人，都是没有意义的，终究是无法传递。此句表面写鸿雁游鱼，实则宛用鸿雁传书、汉乐府“客从远方来，遗我双鲤鱼。呼儿烹鲤鱼，中有尺素书”(《饮马长城窟行》)的典故，使传书信这一内容具有不一样的意境，给人别样的感受。

再如“可奈光阴似水声。迢迢去未停”(《破阵子》)。光阴似水，这样的比喻常见，但晏殊把虚幻的光阴比作实际流动的水声，有了声音，形象、警醒。这也是使常见比喻焕发新鲜感觉的写法。

除了善写物物关系，晏殊还善写情物关系，通过情与外物完美的无缝衔接，使情借外物得以抒发，外物借情而具感发意义，情与物完美交融，读之令人产生美妙的审美感受。如下面这首《木兰花》：

> 玉楼朱阁横金锁。寒食清明春欲破。窗间斜月两眉愁，帘外落花双泪堕。　　朝云聚散真无那。百岁相看能几个。别来将为不牵情，万转千回思想过。

上片后两句，窗间斜月，本为眼中所见之物，接以“两眉愁”，使斜月与眉愁产生亲密关系，似乎眉愁是果，睹窗间斜月是因，眉愁是直接因窗间斜月而产生，情物之间因如此排列而产生了密切关系。下一句亦如此。见花落泪本是常情，但因为此句与上句一样，都是在名词词组排列而成的七字句中，形成四三结构，并且前面四字是自然物象，后面三字是表达情感，因而产生了奇妙的化学反应，使斜月与眉愁、落花与泪堕似乎成了必然的联系，而产生奇妙的感觉。另外，“两眉愁”中以“眉”为量词，将无形的愁有形化，借鉴自李煜的“一衿香”(《谢新恩》)。像类似名词组合排列产生的新鲜密切的情物关系，还有“花底离情三月雨”（《玉楼春》）等。

但是，在晏殊词中，写得最摇曳多姿、感人至深的还是物物关系与情物关系的多重融合而营造的词境。如下面这首《鹊踏枝》：

槛菊愁烟兰泣露。罗幕轻寒，燕子双飞去。明月不谙离恨苦。斜光到晓穿朱户。　　昨夜西风凋碧树。独上高楼，望尽天涯路。欲寄彩笺兼尺素。山长水阔知何处。

首句菊、烟、兰、露，物与物的组合，虚实相应，组成了色彩绚丽、朦胧的画面。但词人在这物与物当中，用了人才会有的动作——愁、泣，将画面点活了，槛边的菊因愁而生烟，兰花因哭泣而生出露水，简直是缠绵悱恻，具有了人特有的愁情。这就犹如李贺《金铜仙人辞汉歌》里的“东关酸风射眸子”“忆君清泪如铅水”，是无理而妙，使人印象深刻。上片后两句亦是如此效果。本来明月是没有生命的，它无论照射到哪里，都是自然现象。词人却赋予它人的感情，又偏偏让它扮演了不谙人事的角色，所以明月虽然知道要照射到人间，却不明白犯着相思的人的痛苦，反而似乎有意地穿过层层阻隔，照到朱户内那个离人的身上，使其无法躲避，更感孤独。这明月的似懂非懂，起到了很好的表达情愁离恨的作用。这样的感物与婉转情思，非有细腻的内心、深挚的情感而又具理性、思考的头脑，是写不出来的。当然，结句“山长水阔知何处”与“斜阳只送平波远”（《踏莎行》）、“斜阳却照深深院”（《踏莎行》）、“绿波依旧东流”（《清平乐》）、“梧桐叶上萧萧雨”（《踏莎行》）、“朱帘一夜朦胧月”（《蝶恋花》）等一样，都是颇具感发、余味隽永的词境。

物物与情物的多重融合的例子，再如“细草愁烟，幽花怯露。凭阑总是销魂处”（《踏莎行》）等，此不赘述。

其实，情物关系是使情与物的组合产生密切而新奇的画面与感受，物物与情物的融合是使物与物之间产生人才具有的特别感受，从而幻化出更为复杂奇妙的效果。而物物关系的组合，是使物与物之间因此种组合产生前所未有的预期，其中也包括利用通感而产生的微妙感受，如打通温觉与视觉（“曲阑干影入凉波”“雨后初凉生水际”），打通触觉与视觉（“一霎好风生翠幕”）等。

六　不拘形色　唯求神思

晏殊的词和婉清丽，闲雅有情思，有别于花间词的香艳绮靡，增强了词中的士大夫气。主要表现为晏殊词中着意抒发作为男性词人尤其是太平宰相的思虑与情感。又由于晏殊雍容富贵的生活，词中自然会体现出闲雅精洁的气质，使宋词呈现出另一种风貌。这种风貌经晏殊至张先再至苏东坡、秦观，最终成为男性词人的另一种情感抒写方式。

晏殊的词，虽然也是写惜春、伤春之情，但显然已在词中蕴蓄更多的人生感慨和思考。如他的《浣溪沙》：

> 一曲新词酒一杯。去年天气旧亭台。夕阳西下几时回。
> 无可奈何花落去，似曾相识燕归来。小园香径独徘徊。

首句一个“新”，反映了晏殊当下的生活状态：饮酒、填词、听曲。似乎很平常，本无写的必要。第二句一个“去年”，就把时间拉长了，一个“旧”，流露了对旧日时光的留恋。心情亦随之下沉。第三句回到现实，写夕阳即将落山，心情又是一沉。后三字“几时回”，是反问，也是转折，对夕阳落下几时返回产生疑问，看似多余，实则是想在流逝的光阴中挽留些什么。下片两句是工整的对句。一个“无可奈何”，反映了无法将花留在枝头的无奈，也是对自然轮回所产生的无力感。再一沉。第二句“似曾相识”，是对无可奈何的反驳，又似乎蕴蓄着希望。果然，春燕归来，是令人欣喜的，说明春天依然在，并没有逝去。心情在失落中慢慢回升。表面波澜不惊，实则词人短暂地经历了失落、疑惑、无奈、希望，最后是释然。自然万物有死就有生，一物去，一物来，此物逝，他物生，原不必一味感伤、失落。这就是词人当时的心情。故结句收束回来，词人在自家花园弥漫着花香的小路上，来回散步，独自徘徊。虽然是独自一人，但我们仿佛在夕阳的逆光中看到一个从容踱步、有几分悠然的词人。这便是晏殊的词，在惯常的伤春惜时题材中，融入对人生的思考，以及心灵的升华。在表面的美好浪漫中，注入了闲雅情思及理性思考。这是太平宰相所具有的眼光与气度，别人是学不来的。

晏殊有些词的结构摆脱了花间词一般先写景后抒情或先交代时地人事的写法，而是起、结为现实中的节点，中间四句由现实而产生感发，是可以自由发挥想象与抒发感受的。如他的另一首《浣溪沙》：

一向年光有限身。等闲离别易销魂。酒筵歌席莫辞频。
满目山河空念远，落花风雨更伤春。不如怜取眼前人。

首句依然是酒宴间产生的感受。在饮酒听曲时感受到时光短暂、生命有限。次句在此基础上又推进一步，写到离别，写到离别的无常和令人伤心。三句由此心情一转：既然人生充满离别和感伤，不如让我们及时欣然享受当下的美酒与歌舞，不要再频繁推辞了。心情似乎得到开释。下片首句又产生虚幻感。眼前满眼的山河，却让人空自想到远方，又是无奈和身不由己。心情又一沉。偏偏此时遇到自然界的风雨，兀自飘零的花朵，岂不令人更加伤春？心情再次低落。结句却收束挽回。既然花要落，雨要下，风要刮，人要离别，美好是那么容易从眼前消逝，不如我们还是珍惜现在、珍惜眼前的人吧。这是晏殊的自我调节和治愈。短短的六句，我们随着他经历了内心的波澜起伏，最终复归平静，复归从容与波澜不惊。晏殊的词，其闲雅，其雍容富贵气，不是取决于物质条件，而是由于他对人生有透彻的认识，对世界有清醒的把控，所以才能伤感而不沉没于伤感，享乐而不沉湎于享乐，能在意乱情迷中及时抽身、疏离，回归清醒与理性，这是晏殊词所具有的气质。这种气质，被人视为俊洁也好，视为雍容也罢，实则是在其独特精神世界烛照下体现在词中的令人不易察觉的变化。

而且，无论是在写什么样的内容，最终都能归结到个人的思考上，凝结出富有人生哲理的见解，或以高情远境来寄托幽思，因而富有理性。如这首《踏莎行》下片："画阁魂消，高楼目断。斜阳只送平波远。无穷无尽是离愁，天涯地角寻思遍。"他由离愁而高楼目断，看到斜阳只送平波远，似乎得到启示。而这种启示，就是"无穷无尽是离愁"，离愁是无穷无尽的，是天涯海角都无法逃避的。写相思，悟到"当时轻别意中人，山长水远知何处"，又寄情斜阳与景物——"高楼目尽欲黄昏，梧桐叶上萧萧雨"（《踏莎行》）。同样写相思，从中却生发出"春光一去如流电""人生有限情无限"（《踏莎行》）这样惜时伤春以及人生与情感不对等的思考。由宴饮，生出"往事旧欢何限意"的感慨，以及人在岁月面前的脆弱——“人貌老于前岁。风月宛然无异”（《谒金门》）。虽然是诉相思，但是却别具深情：“多少襟怀言不尽，写向蛮笺曲调中。此情千万重。”（《破阵子》）

晏殊的身份与思想，决定了他写词，必然不会如一般词家一样为写词而写词，而是寄托了较他人深厚复杂的情感，与对人生、世界、岁月等的思考。这样，他的词就突破了花间词的局限，也突破了如花间词一样多作“妇人语”，而是由伶工之词变成了士大夫之词。从这一点来看，他是沿袭冯延巳的道路，从冯词取法甚多。冯延巳曾被贬江西抚州，对晏殊影响甚大，而晏殊喜欢冯延巳词也是人所共知，北宋刘攽就说：“晏元献尤喜冯延巳歌词，其所自作，亦不减延巳乐府。”[①]清人刘熙载亦言“冯延巳词，晏同叔得其俊”[②]，可见晏殊对冯延巳有所借鉴。冯延巳的善道人所共有之情，以及对人生的思考，在晏殊这里被继承并进一步发展。晏殊词的道情，更加感物细腻，地道当行，与物不隔。而他的思考，亦时有警句与隽语，体现了闲雅情思与理性高度。

而晏殊在词中所体现的迂回委婉、曲韵包涵，则体现了他来自《易》学的思维模式与学术素养。天道与人事，自然与变化，历史的演进与人事的代谢，这些在晏殊的词中都有不同程度的体现，只是所使用的语言是词的语言，这些透彻而清醒的认识，是他词中多愁思与感发、感叹时光与流年、感伤事物的短暂美好等的深层原因。这些，是需要我们去透过词表面的语言，去深细体会、逐层发现的。

---

① 清·冯金伯《词苑萃编》卷之四，唐圭璋编《词话丛编》，中华书局，2005，第1829页。

② 清·刘熙载撰、袁津琥笺释《艺概笺释》卷四《词曲概》，中华书局，2019，第530页。

第十讲

范仲淹

拓境：不仅只有边塞词

山映斜阳天接水。芳草无情，更在斜阳外。

说起范仲淹（989—1052）的词，人们的态度是矛盾的。一方面，他的《渔家傲》十分出名，被认为是写边塞词的代表作；另一方面，由于他的词作存世数量少，故对它们没有更多的重视。所以在很长时间里，范仲淹给人的印象是，他只写过边塞词。

一　穷塞主的边塞词

“穷塞主”一词是范仲淹好友欧阳修提出来的。欧阳修在评价范仲淹《渔家傲》词时有这么一段故事：

> 范文正公守边日，作《渔家傲》乐歌数阕，皆以“塞下秋来”为首句，颇述边镇之劳苦，欧阳公尝呼为穷塞主之词。及王尚书素出守平凉，文忠亦作《渔家傲》一词以送之，其断章曰：“战胜归来飞捷奏，倾贺酒，玉阶遥献南山寿。”顾谓王曰：“此真元帅之事也。”[①]

欧阳修不满范仲淹在《渔家傲》词里屡述边塞之苦，故称范仲淹为“穷塞主”。而且，出于对范仲淹《渔家傲》的不认同，自作一首同调词，且自认为是“真元帅之事”。欧阳修的这首《渔家傲》词现已失传，倒是有庞籍的一首《渔家傲》，内有此三句。

而有关穷塞主与真元帅，谁的《渔家傲》写得更好，后人也有议论与评价。清人贺裳《皱水轩词筌》“欧词不如范词”条即认为范词深得《诗经》中《采薇》《出车》“‘杨柳’‘雨雪’之意”，

① 宋·魏泰撰、李裕民点校《东轩笔录》卷十一，中华书局，1983，第126页。

而欧词则“止于谀”：

> 庐陵讥范希文《渔家傲》为穷塞主词，自矜“战胜归来飞捷奏，倾贺酒，玉阶遥献南山寿”，为真元帅之事。……范词如“长烟落日孤城闭，羌管悠悠霜满地，将军白发征夫泪”，……此深得《采薇》《出车》“杨柳”“雨雪”之意。若欧词止于谀耳，何所感耶。①

贺裳的评价是比较客观的。欧阳修是否写过《渔家傲》其实已经不重要了，重要的是，“真元帅”所写的颂胜之词的生命力显然无法与“穷塞主”的诉苦之词相抗衡。

据《东轩笔录》记载，当时范仲淹曾“作《渔家傲》乐歌数阕”，且每首“皆以‘塞下秋来’为首句”，可知当时范仲淹创作了不止一首《渔家傲》，应该是《渔家傲》组词，而且每首都是以“塞下秋来”起句。此前，范仲淹有创作组诗的习惯。景祐元年（1034），范仲淹四十六岁出守睦州时就曾作《萧洒桐庐郡十绝》，每首以“萧洒桐庐郡”起句，吟咏桐庐郡山水美景、地杰人灵，充满发自内心的怡然自足，想必《渔家傲》组词的创作也与这种创作习惯与主旨有关。这组《渔家傲》应该是当时驻守北宋西北边陲四年的军事统帅范仲淹帅边生活的记载。既然被欧阳修讥为“穷塞主之词”，可知这组词总体是在述镇守边地的凄苦，与一般传统意义上的娱宾遣兴之词大不一样。欧阳修的讥讽其实涉及对词作内容与风格的理解。

---

① 清·贺裳《皱水轩词筌》，唐圭璋编《词话丛编》，中华书局，2005，第707页。

在以欧阳修为主的词人观念中，词就是用来“聊佐清欢”的[1]，怎么能写穷苦之词呢？由此也可以看出范仲淹《渔家傲》词的与众不同：

> 塞下秋来风景异。衡阳雁去无留意。四面边声连角起。千嶂里。长烟落日孤城闭。　　浊酒一杯家万里。燕然未勒归无计。羌管悠悠霜满地。人不寐。将军白发征夫泪。[2]

《渔家傲》词调始自晏殊，因其词有“神仙一曲渔家傲”而得名。双调六十二字，上下片各五句，五仄韵。

本词题为“秋思”，实则是写驻边秋日感受。首句点明时地，是在秋日的塞下，也就是北宋西夏边境（即今宁夏、甘肃、青海、内蒙以及陕西一带），是范仲淹以陕西经略安抚副史、经略安抚招讨使、四路招讨使等职知延州、耀州、庆州等地时期，时间是在康定元年（1040）至庆历三年（1043）范仲淹五十二岁至五十五岁期间。范仲淹在驻守西夏边境时务实持重，不急近功小利，积极筑城堡、垦营田、复废寨，使属羌数万户归业[3]，受到当地百姓拥护。在军事行动上，范仲淹不积极冒进，而是注重训练将士，量敌军众寡合理部署，使敌人不敢侵犯。西夏军因而互相告诫说：“无以延州为意，今小范老子腹中自有数万兵甲，不比大范老子可

① 宋·欧阳修《西湖念语》，李逸安点校《欧阳修全集》卷一百三十三，中华书局，2001，第2056页。

② 本文所引范仲淹词，均出自李勇先等点校《范仲淹全集》，中华书局，2020。不另注。

③ 参宋·欧阳修《资政殿学士户部侍郎文正范公神道碑铭》，李逸安点校《欧阳修全集》卷二十一，中华书局，2001，第334页。

欺也。”[1]小范老子就是范仲淹。范仲淹守西夏边境期间，几次推辞掉升职机会，甚至枢密副使、参知政事（相当于副宰相、宰相）等职都屡辞不拜，可见他守边击敌的决心和气魄。范仲淹镇守西北期间，是朝廷上下最为放心的时期。仁宗就曾对左右说：“若仲淹出援，吾无虑矣。”听到捷报则大喜说：“吾固知仲淹可用。”[2]

本词首句点明时地，且言明塞下的秋景异于内地。异乎寻常本应更吸引人，但次句却说大雁义无反顾地飞往衡阳这个地方，无丝毫留恋之意。暗含转折。这层转折表面反映边塞荒凉，就连大雁都不愿有丝毫滞留，其实侧写了人的感受与心态。再由大雁飞往南方温暖之地暗示守边将士身不由己，无法像大雁一样自由地飞往自己想去的地方。两句是在写景，其实已经蕴蓄了孤忿之情。第三句进一步写边塞秋景。边声是什么？是只有边疆才有的狂风呼啸、飞沙走石、马嘶蹄躁、铠甲摩擦、战旗凛冽之声，它们连着军中的号角声一起穿入人的耳膜。这声音，怎不令人起异乡之感？而抬眼望去，只见千里的山峦绵延如屏障，荒无人迹，只有一座古城，在落日孤烟中紧紧闭着城门。“孤城闭”三字，在描述秋景之上，又渲染了守边情势的紧张。

上片写景，下片写人。在这样肃杀荒凉而又时刻充满危险的秋日中，守边将士们如何驱遣这份孤闷？只有借酒消愁了。酒为浊酒，不是上好的酒，侧写出边地生活艰苦。但即使是这浊酒，一杯下肚，也能勾起将士们思念家乡的忧愁。但是，杀敌未果，又有何面目回到家乡。此处化用《后汉书·窦宪传》典故。窦宪抗击北匈奴获胜，“遂登燕然山……刻石勒功，纪汉威德”[3]，“燕然

① 宋·李焘《续资治通鉴长编》卷一百二十八，中华书局，2004，第3036页。
② 同上书，第3312页。
③ 南朝宋·范晔《后汉书·窦宪传》，中华书局，1965，第814页。

未勒”的意思是尚未击敌成功，所以，“归无计”是绝望之语。一日未将敌军赶跑，一日便不得归家。两军相持不下，胜利无望，则归家亦无实现的那一日。士兵们深知其中利害，故其悲亦深，伤亦切。既然饮酒无法散愁、无法慰藉思乡之苦，那么就将情感寄寓羌管吧。但羌管奏出的曲子就如清霜洒满地一样，更加缠绵凄苦。遣愁不成，反而引来更深的忧愁，以致失眠无法入睡。在羌管奏出的曲子中，分明看见了将军日益白了的头发，和士兵们流下的眼泪。下片五句，四个递进，本是为了遣愁纾怨，但愁怨却益深。

这首词从唐代边塞诗汲取了许多营养。如“长烟落日孤城闭”一句，即化自王之涣的“一片孤城万仞山”(《凉州词》)和王维的“大漠孤烟直，长河落日圆”(《使至塞上》)。尤其是“长烟”，抓住了边地特色。以狼粪为燃料的狼烟不容易被风吹斜，正如北宋陆佃在《埤雅》中所说“古之烟火，用狼烟，取其直而聚，虽风吹之不斜”，这才会有王维看到的“大漠孤烟直”，也有本词的“长烟”。

整首词的风格，是苍凉与柔美结合，粗粝与细腻交杂。我们在花间词中惯于看女子为相思落泪，但却很少见男子落泪，尤其是威武雄壮的守边将士。这就在情感与审美上使粗犷悲壮的边地风景与内心柔弱的思乡之情达到完美融合，不至于如花间词一样绮艳柔弱，亦不至于沦为悲壮的嘶喊与道德的说教，而是情理兼具，怨中含雅。这种极刚与极柔之情与审美的结合，早在张若虚的《春江花月夜》里曾达到完美表达。游子与思妇的情感呼应、混融，少年对宇宙的仰望与追问，在思妇的珠帘与捣衣声中，罩上了一层朦胧、缠绵、温馨的色彩，故而达到审美上的情兼雅怨。这种传统，到辛弃疾词中发挥至极高水平，《水龙吟》中“倩何人唤取，红巾翠袖，揾英雄泪”，使泪与英雄相遇，英雄流下的眼泪，既刚劲苍凉又满怀柔肠，侠骨柔情，其魅力是一味靡弱或一味粗粝无法媲美的。

有人说范仲淹的这首词是词中第一首边塞词，这样的提法必须扭正。早在中唐韦应物和戴叔伦的《调笑令》里已有关于边塞的内容：

> 胡马。胡马。远于燕支山下。跑沙跑雪独嘶。东望西望路迷。迷路。迷路。边草无穷日暮。（韦应物《调笑令》）
>
> 边草。边草。边草尽来兵老。山南山北雪晴。千里万里月明。明月。明月。胡笳一声愁绝。（戴叔伦《调笑令》）

二词都只是就边地某样或某几样事物来写。韦词主要写胡地战马，戴词写到边草、老兵、明月、胡笳，内容比韦词多了些，但二词限于小令体制，只是罗列边地物象，彼此没有形成完整的内在关系，更没有表达守边将士的情感，不能称之为真正意义上的边塞词。

《花间集》里大约有七首边塞词，主要集中在《定西番》《蕃女怨》《甘州遍》《酒泉子》四个词调之下：

> 汉使昔年离别。攀弱柳，折寒梅。上高台。　千里玉关春雪。雁来人不来。羌笛一声愁绝。月徘徊。（温庭筠《定西番》）
>
> 碛南沙上惊雁起。飞雪千里。玉连环，金镞箭。年年征战。画楼离恨锦屏空。杏花红。（温庭筠《蕃女怨》）
>
> 紫塞月明千里，金甲冷，戍楼寒。梦长安。　乡思望中天阔。漏残星亦残。画角数声呜咽。雪漫漫。（牛峤《定

西番》)

秋风紧，平碛雁行低。阵云齐。萧萧飒飒，边声四起，愁闻戍角与征鼙。　　青冢北，黑山西。沙飞聚散无定，往往路人迷。铁衣冷、战马血沾蹄。破蕃奚。凤凰诏下，步步蹑丹梯。(毛文锡《甘州遍》)

空碛无边，万里阳关道路。马萧萧，人去去。陇云愁。

香貂旧制戎衣窄。胡霜千里白。绮罗心，魂梦隔。上高楼。(孙光宪《酒泉子》)

鸡禄山前游骑，边草白，朔天明。马蹄轻。　　鹊面弓离短韔，弯来月欲成。一只鸣髇云外，晓鸿惊。(孙光宪《定西番》)

帝子枕前秋夜，霜幄冷，月华明。正三更。　　何处戍楼寒笛，梦残闻一声。遥想汉关万里，泪纵横。(孙光宪《定西番》)

七首边塞词中，温庭筠有两首，孙光宪有三首。而温庭筠的《蕃女怨》和孙光宪的《酒泉子》(空碛无边)、《定西番》(帝子枕前秋夜)都是以女性视角来想象征人戍边情形，从某种角度上看，亦可视为有关边塞的思妇词。其他四首是真正意义上的边塞词。温庭筠的《定西番》在《花间集》中首开边塞词先河，写滞留边地的汉使不得归乡的忧愁，涉及明月、羌笛等思乡媒介。牛峤的《定西番》写驻守塞上的金甲士兵月下思乡，亦写到画角声呜咽。比起温庭筠的同调词，牛峤的边塞词更进一步。孙光宪的《定西番》写游骑、边草、胡马，能明显看出从韦应物、戴叔伦词中承袭的因素多，自我发挥少，无法与牛峤《定西番》相比。

《花间集》中写得最好、最到位的边塞词只有毛文锡的《甘州遍》。这是花间词中一首难得的中调，双调六十三字，上片六句三平韵，下片八句五平韵。上片写秋日边地自然风光，写秋风、大雁、白云，也写到了边声、画角。下片前四句写边地具体位置，以及沙漠大风令人眼迷，五六句通过铁甲冷、马蹄沾血写战争酷烈，结尾两句写凯旋受到朝廷嘉奖。边塞词中常见要素，在毛文锡词中可谓都已具备。反观范仲淹《渔家傲》，其上下片布局、所写意象、反映的将士情感，其实颇受毛文锡此词影响。只不过，范仲淹有亲自戍边经历，其所反映的情感更为打动人。

将范仲淹边塞词与花间词尤其是毛文锡词进行比较，也是为了纠正人们惯有的一些看法。如夏承焘先生认为范仲淹“开始以唐人边塞诗入词，使词从温（庭筠）、冯（延巳）的宫廷豪门，柳永的都会市场而扩大到边塞的广阔天地”[①]。范仲淹词中化用边塞诗、受其影响肯定是有的，上文已经列举。但如果说受影响之大，还数花间词中毛文锡等人的边塞词。这不仅是因为其词中意象大都来源于花间词中的边塞词，而且在词体、词的气质与词风方面，同一体裁的影响显然要远大于其他体裁，这是尤其需要引起重视的。

二　性情深至者的情愁绝唱

范仲淹有《苏幕遮》《御街行》词，写得极好，历来人们对其评价甚高，认为是“词笔婉丽”（李佳《左庵词话》卷上），“一往有深情”（祁彪佳《远山堂曲品·雅品》），可谓“绝唱”（彭孙遹《金粟词话》），但两首词到底写的是什么，却甚少见人提及。黄氏

① 《范仲淹的边塞词》，夏承焘《唐宋词鉴赏》，北京出版社，2016，第65页。

《蓼园词评》说："文正一生并非怀土之士，所为乡魂旅思以及愁肠思泪等语，似沾沾作儿女想，何也？观前阕可以想其寄托。开首四句，不过借秋色苍茫，以隐抒其忧国之意。'山映斜阳'三句，隐隐见世道不甚清明，而小人更为得意之象。'芳草'喻小人，唐人已多用之也。第二阕，因心之忧愁，不自聊赖，始动其乡魂旅思。而梦不安枕，酒皆化泪矣，其实忧愁非为思家也……此其所以'先天下之忧而忧'矣。"[1]则又求之过深、牵强过甚，不足为信。

下面我们试解读之。

碧云天，黄叶地。秋色连波，波上寒烟翠。山映斜阳天接水。芳草无情，更在斜阳外。　　黯乡魂，追旅思。夜夜除非，好梦留人睡。明月楼高休独倚。酒入愁肠，化作相思泪。（《苏幕遮》）

这首词与后文提到的《御街行》一样，很难判定写作时间。实际上，许多词都是如此。这大概是词主要抒写人们内心深细柔婉的情绪，而这些情绪有时既无具体事件触发，也无标志性事由。

开头六字境界阔大，一写天一写地。天为碧云天，地为黄叶地，意境辽阔清爽。有人认为这也是一首边塞词，大约是被这六字所误导。但碧色的云与满地飘落的黄叶，色彩绚丽，又岂是塞外风沙荒芜可比的，况且接下两句体现的物候特色又非北方秋日所有。波，说明是在水边。秋色连波，说明秋色如水，写得缥缈流动，消释了前六字带来的宏大苍凉，而涂抹上柔美的云水色。"波上寒烟翠"一句，更是将南方秋日虽较春夏明爽但依然湿雾弥

① 唐圭璋编《词话丛编》，中华书局，2005，第3054页。

漫的情形刻画了出来。至此，词人的情绪亦似乎由悲壮转为温和。词人视线越过水波望向水波之外的山，此时已被夕阳染红，而山之外，又接着是水。水边是芳草，漫无边际，好像蔓延到了斜阳之外，连斜阳都笼罩不住了。这草，写得几分真几分幻，几分现实几分想象。

上片七句全写景。碧、黄、翠、红、绿以及秋色等色彩词的大量选用，使画面色彩鲜丽，浓淡相宜，仿佛青绿山水画，形象逼真。而这天、地、波、山、水、草、斜阳之间自成一体，彼此映照、浑融、晕染，美若仙境。但“芳草无情，更在斜阳外”又以景写情，透露出自然界亦非人们想象的那样有序、条理分明，也存在一些似乎任性、非理性的部分。那芳草，就是这样的存在。似含懊恼，无理而妙。但就是这无情的芳草，将词由写景转入写情，由理性转入感性。

下片前六字述情。是一种什么样的情呢？思乡之魂黯然失色。正如江淹所言“黯然销魂者，唯别而已矣”(《别赋》)，是别愁。是与思乡有关的别愁，又掺杂着羁旅在外的伤怀。这种情思，虽不明晰，但与过往经历有关，与旧日厮守有关，与未来思考无关，所以题为“怀旧”。因为过往种种，心潮起伏，感慨莫名，故词人想起这些便会失眠。只有一种情况，那就是恰巧碰到做好梦的时候，才能将人留在梦乡。伤心人之伤心至语。更多的时候，尤其是有月的夜晚，最怕失眠时高楼独望，所以词人似乎是在告诫他人，也是在自我劝诫：不要在明月下高楼独倚。借此表达无以承受的伤怀。这种感伤需要排遣，但借酒浇愁，酒入愁肠，却化作相思泪。终究是愁至深，愈排遣愈忧愁。

结句虽言及“相思”，但不应以现代人观念理解为男女相思。“相思”在唐宋时期的含义比较宽泛，并不限于表达男女之情，在唐诗中我们屡见以此表达友情的诗句，如白居易之“赐酒盈杯谁共持，宫花满把独相思。相思只傍花边立，尽日吟君咏菊诗”(《禁中九日对菊花酒忆元九》)、“此去更相思，江西少亲故”(《寄微之三首》其二)。白居易屡言“相思”，就是表示对好友元稹的思念之情。明白这些，就理解为何词题为“怀旧”了。

有学者根据本词上片所写之景由近及远为近湖——环山——江水，对照范仲淹曾外放或贬谪之地，考证出只有杭州具备这样的地理环境，认为此词作于作者外放杭州第二年、也就是北宋皇祐二年(1050)[①]，这一年范仲淹六十二岁。这是有道理的。这时他离开京城，辗转河东、陕西、邓州、杭州等地已经有六七年，距离写下“先天下之忧而忧”的《岳阳楼记》已经过去四年。这一年吴中大饥，饿殍枕藉，范仲淹采取放粟募民存饷、以工代赈等方法，使数万饥民解决了温饱、不致流徙，但却遭到有司弹劾，要治以重罪，虽然最后幸免灾祸，但对范仲淹心理上的打击是存在的。在这样的心境之下填词，自然不可能是欢娱之音，而是凄苦之词了。

另一首《御街行》，亦题为“秋日怀旧”，比《苏幕遮》写得更为愁苦：

纷纷堕叶飘香砌。夜寂静、寒声碎。真珠帘卷玉楼空，天淡银河垂地。年年今夜，月华如练，长是人千里。　愁肠已断无由醉。酒未到、先成泪。残灯明灭枕头欹，谙尽孤眠滋味。都来此事，眉间心上，无计相违避。

① 参董平《关于范仲淹〈苏幕遮·碧云天〉词写作年代及地点的探索》，《唐都学刊》1988年第1期。

这首词的意境，与《苏幕遮》有相类似处。秋日、落叶、天、月、夜、愁肠、酒、泪、以及无法言明的心事，都与《苏幕遮》类似。只不过，本词写于夕阳落山后的夜里，因此在色彩上，更为清冷一些。如果说上一首如青绿山水画，那么这首词则如水墨画。

本词双调七十八字，上下片各六句，四仄韵。上片前三句点明时地，时为秋季夜晚，地为玉楼中。“真珠帘卷玉楼空”七字虽是客观勾画景物，却给人内心空虚、失落的伤感，隐写词人的心情。天淡银河垂地，意象高远阔大，空灵壮观，被许多评家认为写得极佳，借此亦可见词人的眼界与胸怀。而接下三句“年年今夜，月华如练，长是人千里”，尤其是前两句，透露出此夜对于范仲淹不是一般的日子，是每年都很独特的日子。那么这一天到底是什么日子，令他如此在意、感慨万千？从上下文判断，有可能是八月十五。由此便明白为何说“年年今夜，月华如练”了。如果只是普通的秋日，便不会令作者“年年今夜”如此牵挂了。

每当此夜，即起“长是人千里”的感慨。每年中秋月圆之时，天下有多少离人起相思，又有多少愁怨？年年今夜月华如练也系不上千里之外的亲人，反倒增添了莫名的孤独，让人无法逃避。月圆人离，唯有清冷的月色与空空的玉楼，还有弥漫的愁思。长是人千里，写的又岂止是月圆之下的离人？天上的嫦娥，不也在今夜后悔偷灵药，而下望人寰，天上人间，无比的孤独吗？这种月下感慨，到苏轼更悟出“人有悲欢离合，月有阴晴圆缺”“但愿人长久，千里共婵娟”（《水调歌头》）这样痛心又通达的名句。简单的五字陈述，是打开下片情愁江海的闸门。

下片首句二字即述愁肠。比起《苏幕遮》之“酒入愁肠，化作相思泪”，这里是愁肠已断，成为断肠了，所以再无法借酒浇愁，更无法醉了。绝望至极。以前是酒入愁肠才能化作相思泪，现在是酒还未到，就已经流泪了。凄苦至极。而接下两句，说明词人并非是在酒席宴间，他斜靠着枕头，望着眼前忽明忽暗的烛光，是尝尽了孤眠的滋味。一个“谙”字，又写出孤独至极。结尾三句，想使绝望、凄苦、孤独的心情恢复平静，但是这种想法彻底破产。这些孤苦绝望的情绪，是没有办法排遣的，无论是眉头还是心上，都逃避不掉。顽固至极。写愁思达此“四极”者，恐怕世间罕有。谁能想象，这是出自一位曾经叱咤战场的风云人物之手呢？而“眉间心上，无计相回避”的缠绵，直接启发了李清照，令其写出“此情无计可消除，才下眉头，却上心头”(《一剪梅》)这样的千古名句来。

如果《苏幕遮》的写作时间判定准确的话，那么本词只能是写于《苏幕遮》之后，也就是范仲淹生命的最后两年。这从词中檃栝《苏幕遮》一些词语以及更为凄苦绝望的情感可以感受到。范仲淹虽然有“先天下之忧而忧，后天下之乐而乐”的理想与抱负，一生胸怀磊落，从容坦荡，积极坚定，但那是他作为从政者、军事家、兴复古道者的面貌，是在公众视野中的身份。而私下里，在情绪低落时，在夜半无人打扰时，作为个人、自我的范仲淹又是什么样子呢？大约是抽离、疏远为公身份的。一些情绪隐藏在心里，成为另一片天地，成为真正的属于自己的无可名状的生命意识，这是真正支撑心灵的根基，是逃出主流思想的范仲淹对自己心灵意识的独守。这些莫名情绪、生命意识，不同于酒筵歌席间的肤浅娱乐，故凝结郁积，很难不引起伤愁与感慨。

三　珍惜生命及与民同乐

范仲淹还有两首词，一写咏史，一写知邓州时营建百花洲事：

昨夜因看《蜀志》。笑曹操、孙权刘备。用尽机关，徒劳心力，只得三分天地。屈指细寻思，争如共、刘伶一醉。　　人世都无百岁。少痴骏、老成尪悴。只有中间，些子少年，忍把浮名牵系。一品与千金，问白发、如何回避。(《剔银灯·与欧阳公席上分题》)

罗绮满城春欲暮。百花洲上寻芳去。浦映□花花映浦。无尽处。恍然身入桃源路。　　莫怪山翁聊逸豫。功名得丧归时数。莺解新声蝶解舞。天赋与。争教我辈无欢绪。(《定风波·自前二府镇穰下营百花洲亲制》)

这两首词的写作时间应该早于前三首。第一首于席上分题，本身是带有游戏成分的。范仲淹通过读《三国志·蜀书》，笑曹、刘、孙三人费尽心机，各人只得了三分之一天下，感觉颇为不值。他算了一笔账，除去老年瘦弱昏聩、少小痴顽不懂事，有限的年华又被浮名俘获，实在是可惜，还不如学刘伶整日醉酒来得痛快。口气与态度带有玩笑成分，但也能在一定程度上反映范仲淹对功名利禄的看法。他虽身在朝堂，大约并不像其他人那样，视功名高于一切。看似消极，实际是珍惜生命的另一种表达。

下面一首《定风波》,《钦定词谱》八种体式里并无此体。彊村丛书本《范文正公诗余补遗》这首词下注曰："按此调即《渔家傲》。敬斋亦云：与《渔家傲》相同。"《渔家傲》双调六十二字，上下片各五句五仄韵。本词体式确如此，应为《渔家傲》。

这是范仲淹现存词中唯一一首有欢绪的词。而这种欢绪，不是因个人产生的喜乐，是作者卸下西北边疆统帅职务、移镇邓州时，为当地百姓营建百花洲，洲成后去百花洲寻芳揽胜时所写。这也是范仲淹现存词中唯一写于春天的词。作者进入百花洲中，恍然如入桃花源，顿起归隐之意。这丝掠过的想法竟令范仲淹愧疚不安，故而有“莫怪山翁聊逸豫”这样的自我开释之词。而范仲淹归隐思想的产生，又不仅仅是由百花洲美景引起，结合其时遭际，正是庆历新政失败、被排挤出京时期，其间虽然写出《岳阳楼记》这样开释滕子京也劝谏天下人的文章，但说到底，他的内心不是没有过失望和徘徊的。现如今，百花洲景色如此美丽，置身其中，怎不令人恍惚间产生老于是乡、放弃一直坚持的理想的想法呢？但这样的想法对于勇猛精进的范仲淹来说，也只是短暂的迷失，故而下一句就有“功名得丧归时数”，表面是说功名得失都受制于命运时数，实则在委婉表述放弃归隐的想法——且由时局决定我的来去吧。一时的得失，对于心怀天下与理想的范仲淹又算得了什么？所以，他的那丝不易被人察觉的迷惘与不快，很快就过去了。结句“争教我辈无欢绪”，又回复到了范仲淹常有的从容乐观。而他的这份欢绪，并不是个人的，是与当地百姓相连的。百花洲建成，百姓游乐而欢愉，我作为地方长官，怎么可能不一同欢愉呢？这也与范仲淹一贯的“先天下之忧而忧，后天下之乐而乐”思想一致。这一思想，到了欧阳修《醉翁亭记》里，就发展成为与民同乐。

四 有意创新与词史地位

范仲淹词作虽然现在只留下6首[①]，但是他在宋词发展史上的开拓与创新之功却不应被忽视。首先，他突破了花间词和南唐李煜君臣词作内容狭窄的局限，六首词分别写了边塞、怀旧、闲愁、

① 据李勇先等点校《范仲淹全集》。

咏史、游春。这些都不同于花间词多写男女之情与女性相思的主题。其次，体制上有所发展。其中有五首词的字数在62字至97字之间，都不再是小令，属于中调和长调。再次，词牌之下开始出现词题，这是词进一步发展，内容扩大、功能增加、向诗靠拢的体现。最后，在词风上，词境开阔，气象宏大，即使写怀旧、闲愁等传统题材，亦不再局限于小情小景，而是颇具胸怀与境界，审美上以悲凉为美，突破了花间词绮艳旖旎的风格，提高了词品，使词进一步雅化，具有明显的士大夫词的特色。王国维认为李煜词是始变伶工之词为士大夫之词，实际早在其先辈冯延巳词中，已经进行着由伶工之词向士大夫之词的蜕变。范仲淹正是承袭南唐冯延巳词的传统，在士大夫词的道路上更进一步。

范仲淹词在以上四方面的开拓与新变，其实总体反映出一个倾向，即他是在有意进行词这种体裁的开拓与创新。唯其如此，范词才给人面目一新的感觉。具体而言，有几方面需要强调。

首先，范仲淹的边塞词，意义非同一般。与边塞诗相比，边塞词很少有人创作，原因是它们与酒筵歌席侑酒佐欢、倚红偎翠之词不同，其所蕴含的沉重内容与肃杀之气，影响宴饮气氛，故一般歌女很少喜欢唱，这在某种程度上扼制了边塞词的发展。而一些最初咏边塞的词调（上文已提到），在北宋时期已经开始歌咏其他内容，如张先《定西番》（秀眼谩生千媚）即用以写绮艳的相思哀怨。由此可知，范仲淹创作《渔家傲》组词，并不指望其在酒席宴间被传唱，而是自我边地生活的抒发，并且他的这组词并非仅述自己的悲喜，而是借此代述整个守边将士的情感，因此在结尾才会说“将军白发征夫泪”。此句以互文手法，将作为将军的自己和将士们糅合为一个整体，借此描述守边将士的艰难不易，从悲凉中生出慷慨与力量。这就将抒发个人一己悲喜尤其是常抒写男女之情、闲愁暗恨的词扩大为抒发一个群体的悲情，而且是抒发远离酒筵歌席、青楼歌女的守边将士们的乡思与悲情。词在范仲淹手里，不再仅是文人与歌女天然的表情达意的媒介，亦成为军人抒发情愁的途径。这在宋代崇文抑武、军人地位低下的时代，是有着更为重大的意义的。这是范仲淹有意以词来表达军人情感的明证。而范仲淹作这些边塞词，在“以小词为乐府，被之管弦，往往传于宫掖”的北宋时期，未尝没有使这些词被“无人知道外边寒”（吴融《华清宫二首》其一）的统治者与执政者听后，“知边庭之苦如是，庶有所警触”的用意[①]，这或许是他创作边塞词较为现实“功利”的目的吧。

其次，善写悲愁而体现的词风的改变与自觉追求。范仲淹生活的时代，词坛上活跃的代表人物有其座师晏殊，还有同僚欧阳修，以及张先、柳永等。但范仲淹的词风明显与其他四人不同。柳永词写青楼歌妓情态，“凡有井水处，皆能歌柳词”[②]，传播范围很广，影响很大，但对于在朝为官的范仲淹来说，影响甚微。晏殊词大多来源于饮酒宴乐，抒发由此引发的感慨和对人生的思索与理性思考。晏殊一生在朝为官时间长，生活基本没有大的起伏，故词作大都圆润平稳，只有一首《山亭柳·赠歌者》，大约作于六十岁以后知永兴军时期，令人想起白居易与琵琶女的相遇，晏殊对歌女的同情与抒写，也像当时的白居易，融入自身遭际，心中有所积郁，是“借他人杯酒浇自己块垒”。欧阳修词俊洁隽永，正如他自己认为的词应为“佐清欢”之作，与饮酒娱乐关系密切。张先词作题材较同时代人丰富了不少，举凡酒筵、歌妓、文人交

① 清·贺裳《皱水轩词筌》，唐圭璋编《词话丛编》，中华书局，2005，第707页。

② 清·徐釚《词苑丛谈》卷四《品藻二》，中华书局，2008，第89页。

往、城市繁华、羁旅行役等内容，都有所体现，但与晏殊、欧阳修一样，主要内容还是酒筵歌席。如此比较，就发现范仲淹的词似乎真的在有意避开词中常见题材，尤其是适合歌女演唱口吻的软词媚语。因为范仲淹的身份特别，他不仅是政治家，还是运筹帷幄的边将、兴复古道的提倡者，这就决定了其词中具有一般词人所没有的气质，凝练沉郁，慷慨悲凉，词作意境相应地阔大，回环往复，迂回郁结，如老杜诗一样沉郁顿挫，笼天囊地。这样的气质与追求，对从花间词创作传统走来的靡弱词风，是向上一振，使词亦具有了慷慨悲凉的气质。

另外，类型化地抒发自我真实内心感受。这主要表现在几方面。一是无论题材内容如何，大都选取秋季物候入词，现存的六首词中，《剔银灯》咏史，词中不涉及明显节物物象；《定风波》写游春，此外四首全是以秋景入词。这一传统源于南唐冯延巳。冯延巳词中开始大量选用秋季物象，且塑造了憔悴、多思、高楼独倚的孤独者形象。这一传统对范仲淹的影响是明显的。二是选取仄韵格的词调抒发自我。本文引述的五首采用的都是仄韵格，押仄韵。而且除《定风波》之外，《渔家傲》《苏幕遮》《御街行》《剔银灯》四首都押同一个韵部，即《词林正韵》第三部的上去声，主要是寘韵、霁韵，外加纸、队、未、泰等韵，都属于通押。这些不完全是巧合。既然这些词作并非创作于同一时地，那么只有一个可能，就是词人有意为之。从这些词的押韵、声情特色可以看出，范仲淹是在有意追求一种能充分表达自己风格与追求的词调与声情。而寘韵霁韵这样开口小的上去声，与词人所要表达的忧伤凄美、沉郁凝重的情绪是十分契合的。这些都可以看出范仲淹的词学追求。

还有一点，范仲淹注重自己内心真实感受，尤其是悲愁情绪的抒发。如《苏幕遮》《御街行》，名为“怀旧”，但怀的到底是什么旧，其实是很模糊的，是掺杂了亲情、相思、孤独、悲伤等成分的一种情绪。这种情绪不是十分分明，就连作者自己都很难说清。这种情绪，在夜深人静时发酵膨胀。范仲淹不仅感受到了，而且并不认为此种情绪是羞耻的，从而压抑下去，而是直面内心的这种真实，并且把这种心情与情绪展开来，反复玩味，最后形成一种凄美的情绪化的文字。这是一种情绪的自觉，也是生命意识在词中的自觉。这种自觉是完全个人化的，是私下的，是内心自我的，是自娱并自我疗愈的。这是词在范仲淹心目中所扮演的角色和功能。它不同于诗与文，如《岳阳楼记》这样的记体文要书于墙碑等处，是要示人的。范仲淹的此类词作，则是属于自我的。这是通过范仲淹词作可以感受到的他对词风与词的抒发悲愁情绪的功能的认识。

从思想上，也可以看出范仲淹词所体现的时代性。魏晋时期玄学盛行，人们将自己的玄学思想投射在自然山水中。唐代重儒家精神及其实现，“宁为百夫长，胜作一书生”（杨炯《从军行》）便是唐人对这种积极入世精神的诠释。唐诗中的少年气象多数体现在这些方面。宋代儒学复兴，后来产生了理学、心学，在时风熏陶下，宋人逐渐重视自我内心的感受和对内心情绪的认定与玩味。范仲淹就是在词中有意识地对自我情绪进行玩味。他身为朝臣与将领，江湖转徙，升降浮沉，皆不由己。但他又是极有自我之人，心灵的某个地方，总是要留给自己，不屑外界是非评判。而他创作的这些词，虽然未能窥全貌，亦可见其对自我真实的感受，以及面对内心真实情绪而进行的文字表达。这一点，也需在读范仲淹词作时，有一个认识。

第十一讲

张先

古今之一大转移

沙上并禽池上暝。云破月来花弄影。

张先（990—1078），字子野，乌程（今浙江湖州）人，宋仁宗天圣八年（1030）进士[①]，与欧阳修同榜。先后做过宿州掾、吴江令、嘉禾判官、永兴军通判，知渝州、安州。嘉祐四年（1059）七十岁时致仕。安州本名安陆郡，故张先又被称为张安陆。

张先“以歌词闻于天下”[②]，现存词179首，整理本有吴熊和校点《张子野词》以及吴熊和、沈松勤《张先集编年校注》[③]。苏轼在评价张先诗词时说：“张子野诗笔老妙，歌词乃其余技耳。……若此之类，皆可以追配古人。而世俗但称其歌词。”[④]可见张先诗词俱佳，尤擅词。而在苏轼眼中，张先的诗比词写得好多了，但是其诗名却不如词名，因此颇有为其诗鸣不平之意。这恰好从侧面反映了张先的词在当时很受欢迎。

一　酬唱与城市

张先词作内容丰富，包括写景、叙事、相思、惜时、伤春、咏物等，这在以往词中都曾表现过。但不同的是，早期这些内容是被凝练之后写入词中的。词人虽然交代时、地、人、事等，但都不是特定的。就时间而言，只是点明春夏秋冬或某天的某段时间；地点只是点明处于闺房还是庭院、小楼，甚至是水边、沙洲等；人、

---

① 宋代有两个张先，名、字相同。另一个张先是博州人，天圣二年（1024）进士，生于淳化三年（992），卒于宝元二年（1039）。据吴熊和、沈松勤《张先集编年校注》附录《张先年表》，上海古籍出版社，2012。

② 宋·苏轼《书游垂虹亭》，明·茅维编、孔凡礼点校《苏轼文集》卷七十一，中华书局，1986，第2254页。

③ 吴熊和校点《张子野词》（上海古籍出版社，1988），吴熊和、沈松勤《张先集编年校注》（上海古籍出版社，2012）。

④《题张子野诗集后》，《苏轼文集》卷六十八，第2146页。

事方面，人就是那个思念的人，针对女性主人公，那个人以君、郎等词来指称，或以刘阮、刘郎、阮郎等指代，甚至有的只是从女性相思状态和词中构筑的氛围指向一个男性。至于事，大致是相思、闺怨之类。即使有一些标志性的意象，也都是被典型化的，如巫山、楚女等。而在张先笔下，大量词题、词前小序的出现，交代了词产生的背景与缘由，也使词中所写人物突破了普泛而成为“这一个”。这是词的文学性进一步加强、更加文人化的标志。

不仅如此，借助词题或词序，张先词的内容进一步拓展，功能也进一步扩大。除了传统题材之外，文人之间的交往酬答成为常见题材。其中，有写送别的，如《御街行·送蜀客》《玉联环·送临淄相公》《转声虞美人·雪上送唐彦猷》《天仙子·公择将行》《木兰花·送张中行》《醉垂鞭·钱塘送祖择之》《天仙子·别渝州》《离亭宴·公择别吴兴》《山亭宴·湖亭宴别》；有写寄赠的，如《山亭宴慢·有美堂赠彦猷主人》《喜朝天·清暑堂赠蔡君谟》《木兰花·席上赠周、邵二生》《熙州慢·赠述古》《沁园春·寄都城赵阅道》《塞垣春·寄子山》；有反映宴饮的，如《宴春台慢·东都春日李阁使席上》《玉联环·南郊夜饮》《木兰花·晏观文画堂席上》《醉落魄·吴兴莘老席上》；有写游乐的，如《泛青苕·正月十四日与公择吴兴泛舟》《河满子·陪杭守泛湖夜归》《感皇恩·安车少师访阅道大资同游湖山》；还有彼此酬唱的，如《渔家傲·和程公辟赠别》《定风波令·次子瞻韵送元素内翰》《定风波令·再次韵送子瞻》《木兰花·和孙公素别安陆》等。这些都是以往词中没有、诗中才有的题材与内容。尽管从内容上，词题与小序的加入并没有改变多少这类题材原有的写作方式。如以下几首：

来时露裛衣香润。彩绦垂鬓。卷帘还喜月相亲，把酒更、

花相近。　　西去阳关休问。未歌先恨。玉峰山下水长流，流水尽。情无尽。（《玉联环·南邠夜饮》）

都人未逐风云散。愿留离宴。不须多爱洛城春，黄花讶、归来晚。　　叶落灞陵如剪。泪沾歌扇。无由重肯日边来，上马便。长安远。（《玉联环·送临淄相公》）

画船横倚烟溪半。春入吴山遍。主人凭客且迟留，程入花溪还远。数声芦叶，两行霓袖，几处成离宴。　　纷纷归骑亭皋晚。风顺樯乌转。古今为别最消魂，因别有情须怨。更独自、尽上高台望，望尽飞云断。（《御街行·送蜀客》）

虽然夜饮与送别宴会上所表达的内容离不开饮酒、歌舞，歌女的装束、歌曲、情感也是词中常见的表现内容，但由于主题不同，这些内容与以往表达男女相思、送别的写法与情感基调还是不一样的。

而据词题、词序提供的内容，很容易判定相关词产生的时、地以及涉及的人、事，为词注入了“史”的成分。张先部分词可以编年，就是借助词题与小序提供的信息。如上列《玉联环·南邠夜饮》。南邠即邠州，也就是现在的陕西彬县。其时晏殊知永兴军，辟张先为永兴军通判，则这首词应为张先任永兴军通判时所作。而这次夜饮，极有可能由晏殊招集。因为晏殊性格豪爽，每有客至即留饭开宴，并且晏殊很喜欢张先的词，常在席间让歌妓唱张先词。另一首《玉联环》词题里的临淄公即晏殊，此为晏殊任满改调他地时的饯别宴会。知道词的创作年代与背景，对于词中所涉及的意象如灞陵、长安就会了然于心。再如《定风波令》：

雪溪席上，同会者六人：杨元素侍读，刘孝叔吏部，苏子瞻、李公择二学士，陈令举贤良。

西阁名臣奉诏行。南床吏部锦衣荣。中有瀛仙宾与主。相遇。平津选首更神清。　　溪上玉楼同宴喜。欢醉。对堤杯叶惜秋英。尽道贤人聚吴分。试问。也应旁有老人星。

根据小序提及的地点以及各人的行迹、任职，可以了解本词的写作背景。尤其是苏轼，其于黄州临皋亭夜坐时写的《书游垂虹亭》详细记载了这次宴游："吾昔自杭移高密，与杨元素同舟，而陈令举、张子野皆从吾过李公择于湖，遂与刘孝叔俱至松江。夜半，月出，置酒垂虹亭上。子野年八十五，以歌词闻于天下，作《定风波令》，其略云：'见说贤人聚吴分。试问。也应傍有老人星。'坐客欢甚，有醉倒者。此乐未尝忘也。"[①]苏轼此后在诗中亦曾回忆这次夜游："夜拥笙歌霅水滨，回头乐事总成尘。"（《至济南李公择以诗相迎次其韵二首》其二）记载了苏轼、张先等六人于霅溪宴饮后又于垂虹亭置酒的情形。此词又被称为《六客词》。由苏轼文中张先的生年推断，这首词作于熙宁七年（1074）九月。十五年后，苏轼又作一首《定风波》，其小序云："余昔与张子野、刘孝叔、李公择、陈令举、杨元素会于吴兴。时子野作《六客词》，其卒章云：'见说贤人聚吴分，试问，也应旁有老人星。'凡十五年，再过吴兴，而五人者皆已亡矣。时张仲谋与曹子方、刘景文、苏伯固、张秉道为坐客，仲谋请作《后六客词》。"[②]张先与苏轼的这两首词，从某种程度上说，其小序的重要性已经超过词本身而

① 明·茅维编、孔凡礼校点《苏轼文集》卷七十一，中华书局，1986，第2254页。

② 李之亮笺注《苏轼文集编年笺注》附录二《苏轼词集》，巴蜀书社，2011，第19页。

具有词史的意义了。

即使是写传统闲愁题材（这一题材在冯延巳、晏殊笔下常见），有了小序的引入，对词人当时的心态就会有更为深入的理解。如下面这首《天仙子》，词前小序为：“时为嘉禾小卒，以病眠不赴府会。”张先于庆历三年（1043）春为嘉禾判官[①]，本词即应作于此时。其词曰：

水调数声持酒听。午醉醒来愁未醒。送春春去几时回？临晚镜。伤流景。往事后期空记省。　　沙上并禽池上暝。云破月来花弄影。重重帘幕密遮灯，风不定。人初静。明日落红应满径。

如没有词前小序，这首词也就是一首普通的抒发闲愁感慨的词。但因有小序的介绍，知张先当时略染微恙，因病睡眠错过了府中宴会，故感伤而作此词。上片首句手持酒杯听《水调》，大约是府会上传来的乐曲。词人因身体原因未能赴会，多少是有些遗憾的。再加上病中之人感情脆弱，这曲子听起来就更令人惆怅，就好像虽然午睡醒了，但却被愁包裹着，一直未醒。词人在愁绪中思前想后，不免产生伤春、惜春之情，临镜伤流光之逝，大有美人迟暮之感，前尘往事积郁心头，伤感空虚。下片寓情于景。沙上、池上乃互文，写沙上池上见禽鸟双栖并眠，更加反衬出自己形单影只。一个人孤独地在月下散步，又见月亮破云而出，花儿在月下微风中拂动，仿佛在与影儿游戏。虚幻空灵中仍透露出

① 据《张先事迹补正》，吴熊和、沈松勤《张先集编年校注》，上海古籍出版社，2012，第312页。

孤独落寞。这句被认为是张先词中写影的佳句，其妙不可言的意境，令人想起苏轼的承天寺夜游："庭下如积水空明，水中藻荇交横，盖竹柏影也。"[①]银色月光与花影、竹影交织，总容易给人水的流动感，似真似幻。此句字面上未写风而实际"花弄影"已经暗写了风。接下直接写帘幕重重，灯光被帘幕遮蔽，产生幽闭昏暗之感，仍与心情压抑有关。而"风不定"并非仅指风吹拂不定，更映射了词人内心波澜起伏，心绪难以平复。此种心绪，说不清道不明，又不易排解，故以景结句："明日落红应满径"。只是风吹，并无雨打，何故会落红满径呢？满径的落红大约是词人感伤的心绪吧。委婉含蓄，韵味悠长。这种闲愁与感伤无法排释，因而寄托于景且自我宽释的心路与处理方法，像极了词人的座师晏殊。晏殊那首著名的《浣溪沙》，其结句"小园香径独徘徊"，心路历程难道不与张先极其相似？

总之，张先这首词将一位因病未能赴会官员的心理刻画得生动而深刻，所选取的意象与构筑的意境对苏轼产生潜移默化的影响。苏轼被贬黄州之初、寓居定慧寺禅院时作的《卜算子》，其意境与心理感受不能说不胎息于张先此词。

词题与小序的加入，使词作不再像以往歌词主要用于歌妓的演唱，当时著作权意识淡薄，致使许多词作的归属产生争议。词序与词题不仅可以明确固定词作的署名权，而且其中涉及的人事与交往可以使词的写作年代与地点固定下来，也可以借此考定文人之间的交游往还，显然是起到了"史"的作用。张先大约有五十七首词有词题或小序，是宋代第一位大量运用词题和词序的词

① 宋·苏轼《记承天夜游》，《苏轼文集》卷七十一，中华书局，1986，第2260页。

人。这一变化值得重视。

除了文人的酬唱交往，张先词中还涉及城市风貌的写作。这一题材柳永《望海潮》可谓首开其端，大家对柳永的这首词也比较熟悉，但是却不一定知道张先也有歌咏钱塘之作：

> 四堂互映，双门并丽，龙阁开府。郡美东南第一，望故苑、楼台霏雾。垂柳池塘，流泉巷陌，吴歌处处。近黄昏，渐更宜良夜，簇繁星灯烛，长衢如画，暝色韶光，几帘粉面，飞甍朱户。　　和煦。雁齿桥红，裙腰草绿，云际寺、林下路。酒熟梨花宾客醉，但觉满山箫鼓。尽朋游、同民乐，芳菲有主。自此归从泥诏，去指沙堤，南屏水石，西湖风月，好作千骑行春，画图写取。(《破阵乐·钱塘》)

张先比柳永小三岁，柳永的《望海潮》写于皇祐五年（1053）[①]，张先的这首词写于治平四年（1067）[②]。柳永更早些时候还写过一首《破阵乐》，大约是在庆历元年至二年（1041—1042）汴京任上[③]。本词显然对柳永的《望海潮》与《破阵乐》有所借鉴。全词场面宏大壮阔，对钱塘进行了全景式的观照。由“龙阁开府”知本词实为张先对以龙图阁学士知杭州的祖无择的祝贺之作。“四堂互映，双门并丽”“郡美东南第一”是对繁华钱塘的总体定位，犹如柳永《望海潮》开首三句“东南形胜，江吴都会，钱塘自古繁华”[④]。接下具写钱塘城市的繁华。楼台众多，雕梁画栋，巷陌纵横，人

① 据薛瑞生《乐章集校注》，中华书局，2012，第326页。
② 据吴熊和、沈松勤《张先集编年校注》，上海古籍出版社，2012，第40页。
③ 据薛瑞生《乐章集校注》，第220页。
④ 同上书，第332页。

文与自然环境绝佳。夜里灯火通明，长街如画卷。下片主要写钱塘士民的游乐生活。南屏水石、西湖风月，捕捉到了西湖著名美景。而“去指沙堤”即指西湖的白堤，也就是柳永词中的“云树绕堤沙”。结尾表达要将此美景图画上达，其意与柳永“千骑拥高牙……异日图将好景，归去凤池夸”意思相近，都借以表达对钱塘繁华美景的赞叹以及对为政一方的地方长官的夸赞。这是一首在吟咏钱塘方面可以与柳永《望海潮》相媲美的作品。

张先还有一首《倾杯·吴兴》，是对吴兴的吟咏，气魄虽然无法和柳永《望海潮》相比，但也是难得的吟咏城市之作：

> 横塘水静，花窥影、孤城转。浮玉无尘，五亭争景，画桥对起，垂虹不断。爱溪上琼楼，凭雕栏、久□飞云远。人在虚空，月生溟海，寒渔夜泛，游鳞可辨。　正是草长蘋老，江南地暖。汀洲日晚。更茶山、已过清明，风雨暴千岩，啼鸟怨。芳菲故苑。深红尽、绿叶阴浓，青子枝头满。使君莫放寻春缓。

这是对吴兴（今浙江湖州）美景的记录与赞叹。孤城即湖州城，浮玉即浮玉山。五亭即山光亭、白蘋亭、集芳亭、朝霞亭、碧波亭。画桥指湖州三桥，即骆驼桥、甘棠桥、仪凤桥。琼楼指明月楼。茶山指顾渚山。当时吴兴的名胜，词中几乎都有涉及。上片前两句为远景，总写水乡吴兴四面环水，水静如镜。接下四句分别写吴兴标志性景点浮玉山、五亭、三桥，且三桥交相辉映，如上天垂下的彩虹。接下两句写人立于霅溪的明月楼上，居高凭栏，看云飞远去，视野开阔。接下四句写吴兴水乡整体给人的感受，仿佛人在虚空，月生海底，寒夜泛舟，渔歌互答，水中游鱼嬉戏，俨然一幅水乡清澈空灵的画卷。下片引入季节。由于江南地暖，即使蘋叶老去，仍有绿草生长，方死方生之间，见万物欣荣之象。清明过后，充足的雨水打湿了鸟翅，不能高翔，故引来啼鸟的哀怨。“风雨暴千岩、啼鸟怨”细腻深微，与宏大叙述及画面形成反差与张力。

张先其他词中亦可见写城市风光的影子，如“丽日千门，紫烟双阙，琼林又报春回。殿阁风微，当时去燕还来。五侯池馆频开。探芳菲、走马天街。重帘人语，辚辚绣轩，远近轻雷”（《宴春台慢·东都春日李阁使席上》）、“持节来时初有雁。十万人家春已满”（《天仙子·郑毅夫移青社》）、“故国千里，共十万室，日日春台”（《喜朝天·清暑堂赠蔡君谟》）等，词旨虽不同，但都有关于城市风景的描述，可谓城市风景走入词中的体现。

张先还有表达羁旅愁思的词作，如下面这首《河传》：

花暮。春去。都门东路。嘶马将行。江南江北，十里五里邮亭。几程程。　　高城望远看回睇。烟细。晚碧空无际。今夜何处，冷落衾帏。欲眠时。

“今夜何处”与柳永《雨霖铃》“今宵酒醒何处，杨柳岸、晓风残月”的意境有相连处。张先不止一首词与柳永《雨霖铃》意境相类，说明二人在表现羁旅相思方面有一定的相似性。

张先词中对节俗的记述也是比较新的内容，有必要强调一下。如有关上元节的：

华灯火树红相斗。往来如昼。桥河水白天青，讶别生星斗。　　落梅秾李还依旧。宝钗沽酒。晓蟾残漏心情，恨雕

鞍归后。(《玉树后庭花·上元》)

有关寒食节的：

龙头舴艋吴儿竞。笋柱秋千游女并。芳洲拾翠暮忘归，秀野踏青来不定。　　行云去后遥山暝。已放笙歌池院静。中庭月色正清明，无数杨花过无影。(《木兰花·乙卯吴兴寒食》)

有关七夕的：

牛星织女年年别。分明不及人间物。匹鸟少孤飞。断沙犹并栖。　　洗车昏雨过。缺月云中堕。斜汉晓依依。暗蛩还促机。(《菩萨蛮》)

有关中秋的：

去岁中秋玩桂轮。河汉净无云。今年江上共瑶尊。都不是、去年人。　　水精宫殿，琉璃台阁，红翠两行分。点唇机动秀眉颦。清影外、见歌尘。(《燕归梁》)

总之，经过张先的努力和创作，词的功能扩大，成为文人之间交往酬谢的媒介。而且，词的内容空前扩大，不再仅写男女相思与闺怨，一些以往词中没有的题材如羁旅愁思、城市风景、节俗民情等被引入词中，词日益成为表现内容与诗相近的文学体裁，起着与诗相似的文学功能。从这一角度来说，词更为文人化、个性化，词的文学因素较音乐因素起着越来越重要的作用。

二 天真灵动好风韵

宋人胡仔《苕溪渔隐丛话》卷三七记载：

> 吴兴张子野，天圣八年进士，善诗词，人谓之张三中，谓能道‘心中事，眼中泪，意中人’也。子野谓人曰：“何不曰张三影？‘云破月来花弄影’‘帘压卷花影’‘堕风絮无影’，吾得意句也。”此《古今词话》所载，《后山诗话》亦载其事，《高斋诗话》改后二影为“浮萍断处见山影”“隔墙送过秋千影”。[①]

张先以都官郎中致仕，所以时人又称其为张郎中。因为其词中佳句，故又称其为张三中或张三影。从人们的称呼与张先自称可以看出，其词作有两方面内容比较受关注，一是写女子的，另一方面是写影的。

张三中之“三中”出自张先的《行香子》词：

> 舞雪歌云。闲淡妆匀。蓝溪水、深染轻裙。酒香醺脸，粉色生春。更巧谈话，美情性，好精神。　江空无畔，凌波何处，月桥边、青柳朱门。断钟残角，又送黄昏。奈心中事，眼中泪，意中人。

此词又入欧阳修《近体乐府》卷三。但《全宋词》据“张三

① 丁传靖辑《宋人轶事汇编》卷十，中华书局，2003，第464页。

中”的说法，断为张先词。其中“心中事，眼中泪，意中人”，很好地诠释了歌女的多情与楚楚动人。人们欣赏这三句，其实是欣赏张先词中大量的写女性尤其是写歌妓舞女的词作。叶梦得所谓的“俚俗多喜传咏先乐府”[①]，也大约是指这部分词。张先的这首《行香子》较为典型地反映了他的女性审美理想。首先，词中女性虽为歌舞妓，但妆容闲雅，是“闲淡妆匀”；裙子的颜色，如被蓝溪水染了一样，轻灵清澈。脸上虽为淡妆，但酒晕生颊，如“粉色生春”，自然、生动而不做作，更没有浓妆艳抹的庸俗。不仅外表、妆容闲雅，而且颇富才情、人伦之美，是“美情性，好精神”。这样内外兼美的窈窕女子，为意中人相思、流泪，岂不更令人怜惜？

下片，江空无畔，化自张若虚《春江花月夜》之“江畔何人初见月，江月何年初照人。人生代代无穷已，江月年年只相似。不知江月待何人，但见长江送流水”。凌波何处，化自曹植《洛神赋》之“凌波微步，罗袜生尘”，令人感到“翩若惊鸿，婉若游龙”。而“断钟残角，又送黄昏”，令人想起李白《忆秦娥》之“西风残照，汉家陵阙”。且蓝溪水，令人想起陕西蓝田之蓝桥，传说是裴航遇女仙云英的地方[②]，尽管本词中的蓝溪并不一定即指蓝田的蓝溪。词中蕴含的文本，无论是江畔千年的思恋、等待，还是曹植遇洛神、裴航遇云英、《忆秦娥》词调所蕴含的萧史弄玉飞升成仙的传说，都与相思、爱恋和遇仙、成仙有关，这也暗合了唐宋时期歌妓舞女被称为神仙的惯例。张先屡次化用遇仙典故，是表达歌妓带给他的惊艳，犹如遇仙一样。这是将歌妓去世俗化、

① 宋·叶梦得《石林诗话》卷下，清·何文焕辑《历代诗话》，中华书局，2004，第430页。

② 裴航遇云英成仙故事见裴铏《裴航传》，李剑国辑校《唐五代传奇集》，中华书局，2015，第2280—2283页。

神仙化的写法，也表达了他对歌妓的倾慕，不同于一般文人视歌妓舞女为狎邪的浮浪玩乐态度。

张先笔下的女性是非常有特色的。

首先，他塑造了许多娇小、纤细、稚嫩、柔弱的歌妓、舞女、乐女形象。如著名的《醉垂鞭》：

> 朱粉不须施。花枝小。春偏好。娇妙近胜衣。轻罗红雾垂。　　琵琶金画凤。双绦重。倦眉低。啄木细声迟。黄蜂花上飞。

这首词前小序为“赠琵琶娘，年十二”。首句“朱粉不须施”，言女子正值美好年华，不须扑粉，脸上自然粉嫩有光泽。“花枝小”，双关语，亦指女子年龄小，与小序呼应。“近胜衣”，言年方十二的琵琶女还未发育成熟，故身材娇小瘦弱，有些不胜衣。“双绦”，琵琶女头上戴的彩带。“绦重”，夸张语，反衬女子面庞娇小。“眉低”，写琵琶女年少害羞、不敢抬头凝视他人；“倦”，又写出琵琶女瘦弱慵懒，楚楚动人。结句写琵琶声如啄木鸟叮叮啄木声，细小、迟疑，又如花上飞的黄蜂，声音细小、低沉，此又暗合琵琶女年龄小的特征，正如词中所言是“花枝小”，未茁壮成长，少不更事，故有着少女固有的稚嫩、青涩。这些表现在琵琶弹奏上虽未见得能展现技艺高超，但却整体烘托出一位十二岁的琵琶女的单纯、羞涩，正如杜牧形容少女歌妓的诗：“袅袅婷婷十三余，豆蔻梢头二月初”（《赠别》其二），同样表达对于少女的喜爱和向往。这种情感，又因自己年龄老大，充满对少女的倾慕和眷恋，是北宋以后比较常见的女性审美倾向。苏轼有一首《减字木兰花·赠小鬟琵琶》，也写十一二岁的琵琶女：“琵琶绝艺。年纪都来十一二。拨弄幺弦。未解将心指下传。　主人瞋小。欲向东风先醉倒。已属君家。且更从容等待他。”在写琵琶少女稚嫩、未解风情方面，与张先词有异曲同工之妙。此外，一些词中形容女性如：

体态看来隐约，梳妆好是家常。檀槽初抱更安详。立向尊前一行。　小打登钩怕重，侭缠绣带由长。娇春莺舌巧如簧。飞在四条弦上。(《西江月》)

琼枝玉树不相饶。薄云衣、细柳腰。一般妆样百般娇。眉眼细、好如描。　东风摇草百花飘。恨无计、上青条。更起双歌郎且饮，郎未醉、有金貂。(《醉红妆》)

锦筵红，罗幕翠。侍宴美人姝丽。十五六，解怜才。劝人深酒杯。　黛眉长，檀口小。耳畔向人轻道。柳阴曲，是儿家。门前红杏花。(《更漏子》)

十岁手如芽子笋。固爱弄妆偷傅粉。金蕉并为舞时空，红脸嫩。轻衣裙，春重日日浓花觉困。　斜雁轧弦随步趁。小凤累珠光绕鬓。密教持履恐仙飞，催拍紧。惊鸿奔，风袂飘摇无定准。(《天仙子·观舞》)

这些歌女有一个共同点，就是娇小、轻盈、瘦弱。这样的女性状态，从宋代绘画如刘宗古《瑶台步月图》、佚名《歌乐图卷》《杂居人物图》等中亦可以领略到，人们更偏爱身形瘦弱甚至孱弱的女性。这些在张先词中以文字形式得到体现。宋人在诗歌与文人写意画中崇尚老境，喜欢枯瘦，反映在对女性的审美上，则喜欢娇小轻盈的年轻少女，这在某种程度上其实反映了宋代文人普遍的老人心态。

与之相应的，张先词中更喜欢表现淡妆、含蓄、闲雅的女性。这一倾向在上面列举的词中也可以感受到。再如以下这首《醉垂鞭》：

双蝶绣罗裙。东池宴。初相见。朱粉不深匀。闲花淡淡春。　　细看诸处好。人人道。柳腰身。昨日乱山昏。来时衣上云。

首句以罗裙上绣的双蝶，形容女子轻盈灵动，如花中翩飞的蝴蝶。四五句描写女子脸上并没有浓脂艳粉，而是浅浅地画着淡妆，就像朱粉没有用力匀开一样。而这淡妆的女子，犹如淡淡的春天，给人带来温暖舒适的感觉。淡妆与如柳枝一样纤细的腰身形容出少女的青春美好。结句又在罗衣上，遥应首句。词人并不正面形容罗衣是怎样的颜色与款式，只是说来时罗衣上如染了云一样，令人充满遐想。正如皎然“天女来相试，将花欲染衣”（《答李季兰》）一样，脱去俗艳，更具风神。

张先欣赏的是“艳色不须妆样。风韵好天真”（《庆春泽·与善歌者》）的自然灵动之美，注重风韵，重神而不执着于形。这样的美，就像他在这首《庆春泽·与善歌者》中写的一样，是“画毫难上”，美在风神，难以图画，难以实求。再如下面这首词：

青楼宴，靓女荐瑶杯。一曲白云江月满，际天拖练夜潮来。人物误瑶台。　　醺醺酒，拂拂上双腮。媚脸已非朱淡粉，香红全胜雪笼梅。标格外尘埃。（《望江南·与龙靓》）

词写龙靓在酒宴上侑酒歌唱，令人产生误以为身在瑶台的错觉，可见龙靓歌唱艺术之高超。下片五句，前四句都在写龙靓外貌。

因为侑酒，显然有些醉了，故酒晕上双腮，娇媚的脸上已经不是淡淡的朱粉了，写出龙靓醉酒之媚态，而红晕的肤色，全胜过梅花的雪里透红。张先这里写龙靓的歌喉与外表，不是以直勾勾打量的眼光，而是加入了许多想象与美化的成分，且用了比喻。结句可谓卒章显志，赞美龙靓具有很高的风范，气格脱俗。结合词人身份，这是对龙靓最高的赞赏。

龙靓为杭州名妓，与胡楚、周韶齐名。陈师道《后山诗话》载：“张子野老于杭，多为官妓作词，与胡而不及靓。靓献诗云：‘天与群芳十样葩，独分颜色不堪夸。牡丹芍药人题遍，自分身如鼓子花。’子野于是为作词也。”[1]张先词集中现存两首词，分别是写给胡楚和周韶的，一是《雨中花令·赠胡楚草》，一是《武陵春·每见韶娘梳鬟好》，不知是否即是记载中为二人所写的词。但此首应是龙靓献诗之后的词作。

无论是龙靓、胡楚还是周韶，都是当时会写诗的官妓，可谓富于才情。苏轼叙周韶落籍帖云：“杭州营籍周韶，多蓄奇茗，尝与君谟斗胜之。韶又知作诗，子容过杭，述古饮之，韶泣求落籍，子容曰：‘可作一绝。’韶援笔立成，曰：‘陇上巢空岁月惊，忍看回首自梳翎。开笼若放雪衣女，长念观音般若经。’韶时有服，衣白，一座嗟叹。遂落籍。同辈皆有诗送之，二人者最善。胡楚云：‘淡妆轻素鹤翎红，移入朱栏便不同。应笑西园桃与李，强匀颜色待秋风。’龙靓云：‘桃花流水本无尘，一落人间几度春。解佩暂酬交甫意，濯缨还作武陵人。’固知杭人多慧也。”[2]赵令畤因三位官妓皆知作诗，故得出“杭人多慧”的结论，实际反映了当时杭州

---

① 清·何文焕辑《历代诗话》上，中华书局，2004，第314页。

②《东坡叙周韶落籍帖》，宋·赵令畤撰、孔凡礼点校《侯鲭录》卷七，中华书局，2002，第180—181页。

官妓颇富才情，文化程度较高，而龙靓、胡楚、周韶应为官妓中作诗最佳者。

所以，张先将笔下的歌妓塑造得如此脱俗，尤其是赠名妓之作，未必没有抬高其身份的意图。因为他接触的大多是官妓、营妓，这些歌妓的身份自然与私妓不同，因此张先在写这些歌妓时没有身份上的焦虑与忸怩作态，除了将她们塑造得如仙女一样超脱风尘之外，也是在以此种形式告诉世人，他在酒筵歌席间接触的这些歌妓是合法的，是官场交往、官员往来的必要，并不意味着写作者的庸俗、尘下，这也与晏殊不屑柳永写的“彩线慵拈伴伊坐”[①]不同。写歌妓避免色情、风尘，这是张先座师晏殊的主张，也是张先在此类写作中所力求避免的。至此，我们也就明白为何张先笔下的歌妓“标格外尘埃”“风韵好天真”了。

第三，张先笔下女性之美并不仅体现在他对女性的正面描写。张先最擅长将女性置于种种富于感发的自然环境中，虚实相应，以自然界的水月云霞、风花露影来形容、比喻、映衬女性，构筑自然、美好、空灵、闲远之意境，烘托、渲染女子之美。如下面这首写歌妓的《踏莎行》上片：

> 波湛横眸，霞分腻脸。盈盈笑动笼香靥。有情未结凤楼欢，无憀爱把歌眉敛。

前两个四字句形容女子面容与眼睛，结构为一一二式，两句的第一个字是自然界的波、霞，分别用来形容眸子和脸颊，又以动词

① 宋·张舜民《画墁录》，葛渭君编《词话丛编补编》卷八，中华书局，2013，第3996页。

"湛""分"来连接，将女子的双眸与腻脸比作流动的水波与霞光，充满灵动之感，女子的明眸善睐和粉嫩光泽的脸颊自然生动地刻画了出来。这样的写法突破了温庭筠笔下女子的靓妆刻饰，不以珠翠金银来形容女子，取而代之的是自然界的云霞水月，可谓得南方山水之助。张先为湖州人，曾做过吴江令、嘉禾判官，晚年退居杭州，一生大部分时间生活于水乡，故对江南的水月云霞有特殊的感情与特别的感受，并常将其用来比喻或烘托女子，起到了难以想象的清雅脱俗效果。

即使如传统实写女子妆容服饰，亦以柔美、无形之水、云等来映衬，故多了意趣与空灵，如《师师令》：

> 香钿宝珥。拂菱花如水。学妆皆道称时宜，粉色有、天然春意。蜀彩衣长胜未起。纵乱云垂地。　　都城池苑夸桃李。问东风何似。不须回扇障清歌，唇一点、小于珠子。正是残英和月坠。寄此情千里。

什么是春意？春意怎在女子衣饰上感知？蜀锦制成的衣裙，其纹路、图案如何让人感觉似"乱云"？而东风、落花、月光、千里，这些意象将女子置于风、花、云、月及千里相思的境域中，意境绝美。虽写歌女，却多了出尘与脱俗，而寄寓了纯洁美好之情，是对女性的美化与点染，此为张先笔下之歌女，是他认为的理想中的美好女性，也代表了北宋时期文人士大夫的女性审美。

这种以自然云月水霞来描写女性的写法，常以虚实相映的手法来体现。如上文的"波湛横眸，霞分腻脸"，波为虚，眸为实；霞为虚，脸为实。再如：

高鬟照影翠烟摇。(《西江月》)

香钿宝珥。拂菱花如水。(《师师令》)

每见韶娘梳鬓好，钗燕傍云飞。谁掬彤霞露染衣。(《武陵春》)

酒入四肢波入鬓，娇不尽、翠眉低。(《江城子》)

文鸳绣履。去似杨花尘不起。舞彻《伊州》。头上宫花颤未休。(《减字木兰花》)

清歌逐酒。腻脸生红透。樱小杏青寒食后。衣换缕金轻绣。(《清平乐·李阁使席上》)

高鬟是女子发式，实写，但高鬟照影则虚幻了一层；翠烟又是无形的湿雾，朦胧惝恍。香钿宝珥，本是珠宝头饰，此两句写女子照镜梳妆，但略去“菱花镜”之“镜”字，使本来的实物仿佛变成了真的菱花，虚虚实实，又以“水”比喻镜面明净，则更虚幻流动。周韶的发鬓上，钗上的燕子傍着云飞，实则写鬓边钗上雕镂的燕子颤动，像飞燕傍着云儿在飞一样，宛写女子鬓发如云般乌黑又茂密。又以朝霞、清露来形容周韶的衣裙轻盈，飘飘欲仙。《江城子》中歌妓的“波入鬓”，实是形容女子秋波灵动，但以水波来形容，亦是流动空幻。略去常态的形式与框架，直以自然风物的物态来对接女子的形态，产生似真似幻、虚实莫辨的审美效果。诸如此类的写法在张先词中比较常见。当然，张先还喜欢用外物衬托的方式来写女性。如《清平乐》四句，前两句写歌女醉酒，红晕上脸，这本是常见写法，无甚稀奇，妙在第三句之“樱小杏青”，以樱花初绽写樱花之年月小，以杏子色青写杏还未熟、仍处青涩期，实则是比喻歌女年幼、稚嫩，犹如初绽之樱花、青涩之杏，这其实也是虚实兼备。类似表达如“犹有月婵娟。似人人、难近如天。愿教清影长相见，更乞取长圆”（《相思儿令》），以月喻女性，常见却难近，只能转而亲近影，愿影能长伴自己。将世俗男女相思之情升华为天地间虚渺空灵之情，美好、清雅，又有感发魅力，似含寄托。此外如以“簟纹衫色娇黄浅”（《菩萨蛮》）形容女子娇柔，与下文“轻怯瘦腰身。纱窗病起人”呼应，烘托出病后女子的瘦弱风致。

张先词中也有突破以上常规写法者，如《碧牡丹》：

> 步帐摇红绮。晓月堕、沉烟砌。缓板香檀，唱彻伊家新制。怨入眉头，敛黛峰横翠。芭蕉寒，雨声碎。　　镜华翳。闲照孤鸾戏。思量去时容易。钿盒瑶钗，至今冷落轻弃。望极蓝桥，但暮云千里。几重山，几重水。

这首词题为“晏同叔出姬”，是张先词中难得的写歌姬避开容貌细描者，只有“怨入眉头，敛黛峰横翠”涉及，但仍以比喻手法写之。因为是晏殊家的歌姬，所以即便被出，也由不得他人轻薄，所以在着笔上尤须注意要凝练端庄一些，只以外物衬托，不涉及身材、妆容、媚态、妍姿。因为这样的作品晏殊必定是要看的，或者这首词本身即是应晏殊要求而作。故张先词中这写女性绝少的风格与笔调，与所写对象的身份、牵涉的周边关系密不可分。

张先词中还有一个风格应与晏殊有一定关系，或者说是二人一致的地方，即“韵高”。晁补之在论张先、柳永词时说：“张子野与柳耆卿齐名，人以为子野不及耆卿富；而子野韵高，是耆卿所乏处。”[1]所谓的“韵高”，即包括以上张先写女性的风格与特色。

① 宋·赵令畤撰、孔凡礼点校《侯鲭录》卷八，中华书局，2002，第205页。

而张先的善于写“影”，也是其韵高的体现。张先179首词中，写到“影”的就有31首，除去被称为“张三影”的那三句以及上文涉及“影”的句子，此外还有：

照影红妆，步转垂杨岸。(《蝶恋花》)

忆苕溪、寒影透清玉。(《忆秦娥》)

潮上水清浑。棹影轻于水底云。(《南乡子·中秋不见月》)

草树争春红影乱。(《木兰花》)

那堪更被明月，隔墙送过秋千影。(《青门引》)

犹有花上月，清影徘徊。(《宴春台慢·东都春日李阁使席上》)

绿定见花影，并照与、艳妆争秀。(《劝金船》)

风影轻飞。花发瑶林春未知。(《采桑子》)

水天溶漾画桡迟。人影鉴中移。(《画堂春》)

水影、花影、月影、人影，甚至风影，张先总能在物象之上看到其映发的影，再将其写入词中，不拘于形下之实，旨在以形上或无形来辅助、映发、烘托所写之物，从而形成独特而风雅的观物方式。张先不仅善于捕捉各种“影”，对于各种香，如香料、粉香、酒香、肤香、花香、水香、尘香等也十分敏感，如“声宛转，疑随烟香悠飏”(《庆春泽·与善歌者》)、“尘香拂马，逢谢女、城南道”(《谢池春慢·玉仙观道中逢谢媚卿》)、“春艳上新妆。肌肉过人香”(《梦仙乡》)、“生香真色人难学”(《醉落魄》)、“花香闻水榭。几误飘衣麝”(《菩萨蛮》)、“衣香拂面，扶醉卸簪花，满袖余温”(《泛青苕·正月十四日与公择吴兴泛舟》)、“来时露裛衣香润”(《玉联环·南郊夜饮》)等。

宋人喜焚香，焚香乃宋代文人四雅之一，但除去人造、人为之香，张先对花香、水香等的感知与描写，则属于个人审美爱好。此外，对于晏殊所认为是富贵气象的意象如燕子、帘幕等，张先词中亦屡有体现。如“泥新轻燕面前飞，风慢落花衣上住”（《木兰花·邠州作》）、“殿阁风微，当时去燕还来”（《宴春台慢·东都春日李阁使席上》），“翠幕动风亭”（《菩萨蛮》）、“翠幕成波，新荷贴水”（《踏莎行》），而其词中的“放笙歌、灯火下楼台”（《宴春台慢·东都春日李阁使席上》），亦是晏殊喜欢的富贵气象之一。晏殊曾言“‘老觉腰金重，慵便枕玉凉’未是富贵语，不如‘笙歌归院落，灯火下楼台’，此善言富贵者也”[①]。张先的这句词，即是化用“笙歌归院落，灯火下楼台”。这是晏殊欣赏的气象。

不难看出，张先词受晏殊影响甚大。故晏殊喜欢张先词，席间每每让歌妓唱张先之词，而晏殊词集《珠玉集》即由张先为之作序[②]，惜乎此序散佚，否则我们便可从中看出二人相近的词学主张。

综上，以水月云霞、风花露影写女性，善写风、花、水、月、云、霞、香、影、燕子、翠幕等，意象中又不乏富贵气象，这些总体构成了张先词的高格与雅韵，故被宋人视为“韵高”。

三　自创新调与慢词

陈廷焯曾评价张先词曰：

① 宋·欧阳修撰、李伟国点校《归田录》卷二，中华书局，1981，第21页。
② 宋·黄昇《唐宋诸贤绝妙词选》卷之三：“公有词名《珠玉集》，张子野为序。”（宋·黄昇选编、杨万里点校集评《花庵词选》，上海古籍出版社，2019，第87页）

张子野词，古今一大转移也。前此则为晏、欧，为温、韦，体段虽具，声色未开。后此则为秦、柳，为苏、辛，为美成、白石，发扬蹈厉，气局一新，而古意渐失。子野适得其中，有含蓄处，亦有发越处。但含蓄不似温、韦，发越亦不似豪苏腻柳，规模虽隘，气格却近古。自子野后，一千年来，温、韦之风不作矣，益令我思子野不置。[①]

陈廷焯所谓的“古今一大转移”，主要就词风而言，这本身没错，但却有局限。张先词作的意义还在于，他除了创作传统的小令之外，后期逐渐转向创作大量慢词，以及数目不少的自创新调。这也是张先之前所没有的情况，须加重视。

在张先词中，自创新调的种类比较多，且多是中调或慢词，小令很少。这样的创新是比较罕见的，如《少年游慢》《山亭宴慢》《谢池春慢》《宴春台慢》《百媚娘》《泛青苕》《劝金船》《喜朝天》等，此不赘述。

张先在词的体制上的贡献主要在慢词上。慢词之慢，主要指节奏之缓慢，但现在音乐已经失传，也就只能从体量上来衡量了。故有从字数上分为小令、慢词者。当然，有的慢词从词调上也可以看出，即词调后缀以“慢”字，如《谢池春慢》《少年游慢》《卜算子慢》等。但这毕竟只是一部分，有的慢词从词调上并不能分辨出来，如张先词中的《百媚娘》《泛青苕》《劝金船》《喜朝天》等。有的虽然篇幅并不长，但仍是慢词，如《离亭宴·公择别吴兴》。有的虽然看似令词，具有令词常见的词调尾字，如“令”“子”等字，但从词的体量与领字考察，已非令词，实为慢词了，如《于

① 清·陈廷焯撰、孙克强等辑校《白雨斋词话全编·白雨斋词话》卷一，中华书局，2013，第1169页。

飞乐令》《一丛花令》《师师令》《行香子》等：

宝奁开，菱槛静，一掬清蟾。新妆脸、旋学花添。蜀红衫，双绣蝶，裙缕鹣鹣。寻思前事，小屏风、巧画江南。怎空教、草解宜男。柔桑暗、又过春蚕。正阴晴天气，更瞑色相兼。幽期消息，曲房西、碎月筛帘。(《于飞乐令》)

伤高怀远几时穷。无物似情浓。离愁正引千丝乱，更东陌、飞絮濛濛。嘶骑渐远，征尘不断，何处认郎踪。　双鸳池沼水溶溶。南北小桡通。梯横画阁黄昏后，又还是、斜月帘栊。沉思细恨，不如桃杏，犹解嫁东风。(《一丛花令》)

《师师令》七十三字，《行香子》六十六字，此二词前已引过，此不列出。《于飞乐令》七十三字，《一丛花令》七十八字。从体量上说，都已不是小令。且三词中都有不止一处领字，有的领字还较密集，如《于飞乐令》。

还有从词调及字数上都属于令词，但其中却有领字者，如：

梦短寒夜长，坐待清霜晓。临镜无人为整妆，但自学、孤鸾照。　楼台红楼杪。风月依前好。江水东流郎在西，问尺素、何由到。(《卜算子》)

鸣鞘电过晓闱静。敛龙旂风定。凤楼远出霏烟，闻笑语、中天迥。　清光近。欢声竟。鸳鸯集、仙花斗影。更闻度曲瑶山，升瑞日、春宫永。(《双韵子》)

《卜算子》中的“但”“问”、《双韵子》中的“更”都是领字。但二词字数分别为四十六字和四十九字，属于小令，说明张先已经尝试用慢词的手法创作小令了。这也可以看作令词向慢词发展的一个证据。

由此推断，慢词的主要特点不仅在于篇幅较长，这并不是成为慢词的必要条件。慢词最主要的标志是音乐节拍上比较缓慢，这样易于表现舒缓、迂曲、缠绵的情感。柳永、辛弃疾的慢词多沉郁顿挫、迂曲缠绵之作，就是与慢词的音乐节奏相契的声情。表现在文字上，我们现在只能从慢词中的领字上领略当初节奏的迂曲缓慢。因此，领字的运用及多寡是衡量慢词的最主要的特质。慢词之慢，体现在文字上，就是体现在领字上。

领字结构，常体现为上一下四结构，如下面的领字——拂、纵、问、寄：

> 香钿宝珥。拂菱花如水。(《师师令》)
> 蜀彩衣长胜未起。纵乱云垂地。(《师师令》)
> 都城池苑夸桃李。问东风何似。(《师师令》)
> 正是残英和月坠。寄此情千里。(《师师令》)

领起一个四字句的情形一般出现在一个韵句段落中间。多数情况下，一个领字领起几个三字句或四字句，如：

> 奈心中事，眼中泪，意中人。(《行香子》)
> 对静夜无人，月高云远。(《卜算子慢》)
> 占第一湖山，咏画争巧。(《熙州慢·赠述古》)
> 暂武林分阃，东南外翰；锦衣乡社，未满瓜时。(《沁园春·寄都城赵阅道》)
> 且代工施化，持钧播泽；置盂天下，此外何思。(《沁园

春·寄都城赵阅道》)

其中的领字——对、占、暂、且，领起两个、四个四字句。

也有一个领字领起一个两字句加四字句者，如：

> 共携手、攀条无语。(《山亭宴·湖亭宴别》)
> 那禁得、风吹细雨。(《山亭宴·湖亭宴别》)
> 总莫似、当筵情绪。(《山亭宴·湖亭宴别》)

领字——共、那、总，都是副词。

但一字领起二字者一般情况下不易被识别，原因大约在于领字本身并非人们印象中的副词、连词等虚词，而是动词，如以下词中的领字——恨、望、约、剪：

> 恨私书、又逐东风断。(《卜算子慢》)
> 望遥山、迷离红树。(《山亭宴·湖亭宴别》)
> 约尊酒、商量歧路。(《山亭宴·湖亭宴别》)
> 剪烟花、幽兰啼露。(《山亭宴·湖亭宴别》)

张先词中领字类型的丰富性告诉人们，其实领字并不一定是副词或连词，也可以是动词，只要领起下文、遵循上一下二、三、四甚至更多字的结构即是。

领字所领之句到底是几言句没有限定，因此形式多样。如以下三句，分别领起六字句、七字句：

> 但目送游云孤鸟。(《熙州慢·赠述古》)

惜弯弯浅黛长长眼。(《卜算子慢》)

又西指夷桥千骑移。(《沁园春·寄都城赵阅道》)

有时一个韵句组合内有不止一个领字。如下面两例中分别有两个、三个领字：

纵西北层楼万尺，望重城那见。(《卜算子慢》)

须知。系国安危。料节召、还趋浴凤池。(《沁园春·寄都城赵阅道》)

上一首中的“纵”“望”，下一首中的“须知”“料”“还”，都是领字。

特殊情况下，领字也有二字者，即上二下几格式。如上引之“须知系国安危”之“须知”，以及下面几例：

甚客怀、先自无消遣。(《塞垣春·寄子山》)

行尽曲名，休更再歌《杨柳》。(《劝金船》)

须知短景欢无足，又还过清昼。(《劝金船》)

况值禁垣师帅，惠政流入欢谣。(《熙州慢·赠述古》)

上引例证中，有二字领起三字、四字、五字、十字者。其中，先自、休更、须知、又还、况值，都属于二字领字。也不乏一个韵句中不止一处领字者，如《劝金船》中的“须知”“又还”，《塞垣春》中的“甚”“先自”等。

但是，慢词并不仅体现在领字上。说到底，是体现在句子结构与令词的不同上。领字一般是副词，大多数是虚词。但领字也有以实词充任者，如动词。所以，单从词性上来规范领字是有局限的。慢词之慢既然体现在声调缓慢上，那么来充斥这个缓慢空间的词，便不仅限于虚词。慢词中领字的作用就是在两个节拍也就是句子之间，用一到两个字来填充这多余的节拍，使之不至于留白，而更适合歌唱。所以，领字的实质，放在句子结构中来讨论，其实就是句子结构与以往不同。以往的词，起句时常用词或词组，这个词或词组至少由两个及以上的字构成，所以在句子结构上是较为平衡的，有时是等同于五言或七言律句的，句内结构一般是二三、三二句式或四三句式。但有了领字之后，句内结构成分就发生了巨大变化，往往是单独一字或两字在前，领起二、三、四、五、六、七字句甚至更长的句子，形成了前短后长的句式组合。而词的句式的长短不齐、错落摇曳，多半是由于领字组成的这样的结构。宋词中往往有断七字句为三字句与四字句两个部分、中间停顿一下（用顿号表示）的情形，那么三字句头或四字句头往往就是用领字的部位。因此也便明白，为何在宋词中这样的句式如此普遍，从声音上来说是为了填补舒缓乐曲所作的文字的补充，从文字角度而言就是领字的频繁使用所形成的句式结构。

总之，从张先慢词的创作数量、自创新调、慢词的分类以及大量领字的应用可以看出，张先对于慢词有自己非常成熟的考量和实践，这从根本上为我们理解慢词的含义和实质属性提供了很好的范本。因此，说到北宋慢词的创作，我们不应该再仅局限于柳永一家了。

第十二讲

柳永

自创新调与词体自觉

系我一生心，负你千行泪。

柳永（987？—1058？），原名三变，字景庄，后改名永，字耆卿，北宋著名词人。柳永是北宋创调最多的词人，也是北宋第一位大力创作慢词的人。柳永现存词216首①，其中147调都是自制或首用②，占宋词880多个词调中的近17%。吴熊和先生亦认为柳永“创调之多，两宋无出其右。柳词又大多为长调，开辟了词由小令进入长调的新阶段……在词调方面的这种创立之功，是应受重视的”③。

一　雅与俗

柳永对词的贡献不仅在词调与篇幅上，他的贡献是多方面的。

在内容上，以前词中虽然也有写歌妓的，但大多比较典雅含蓄、绮艳柔丽，更少涉及露骨的两性关系描写，而且数量较少。柳永始大量写妓女，这些内容几乎遍及他的主要类型的词作，妓女词与闺怨词就不必说了，此外如羁旅词、盛世词等类型词中也离不开描写妓女的内容，不少于柳词总量四分之三。而且，柳永写妓女的词直白、坦率、不遮掩，有的甚至轻佻鄙俗。在形式上，柳永小令与慢词写法与风格也不同。小令一般对晚唐五代词典雅传统的风格继承较多，而慢词则从内容与形式上进行了大的改革与创新，总体偏向于浅俗。写作方式上，不再如晚唐五代词一样情景交融、描叙结合，而是侧重铺叙、写实，采用大量领字、四字句、折腰句及二三句式、一四句式、三四与四三句式的组合，

① 据薛瑞生《乐章集校注》（增订本）（中华书局，2012），包括一首《戚氏》残句和一句失去调名的残句。本文所引柳永词皆出自此书，不另注。

② 据薛瑞生《乐章集校注》，中华书局，2012，第6页。

③ 吴熊和《唐宋语调的演变》，《吴熊和词学论集》，杭州大学出版社，1999，第8页。

以及三四五字句的不同组合、对偶等，来提高叙事功能，便于细细勾描，也便于深细地刻画人物心理活动、动作情态。此外，利用大量方言俗语、俚语口语等，使词作进一步由晚唐五代文人词所主要面对的精英阶层，下沉到宋代更为大众的市井百姓阶层，甚至便于歌馆酒楼、瓦舍勾栏的听众来接受、欣赏。这些都是柳永词的贡献，也是他有意在进行的改革。所以，柳永在词史上绝对是创新大于因袭、贡献多于继承的人物。这样的词人，北宋大约仅此一人。

关于柳永词，最大的争论是雅与俗的问题。焦点在柳永词到底是俗还是雅。认为雅者，“喜其能道嘉祐中太平气象，如观杜甫诗，典雅文华，无所不有”[①]；苏轼亦曾说“世言柳耆卿曲俗，非也。如《八声甘州》云：‘霜风凄紧，关河冷落，残照当楼。’此语于诗句，不减唐人高处”[②]。当然，苏轼这里的“曲”是指文词而非乐曲。认为俗者，陈师道《后山诗话》说：“柳三变游东都南、北巷，作新乐府，骫骳从俗，天下咏之。”[③]宋人严有翼《艺苑雌黄》也说：“柳之乐章，人多称之。然大概非羁旅穷愁之词，则闺门淫媟之语……彼其所以传名者，直以言多近俗，俗子易悦故也。”[④]李清照《词论》亦曾说柳永词“虽协音律，而词语尘下”[⑤]。三人各有侧重，但都否定了柳永词的内容、语言与风格。

---

① 宋·黄裳《书〈乐章集〉后》，曾枣庄主编《宋代序跋全编》卷一一一，齐鲁书社，2015，第3099页。

② 宋·赵令畤撰、孔凡礼点校《侯鲭录》卷七《东坡云柳耆卿词不俗》，中华书局，2002，第183页。

③ 宋·陈师道撰《后山诗话》，清·何文焕辑《历代诗话》，中华书局，2004，第311页。

④ 宋·胡仔《苕溪渔隐丛话》卷二，唐圭璋编《词话丛编》，中华书局，2005，第171—172页。

⑤ 王仲闻《李清照集校注》卷三，中华书局，2020，第226页。

无论认为柳词属于雅还是属于俗，都是不客观的，也因此无法使人信服。柳词雅俗兼呈，并不能用一个“雅”或一个“俗”来概括其全貌，须分别对待。到底哪些词雅、哪些词俗，并不是无章法的，而是作者有意为之，故我们今日也有迹可循。

柳永词，粗略来讲可以分为妓女词、闺怨词、羁旅词、盛世词。这几类词占了柳词数量的四分之三①。此外，还有少量的咏物词、节序词、咏史怀古词、游仙词、悼亡词等。柳永词中离别相思内容大多与羁旅行役词融合在一起，因此仅言离别相思的词反倒较少。一般而言，羁旅行役与歌颂盛世繁华的词大都措辞讲究，辞藻古雅，属于一般评者认为“雅”的部分，也就是苏轼说的“不减唐人高处”；而妓女词与闺怨词，前者在内容上偶陈床笫之欢，尤其是一些狎妓词，情感有时轻佻，属于内容上的“俗”，亦即李清照说的“词语尘下”；闺怨词由于是代言体，女主人公的身份包括妓女及普通人家女子，甚至如有的学者认为的包括柳永的妻子和续弦夫人，这类词为了逼肖人物性格、习惯与神态、口气，在语言层面采取了一些修辞手法，使其在形式上体现为不同于以往语言风格与特色的面貌，也就是严有翼认为的“闺门淫媟之语”，此为形式上的“俗”。

所以柳词的“俗”，一方面是内容上的，一方面是形式上的。而无论内容与形式，都是词人有意追求的表达效果，是自觉的分体意识，也可视为专业化的写作，即根据所写对象选择审美与语言风格。这是柳永有意追求的效果。意识不到这点，就无法真正

① 据笔者粗略统计，柳词中（除去失调名与残句）有羁旅词59首，妓女词47首，闺怨词34首，盛世词22首。此外，咏物词12首，节序词9首，咏史怀古词、游仙词、批评佞道词、赠人词各4首，及第、落第词各3首，悼亡词、厌名利词、叹老词、祝寿词各2首，采莲、偷情、踏青、春思词各1首。

了解柳永，自然也难精准把握其作品。

而柳永这种专业化的写作，体现了词的文学自觉。词最初称曲子，体现了在音乐与文学两个系统中，音乐占据主要地位。而随着词体的发展，在填词过程中，人们越来越重视辞藻与修饰，文学因素在词中占有越来越重要的地位，甚至发展到后来，词成为案头文学。所谓“诗余”“乐府”“长短句”的说法，其实是针对文学语言层面的。柳永虽然自创新调，对音律甚为精通，但他同时更深入地意识到文学修辞在表达上的重要性。因此，我们才会在他的词中领略到不同类型词体的文学、审美风格，也就是以上雅俗兼呈带给人们的迷惑。这些风格与风格差异，在他的妓女词、闺怨词、羁旅词和盛世词中分别有不同表现。

二　佳人才子

才子佳人是明清小说、戏曲中常见的叙事模式，有的干脆称为才子佳人小说。但才子与佳人的匹配、“才子”“佳人”二词的合体，却应是在柳永词中。

才子，唐诗中屡见，如孟浩然《湖中旅泊寄阎九司户防》：“襄王梦行雨，才子谪长沙。长沙饶瘴疠，胡为苦留滞?”刘禹锡《和令狐相公言怀寄河中杨少尹》：“章句惭非第一流，世间才子昔陪游。吴宫已叹芙蓉死，边月空悲芦管秋。任向洛阳称傲吏，苦教河上领诸侯。石渠甘对图书老，关外杨公安稳不?”孟浩然诗以谪居长沙的才子贾谊比喻阎防，为其鸣不平。刘禹锡诗中的杨少尹乃杨巨源，三、四、五、六句分别指张籍、李益、白居易、令狐楚，他们和杨巨源一起被刘禹锡目为才子。这五人加上刘禹锡，都是进士出身，当朝为官，有诗名，所以刘禹锡心目中的才子是这样的人。这也是唐人普遍的观念。到了晚唐，韦庄于唐昭宗光化三年（900）十二月进奏：“词人才子，时有遗贤。不霑一命于圣明，没作千年之恨骨。据臣所知，则有李贺、皇甫松、李群玉、陆龟蒙、赵光远、温廷筠、刘德仁、陆逵、傅锡、平曾、贾岛、刘稚珪、罗邺、方干，俱无显过，皆有奇才。丽句清词，遍在词人之口；衔冤抱恨，竟为冥路之尘。伏望追赐进士及第，各赠补阙、拾遗。见存唯罗隐一人，亦乞特赐科名，录升三署。”①韦庄提到的这十五个人，都是有奇才、有“丽句清词”但却不曾考中进士的人，韦庄认为应该赐予他们进士之名并增补官衔。所以，韦庄心目中的词人才子也包括如李贺、贾岛、温庭筠这类虽然没有中举但有诗才诗名的人。而且，他也是第一次将“才子”与“词人”连类而及，虽然彼时所指的“词人”并不仅指现在意义上的曲子词人。

柳永笔下的才子与韦庄的看法近似，当然也是指有才气、善制曲填词但未能中举的诗人、词人了。

在柳永词中，什么样的女子是“佳人”“美人”呢？这些“佳人”“美人”主要出现在柳永写妓女的词中，也出现在代言体闺怨词中。在柳永心中，这些美丽、多情、多才的歌妓舞女就是佳人。如他在《玉蝴蝶》所写：

是处小街斜巷，烂游花馆，连醉瑶卮。选得芳容端丽，冠绝吴姬。绛唇轻、笑歌尽雅，莲步稳、举措皆奇。出屏帏。倚风情态，约素腰肢。　　当时。绮罗丛里，知名虽久，识

① 宋·洪迈撰、孔凡礼点校《容斋随笔·三笔》卷七，中华书局，2005，第513—514页。

面何迟。见了千花万柳，比并不如伊。未同欢、寸心暗许，欲话别、纤手重携。结前期。美人才子，合是相知。

柳永毫不避讳他狂游狎邪、眠花宿柳的生活，一是因为这是他中举前的生活常态且为期不短，再者是由于他此类词作过多，中举做官后无法自扫其迹，更因为他认为这些美丽多情的烟花女子性格单纯，不会以世俗市侩的眼光视人，她们身上体现了美的形态与特质，故有“美人才子，合是相知”这样的看法。这类观念在他的《玉女摇仙佩》中亦有表述：

飞琼伴侣，偶别珠宫，未返神仙行缀。取次梳妆，寻常言语，有得几多姝丽。拟把名花比。恐旁人笑我，谈何容易。细思算、奇葩艳卉，惟是深红浅白而已。争如这多情，占得人间，千娇百媚。　　须信画堂绣阁，皓月清风，忍把光阴轻弃。自古及今，佳人才子，少得当年双美。且恁相偎倚。未消得、怜我多才多艺。愿妳妳、兰心蕙性，枕前言下，表余深意。为盟誓。今生断不孤鸳被。

《玉女摇仙佩》是柳永自度曲，故词调名应该能反映词作内容。调名中有玉女、仙佩，词中有飞琼、珠宫，即指许飞琼、道教蕊珠宫。在中国古代诗词话语体系中，女仙、女冠常被视为娼妓或半娼妓，书生游狎邪被婉称为遇仙。所以晚唐五代如《女冠子》《临江仙》等类词调中即会写到女冠恋情和妓女恋情。柳永的《玉女摇仙佩》应该也是此意，是写妓女的。但有人因为词中女子“取次梳妆，寻常言语”，又不爱以名花自比，“惟是深红浅白而已”，就以“哪有妓女不浓妆艳抹的”[1]为依据，判定这是柳永写给十五岁妻子的词，显然有些武断。时代风尚不同，认为妓女浓妆艳抹只是刻板印象。柳永写妓女的词中即有“天然嫩脸修蛾，不假施朱描翠”(《尉迟杯》)、“自有天然态，爱浅画双蛾”(《西施》)、“心性温柔，品流闲雅，不称在风尘”(《少年游》)，这些女子不仅有淡扫蛾眉者，也有不愿化妆、天真自然者，更有性情温柔、品格闲雅者，连柳永都赞叹这样的女子本不该沦落风尘。与柳永同时代的张先词中的歌妓舞女也多是淡雅天真、颇具风神，说明这是宋代女子的时髦打扮，妓女亦如此。

在这首词中，柳永言道：“自古及今，佳人才子，少得当年双美。”柳永显然将对方和自己视为佳人才子。并认为从古到今，佳人和才子才是绝配、是双美。佳人有美貌，才子有美才。这样的双美很少能相遇、相知、相爱，也唯其如此，才更珍贵，才是“少得”。柳永对佳人才子有深刻的认知，不然不会在词中一再提到，并认为是“双美”。柳永词中大量描写妓女的词，就是对佳人之美的关注与赞叹：

> 秀香家住桃花径。算神仙、才堪并。层波细剪明眸，腻玉圆搓素颈。爱把歌喉当筵逞。遏天边、乱云愁凝。言语似娇莺，一声声堪听。(《昼夜乐》)
>
> 英英妙舞腰肢软。章台柳、昭阳燕。锦衣冠盖，绮堂筵会，是处千金争选。顾香砌、丝管初调，倚轻风、佩环微颤。(《柳腰轻》)
>
> 虫娘举措皆温润。每到婆娑偏恃俊。香檀敲缓玉纤迟，

[1] 薛瑞生《乐章集校注》(增订本)，中华书局，2012，第15页。

画鼓声催莲步紧。　　贪得顾盼夸风韵。往往曲终情未尽。坐中少年暗消魂，争问青鸾家远近。(《木兰花》)

心娘自小能歌舞。举意动容皆济楚。解教天上念奴羞，不怕掌中飞燕妒。　　玲珑绣扇花藏语。宛转香裀云衬步。王孙若拟赠千金，只在画楼东畔住。(《木兰花》)

佳娘捧板花钿簇。唱出新声群艳伏。金鹅扇掩调累累，文杏梁高尘簌簌。　　鸾吟凤啸清相续。管裂弦焦争可逐。何当夜召入连昌，飞上九天歌一曲。(《木兰花》)

酥娘一搦腰肢袅。回雪萦尘皆尽妙。几多狎客看无厌，一辈舞童功不到。　　星眸顾拍精神峭。罗袖迎风身段小。而今长大懒婆娑，只要千金酬一笑。(《木兰花》)

这些妓女不再是晚唐五代词中没有姓名的一类，而是有名有姓的女子。足见在柳永眼中，她们都是活生生的独立的个体。她们不仅生得漂亮，而且各怀歌舞绝技。不仅如此，还具有良好的文化修养：

有美瑶卿能染翰。千里寄、小诗长简。想初襞苔笺，旋挥翠管红窗畔。渐玉箸、银钩满。　　锦囊收、犀轴卷。常珍重、小斋吟玩。更宝若珠玑，置之怀袖时时看。似频见、千娇面。(《凤衔杯》)

这位叫瑶卿的女子能写字、会作诗，千里寄诗给词人，与词人在文化与精神深处能达到共鸣。这大约也是柳永常游烟花柳巷的原因之一：这些女子能欣赏他作的词，她们不仅能在情感上安慰词人，更能在文化与精神层面与词人深刻交流、成为知己，这也是柳永所谓的“佳人才子”与“双美”深层的作用。

这种彼此欣赏、惺惺相惜体现在柳永的词中，表现为他会反复写到“怜才”一词。柳永认为这些妓女除了外貌、歌舞技艺及文化修养之外，更加看重词人的才气：

有意怜才，每遇行云处，幸时恁相过。(《西施》)

当日相逢，便有怜才深意。歌筵罢、偶同鸳被。(《殢人娇》)

每相逢、月夕花朝，自有怜才深意。……风流事、难逢双美。(《尉迟杯》)

这里把妓女对词人的爱具化为怜才。因为怜才，才有更深一步的关系。因为怜才，才令人觉得珍贵。因为柳永亦知道“风流事、难逢双美”。烟花女子虽多，但难遇才子；才子虽留恋青楼，但难遇佳人。况且是具有“怜才深意”的佳人。在此，柳永再一次表达了双美的可遇不可求。故而有时在佳人面前，因其不懂怜才，难免有些许懊恼：“未消得，怜我多才多艺。”(《玉女摇仙佩》)

佳人为何爱才？除了出于本能的对才子倾慕之外，也因为这些才子可以为她们写出动人的词作，令其在歌舞中艳压同侪、提高身价：

误入平康小巷，画檐深处，珠箔微褰。罗绮丛中，偶认旧识婵娟。翠眉开、娇横远岫，绿鬓亸、浓染春烟。忆情牵。粉墙曾恁，窥宋三年。　　迁延。珊瑚筵上，亲持犀管，旋叠香笺。要索新词，殢人含笑立尊前。按新声、珠喉渐稳，想旧意、波脸增妍。苦留连。凤衾鸳枕，忍负良天。(《玉蝴蝶》)

玉肌琼艳新妆饰。好壮观歌席。潘妃宝钏，阿娇金屋，应也消得。　　属和新词多峻格。敢共我勍敌。恨少年、枉费疏狂，不早与伊相识。(《惜春郎》)

身材儿、早是妖娆。算举措、实难描。一个肌肤浑似玉，更都来、占了千娇。妍歌艳舞，莺惭巧舌，柳妒纤腰。自相逢、便觉韩娥价减，飞燕声消。　　桃花零落，溪水潺湲，重寻仙径非遥。莫道千金酬一笑，便明珠、万斛须邀。檀郎幸有，凌云词赋，掷果风标。况当年、便好相携，凤楼深处吹箫。(《合欢带》)

柳永精通音律，其自度曲与填词的作品更易被歌妓演绎得朗朗上口、悦耳动听，因而被歌妓索词也是常有的事。其中“珊瑚筵上，亲持犀管，旋叠香笺。要索新词，殢人含笑立尊前”应该为索词现场常态。

因为妓女常向柳永索词，用来歌唱，词作声律、内容的好坏直接影响妓女歌舞效果。质量上乘、能打动人、便于传唱的词是妓女所喜爱的，这也间接涉及妓女对词人才气的倾慕，以及对词作内容与风格的要求。因此，才子成为妓女崇拜、向往的对象。中国古代戏剧里常见的才子佳人主题，至宋代始萌芽，大约与城市发展、娱乐行业的需求有密切关系。这种对才子的倾慕反过来强化了如柳永这样以词来赚取润笔费的男性的身份认同，在对方的需求中完成了身份与角色的转变。

罗烨《醉翁谈录》记载：“耆卿居京华，暇日遍游妓馆。所至，妓者爱其有词名，能移宫换羽；一经品题，声价十倍。妓者多以金物资给之。”[1]可见柳永词作名声极大，润笔费亦价格不菲。在高额润笔费的诱惑下，有时难免有意谀颂，故也理解为何柳永词中有许多赞美歌妓舞女之词，更将她们的名字写入词中。大约妓女也需借柳永词来扩大影响力，所以才子极受妓女欢迎，妓女们难免不“怜才”。而由于上述原因，甚至发生三妓争词的现象：

> 耆卿一日经由丰条楼前。是楼在城中繁华之地，设法卖酒，群妓分番。忽闻楼上有呼“柳七官人”之声，仰视之，乃甲妓张师师。师师耍峭而聪敏，酷喜填词和曲。柳与师师密。及柳登楼，师师责之曰：“数时何往？略不过奴行。君之费用，吾家恣君所需，妾之房卧，因君罄矣！岂意今日得见君面，不成恶人情去，且为填一词去。”柳曰：“往事休论。”师师乃令量酒具花笺，供笔毕。柳方拭花笺，忽闻有人登楼声。柳藏纸于怀，乃见刘香香至前，言曰：“柳官人，也有相见。为丈夫岂得有此负心！当时费用，今忍复言。怀中所藏，吾知花笺矣。若为词，妾之贱名，幸收置其中。”柳笑出笺，方凝思间，又有人登楼之声。柳视之，乃故人钱安安。安安叙别，顾问柳曰：“得非填词？”柳曰：“正被你两姐姐所苦，令我作词。”安安笑曰：“幸不我弃。”柳乃举笔，一挥乃止。三妓私喜：“仰官人有我，先书我名矣。”乃书就一句。乃云……[2]

柳永举笔所作的词即《西江月》，上片为：“师师生得艳冶，香香与

① 宋·罗烨撰、胡绍文整理《醉翁谈录》丙集卷二，大象出版社，2019，第97页。

② 宋·罗烨撰、胡绍文整理《醉翁谈录·丙集》卷二“三妓挟耆卿作词”条，大象出版社，2019，第97页。

我情多。安安那更久比和。四个打成一个。”

罗烨所记应为就词敷衍而成，带有小说性质，真实性可疑。但因为他是宋末元初之人，距离柳永时代不远，所记之事应能反映柳词创作及在市场、妓女中的影响和作用。

柳永在大量描写妓女的词中体认自我、界定自我，实现了自我的价值。科举的失意，进入主流社会的失败，都在妓女这里得到了治愈，并且受到承认和重视。因此，他才会在落第时写下“才子词人，自是白衣卿相”（《鹤冲天》）这样颇富揶揄与自信的句子。在老去之际回忆自己的高光时刻，也会写下“平生自负，风流才调。口儿里、道知张陈赵。唱新词，改难令，总知颠倒”（《传花枝》），充满自信与不羁。

三 切切言语

柳永词中大约有三十三首代言体词，即闺怨词。其中女性身份不太容易界定，但从其思想的大胆、反映情感的直露甚至袒露闺房床第细节来看，大约青楼歌馆女子居多。也许正因为她们较少受到伦理道德的约束，所以更容易保留个性、感知自我，并将其毫不隐瞒地表达出来：

> 坠髻慵梳，愁蛾嫩画，心绪是事阑珊。觉新来憔悴，金缕衣宽。认得这、疏狂意下，向人诮、譬如闲。把芳容陡顿，恁地轻孤，争忍心安。　依前过了旧约，甚当初赚我，偷剪云鬟。几时得归来，春阁深关。待伊要、尤云殢雨，缠绣衾、不与同欢。尽更深、款款问伊，今后更敢无端。（《雨中花慢》）

对于意中人的违约愆期，向来女子只有哀怨、落泪、凝愁，但本词女主人公却不愿隐忍承受，而是发誓等他归来时要惩罚他，并且质问他以后还敢无端违约吗？显然是有主见、有想法、有办法的女子，当然也含了嗔怒。而且词中通过俗语如“认得这”“恁地”“甚当初”“赚”“几时”等，更贴近人物，将一个灵活、世俗、不受礼教刻板影响的女子形象刻画出来了。

不仅如此，柳永笔下还塑造了不愿久落风尘，愿与意中人比翼携手、永结同好的女子：

> 才过笄年，初绾云鬟，便学歌舞。席上尊前，王孙随分相许。算等闲、酬一笑，便千金慵觑。常只恐、容易蕣华偷换，光阴虚度。　　已受君恩顾。好与花为主。万里丹霄，何妨携手同归去。永弃却、烟花伴侣。免教人见妾，朝云暮雨。（《迷仙引》）

这位十五六岁的烟花女子对别人的一掷千金懒得眷顾，却担心青春短暂、光阴虚度。她既与词人相爱，便愿与他携手归去、万里丹霄任驰骋，不愿再被认为是朝秦暮楚之人。这是一位单纯、炽烈、不愿沾染风尘、对情感充满期许的烟花女子，所以词人开首用了四个字——才过笄年，也暗示她还未沾染风尘习气，纯洁而专注。这也是柳永自度曲，从词调名中应也能感觉到词人对这位“女仙”的眷顾以及被其吸引沉迷之情。

柳永也通过女子之口说出她们认为的理想的两性关系及相处模式：

> 自春来、惨绿愁红，芳心是事可可。日上花梢，莺穿柳

带，犹压香衾卧。暖酥消，腻云亸。终日厌厌倦梳裹。无那。恨薄情一去，音书无个。　　早知恁么。悔当初、不把雕鞍锁。向鸡窗、只与蛮笺象管，拘束教吟课。镇相随，莫抛躲。针线闲拈伴伊坐。和我。免使年少，光阴虚过。（《定风波慢》）

本词上片及下片前两句意同王昌龄《闺怨》：“闺中少妇不曾愁，春日凝妆上翠楼。忽见陌头杨柳色，悔教夫婿觅封侯。”王昌龄的这首《闺怨》代表了唐人有关这一题材的思考：少妇愁思被春天唤醒，后悔当初轻易让丈夫外出觅封侯。止于“悔”。虽然紧扣闺怨主题，但思考却也至此戛然而止。柳永笔下女子却在此基础上提出了她的解决办法即闺中理想。因为尝尽相思滋味，所以令她产生了反省和思想裂变。她在后悔的同时，有了自己的想法：她当初应该锁住他的雕鞍，让他不要觅封侯、走仕途，只是与她在家中过平常的夫妻生活：她每日督促他读书、温课，与他整日相处、相随，再不抛下自己一人。她也可以边做着针线活边依偎在他身边坐着，免得年少光阴虚度。可以说女子描绘了一幅理想的闺房恩爱图。

虽然这只是这位女子的一厢情愿，但她不惧世俗、突破主流社会价值观的想法还是大胆前卫、具有破坏性的，这也是只有在鲜少受家庭伦理道德束缚的青楼女子那里才会有的思想火花。因为少见，所以可贵。但大多数闺怨词都无法突破哀怨、自怜与自艾。柳永闺怨词中，这类内容也占大多数：

昨宵里、恁和衣睡。今宵里、又恁和衣睡。小饮归来，初更过、醺醺醉。中夜后，何事还惊起。霜天冷，风细细。触疏窗、闪闪灯摇曳。　　空床辗转重追想，云雨梦、任攲

枕难继。寸心万绪，咫尺千里。好景良天，彼此空有相怜意。未有相怜计。(《婆罗门令》)

这也是柳永自度曲。上片写女子因相思而难以正常起居，连续两天都和衣而眠。不仅如此，还饮酒、醉酒。但醉酒并未能驱愁，半夜醒来，仍是空床辗转，思前想后，心绪万端，痛心虽有好景良天，却人隔千里，无法相聚在一起。整首词意围绕“闺怨”二字。但本词的魅力还在于语言运用的新颖独特。上片开头四句，两句一组，形成了巧妙的重复。除了“今”与“昨”不同，另加一个“又”字，其余两组字都相同，同时又用了俗语“恁”，就将女子懊恼的口吻逼真描绘出来了，声气宛然，如在眼前。同时，叠字“醺醺”“细细”“闪闪”与三字句的频繁使用，也加强了女性娇柔、琐碎的语气。

闺怨的实质，实际就是怨两人分离，怨对方不与自己在一起，怨良景美事难以分享，怨美好年华虚度。这样的内容在柳永闺怨词中尤其有清晰的表达，因此“好景良天”之类意思被反复呈现：

好天良夜，深屏香被，争忍便相忘。(《少年游》)
好天良夕。鸳帷寂寞，算得也应暗相忆。(《六幺令》)
对好景良辰，皱着眉儿，成甚滋味。(《慢卷绸》)
对此好景、空饮香醪，争奈转添珠泪。(《望远行》)
迢迢良夜，自家只恁摧挫。(《鹤冲天》)

上引词所言事不同但都有转折。好景良辰足够美好，但更唤起了闺中人的孤独、寂寞，形成鲜明对比。

闺怨题材是词中传统题材，只不过在晚唐五代词中，这类题材中的女主人公主要通过景物外射内心世界来婉约蕴藉地表达，几乎没有语言描写，就像静止的美人画。而柳永闺怨词中的女性却通过自述或内心独白的方式，将自己的情感与想法和盘托出。也因此，“言”是柳永闺怨词最主要的叙事与表达方式。

柳永代言体词最与众不同之处就体现在这个“言”上。词人使用赋的手法，将女子的心思娓娓道来。为了能惟妙惟肖地模仿女子，更贴近女子的口吻与语言习惯，以及相对较低的文化程度。这类词中大量使用了方言俗语、俚语口语以及叠字等，像极了女性絮絮叨叨的话语。而柳永词中也有类似表达——忉忉言语，出自其《击梧桐》下片：

> 近日书来，寒暄而已，苦没忉忉言语。便认得、听人教当，拟把前言轻负。见说兰台宋玉，多才多艺善词赋。试与问、朝朝暮暮。行云何处去。

此为恋妓词。忉忉，啰唆、唠叨。此词写分别日久，情感转淡，女子来信只是寒暄问候而已，不似往日殷勤关切、絮絮叨叨。可见在柳永观念中，亦认为“忉忉言语”是女子典型的情感与话语表达方式。

也许出于这样的认知，柳永在代言体词中塑造的女性在表达情感时有一个共性，即善于以忉忉言语来表达相思、闺怨，抒发心愿。具体在语言特色上，善用方言、俗语、口语，这一点在以上的例词中想必大家已经感受到了。再如以下三首：

> 闲窗烛暗，孤帏夜永，欹枕难成寐。细屈指寻思，旧事前欢，都来未尽，平生深意。到得如今，万般追悔。空只添

憔悴。对好景良辰，皱着眉儿，成甚滋味。　　红茵翠被。当时事、一一堪垂泪。怎生得依前，似恁偎香倚暖，抱着日高犹睡。算得伊家，也应随分，烦恼心儿里。又争似从前，淡淡相看，免恁牵系。(《慢卷䌷》)

凤枕鸾帷。二三载、如鱼似水相知。良天好景，深怜多爱，无非尽意依随。奈何伊。恣性灵、忒煞些儿。无事孜煎，万回千度，怎忍分离。　　而今渐行渐远，渐觉虽悔难追。漫寄消寄息，终久奚为。也拟重论缱绻，争奈翻覆思维。纵再会，只恐恩情，难似当时。(《驻马听》)

万恨千愁，将年少、衷肠牵系。残梦断、酒醒孤馆，夜长无味。可惜许，枕前多少意。到如今、两总无终始。独自个、赢得不成眠，成憔悴。　　添伤感，将何计。空只恁，厌厌地。无人处思量，几度垂泪。不会得、都来些子事。甚恁底、抵死难拚弃。待到头、终久问伊看，如何是。(《满江红》)

柳永词一般被认为浅俗，但有些字词读来却理解得不太真切，如“忒煞些儿”“些子”“甚恁底”等，其实都是由于词中引用了方言俚语。恐怕柳永自己也意识到这类词在内容上没有更多可深刻挖掘、别出心裁处，只有在语言上下功夫，使其明显具有同以往闺怨词不同的面目，方是创新。而这也是柳永慢词新声的特点之一：

慢词盖起宋仁宗朝。中原息兵，汴京繁庶，歌台舞席，竞赌新声。耆卿失意无俚，流连坊曲，遂尽收俚俗语言，编入词中，以便伎人传习。一时动听，散播四方。[①]

这里透露了两个信息，一个是这些俚语俗语是柳永从烟花柳巷中收集而来，二是柳永将其写入词中是为了便于歌妓学习、传播。由此可知柳永词中的这些俚语俗语口语都是有意在学习模仿坊曲中女子的语言习惯，更贴近她们的生活，便于她们毫无障碍地接受、传习，这是柳永迎合表演与市场需求的有意改造。

而在这些改造过程中，他更倾向于注重女子的语言习惯和口吻，因为这些词既然是要被制曲传唱的，而宋代曲子词中更流行女子演唱，这方面宋人屡有记载：

今人独重女音，不复问能否，而士大夫所作歌词，亦尚婉媚，古意尽矣。[②]

长短句当使雪儿、啭春莺辈可歌，方是本色。[③]

由于社会上流行女声演唱，所以词人在度曲填词时不免要贴合女性口吻与语言习惯，他们的词作如果能让当时著名歌女如雪儿、啭春莺等人歌唱，才算适合。如果拗口或不重女性表达方式，就会与女子歌唱产生悖离，扞格不入，苏轼词的有关争议也在此：

东坡在玉堂，有幕士善讴，因问："我词比柳词何如？"

① 清·宋翔凤《乐府余论·慢词始于耆卿》，唐圭璋编《词话丛编》，中华书局，2005，第2499页。

② 宋·王灼撰、郑明宝整理《碧鸡漫志》卷一，大象出版社，2019，第12页。

③ 宋·刘克庄《翁应星乐府序》，辛更儒笺校《刘克庄集笺校》，中华书局，2011，第4083页。

> 对曰："柳郎中词，只好十七八女孩儿，执红牙拍板，唱'杨柳外，晓风残月'。学士词，须关西大汉，执铁板唱'大江东去'。"公为之绝倒。[①]

幕士所言东坡《念奴娇·赤壁怀古》词只适合关西大汉执铁板唱，显然是委婉的说法，不便直接否定，其实就是不适合歌唱。因为宋代重女声，演唱者也多为女性，鲜少见男性唱词。即使偶有，也令人尴尬：

> 政和间，李方叔在阳翟，有携善讴老翁过之者。方叔戏作《品令》云："唱歌须是玉人，檀口皓齿冰肤，意传心事，语娇声颤，字如贯珠。老翁虽是解歌，无奈雪鬓霜须，大家且道：是伊模样，怎如念奴。"方叔固是沉于习俗，而语娇声颤，那得字如贯珠，不思甚矣。[②]

方叔即李廌字。李廌是苏门六君子之一，他对男声唱曲显然持反对态度，更何况是老翁呢！他认为地道的歌曲，应有"玉人"即美丽女子来唱，并且是"檀口皓齿冰肤"，要的就是"语娇声颤"的效果。虽然王灼对语娇声颤是否能唱出字如贯珠的效果表示怀疑，但李廌的看法至少代表了宋代多数人对于唱曲的观念。

既然要女声演唱在当时是主流，那么词的创作契合其口吻就是必要的了。柳永尽收俚俗语言入词，就是在朝这个方向努力。具体举例如下。有方言俗语入词者：

---

① 宋·俞文豹撰，许沛藻、刘宇整理《吹剑续录》，大象出版社，2019，第135页。

② 宋·王灼撰、郑明宝整理《碧鸡漫志》卷一，大象出版社，2019，第12页。

当初不合轻分散。及至厌厌独自个，却眼穿肠断。似恁地、深情密意如何拚。(《安公子》)

等伊来、自家向道。洎相见、喜欢存问，又还忘了。(《法曲第二》)

为别后、相思煞。我前生、负你愁烦债。便苦恁难开解。(《迎春乐》)

试问伊家，阿谁心绪，禁得恁无憀。(《少年游》)

怎向心绪，近日厌厌长似病。(《过涧歇》)

利用把字句造成滞涩、凝重感，生动逼肖地刻画女子的忧愁、慌乱、无奈、无措：

把芳容陡顿，恁地轻孤，争忍心安。(《雨中花慢》)

爱品相思调。声声似把芳心告。(《隔帘听》)

万种千般，把伊情分，颠倒尽猜量。(《少年游》)

香虬烟断，是谁与把重衾整。(《过涧歇》)

运用语气词、虚词、助词加强表达效果，有的以语助词结句或结束整首词，更是以前少有的修辞方式：

好天好景，未省展眉则个……假使重相见，还得似、旧时么。悔恨无计那。(《鹤冲天》)

这些儿、寂寞情怀，何事新来常恁地。(《郭郎儿近拍》)

不成雨暮与云朝。又是韶光过了。(《西江月》)

洎相见、喜欢存问，又还忘了。(《法曲第二》)

此外，柳永词中还常用一些儿化音等，这是语言特点，在句式结构上也有体现。柳永常用领字、折腰句、上四下三等比较拗折的句子来营造陌生化效果，活现女子情态，体现其切切言语和细碎的心理活动与情感。这些虽然是柳永闺怨词中的常态，但却不是全部。

柳永闺怨词中的切切言语现象多出现在其自制曲慢词中，但是一些从晚唐五代延续的小令中则少见。如以下两首亦写闺怨，则仍较为典雅：

> 一声画角日西曛。催促掩朱门。不堪更倚危阑，肠断已消魂。　年渐晚，雁空频。问无因。思心欲碎，愁泪难收，又是黄昏。(《诉衷情》)
>
> 吹破残烟入夜风。一轩明月上帘栊。因惊路远人还远，纵得心同寝未同。　情脉脉，意忡忡。碧云归去认无踪。只应曾向前生里，爱把鸳鸯两处笼。(《鹧鸪天》)

历来代言体词，在措辞的雅俗方面并无明显区别，虽是代言，但实质是男子想象中的代言。而柳永则首次注意到青楼歌妓身份与语言习惯偏于世俗的这一特点，在为其代言中不仅揣摩女子心理与精神状态，甚至模仿她们的语言表达习惯与方式，后者是更具新意的倾向，也是易被忽视的倾向，但却是最接近宋代女性真实生存状态的表达。从这一点来说，柳永闺怨词就具有无可替代的贡献和开拓意义。

四　负你千行泪

柳永羁旅词包含羁旅与行役，即做官之前游历和做官后外任途中所写。陈振孙认为柳永"尤工于羁旅行役"[①]，说明至南宋，柳永羁旅词艺术水准已经得到行家里手的承认。

柳永现存五十九首羁旅词中，写秋季孤独漂泊的三十一首，写春愁与相思的十六首，有十二首词无法辨别季节，总体在写一种内心的感受，注重的是内心的真实，但是却把柳永的羁旅漂泊愁思、孤独分离寂寞总结出来了，就像他在《倾杯乐》中写的："情知道世上，难使皓月长圆，彩云镇聚。算人生、悲莫悲于轻别，最苦正欢娱，便分鸳侣。"对于在外漂泊、困顿旅途的人来说，人生之悲莫过于分离，就像彩云易散、皓月难以长圆一样，尤其是在两情欢愉之时分离，痛苦更甚。所以词人在无尽的旅途与孤寒的旅馆中辗转难寐，一再追悔："追悔当初，绣阁话别太容易"（《梦还京》），"堪伤。朝欢暮散，被多情、赋与凄凉。别来最苦，襟袖依约，尚有余香。算得伊、鸳衾凤枕，夜永争不思量"（《彩云归》）。这是柳永羁旅词的基调。也有人对此表示厌倦："至如怀念美女，此乃柳永之'习惯性感冒'，在柳永习以为常，在读者则久读生厌。"[②]这样的评价代表了一部分人的看法，但对处于特定情境的柳永来说有些隔膜。

柳永科场蹭蹬，大约四十八岁才中举[③]，此前长期沉沦下僚，

① 宋·杨湜撰《古今词话》，唐圭璋编《词话丛编》，中华书局，2005，第982页。

② 薛瑞生《乐章集校注》（增订本），中华书局，2012，第285页。

③ 据薛瑞生先生考证，柳永于景祐元年（1043）年中进士，按照他生于987年来算，是年四十八岁。见《乐章集校注》（增订本），第16页。

混迹于烟花柳巷，靠为歌妓写曲词赚取润笔费为生，或外出游历，四处漂泊。这样的生活，在北宋词人中恐怕只有柳永一人了。即使后来做官，也难免频繁换任，所以词集中多有羁旅词也在情理之中。而对于在漂泊中不得不仰人鼻息生活的柳永来说，“中心事，多伤感”(《满江红》)，“念平生、单栖踪迹，多感情怀，到此厌厌，向晓披衣坐”(《祭天神》)。他的凄苦悲凉他人难以想象，他的情怀感慨他人也体验不到，因此对亲情、爱情或曰男女之情这些能使他感到温暖慰藉的过往，也就如暗夜星光、飞蛾扑火，有更多的回味、追悔和向往。羁旅中所思，除却功名前途，大约也就是儿女之情了。如果柳永此类词不写“怀念美女”，恐怕倒是不真实了。而越是天涯漂泊，越是思念过往和佳人，故他会说“嗟因循久作天涯客。负佳人、几许盟言”(《浪淘沙慢》)。尤其如下面两首词所写：

> 薄衾小枕凉天气。乍觉别离滋味。展转数寒更，起了还重睡。毕竟不成眠，一夜长如岁。也拟待、却回征辔。又争奈、已成行计。万种思量，多方开解，只恁寂寞厌厌地。系我一生心，负你千行泪。(《忆帝京》)
>
> 梦觉窗纱晓。残灯暗然空照。因思人事苦萦牵，离愁别恨，无限何时了。　怜深定是心肠小。往往成烦恼。一生惆怅情多少。月不长圆，春色易为老。(《梁州令》)

这两首词，除去个别词句如“也拟待、却回征辔”“系我一生心，负你千行泪”，乍看与闺怨词无异。也是夜不能寐、辗转反侧；也是度日如年、万种思量、情绪低落；也是被离愁别恨萦绕、无法驱散；也是烦恼惆怅、叹春色易老、光阴虚度。这些相思内容与情状，在《花间集》温庭筠等词人笔下是常见内容、当行抒写，在柳永笔下主人公却变成了男子。男子也犯着与女子一样的相思，而且情真意切，尤其是“系我一生心，负你千行泪”“一生惆怅情多少”，仿佛将一生的惆怅与愧疚都写入其中了。这是夜深人静的真情抒发，不是在酒筵歌席间，也不是逢场作戏，是更接近柳永内心真实的抒发，因此也最能道得人生况味、内心悲凉。

当然，同样是表达相思，柳永羁旅词与闺怨词有不同的表现手法，前者表达转折、承接的虚词较少，用词较雅，情感体现上较干脆、典雅、连贯；闺怨词中多用方言、俗语、口语、虚词、助词等，造成表达的滞涩和不连贯，以活现女子的婉转、絮叨、犹疑、多情。

前人及当下研究者常用程式化来解读柳永的羁旅词，言其上片主要写景或诉羁旅孤独，下片主要写对女子的思念等。或者言柳永羁旅词叙事方式主要采用现在——过去——现在的模式。这些是柳永羁旅词的特点，但不是独有的特点。实际上，从晚唐五代词开始，这种叙事方式或曰程式化即存在，只不过在柳永羁旅词中有较为集中的体现。那么，为何柳永羁旅词一般要下片涉及女子，有时甚至是上片末尾、过片也涉及女子？这固然与柳永羁旅途中特定情感有关，但也不排除是为了词的被搬演、传唱而有意为之。毕竟，柳词是更注重市场需求的专业化创作。试想，即使在公私宴会等非同歌馆酒楼的场合中，既然为歌妓或女乐演唱，谁愿意从头至尾只听严肃沉重的内心独白？这些士子的孤独寂寞心声只有伴以佳人的哀怨旖旎，才会吸引人去倾听、去传唱。

那么，到底是什么媒介更易触发柳永的羁旅愁思？除了需要创作的主观目的之外，不外乎典型环境、典型景物、典型季节、典型时辰、典型情感的融合。比如，拈取典型的离别瞬间来写：

寒蝉凄切。对长亭晚，骤雨初歇。都门帐饮无绪，留恋处、兰舟催发。执手相看泪眼，竟无语凝噎。念去去、千里烟波，暮霭沉沉楚天阔。　　多情自古伤离别。更那堪、冷落清秋节。今宵酒醒何处，杨柳岸、晓风残月。此去经年，应是良辰、好景虚设。便纵有、千种风情，更与何人说。（《雨霖铃》）

虹收残雨。蝉嘶败柳长堤暮。背都门、动消黯，西风片帆轻举。愁睹。泛画鹢翩翩，灵鼍隐隐下前浦。忍回首、佳人渐远，想高城、隔烟树。　　几许。秦楼永昼，谢阁连宵奇遇。算赠笑千金，酬歌百琲，尽成轻负。南顾。念吴邦越国，风烟萧索在何处。独自个、千山万水，指天涯去。（《引驾行》）

两首词的时地都选在秋日雨后黄昏的都门附近，前一首《雨霖铃》更为著名。词人抓取临别瞬间二人“执手相看泪眼，竟无语凝噎”作为支点，以此触发愁绪、感慨和想象，描绘出别后漂泊无定、孤独凄凉的境况。下一首抓取“背都门、动消黯”、乘船离去的刹那，以“忍”和“想”写出离别的不舍与别后的牵挂，再逗引出即将面临的千山万水与旅途的萧索，前途未定更增强了临歧而别的悲凉。

令词人思前想后的“忍回首、佳人渐远，想高城、隔烟树”，透露了柳永羁旅词最牵挂的两个方面——佳人与功名。读书人以做官为最高理想，自有科举制度始即是非常明确的目标，历来诗词文赋中表达这一内容的作品可谓汗牛充栋。但对佳人的倾慕、眷恋（尤其是这些佳人多指青楼女子），却是柳永之前多少读书人心中所想而纸上未必敢言的，或者未必敢直率抒写、大胆承认的，只有柳永在词中做到了。这是需要勇气与叛逆精神的。坊间流传的“且去浅斟低唱，何要浮名”①，晏殊说的“殊虽作曲子，不曾道‘彩线慵拈伴伊坐’”②，就是统治阶级、主流社会对柳永如此做法的不认同。柳永终是在科举与佳人的轮回中蹉跎了仕途。因为科举失利沉迷于烟花柳巷并因所见所感创作了许多词曲，又因这些所谓“闺门淫媟”语而败坏了名声，致仕途坎坷。即使中举做官，也地位卑微。柳永的叛逆性格在词中彰显无疑。

其次，由孤馆梦回触发羁旅愁思。如《尾犯》：

夜雨滴空阶，孤馆梦回，情绪萧索。一片闲愁，想丹青难貌。秋渐老、蛩声正苦，夜将阑、灯花旋落。最无端处，总把良宵，只恁孤眠却。　　佳人应怪我，别后寡信轻诺。记得当初，剪香云为约。甚时向、幽闺深处，按新词、流霞共酌。再同欢笑，肯把金玉珍珠博。

词人在旅途中，夜宿孤馆，被滴在台阶上的雨声惊醒，情绪萧索，愁因此生。故想象闺中人面目模糊，丹青难画，借以表达离别日久。接下两个三四式对句渲染彼时景物。先是屋外声音入

① 出自宋·吴曾《能改斋漫录》卷十六：“仁宗留意儒雅，务本理道，深斥浮艳虚薄之文。初，进士柳三变，好为淫冶讴歌之曲，传播四方。尝有《鹤冲天》词云：‘忍把浮名，换了浅斟低唱。’及临轩发榜，特落之，曰：‘且去浅斟低唱，何要浮名！’景祐元年方及第，后改名永，方得磨勘转官。”（见刘宇整理《能改斋漫录》，大象出版社，2019，第198页）据柳永应试及最终中举时间，其间是真宗与章献皇后刘娥执政时期，所以此事与仁宗无关。

②《画墁录》：“柳三变既以词忤仁庙，吏部不放改官。三变不能堪，诣政府。晏公曰：‘贤俊作曲子么？’”三变曰：‘只如相公亦作曲子。’公曰：‘殊虽作曲子，不曾道“彩线慵拈伴伊坐”。’柳遂退。”见葛渭君编《词话丛编补编·历代词人考略》卷八，中华书局，2013，第3996页。

耳，蛩声哀鸣，表明秋已暮。再以室内灯花入眼，灯花旋落表明夜将尽。内外视觉与声觉交融，烘托出秋夜的凄冷和人的孤独，所以词人感叹这样的凄冷之境自己只能孤眠。孤独更深一层。过片宕开，想象远方佳人此刻应是怪怨自己别后寡信轻诺。“记得”两句是忆旧，“甚时”以下四句是想象未来重逢后情景，亦是煞尾。全词由蛰居孤馆、深夜梦回触发，打开抒情、叙事的闸门，且利用四个三四式句子组成的对句描景绘事，将抒情叙事引入更深一层。柳永抓住了富有感发、易引起人共鸣的特定孤馆词境来抒发羁旅愁思。对于士人来说，蜷卧孤馆的凄寒大约都有体验，故这一特定触媒的引入更能渲染羁旅之苦，也更能引发共振与关注。

再如下面这首《倾杯》：

> 水乡天气，洒蒹葭、露结寒生早。客馆更堪秋杪。空阶下、木叶飘零，飒飒声干，狂风乱扫。黯无绪、人静酒初醒，天外征鸿，知送谁家归信，穿云悲叫。　　蛩响幽窗，鼠窥寒砚，一点银釭闲照。梦枕频惊，愁衾半拥，万里归心悄悄。往事追思多少。赢得空使方寸挠。断不成眠，此夜厌厌，就中难晓。

本词意象纷繁，触处生愁。前两句点明地域、季节。第三句更加明确点明时地，强调词人旅途中寄居客馆，“更堪”是更进一层：置身客馆已够孤单，再加上更值秋末，孤寒不言而喻。所以“客馆更堪秋杪”不仅仅是点明时地，更兼点明所处愁苦情境。接下一个三字句接以三个四字句，渲染木叶飘零、狂风乱扫的秋景秋声，令人不愁苦也难。此时水到渠成引出人，正是“酒初醒”，处于情感非理性状态中，作为点染，暗启下文。接着镜头转至天上，天外大雁穿云悲鸣，令人不禁想起音书阻隔，气结。过片转至地面，仍是通过声音表现。窗外蟋蟀哀鸣，又引人愁绪。屋内老鼠爬上砚台探头探脑。细节描写惊人。这两句恰似李商隐的"蝙拂帘旌终展转，鼠翻窗网小惊猜"（《正月崇让宅》），任何幽微、细小的响动都会引起他的注意，侧面反映词人旅途不是一般的寂寞、心思不是一般的脆弱，稍有响动便惊心动魄。如此外物触发，"梦枕频惊"，词人频频梦醒，整夜难眠。因此又追思往事，内心熬煎。本词以赋的手法，多用四字句，将滞宿孤馆的旅人的孤独寂寞形象逼真地描绘出来了。这也是孤馆意象频繁在柳永羁旅词中出现的审美意义。类似意象如：

今宵又、依前寄宿，甚处苇村山馆。（《阳台路》）
人是宿，前村馆。（《满江红》）
甚况味。旅馆虚度残岁。（《梦还京》）

这些都是羁旅词引发词人思前想后、千愁万绪的特定空间。

还有秋景残阳危楼作为触媒，利用领字，人景互发。如：

金风淡荡，渐秋光老、清宵永。小院新晴天气，轻烟乍敛，皓月当轩练净。对千里寒光，念幽期阻，当残景。早是多愁多病。那堪细把，旧约前欢重省。　　最苦碧云信断，仙乡路杳，归鸿难倩。每高歌、强遣离怀，奈惨咽、翻成心耿耿。漏残露冷。空赢得、悄悄无言，愁绪终难整。又是立尽，梧桐碎影。（《倾杯》）

起句四字点明乃秋季。下面七字，具写时辰。一个"渐"字，言秋光在逐渐变老，引出清宵时分，实则亦引起后三句。进一步交代词人置身于皓月当窗的小院，范围缩小。但一个“对”字，突破现实局限。寒光，指月光，为实；千里，为虚。“念”为心理活动，更虚，引起愁思。“当”又回到现实，面对残景。景为现实中之景，“残”却是词人心理感受，启下文心理活动。早是，已是。自己已经是多情多病了，即不堪触发、难以忍受。那堪，哪里忍受得了。无法忍受把旧约前欢重新玩味。过片“最苦”，情绪煎熬到极点。最难以忍受的是路途遥远无法回到她身边，何况音书断绝、难以续接。“每”重领起下文，两个三四式对句，言离怀难以驱散，反倒令人内心难以放下。漏残露冷，清宵伫立小院时所听所感，实景。“空赢得”后引起四言、五言句，内心活动。“又是”转回现实，“又”表明不止一次，更显无奈。结尾“立尽，梧桐碎影”，写词人在小院梧桐影下久久伫立。结在景，景中有人，词人清宵独立形象定格，但余韵曲包。

这是柳永典型的羁旅词。在孤独的旅途中，形影相吊，人景相对，眼前景难免成为触发词人情愁的枢纽，在现实与内心的频繁转换与相互激发中，纾解情绪，表达相思与忧愁。

再如下面这首《木兰花慢》：

倚危楼伫立，乍萧索、晚晴初。渐素景衰残，风砧韵冷，霜树红疏。云衢。见新雁过，奈佳人自别阻音书。空遣悲秋念远，寸肠万恨萦纡。　　皇都。暗想欢游，成往事、动欷歔。念对酒当歌，低帏并枕，翻恁轻孤。归途。纵凝望处，但斜阳暮霭满平芜。赢得无言悄悄，凭阑尽日踟蹰。

本词中，领字的转换与枢纽作用更明显。“倚”引起动作地点，

“乍”引发对眼前景物的实写。“渐”下三句十二字虽亦是写景，但素、衰、残、冷，景语亦是情语，并非完全写实。“见”回归现实，亦引发新的心理活动。“奈”引起触发情愁的现实原因，“空遣”下两句写因此造成的悲秋念远、愁肠万结、心潮起伏。过片“皇都”两字，点明归途目的地。又是引发回忆的按钮。“暗想”引起的两句、“念”引起的三句，是对往日欢游生活的回忆。“纵”回到现实，“但”写凝望到的只有斜阳暮霭满平芜，落寞愁人之景，介于现实与忧愁之间。“赢得”引起现实感受，结句“凭阑尽日踟蹰”，仍是高楼独立踌躇形象。与上一首《倾杯》一样，首尾形成一个闭环，由眼前景触发，最终又回到眼前景，羁旅万端愁绪抒发其间。

这样的写法在柳永羁旅词中较多见，再如以下两首：

望处雨收云断，凭阑悄悄，目送秋光。晚景萧疏，堪动宋玉悲凉。水风轻、蘋花渐老，月露冷、梧叶飘黄。遣情伤。故人何在，烟水茫茫。　难忘。文期酒会，几辜风月，屡变星霜。海阔山遥，未知何处是潇湘。念双燕、难凭远信，指暮天、空识归航。黯相望。断鸿声里，立尽斜阳。（《玉蝴蝶》）

渡口，向晚，乘瘦马，陟平冈。西郊又送秋光。对暮山横翠，衬残叶飘黄。凭高念远，素景楚天，无处不凄凉。
香闺别来无信息，云愁雨恨难忘。指帝城归路，但烟水茫茫。凝情望断泪眼，尽日独立斜阳。（《临江仙引》）

柳永刻画的独立斜阳的形象不只在一两首羁旅词中出现，上面的“断鸿声里，立尽斜阳”“凝情望断泪眼，尽日独立斜阳”塑造的羁旅孤独形象对宋代士人影响较大，辛弃疾“落日楼头，断鸿声里，江南游子。把吴钩看了，阑干拍遍，无人会，登临意”

（《水龙吟》）即脱化于此。而柳永羁旅词起句如“对潇潇、暮雨洒江天，一番洗清秋。渐风霜凄惨，关河冷落，残照当楼”（《八声甘州》）、“望处雨收云断，凭阑悄悄，目送秋光”（《玉蝴蝶》）、“金风淡荡，渐秋光老、清宵永……对千里寒光”（《倾杯》）、“江边日晚，烟波满目凭阑久。一望关河，萧索千里清秋”（《曲玉管》）、“远岸收残雨。雨残稍觉江天暮”（《安公子》），辽远阔大、萧索肃穆的秋景，对豪放派词尤其是辛弃疾部分词产生深远影响，如“楚天千里清秋，水随天去秋无际”（《水龙吟》）。而上面《临江仙引》中的“渡口，向晚，乘瘦马，陟平冈。西郊又送秋光”塑造的羁旅枯瘦意境，元代马致远《天净沙·秋思》之“枯藤老树昏鸦。小桥流水人家。古道西风瘦马。夕阳西下。断肠人在天涯”，取境与柳词颇类。

此外的秋景残阳危楼意境如：

倚危楼伫立，乍萧索、晚晴初。（《木兰花慢》）

江边日晚，烟波满目凭阑久。一望关河，萧索千里清秋。忍凝眸。（《曲玉管》）

楚客登临，正是暮秋天气……断续残阳里。对晚景、伤怀念远，新愁旧恨相继。（《卜算子慢》）

景萧索，危楼独立面晴空。（《雪梅香》）

柳永羁旅词中还有旅途残喘意境也比较典型、常见，如：

鹜落霜洲，雁横烟渚，分明画出秋色。暮雨乍歇。小檝夜泊，宿苇村山驿。何人月下临风处，起一声羌笛。离愁万绪，闻岸草、切切蛩吟如织。　为忆。芳容别后，水遥山远，何计凭鳞翼。想绣阁深沉，争知憔悴损，天涯行客。楚峡云归，高阳人散，寂寞狂踪迹。望京国。空目断、远峰凝碧。(《倾杯乐》)

远岸收残雨。雨残稍觉江天暮。拾翠汀洲人寂静，立双双鸥鹭。望几点、渔灯隐映蒹葭浦。停画桡、两两舟人语。道去程今夜，遥指前村烟树。　　游宦成羁旅。短樯吟倚闲凝伫。万水千山迷远近，想乡关何处。自别后、风亭月榭孤欢聚。刚断肠、惹得离情苦。听杜宇声声，劝人不如归去。(《安公子》)

总体而言，柳永羁旅词开首意境比较开阔，为大景、远景，总体烘托羁旅途中氛围。在更为具体的小景中交代途中暂时停泊之地，突显道路艰辛、满面风霜，如上引《倾杯乐》之“小榭夜泊，宿苇村山驿”、《安公子》之“停画桡、两两舟人语”。一般而言，此为节点，借此改为抒情、追忆、展望、懊悔，许多表达羁旅心酸之词被呼出。类似写法还有如下例子：

一叶扁舟轻帆卷。暂泊楚江南岸。……觉客程劳，年光晚。(《迷神引》)

一枕清宵好梦，可惜被、邻鸡唤觉。匆匆策马登途，满目淡烟衰草。前驱风触鸣珂，过霜林、渐觉惊栖鸟。冒征尘远况，自古凄凉长安道。行行又历孤村，楚天阔、望中未晓。(《轮台子》)

一声鸡，又报残更歇。秣马巾车催发。草草主人灯下别。山路险，新霜滑。瑶珂响、起栖乌，金镫冷、敲残月。渐西风紧，襟袖凄冽。(《塞孤》)

羁旅词中，《戚氏》可谓是以上诸种典型情景因素皆备的一首词。由于是不常见的三调，篇幅的便利使其更适合铺叙、描染：

晚秋天。一霎微雨洒庭轩。槛菊萧疏，井梧零乱惹残烟。凄然。望江关。飞云黯淡夕阳间。当时宋玉悲感，向此临水与登山。远道迢递，行人凄楚，倦听陇水潺湲。正蝉吟败叶，蛩响衰草，相应喧喧。　　孤馆度日如年。风露渐变，悄悄至更阑。长天净、绛河清浅，皓月婵娟。思绵绵。夜永对景，那堪屈指，暗想从前。未名未禄，绮陌红楼，往往经岁迁延。　　帝里风光好，当年少日，暮宴朝欢。况有狂朋怪侣，遇当歌对酒竞留连。别来迅景如梭，旧游似梦，烟水程何限。念利名、憔悴长萦绊。追往事、空惨愁颜。漏箭移、稍觉轻寒。听呜咽、画角数声残。对闲窗畔，停灯向晓，抱影无眠。

在表达羁旅愁思的词作中，我们从以上例词应也已感觉到，柳永善于着重塑造斯人独立、孤独憔悴的形象。这些形象，多数情况还附带高楼远望。这一传统，南唐冯延巳词中始大量表现。但冯为宰相、重臣，不可能有羁旅愁思之苦，他只是借此抒发一种说不清道不明的文人愁思。这一形象在柳永这里，注入了怀恋佳人的因素，增加了别愁与相思，变成了更为私人化的有血有肉的表述。到了南宋辛弃疾那里，又与家国、失意、孤愤融合，形塑了忧思国家、渴望收复失地的爱国士人形象。

柳永羁旅词还有意塑造了多情多病多感的孤独自我形象。如：

念幽期阻，当残景。早是多愁多病。(《倾杯》)

殢尊酒、转添愁绪。多情不惯相思苦。(《归去来》)

当此好天好景，自觉多愁多病，行役心情厌。（《安公子》）

此前，白居易诗中亦多写病，但一是他的身体原因，再是以此表达闲适而远离政治争斗，当然也有懒病的原因。到了柳永这里，病与多情、多愁等儿女私情联系在一起，病因大约不是由于身体或政治，而是因为与佳人分离而导致的心病。这一传统至纳兰性德词中被继承下来，“多情自古原多病”（《虞美人》）、“愁多成病”（《百字令》）、“病为愁成”（《浪淘沙》），塑造了为情所苦的憔悴形象。

甚至以宋玉悲秋来渲染秋的氛围对柳永也产生了巨大影响。如：

当时宋玉悲感，向此临水与登山。（《戚氏》）
晚景萧疏，堪动宋玉悲凉。（《玉蝴蝶》）
动悲秋情绪，当时宋玉应同。（《雪梅香》）

当然，柳永远绍宋玉悲秋，近因王粲登楼，唐诗中由杜甫登高、晚唐五代词中由冯延巳高楼独倚中汲取营养与灵感，塑造了萧疏暮秋黄昏高楼独倚的羁旅愁思者形象。这也是对词中男性主人公形象的一种开拓与创新。这是柳永四类词中唯一以第一人称身份书写的词作类型，很大程度上其实就是柳永个人形象的塑造。

柳永词中还有二十二首描写盛世画卷的盛世词，包括描写城市繁华景象和太平盛景两大内容，如汉大赋之润饰鸿业。限于篇幅，此不赘述。

第十三讲

欧阳修

北宋「以诗入词」第一人

人生自是有情痴，此恨不关风与月。

欧阳修（1007—1072），字永叔，号醉翁，晚年号六一居士，吉州吉水（今属江西）人，北宋中期杰出的文学家、政治家、史学家。他曾积极上疏改革吏治和科举制。他曾推动北宋古文运动改革，反对韩愈主张的“务去陈言”[①]“词必已出”[②]，崇尚创新但反对艰奥古涩，提倡真实自然、平易流畅的文风，就像他著名的《醉翁亭记》一样，具有“六一风神”。他曾撰写《新五代史》以及《新唐书》中各志，撰有中国现存最早的金石著作《集古录》。他还曾治《易经》，并撰《易童子问》。钱穆曾言：“中国学问经史子集四部，欧阳修已一人兼之。”[③]可见欧阳修在北宋和中国历史上的地位和影响。

相较于欧阳修的诗文赋，他的词主要用来“聊佐清欢”[④]，即用以娱乐和自娱、排遣情绪、表达自我深细感情。研读欧词有一个很棘手的问题就是作品的归属。欧阳修曾自编其平生诗文《居士集》五十卷，其中并未收入词作。这一定程度上反映了欧阳修对诗文的重视和对小词的忽视，不乏“自扫其迹”的意味。这就导致欧词在后世流传中出现了不确定性：在现存欧阳修《近体乐府》和《琴趣外篇》中收入了许多他人词作，他的某些词作也被收入诸如冯延巳、晏殊、张先、柳永、杜安世等人名下。本文在引用欧词时尽量避开有争议的词作，即使偶引有争议之词，也是学界

---

① 明·茅坤《唐宋八大家文钞·昌黎文钞》卷十一，阎琦校注《韩昌黎文集注释》卷六，三秦出版社，2004，第122页。

② 唐·韩愈《南阳樊绍述墓志铭》，宋·魏仲举集注，郝润华、王东峰整理《五百家注韩昌黎集》卷三十四，中华书局，2019，第1372页。

③ 钱穆《师友杂忆·新亚书院（续三）》，《八十忆双亲　师友杂忆》，生活·读书·新知三联书店，2005，第314页。

④ 宋·欧阳修《西湖念语》，欧阳明亮校笺《欧阳修词校笺》，中华书局，2019，第3页。本文所引欧阳修词皆出自此书，不另注。

大多认定属于欧词的作品[1]。

一　唯美独特的闺怨词

欧词内容丰富，不像柳永词可以简单归为几大类。欧词内容几乎囊括了晚唐五代词以来所有内容，但又不明显侧重于某一类。此外，欧词还拓展了一些题材，比如风物民俗、忆旧怀友、人生感慨等，是继承中有创新。

即便在传统题材中，欧词仍能不宥藩篱，时见新意。即如所占比例相对较多的闺怨词，就能看出他汲取《花间集》营养而另筑词境。因此本文专列一节来让大家体会。

> 小庭春老。碧砌红萱草。长忆小栏闲共绕。携手绿丛含笑。　别来音信全乖。旧期前事堪猜。门掩日斜人静，落花愁点青苔。(《清平乐》)

这首小词写得很美。开头四字交代时地，既点明暮春时节，又用一“老”字透露了闺怨。次句碧、红色彩相映，热烈而优美。但“碧砌”言台阶上有苔藓，说明人迹罕至；而萱草又名忘忧草，嵇康《养生论》曰“萱草忘忧”，此处含蓄表明闺中女子心中烦忧无法驱散。三四句为忆旧，回忆昔日二人携手花丛的美好时光。过片两句返回至当下，直写人去信杳，令人猜嫌暗生。结尾两句又回归至院中景。黄昏大门紧闭，阒寂无人，强调“静”。但节物

① 据《欧阳修词校笺》，欧阳修词共240首（其中大约有30首词的归属有争议）外加31首存疑词。除却存疑词和有争议的词，系在欧阳修名下的词大约有220首。

流续，未曾有片刻停留，只见落花如明白女子的忧愁一样，一点点落下，点缀在青苔上。艳丽无比，亦凄美荒寂许多。全词极善构景、筑境又不繁缛靡丽，洗练流转，善于通过景语来反映人的情感状态，并且亦如温庭筠词一样，借助契合心境的物象婉转表达情绪，含蓄而唯美。并且，其中也不乏对花间词的熟稔与化用，如首尾两句即取境自李珣“春已老。人未到。满地落花慵扫”（《西溪子》）。

类似上引《清平乐》一样起、结都是景语，中间写情的词在温庭筠词中属于常见写法，欧词亦时有体现，再如下面这首《蝶恋花》：

面旋落花风荡漾。柳重烟深，雪絮飞来往。雨后轻寒犹未放。春愁酒病成惆怅。　枕畔屏山围碧浪。翠被华灯，夜夜空相向。寂寞起来褰绣幌。月明正在梨花上。

本词上片极具动感，通过自然界的风、花、雨以及“旋”“荡漾”“飞”“来往”“放”等动词，构筑出万物蓬勃、变动不居的词境，以不容忽视的热烈存在于词中女子眼前，令其无法无动于衷，故而催出春愁与酒病，令人惆怅不已。下片四句写闺房内陈设，结句在景上。“月明正在梨花上”取境自温庭筠的“满宫明月梨花白。故人万里关山隔”（《菩萨蛮》）与“心事竟谁知。月明花满枝”（《菩萨蛮》），并且也学了温词的含蓄。本词中女子虽言春愁与寂寞，但并未交代因何而愁、因何而寂寞，但从化用温词大约能感知，此女子大约是为故人远隔万里而思念、而有心事，并且她的心事没有谁懂得，只能借酒消愁了。

当然也有以景起以情结者：

画阁归来春又晚。燕子双飞，柳软桃花浅。细雨满天风满院。愁眉敛尽无人见。　独倚栏干心绪乱。芳草芊绵，尚忆江南岸。风月无情人暗换。旧游如梦空肠断。(《蝶恋花》)

首句“画阁归来”应为“归来画阁”，受平仄限制位置互换，这种情形在诗词中常见，意指海燕归来画阁，表示春又来临。二三句写双燕翻飞，桃红柳绿，是常见的春景。但欧阳修不写柳绿桃红，而是写柳条柔软、桃花颜色浅淡，这就是不同于常人、出新的地方。当然，柳与桃的颜色不言自明。接下来写自然界的风雨。用了两个“满”字，见雨密风大，亦见情感强烈，内心起伏较大。内心如此波澜，却只体现在蹙眉之上。一个“尽”字，说明愁之甚、愁之时间长，但接以“无人见”却将寂寞哀怨渲染至极。过片宕开，以他者视角写女子阑干独倚，仿佛剪影，本是静；但接以“心绪乱”则又是内心不宁静，心绪繁乱。写景亦诉情。接下四字试图转移注意力，芳草茂盛、绵延不止，是女子视线所及，本为宽心，但“尚忆”二字使女子所作的努力变得徒劳。这二句取境温庭筠词：“画楼音信断。芳草江南岸。”(《菩萨蛮》)亦是相思的伤心语，令女子的情绪产生了双重唤醒。一是倚栏远眺芳草想起王昌龄“闺中少妇不曾愁，春日凝妆上翠楼。忽见陌头杨柳色，悔教夫婿觅封侯”(《闺怨》)，是一重唤醒；一是温庭筠的这两句词，彼时伫立楼头、见芳草而思江南的情形，与词中女子所处情境与心情是相同的。这两句景语，似抑实扬，令女子产生结尾两句感慨：风月是无情的，故亦是长情的，无论人间沧海巨变，它们都如常地出现；但人却情随境移，不会像风月一样长久。由此产生恍惚如梦的感觉，梦醒后什么都变了，只剩下断肠。

一首简单的闺怨词，欧阳修写来却在浅近唯美之中颇含婉转与机锋：风雨漫天与四角庭院的束缚，以及句中暗含的转折与惊心。像“愁眉敛尽无人见”“独倚栏干心绪乱”“风月无情人暗换”，前四与后三之间都存在转折，表面平静之下暗含的波涛汹涌，看似无情的自然与看似有情实则无情的人，动与静、现实与梦幻的对比与反差，使短短的一首小令内暗藏乾坤，令人回味无穷。同时亦可见词人受易学影响而形成的独特的观物方式：动与静、短暂与恒常、无限与有限、变与不变等，一切都在词人的观照与把握之内明了，而又体现为美景与闺怨。

所以在谈及欧词来源时，就有论者主张其受《花间集》影响较大。我们读欧词，常能看出他受不止一位花间词人的影响。温韦不用说了，顾敻、孙光宪、毛熙震、李珣等，都从形式与内容上对欧词产生了较大但不易被察觉的影响。所谓的不易被察觉，首先得对花间诸家非常熟悉之后，才能看到欧词中潜藏的影响。

欧阳修闺怨词的另一特点是闺怨中融入节俗内容，通过节序变换衬托女子闺中哀怨相思。如下面这三首《蝶恋花》：

帘幕东风寒料峭。雪里香梅，先报春来早。红蜡枝头双燕小。金刀剪彩呈纤巧。　　旋暖金炉薰蕙藻。酒入横波，困不禁烦恼。绣被五更春睡好。罗帏不觉纱窗晓。

小院深深门掩亚。寂寞珠帘，画阁重重下。欲近禁烟微雨罢。绿杨深处秋千挂。　　傅粉狂游犹未舍。不念芳时，眉黛无人画。薄幸未归春去也。杏花零落香红谢。

欲过清明烟雨细。小槛临窗，点点残花坠。梁燕语多惊晓睡。银屏一半堆香被。　　新岁风光如旧岁。所恨征轮，渐渐程迢递。纵有远情难写寄。何妨解有相思泪。

这三首词涉及的节令分别是立春、寒食、清明。红蜡枝头的双燕并非真的燕子，而是纸燕。宗懔《荆楚岁时记》载："立春之日，悉剪彩为燕以戴之。"[①]立春日有剪彩燕戴于头上或悬挂于枝头的习俗。并且于此日"亲朋会宴，啗春饼、生菜，帖'宜春'二字。或错缉为幡胜，谓之春幡"[②]。金刀剪彩说明立春，亲朋相会，热闹非凡，两相比照，更激发出女子莫名的烦恼。

第二首上片"欲近禁烟微雨罢"说明寒食节来临，各处禁烟。《荆楚岁时记》载："去冬至节一百五日，即有疾风甚雨，谓之寒食。禁火三日。"[③]王仁裕《开元天宝遗事》又载："天宝宫中至寒食节，竞竖秋千，令宫嫔辈戏笑以为宴乐，帝呼为半仙之戏，都中士民因而呼之。"[④]寒食禁火，古人有荡秋千之戏。所以上片之禁烟、微雨、秋千看似写景，实则对应了节序民俗内容，半仙之戏乃寒食节惯有游戏项目，欧阳修亦有"绿杨楼外出秋千"(《浣溪沙》)词句。但词中女子所居的庭院院门紧闭，珠帘帷幕重重垂下，雨后的绿杨深处，秋千静静挂在那里，并没有人陪伴游戏。突出了女子的"寂寞"。下片以傅粉何郎代指那个薄幸男子。写他在外狂游留恋，不舍归家，亦不念昔时曾为佳人画眉。愁怨弥现。结句，薄幸人未归，但春已归去，惜春伤情。只有满地飘落的杏花花瓣，像极了女子零乱纷繁的心绪。

第三首上片起句即点明要过清明了。清明节时，一般"四野如市，往往就芳树之下，或园囿之间，罗列杯盘，互相劝酬。都

---

① 南朝梁·宗懔撰、隋·杜公瞻注、姜彦稚辑校《荆楚岁时记》，中华书局，2018，第14页。

② 同上书，第14—15页。

③ 同上书，第29页。

④ 五代·王仁裕撰、曾贻芬点校《开元天宝遗事》卷下，中华书局，2006，第41页。

城之歌儿舞女，遍满园亭，抵暮而归”[①]。人们大多要相约游春、宴饮，但词中女子却闭于深院，只看到残花点点坠落，又被梁间双燕呢喃声惊醒，懊恼哀怨，相思落泪。

节序与闺怨的结合，亦符合女子的生活与心理状态。她们无法走出家门从事社会工作，所以对节日、节令及相应的民俗活动格外上心。这是她们接触外部世界、散心遣闷的机会，同时又是与亲人、爱人相聚的日子。但这样热闹、需要陪伴的日子，多少女子恰是一人在闺中独过。热闹是他人的，寂寞是自己的。此时愈发使人伤感，更加感到孤独寂寞。欧阳修敏锐捕捉到节俗与女子生活、心理之间微妙的关系，在词中加以体现，是他对闺怨词的一种贡献。节俗与闺怨的结合，在李清照词中成为常态，如“宠柳娇花寒食近，种种恼人天气”(《念奴娇》)等。

欧阳修长调、慢词中的闺怨词，利用连词、领字、虚词等模拟女子口吻，塑造了别样的闺怨女子形象。

楼前乱草，是离人方寸。倚遍栏干意无尽。罗巾掩，宿粉残眉、香未减，人与天涯共远。　　香闺知人否，长是厌厌，拟写相思寄归信。未写了，泪成行、早满香笺。相思字、一时滴损。便直饶、伊家总无情，也拚了一生，为伊成病。(《洞仙歌令》)

情知须病，奈自家先肯。天甚教伊恁端正。忆年时、兰棹独倚春风，相怜处、月影花光相映。　　别来凭谁诉，空寄香笺，拟问前欢甚时更。后约与新期，易失难寻，空肠断、损风流心性。除只把、芳樽强开颜，奈酒到愁肠，醉了还醒。

① 宋·孟元老撰、邓之诚注《东京梦华录注》，中华书局，1982，第178页。

（《洞仙歌令》）

这两首《洞仙歌令》虽名曰“令”，实为中调。较长的篇幅有更多空间与余地进行抒写，故两首词多用赋法，铺叙、直陈，即将女子心事娓娓道来。虽然在用俗语仿效女子口吻方面受柳永闺怨词影响，但欧词却没有流于俗艳。如下面这首《摸鱼儿》：

卷绣帘、梧桐秋院落，一霎雨添新绿。对小池闲立残妆浅，向晚水纹如縠。凝远目。恨人去寂寂，凤枕孤难宿。倚栏不足。看燕拂风帘，蝶翻露草，两两长相逐。　　双眉促。可惜年华婉娩，西风初弄庭菊。况伊家年少，多情未已难拘束。那堪更趁凉景，追寻甚处垂杨曲。佳期过尽，但不说归来，多应忘了，云屏去时祝。

本词中，欧阳修虽用连词虚词等表达女子闺怨，如对、看、恨、况、那堪、但等连词与领字的频繁运用，增强了情感表达的婉转与层次性，但却摈弃了柳词中过多的俚语俗语，这样既能表现女子的婉转口吻与哀怨情感，又不失俊雅，是为欧词闺怨题材神到之处。

除了闺怨题材，欧词最可说之处是以诗入词。下面暂从以诗的内容入词、以诗的形式入词、以诗的意境入词等几方面来细述。

二　诗的内容入词

所谓以诗的内容入词，大体是指这些内容以往在诗中常见、在词中没有或少见。读欧词有时给人恍若读诗的感觉，就是因为其中有许多诗的因素被欧阳修写入词中。

最明显的一点是以山水风景入词。其中尤以《采桑子》十首为代表。这十首词是欧阳修晚年退居颍州西湖后整理的，虽非写于一时，但每首第一个七字句结尾三字都接以“西湖好”，展现了欧阳修十分热爱的颍州西湖的四时之美。现列其前九首于下：

轻舟短棹西湖好，绿水逶迤。芳草长堤。隐隐笙歌处处随。　无风水面琉璃滑，不觉船移。微动涟漪。惊起沙禽掠岸飞。

春深雨过西湖好，百卉争妍。蝶乱蜂喧。晴日催花暖欲然。　兰桡画舸悠悠去，疑是神仙。返照波间。水阔风高扬管弦。

画船载酒西湖好，急管繁弦。玉盏催传。稳泛平波任醉眠。　行云却在行舟下，空水澄鲜。俯仰留连。疑是湖中别有天。

群芳过后西湖好，狼藉残红。飞絮濛濛。垂柳栏干尽日风。　笙歌散尽游人去，始觉春空。垂下帘栊。双燕归来细雨中。

何人解赏西湖好，佳景无时。飞盖相追。贪向花间醉玉卮。　谁知闲凭阑干处，芳草斜晖。水远烟微。一点沧洲白鹭飞。

清明上巳西湖好，满目繁华。争道谁家。绿柳朱轮走钿车。　游人日暮相将去，醒醉喧哗。路转堤斜。直到城头总是花。

荷花开后西湖好，载酒来时。不用旌旗。前后红幢绿盖随。　画船撑入花深处，香泛金卮。烟雨微微。一片笙歌醉里归。

天容水色西湖好，云物俱鲜。鸥鹭闲眠。应惯寻常听管弦。　风清月白偏宜夜，一片琼田。谁羡骖鸾。人在舟中便是仙。

残霞夕照西湖好，花坞蘋汀。十顷波平。野岸无人舟自横。　西南月上浮云散，轩槛凉生。莲芰香清。水面风来酒面醒。

欧阳修喜爱山水，早在任西京留守推官期间，他便与好友梅尧臣、谢绛、杨愈等结伴畅游洛阳附近山水。庆历五年（1045）被贬知滁州，滁州地僻事简，公务之余，欧阳修寄情山水，写下许多山水诗文，尤以《醉翁亭记》著名。他对山水的热爱是一贯的。山水不仅陶冶涤荡心灵与眼界，也可以为人排忧解闷。

皇祐元年（1049）二月至皇祐二年（1050）七月间，欧阳修曾知颍州，非常喜爱颍州的风土民情。熙宁四年（1071）六月，欧阳修致仕，七月便退居颍州，可见他对颍州的挂念丝毫不曾因岁月流逝而减少，并将其择为养老之地。正如他在《思颍诗后序》中说的："皇祐元年春，予自广陵得请来颍，爱其民淳讼简而物产美，土厚水甘而风气和，于时慨然已有终焉之意也。尔来俯仰二十年间，历事三朝，窃位二府，宠荣已至而忧患随之，心志索然而筋骸惫矣。其思颍之念未尝少忘于心，而意之所存亦时时见于文字也。"①

此前在词中，虽也常见景物描写，但却是作为铺垫和陪衬，无论是庭院中的花草，还是自然风雨及山水美景，都是作为背景

① 李逸安点校《欧阳修全集》卷四十二，中华书局，2001，第600—601页。

来出现的。而在《采桑子》十首中，起句揭题，无论每首词具体所写内容为何，都冠以“西湖好”三字，就是围绕颍州西湖来写其不同时间的美景，是以写景为主或专门写景的词作。就如山水诗一样，自欧阳修笔下始有了山水词。前九首《采桑子》写尽了颍州西湖四时、朝暮、晴雨之下不同的景象。在这些词中，如“轻舟短棹西湖好”“残霞夕照西湖好”两首，几乎是看不到人迹的，完全是景在那里。其他几首即使偶有人迹，也是在美景之中略一带过，如“人在舟中便是仙”等，景是主体，人是点缀。

这十首吟咏西湖的联章鼓子词之前，欧阳修还作有《西湖念语》，作为宋代艺人表演开场之前的说辞，来交代表演目的。可见欧阳修希望这组词被广泛表演、传播，这也是他挚爱西湖的另一种表现。在第十首《采桑子》中，欧阳修作了总结：

平生为爱西湖好，来拥朱轮。富贵浮云。俯仰流年二十春。　　归来恰似辽东鹤，城郭人民。触目皆新。谁识当年旧主人。

这首应为欧阳修退居西湖后所写。起句“平生为爱西湖好”，表明了欧阳修对西湖的热爱非一时一地，西湖是他平生所爱。从皇祐元年初识西湖到熙宁四年退居西湖，二十二年过去了，他的喜爱不曾改变。再睹西湖，触目皆新，似曾相识，又有些陌生，令人不免产生沧桑之感。欧阳修化用丁令威典故作结[①]，也算为他

① 《丁令威》：“丁令威，本辽东人，学道于灵虚山。后化鹤归，集华表而吟曰：‘有鸟有鸟丁令威，去家千岁今来归。城郭如故人民非，何不学仙冢累累。’”见明・王世贞辑次、明・汪云鹏校梓、高文柱点校《列仙全传》卷之二，中华书局，2021，第61页。

痴迷了二十多年的颍州西湖画上了一个句号。

以诗的内容入词的另一个表现是风物民俗入词，主要代表作是欧阳修的两组二十四首《渔家傲》联章鼓子词等。其中第一组为：

正月斗杓初转势。金刀剪彩功夫异。称庆高堂欢幼稚。看柳意。偏从东面春风至。　　十四新蟾圆尚未。楼前乍看红灯试。冰散绿池泉细细。鱼欲戏。园林已是花天气。

二月春耕昌杏密。百花次第争先出。惟有海棠梨第一。深浅拂。天生红粉真无匹。　　画栋归来巢未失。双双款语怜飞乙。留客醉花迎晓日。金盏溢。却忧风雨飘零疾。

三月清明天婉娩。晴川祓禊归来晚。况是踏青来处远。犹不倦。秋千别闭深庭院。　　更值牡丹开欲遍。酴醾压架清香散。花底一樽谁解劝。增眷恋。东风回晚无情绊。

四月园林春去后。深深密幄阴初茂。折得花枝犹在手。香满袖。叶间梅子青如豆。　　风雨时时添气候。成行新笋霜筠厚。题就送春诗几首。聊对酒。樱桃色照银盘溜。

五月榴花妖艳烘。绿杨带雨垂垂重。五色新丝缠角粽。金盘送。生绡画扇盘双凤。　　正是浴兰时节动。菖蒲酒美清尊共。叶里黄鹂时一弄。犹瞢松。等闲惊破纱窗梦。

六月炎天时霎雨。行云涌出奇峰露。沼上嫩莲腰束素。风兼露。梁王宫阙无烦暑。　　畏日亭亭残蕙炷。傍帘乳燕双飞去。碧碗敲冰倾玉处。朝与暮。故人风快凉轻度。

七月新秋风露早。渚莲尚拆庭梧老。是处瓜华时节好。金樽倒。人间彩缕争祈巧。　　万叶敲声凉乍到。百虫啼晚烟如扫。箭漏初长天杳杳。人语悄。那堪夜雨催清晓。

八月秋高风历乱。衰兰败芷红莲岸。皓月十分光正满。清光畔。年年常愿琼筵看。　　社近愁看归去燕。江天空阔云容漫。宋玉当时情不浅。成幽怨。乡关千里危肠断。

九月霜秋秋已尽。烘林败叶红相映。惟有东篱黄菊盛。遗金粉。人家帘幕重阳近。　　晓日阴阴晴未定。授衣时节轻寒嫩。新雁一声风又劲。云欲凝。雁来应有吾乡信。

十月小春梅蕊绽。红炉画阁新装遍。鸳帐美人贪睡暖。梳洗懒。玉壶一夜轻澌满。　　楼上四垂帘不卷。天寒山色偏宜远。风急雁行吹字断。红日晚。江天雪意云撩乱。

十一月新阳排寿宴。黄钟应管添宫线。猎猎寒威云不卷。风头转。时看雪霰吹人面。　　南至迎长知漏箭。书云纪候冰生研。腊近探春春尚远。闲庭院。梅花落尽千千片。

十二月严凝天地闭。莫嫌台榭无花卉。惟有酒能欺雪意。增豪气。直教耳热笙歌沸。　　陇上雕鞍惟数骑。猎围半合新霜里。霜重鼓声寒不起。千人指。马前一雁寒空坠。

这十二首联章鼓子词《渔家傲》作于嘉祐元年（1056）前后京师李端愿席上。每首代表一个月份，从正月写到十二月。

从每首词的写作模式看，以词首的月份作为各首之间的连接，先写自然节物风景，次写当月包含的节日、节序及相应的节俗活动，再描写当月的自然风景。可谓是山水风景与节俗民风的完美结合。每首词虽然以月份作为连接，但在用词上也注意到了节物、风景的变化。同样是写秋天，七、八、九月分别是“新秋”“秋高”“霜秋”，在节物描写上，七月是“风露早”，八月是“风历乱”，九月是“秋已尽”，将节序流变带来的天气差异描写得细致入微、准确贴切。

有时一个月中不只描写一个节俗。如第一首上片写立春剪彩，下片写元宵试灯。结句仍回归写景，“园林已是花天气”，景中蕴含着节序变化，为下月风景节气的来临作铺垫。再如第三首写上巳祓禊、清明踏青，第五首写端午缠角粽、喝菖蒲酒，第七首写七夕乞巧，第八首写中秋节和秋社，第九首写重阳节和寒衣节，等等。

第八首“皓月十分光正满”形容满月，即中秋节。《东京梦华录》记载：“中秋夜，贵家结饰台榭，民间争占酒楼玩月。丝篁鼎沸，近内庭居民，夜深遥闻笙竽之声，宛若云外。”[①]“琼筵”即指中秋夜台榭宴饮、饮酒赏月。八月秋社，即词中所写“社近愁看归去燕”，反用韩偓诗典：“此身愿作君家燕，秋社归时也不归。”（《不见》）本词虽未多写秋社节俗活动，但秋社在农耕社会是一个很重要的节日，这一天，“各以社糕、社酒相赍送。贵戚宫院以猪羊肉、腰子、奶房、肚肺、鸭饼、瓜姜之属，切作棊子片样，滋味调和，铺于饭上，谓之‘社饭’，请客供养。人家妇女皆归外家，晚归即外公、姨、舅，皆以新葫芦儿、枣儿为遗，俗云‘宜良外甥’。市学先生预敛诸生钱作社会，以致雇倩祗应、白席、歌唱之人。归时各携花篮、果实、食物、社糕而散。春社、重午、重九，亦是如此”[②]。秋社的节俗活动与春社、端午、重阳是一样的。这些节俗活动在当代有的已失传，人们并不熟知其中的细节，但在欧阳修生活的北宋时期，秋社、春社、重午、重九都是很重要的日子。

有的月份民俗活动不明显，但也暗示了节气，不细究不明所

① 宋·孟元老撰、邓之诚注《东京梦华录注》，中华书局，1982，第215页。
② 宋·孟元老撰、邓之诚注《东京梦华录注》中华书局，1982，第214页。

以。如十一月“新阳排寿宴”即指冬至。冬至是太阳回返的始点，标志着太阳新生，故曰新阳。《东京梦华录》载：“十一月冬至。京师最重此节。虽至贫者，一年之间，积累假借，至此日更易新衣，备办饮食，享祀先祖。官放关扑，庆贺往来，一如年节。”①又《四民月令》载：“十一月，冬至之日，荐黍、羔；先荐玄冥于井，以及祖祢。齐、馔、扫、涤，如荐黍、豚。其进酒尊长，及修刺谒贺君、师、耆老，如正月。”②冬至有享祀先祖、进酒尊长的习俗，故曰“排寿宴”。“南至迎长知漏箭”亦指冬至，冬至又称南至。冬至开始太阳返回，日照时间一天比一天长。而“黄钟应管添宫线”，据《礼记·月令》：“（仲冬之月）律中黄钟。”③又据《梦溪笔谈》：“冬至阳气距地面九寸而止，唯黄钟一琯达之，故黄钟为之应。”④《荆楚岁时记》杜公瞻注曰：“又晋魏间宫中以红线量日影，冬至后日影添长一线。”⑤故曰添宫线。

“时看雪霰吹人面”，飘雪吹面，实则也是写大雪节气。而“腊近探春春尚远”则连带写了十二月腊日将近。在十二月词里，“惟有酒能欺雪意”“霜重鼓寒声不起”是写雪日饮酒，也是在写节俗。《荆楚岁时记》载：“十二月八日为腊日。谚语：‘腊鼓鸣，春草生。’村人并击细腰鼓、戴胡公头及作金刚力士以逐疫，沐浴转除罪障。”“其日，并以豚酒祭灶神。”⑥这两句婉写以酒祭神、村人击

① 宋·孟元老撰、邓之诚注《东京梦华录注》中华书局，1982，第234页。

② 汉·崔寔撰、石声汉校注《四民月令校注》，中华书局，2013，第71页。

③ 汉·郑玄注、王锷点校《礼记注·月令第六》，中华书局，2021，第237页。

④ 宋·沈括撰、诸雨辰译注《梦溪笔谈·象数》卷七，中华书局，2016，第179页。

⑤ 南朝梁·宗懔撰、隋·杜公瞻注、姜彦稚辑校《荆楚岁时记》“十一月冬至日”条，中华书局，2018，第71页。

⑥ 同上书，第71、73页。

鼓除疫的情形，但因雪大霜浓，鼓面蒙湿，因而鼓声沉闷不响亮。

欧阳修以史家对生活细致入微的观察，将以往只在诗中涉及的风景、节序、民俗等内容写入词中并付诸歌唱，且以联章词的形式，希望这些节序民俗活动能随着鼓子词的演唱一直流传下去，其中未始没有史家的笔意，以及诗人的责任感。从以上《渔家傲》联章鼓子词十分明显、独特的气质，适宜播之于众的功能以及词中不涉这一体裁原有男女相思传统，可以看出欧阳修意在开拓与改造词的内容，使词的功能更为扩大，成为除了诗之外更好的另一表情达意的途径。当然这一途径，是指闺怨相思之外的内容。

以诗的内容入词的另一个值得说的地方是忆友感怀之作入词。以往词中即使忆旧也常是有关男女相思的，欧词笔下的忆旧感怀却不仅限于此，而是融入了更丰富的内容。如下面这三首《采桑子》：

画楼钟动君休唱，往事无踪。聚散匆匆。今日欢娱几客同。　　去年绿鬓今年白，不觉衰容。明月清风。把酒何人忆谢公。

十年一别流光速，白首相逢。莫话衰翁。但斗樽前语笑同。　　劝君满酌君须醉，尽日从容。画鹢牵风。即去朝天沃舜聪。

十年前是樽前客，月白风清。忧患凋零。老去光阴速可惊。　　鬓华虽改心无改，试把金觥。旧曲重听。犹似当年醉里声。

这三首词写于庆历四年（1044）。这年四月，欧阳修出使河东，途经洛阳。欧阳修有《再至西都》诗也写于此时："伊川不到十年间，鱼鸟今应怪我还。浪得浮名销壮节，羞将白发见青山。野花向客开如笑，芳草留人意自闲。却到谢公题壁处，向风清泪独潺潺。”内容与这三首《采桑子》相近。欧阳修重到洛阳后，昔日一起唱和的好友兼上级如谢绛等已辞世，欧阳修的情绪很难不低落。因此，在第一首词中，他化用谢绛“月西斜、画楼钟动”（《夜行船》）词句，与结句“把酒何人忆谢公”首尾呼应，表达对友人的悼念。忆起昔日的欢娱，聚散匆匆，离别时还是黑发年少，如今却容颜衰老、白发爬上了鬓角，清风明月之时，怎能令人不怀念好友呢？

下面两首与第一首相近，忆旧感今，伤感沧桑。第二首“十年一别流光速”，第三首“十年前是尊前客”，对时光如电般流逝，心痛不已。欧阳修为何念念不忘这十年？因为在十多年前的天圣九年（1031）三月，欧阳修初到洛阳时，正是中举后新任官职又刚被恩师胥偃招为乘龙快婿，意气风发。而西京留守钱惟演幕下人才济济，欧阳修在此结识了梅尧臣、谢绛、尹洙、杨愈等人，好友之间切磋诗文、相互砥砺，欧阳修也是在此时到达了文学创作的第一个高峰。此后宦途虽有升迁，但好友却再难像当初那样聚在一起，并且好友们逐渐凋零。况且彼时正是庆历改革走向不妙的阶段，旧愁新恨加在一起，欧阳修不能不有所感慨。但欧阳修毕竟是欧阳修，他虽然感叹“老去光阴速可惊”，表示心惊、无奈，但他又说“鬓华虽改心无改”，虽然容颜改变，人会衰老，但初心是永远不会改变的。在忆旧感伤中注入清刚、自振之气。

欧词还有一个特点是，无论何种内容，在抒情之间总能得到情感的升华或认知的提升，而融入具有普遍规律特质的人生感慨。如下面这首《玉楼春》：

尊前拟把归期说。未语春容先惨咽。人生自是有情痴，此恨不关风与月。　离歌且莫翻新阕。一曲能教肠寸结。直须看尽洛城花，始共春风容易别。

本词当作于景祐元年（1034）三月欧阳修辞别洛阳之际。洛阳三年的生活踌躇满志，激情澎湃，充满理想与抱负，此刻离别，情感尤为不忍。所以，本词写离别宴会，虽也涉及歌妓演唱，但其中“人生自是有情痴，此恨不关风与月”却突破了男女之情而扩展为更深广的情感，包括友情，也包括对西京留守钱惟演知遇之恩的感激。对于欧阳修来说，他本是个有情的人，有时甚至是情痴，这是天生如此，不一定非与男女风月有关。而自古杰出的文学家，无不是如此情深、情痴之人，欧阳修也说出了一大批创作者的普遍感受。

类似这样在闺怨、别离、相思、咏物甚至描写歌妓的词中，常见欧阳修因情而发挥、提炼，从而说出一些带有警语性质的人生感慨，这又是以往词中所没有的、在欧词中则较为普遍的现象。如：

大抵有情须感旧。肌肤拚为伊销瘦。（《蝶恋花》）

莫言多病为多情，此身甘向情中老。（《踏莎行》）

多情翻却似无情，赢得百花无限妒。（《玉楼春》）

世间何计可留春。纵使青春留得住。虚语。无情花对有情人。（《定风波》）

红颜能得几时新。暗想浮生何事好。唯有。清歌一曲倒金樽。（《定风波》）

欧阳修以诗的内容入词还有一个不容忽视的特点是化用唐诗入词，其中尤以化用白居易诗为多。这主要是因为欧阳修与白居易的渊源关系，二人都曾在洛阳生活过，欧阳修曾游览的古迹中多昔日白居易的旧迹，而白居易的闲适、中隐思想及其诗法句法，都是欧阳修欣赏并有意学习的。

具体而言，有原诗化用的。其中最出色也最引发后人共鸣的是《朝中措》中对王维“山色有无中”的化用。原词列于下：

> 平山栏槛倚晴空。山色有无中。手种堂前垂柳，别来几度春风。　　文章太守，挥毫万字，一饮千钟。行乐直须年少，樽前看取衰翁。

本词词题为“送刘仲原甫出守维扬”，作于至和三年（1056）春。刘仲原甫即刘敞，字原甫，与欧阳修交情深厚。当时欧阳修居京师任翰林学士，兼史馆修撰。此为至和三年三月九日刘敞出知扬州时的饯行之作。

平山即平山堂，位于扬州城西北大明寺侧。庆历八年（1048）二月，欧阳修知扬州，建此堂。平山堂上视野开阔，坐于其上，“江南诸山拱列檐下，若可攀取，因目之曰平山堂”[①]。尤其是天气晴朗的时候，四周的山在氤氲雾霭的流动中若有若无，似显似隐，犹如一幅淡雅的水墨画。此情此景，只能用王维的“山色有无中”才能准确形容出其中的韵味，所谓“诗人意所到，而语偶相同

① 宋·祝穆撰、宋·祝洙增订、施和金点校《方舆胜览》卷四十四《淮东路·扬州·堂舍》，中华书局，2003，第794页。

者，亦多矣"[①]。王维原诗为"江流天地外，山色有无中"（《汉江临泛》），原亦是好，但不似用于欧词中如点睛之笔，似乎被重新发现了一般。故不仅欧阳修钟情此句，后人亦多对其赏爱不已，苏轼即有"认取醉翁语，山色有无中"句（《水调歌头》），则是专意化用了。苏轼只承认他是从欧阳修处来，并不是他不知道王维亦有此句，而是他认为欧阳修的化用是极贴切的，如出己手，如言己意，又可谓重新发现，点石成金。这是欧阳修化用诗句成功的例子。

其他的试举二例：

"莫待无花空折枝"（《减字木兰花》）化自唐无名氏《金缕衣》

"天若有情天亦老"（《减字木兰花》）化自李贺《金铜仙人辞汉歌》

也有个别字词不同的化用。如：

"枫叶荻花秋索索"（《减字木兰花》）化自白居易《琵琶行》之"枫叶荻花秋瑟瑟"。

"野岸无人舟自横"（《采桑子》）化自韦应物《滁州西涧》之"野渡无人舟自横"。

"纵使花时常病酒"（《浪淘沙》）化自冯延巳《蝶恋花》之"日日花前常病酒"。

① 宋·陈岩肖《庚溪诗话》卷下，丁福保辑《历代诗话续编》，中华书局，2006，第177页。

"留春不住"(《减字木兰花》)化自白居易《落花》之"留春春不住"。

"红粉墙头花几树"(《渔家傲》)化自白居易《府中夜赏》之"白粉墙头花半出"。

"雨后斜阳。细细风来细细香"(《南乡子》)化自杜甫《严郑公宅同咏竹》之"雨洗娟娟净,风吹细细香"。

还有更多的例子,在阅读时可以自己去体会。欧词化用唐诗诗句甚多,是使词雅化、诗化的重要因素。但同时也要意识到,过度地化用现成诗句会使词在表达上形成惯性与惰性,久而久之词作会变得乏味、陈旧,这是词这一体裁逐渐衰老的标志。当然,欧词基本不存在这样的缺陷。

三　诗的形式入词

以诗的形式入词首先表现在词调的选用上。欧阳修虽然也创作长调,但其词调仍以小令为主。这方面显示出欧阳修并无多少锐意创新的意愿。而且,在词调的选取上,他喜欢选用以七言句为主或全篇为七言句的词调。如以下几个常用词调中,全部是七言句的有:

《玉楼春》,上下片都是七七七七句式,33首

《浣溪沙》,上下片都是七七七句式,9首[①]

① 据欧阳明亮《欧阳修词校笺》所收240首词(包括有争议词)统计。

《玉楼春》上下片都押三仄韵。而且，上片前两句平仄相同，是词中对句；后两句平仄相异，属诗中对句。上下片八句两两相对，相当于诗中的对偶句。这样整齐、对偶的音韵与节奏更接近于诗而非词，所以在读欧阳修词的时候往往有读诗的感觉。除了欧词中新引入的以往诗中才有的内容之外，词中大量使用五、七言对句是主要因素。当然，这只是句式平仄韵律上的俪对。欧阳修在创作时很少像诗一样常用对偶句，造成文辞与韵律的疏离，而这种疏离却不影响歌唱时的声韵，使其词不至于在文辞方面更像诗，否则就是文辞与韵律方面都像诗而非词了。

再如《浣溪沙》，一般上片三平韵下片两平韵。上下片前两句都是对句，后一句平仄与第二句相同。因此在创作时，如果词意与平仄韵律相吻合，在音乐与意思的表达方面就更完美，如其《浣溪沙》：

> 叶底青青杏子垂。枝头薄薄柳绵飞。日高深院晚莺啼。
> 堪恨风流成薄幸。断无消息道归期。托腮无语翠眉低。

本词上、下片前两句是工整的对句。词意上的对偶如果放在上片，在过片和结句上容易处理些，但如果工整的对句放在下片，十分出彩的话，结句就显得萎靡而不振。如晏殊的《浣溪沙》下片："无可奈何花落去，似曾相识燕归来。小园香径独徘徊。"下片前两句对偶十分工整出彩，意思也非常好。所以结句再难以超越，给人结句较弱、不振的感觉，是一大遗憾。

此外，在欧阳修大量同调词中，许多都是以七言句为主，如：

《渔家傲》，上下片都是七七七三七句式，49首

《蝶恋花》，上下片都是七四五七七句式，21首
《采桑子》，上下片都是七四四七句式，13首
《定风波》，上片七七七二七，下片七二七七二七，7首
《踏莎行》，上下片都是四四七七七，5首
《减字木兰花》，上下片都是四七四七，7首

其他词作较少但七言句占主体的词调有：

《鹧鸪天》，上片七七七七，下片三三七七七，1首
《鹊踏枝》，上下片都是七四五七七，1首
《虞美人》，上下片都是七五七七三，1首
《贺圣朝影》，上下片都是七三七三，1首
《南乡子》上片五七七二七，下片四七七二七，1首
《南乡子》上片四七四五七，下片四七七二七，1首

唐代近体诗发展成熟之后，相比于五言诗，七言诗更适合表达通俗、轻松、接近生活的内容，这些与词体本身的特质是一致的。而相较于三、四、六、八字句，七言与诗的亲缘关系更近。欧阳修喜用和常用以七言句为主的词调，本身也是以诗入词的一种尝试。或者可以说，在进行词的创作时，欧阳修觉得七言句更得心应手。

其次，以诗的形式入词还体现在仿联章诗而创作联章词。欧阳修之前，联章词的创作较少，体量也较小，至欧阳修始大量创作联章词。

方式一，在首句做文章，有的句首个别字重复。像《采桑子》十首每首开头的“西湖好”三字，取法韦庄《菩萨蛮》之“人人

尽说江南好”“如今却忆江南乐”。再如《定风波》四首，首句都以“把酒花前欲问”开头，分别接以他、伊、公、君，也是与《采桑子》同类的方式。但两组《渔家傲》联章鼓子词句首从一月到十二月的排序，应是欧阳修发明。

方式二，在词中相同位置植入相同结构或文字的词句，成为联章词上下连接的纽带。如《燕归梁》二首，结句倒数第二句为纽带，结句三字结构相同，形成副纽带，如“空赢得、瘦棱棱”“空赢得、病厌厌”。再如《千秋岁》二首，也是在结句倒数第二句以“为个甚”作为纽带，形成联章词。这样的方式来自花间词人顾敻。顾敻《甘州子》五首，每首倒数第二句相同位置上都有“山枕上”三字，以此组成既独立又关系密切的五首联章词；其《荷叶杯》九首，每首结尾两个三字句重复，如“知摩知，知摩知”“愁摩愁，愁摩愁”“狂摩狂，狂摩狂”“羞摩羞，羞摩羞”等，并且每个三字句中间一字都为“摩”字，又形成九首词之间更为紧密的纽带。这对欧阳修不能不说具有很大影响。

第三，以诗的形式入词还体现在句法结构上多习白诗句法。具体而言是指白居易诗中格诗与半格诗的句法。如句中重复：

> 行云却在行舟下。（《采桑子》）
> 离愁渐远渐无穷。（《踏莎行》）
> 渐行渐远渐无书。（《玉楼春》）
> 去便不来来便去。（《玉楼春》）
> 平芜尽处是春山，行人更在春山外。（《踏莎行》）

分分总句式：

花似伊。柳似伊。花柳青春人别离。(《长相思》)

深花枝。浅花枝。深浅花枝相并时。(《长相思》)

一重水隔一重山。水阔山高人不见。(《浪淘沙》)

总分总句式：

人将红粉争花好。花不能言惟解笑。金壶倒。花开未老人年少。(《渔家傲》)

此外还有顶针、接字等。这些诗法、句法最初见于汉乐府。乐府诗重表意而轻格律，因此通过以上句法可使诗歌形成回环复沓的效果，便于表达婉转、强烈的感情。唐代近体诗成熟后，格律方面的限制使诗歌在表意的时候戴上了枷锁，有的诗人沉迷于格律带来的工整、俪对而日渐忽视了情感自由的表达。中唐以后，杜甫、白居易诗歌有意突破格律对诗歌的日益束缚，回归乐府传统，重表意而轻格律，以上句法、诗法便常见于他们的诗歌中。但是，在运用时仍需戴着镣铐跳舞，所以律句中重复的字一般只能在奇数位上。词句虽然也讲平仄，但打破了诗句的平仄规定，并不一定是“二四六分明”，故以往用于诗中的句法便更易于在词中运用。欧阳修是敏锐的，也是极聪明的，他从杜、白诗中发现了其中的奥妙，并将其大量运用到词的创作中，确实在宋词中形成独具一格的风景。

第四，以诗的写作技巧入词。方法很多，限于篇幅，只举双关语。如：

折得莲茎丝未放。莲断丝牵，特地成惆怅。归棹莫随花

荡漾。江头有个人相望。(《蝶恋花》)

一掬天和金粉腻。莲子心中，自有深深意。意密莲深秋正媚。将花寄恨无人会。(《蝶恋花》)

合欢枝上香房翠。莲子与人长厮类。无好意。年年苦在中心里。(《渔家傲》)

莲子深深隐翠房。意在莲心无问处，难忘。(《南乡子》)

“莲”即“怜”。这一双关用法常见于东晋南朝的吴声西曲中。欧词中多用此双关语，说明其词的创作也注意向吴声西曲汲取营养。

四　诗的意味入词

以诗的内容、诗的形式入词，相比以往较为传统的词而言，欧阳修的词其实已经具有一定的诗的面目与意味了，想必从以上列举的例词中能够感觉到。以下再就诗的意味方面作简单的补充。

首先是具有诗的意境。如《渔家傲》下片：

楼上四垂帘不卷。天寒山色偏宜远。风急雁行吹字断。红日短。江天雪意云撩乱。

本词不像晚唐五代词那样拘泥于对闺情与男女相思之情的抒写与刻画，因此如果忽略掉此词的三字句，其中所抒发的应该是诗人登高望远，见大雁而兴起秋思之感。从容、辽阔、自得，见物而喜，但似乎又不急于表现什么具体的内容，这多少有些风人之思，所以本词下片像诗而不像词了。这都是由词的意境和其散发出的诗人之思而导致的。

再如这首《玉楼春》上片：

湖边柳外楼高处。望断云山多少路。栏干倚遍使人愁，又是天涯初日暮。

这似乎是一个旅途中人，他身处高楼，见云山而兴起愁思，起了羁旅思乡之情，尤其是见到天边的夕阳，更有客途飘零之感。词中虽然也有羁旅词，如柳永的羁旅词，但一者用词较绮丽香艳，二者不离对闺中人的思念。思想与情感总是拘泥于这些内容，失了格局，也影响了更深广的思索与感慨，自然不可能具有诗人的怀抱与情思，也就显得“媚”了。而本词丝毫不涉闺房与绮艳，反而有诗人的落落寡欢的怀抱，从意境上也就更类诗而非词了。

有时，词中利用对句中的连词与转折语的表达效果，读来如律诗的颈联、颔联，也使人产生读诗的错觉，如“堪恨风流成薄幸，断无消息道归期”（《浣溪沙》）。还有其他方面的例子，不另举。

其次是寄寓。词最初是抒写儿女私情、侑酒佐欢的文学体式，娱乐功能很强，内容自然浅显、轻松，便没有多少深意可挖掘。到了欧阳修这里，虽然也在写闺怨，但表层意思之外，似乎总能读出另外的意思。如下面这首《玉楼春》：

酒美春浓花世界。得意人人千万态。莫教辜负艳阳天，过了堆金何处买。　　已去少年无计奈。且愿芳心长恁在。闲愁一点上心来，算得东风吹不解。

那个得意的人儿姿态千万，实在美。但是不要辜负了艳阳天，意即不要辜负了美好年华。年华一过，纵有万金，又能买到什么呢？这是“过了堆金何处买”的表层意思。但又岂止是青春女子，任何人不都面临这样的处境吗？昔日燕昭王筑黄金台以招贤，但如果年华老去，即使黄金成堆，又有谁会来招请？读这首词，人们不由得会这么想，有时甚至忽略了表层意思。这便使词有了寄寓。

再如下面这首《渔家傲》：

妾本钱塘苏小妹。芙蓉花共门相对。昨日为逢青伞盖。慵不采。今朝斗觉凋零噉。　　愁倚画楼无计奈。乱红飘过秋塘外。料得明年秋色在。香可爱。其如镜里花颜改。

本词为代言体。苏小妹即苏小小。词人自托苏小小，诉说她昨日见到荷花，因慵懒而未采，今朝陡觉荷花已凋零，伤心懊悔但又无计可施，只能寄希望于明年，但明年自己容颜已改，分明老了。其中的懊悔、不甘、美人迟暮之感，又岂止是像苏小小这样的女子所独有的，身怀才能的士子又何尝不是如此？身怀绝技的高人亦何尝不是如此？青春是短暂的，机遇是稍纵即逝的，错失良机对于士人损失的更大、懊悔也更甚吧？本词巧妙地将诗中常见的以夫妇比君臣的惯有诗歌传统移入词中，通过托喻女子来表达男子渴望“先据要路津”的仕宦理想，以及担心功业不就的迟暮之感。这些已经完全超越一首普通的小词所承载的了。所以，托喻、寄寓的写法，从欧阳修词中可见端倪，到南宋词中就更为常见了。

再次是格调。这尤其要从写歌妓的词中感知。一般歌舞宴席上涉及歌妓舞女，往往容易流于香艳与轻浮。欧阳修词虽然明明在写歌妓，却给人一种清峻向上的格调。如这两首《渔家傲》：

一派潺湲流碧涨。新亭四面山相向。翠竹岭头明月上。迷俯仰。月轮正在泉中漾。　　更待高秋天气爽。菊花香里开新酿。酒美宾嘉真胜赏。红粉唱。山深分外歌声响。

四纪才名天下重。三朝构厦为梁栋。定册功成身退勇。辞荣宠。归来白首笙歌拥。　　顾我薄才无可用。君恩近许归田垄。今日一觞难得共。聊对捧。官奴为我高歌送。

第一首应作于庆历六年（1046）欧阳修知滁州时，彼时丰乐亭刚落成。词人在丰乐亭中开宴，月亮正从幽谷泉中升起，在秋高气爽的重阳节，嘉宾们一起共饮菊花酒，其乐何可言！这时，歌妓的歌声在深山新亭与幽泉间显得格外清脆、响亮。

第二首的词题为"与赵康靖公"，作于熙宁五年（1072）欧阳修退居颍州西湖时。赵康靖公即赵概，官至参知政事。熙宁五年春，赵概至颍州访欧阳修，二人豪游纵饮月余，此即为当时所作。当年欧阳修被诽谤与甥女通奸时，赵概曾站出来义正词严地批驳这些卑劣手段，想必当时欧阳修心中充满感激。这次致仕后两位老友相聚，往事悠悠，词人对赵概的赞美与亲近发自内心。在酒酣之际，欧阳修不由得豪气纵横，大声对官妓说：为我高声送歌来！

两首词都写到了歌妓，但两首词中的歌妓似乎不再是客人狎邪的对象，而变成了真情抒发词人感情的歌者，歌唱中自有一股豪气与向上之气，足见欧词的格调。

欧阳修为人慷慨，爱直言极谏，积极入世，重视现实功用，反对斤斤计较于辞藻与创作技巧。他主张为文、为诗应该真实自然，他欣赏梅尧臣的诗，也在于其“作诗无古今，惟造平淡难”，因此在词的创作上，他的思想主张与诗文是一致的。他不愿意在辞藻上下过多功夫，不喜柔靡华艳的词风，而是喜欢如诗一样清新自然的风格。这样的风格在欧阳修词中几乎比比皆是。后人称其词隽，也有这方面的原因。而这些主要是通过以诗入词的手法实现的。

第十四讲

晏几道

追忆与梦影：相思的苦心

当时明月在，曾照彩云归。

晏几道（1038—1110），字叔原，号小山，抚州临川人，晏殊第八子，北宋著名词人。有《小山词》。

晏几道词有三个明显特点。一是专工小令。现存词260首，几乎全是小令①。清人杜文澜评价小山词说：“词之有令，唐五代尚矣。宋惟晏叔原最擅胜场。”②说明他的小令非常受人推崇。二是多写女性。宋人王铚就说“叔原妙在得于妇人”③。这也与小山词几乎皆写清丽独绝的女子有关，所谓“风流绮丽，独冠一时”④。三是颇为伤感。小山身为贵胄公子，但家道中落，性格孤傲，不合流俗，故一生偃蹇，沉沦下僚，正如小山为自己的词集起名为《补亡》一样，虽曰“补乐府之亡”，但“考其篇中所记悲欢合离之事，如幻如电，如昨梦前尘，但能掩卷怃然，感光阴之易迁，叹境缘之无实也”⑤，充满昨是今非的伤感。故清人冯煦称小山为“古之伤心人”⑥。

小山词以情胜，所以我们将通过梦影、闺怨、相思、远花、追忆等几个感性的角度去感知、体验小山词的美。

---

① 据张草纫《二晏词笺注·小山词笺注》（上海古籍出版社，2008），小山260首词中，除了慢词《泛清波摘遍》《六幺令》《满庭芳》、中调《洞仙歌》《归田乐》《于飞乐》《御街行》《两同心》《风入松》《碧牡丹》《解佩令》《行香子》《扑蝴蝶》等17首之外，皆为小令，小令占比93%。本文所引晏几道词都出自此书，不另注。

② 清·杜文澜《憩园词话》卷二，唐圭璋编《词话丛编》，中华书局，2005，第2865页。

③ 宋·王铚撰，汤勤福、白雪松整理《默记》，大象出版社，2019，第287页。

④ 清·陈廷焯撰，孙克强主编，孙克强等辑校《白雨斋词话全编·词坛丛话》，中华书局，2013，第4页。

⑤ 宋·晏几道《小山词自序》，张草纫《二晏词笺注》，上海古籍出版社，2008，第602页。

⑥ 清·冯煦《蒿庵论词》，唐圭璋编《词话丛编》，中华书局，2005，第3587页。

一　梦影

小山词中写到梦境的比较多，仅“梦”字就出现了59次。这大约源于小山的痴情，往往对过往人事尤其是女子念念不忘，有关她们的点滴都会变成碎影，以不同形式出现于记忆中。如下面这首《临江仙》：

斗草阶前初见，穿针楼上曾逢。罗裙香露玉钗风。靓妆眉沁绿，羞脸粉生红。　　流水便随春远，行云终与谁同。酒醒长恨锦屏空。相寻梦里路，飞雨落花中。

这首词作于小山早年，有人认为词中女子或为小山姊妹的闺中好友。上片前两个对句都是四二句式，先地点后动作，斗草阶前、穿针楼上，之所以起句便赫然眼前，说明记忆中初次相见和再次相见的情形印象深刻，如在目前。并且这两组四字名词组合中又含动作，斗草、穿针，曾是这位女子与词人的亲人（姊妹）于此玩过的游戏。则阶前、楼上这两个地方刻满了回忆。第三句名词组合，似温庭筠词常见句法，意象密集纷呈，通过味觉和触觉形容女子的美——衣裙上的香露、玉钗袅娜搅动的风，栩栩生动，如在目前。接下两个五言对句具写女子面容的美。眉沁绿是实，粉生红则似虚。女子见到男子后，涂了脂粉的脸因害羞而生出红晕。“粉生红”的妙处又在借脂粉的“粉”与色彩的“粉”形成表意上的多义与朦胧，耐人寻味。

上片忆旧，但刻画细微，自然贴切，画面感很强。下片写今，亦是通过两个六言对句，说出人生的无奈和伤感：那流水终究是要随着春天远去的，而天上的行云也终究是要飘逝的，不会与任何一个人在一起。“便随”“终与”暗写女子远嫁的宿命令人无法阻挡，也无法改变。对于词人而言，除了醉酒，除了长恨，还能做什么？最终（也就是结句），他只能去梦里追寻女子了。梦里落花缤纷，飞雨绵绵，真假莫辨，又颇含禅意。

这是属于现实无法满足情感需求，转而向梦中寻觅。是回避，又何尝不是一种寄寓与超脱呢？

还有直写因相思不见而入梦中追寻的情形，如这首《蝶恋花》：

> 梦入江南烟水路，行尽江南，不与离人遇。睡里消魂无说处。觉来惆怅消魂误。　　欲尽此情书尺素。浮雁沉鱼，终了无凭据。却倚缓弦歌别绪。断肠移破秦筝柱。

上片五句，四句写梦。起句第一个字就是“梦”，“梦入”二字，瞬间将读者带入梦中。我们仿佛看见，词人行在江南烟水路上，烟雾凄迷，渴望与挚爱的人相遇。他行遍了整个江南，却没有找到那个女子。在睡梦中，他都黯然销魂，伤心无处说。这个长长的梦令人扼腕感伤。如果不是执着，不是痴情，怎会有梦中行遍江南的想法？过片意转。既然梦中都找不到她，那么还是鸿雁传情吧。但是如浮雁沉鱼，终究是了无凭据的。曾经的人再难以相见，曾经的过往就像没有发生过一样，令人心生疑惑。浮雁沉鱼，化自戴叔伦《相思曲》：“鱼沉雁杳天涯路，始信人间别离苦。”暗含“始信人间别离苦”之意。

这又是梦中销魂，梦醒更伤感绝望的情形。正如青山宏所言：

> 对于几道来说，亘古不变的东西是什么呢？这不是“悲

欢离合之事”，而是由此而触发的心中之情，即“感物之情”。惟有这种情对于人来说是真实的，是“古今不易”之物。①

小山大约是沉湎于曾经付出的真情无法自拔。无论是春梦还是秋梦，都一样令他伤神落泪。如这首《蝶恋花》：

醉别西楼醒不记。春梦秋云，聚散真容易。斜月半窗还少睡。画屏闲展吴山翠。　衣上酒痕诗里字。点点行行，总是凄凉意。红烛自怜无好计。夜寒空替人垂泪。

这首词也是开头言事，二三句写酒醒后的感慨。无论是春梦还是秋云，都太容易稍纵即逝了。“聚散”在此是偏正结构，意在“散”。因为明白了情易逝、人易散这些残酷事实，词人不免伤感。他写衣上沾惹的酒痕，还有诗里的字，一点一行，看来总不免令人感到凄凉。结句用拟人手法。小山词一个特点是善写梦，另一个特点是善借外物言情。红烛看到主人是如此感伤、凄凉，自己也没有什么好的办法来替主人分忧，只好在寒夜里垂泪，似乎如此才能替主人减轻一些忧愁。外物是如此贴切，具有灵心慧识，如此善解人意，替人做一些做不到的事。这是小山词与物无违、亲近的表现。而这些，都是由梦醒、酒醒后的凄凉引发的。

小山不仅爱写梦，而且还常写到梦魂。在他的笔下，梦仿佛长了翅膀，有自己的魂魄，有自己的意志，可以自由往来。如以下几句：

① ［日］青山宏著、程郁缀译《唐宋词研究》，北京大学出版社，1995，第279页。

梦魂随月到兰房。(《南乡子》)

一夜梦魂何处，那回杨叶楼中。(《清平乐》)

莫道后期无定，梦魂犹有相逢。(《清平乐》)

浅情终似，行云无定，犹到梦魂中。(《少年游》)

痴情到绝处，梦魂似乎都懂得去寻找相爱的人，也知道以相逢来弥补现实世界的后会无期。再如以下写梦魂的名作：

碧玉高楼临水住。红杏开时，花底曾相遇。一曲《阳春》春已暮。晓莺声断朝云去。　远水来从楼下路。过尽流波，未得鱼中素。月细风尖垂柳渡。梦魂长在分襟处。(《蝶恋花》)

词写短暂爱恋后长久的相思。词人与碧玉只是在红杏绽放时，曾于花下相遇。此后，于暮春时节，碧玉离去。当时她曾歌《阳春》曲，声如莺啭。其后如朝云般，不知消失在何方。

过片意转。词人看见水从远方流经楼下，却未见鱼中尺素。碧玉音讯杳无。这楼上远望，这过尽流波，分明取境温庭筠“梳洗罢，独倚望江楼。过尽千帆皆不是，斜晖脉脉水悠悠。肠断白蘋洲”(《望江南》)，一样的执着、难以割舍。只不过温词中望眼欲穿的是女子，而小山词中则转为男性（或曰词人）来望眼欲穿了。由于情深之至，这份心事竟闯入了他的梦乡。他看到梦魂脱离身体，在分手的地方长久地停驻，不肯离去。那是一个月细风尖满是垂柳的渡口。这样的描写令人惊心动魄。故陈廷焯感叹说：

"凄婉欲绝，仙耶？鬼耶？"[1]似有鬼气，但这正是小山痴情的地方。

再如另一首写梦魂的名作《鹧鸪天》：

小令樽前见玉箫。银灯一曲太妖娆。歌中醉倒谁能恨，唱罢归来酒未消。　　春悄悄，夜迢迢。碧云天共楚宫遥。梦魂惯得无拘检，又踏杨花过谢桥。

小山曾于友人家中席间见一歌妓，长相妖娆，唱歌醉人，令小山归家后仍无法忘却，陶醉其中，就像醉酒未醒一样。此后，小山虽然挂念，但无缘再见，因思念而夜不能寐。但是梦魂却不受拘束，一次次踏着杨花、飞过谢桥，飞到女子身边。结尾两句取境张泌"别梦依依到谢家"(《寄人》)，却青出于蓝。小山将梦魂写得太逼真了，仿佛魂化为人、化为影，孤寂中又难掩痴情，更有一种动人心魄的执着。

但多数时候，梦毕竟是梦，是虚幻不实的，清醒着的人再无法被抚慰：

旧香残粉似当初。人情恨不如。一春犹有数行书。秋来书更疏。　　衾凤冷，枕鸳孤。愁肠待酒舒。梦魂纵有也成虚。那堪和梦无。(《阮郎归》)

上片四句两个转折。起句写旧香残粉似当初，似乎有往日余情在，但次句"人情恨不如"，可恨人情浇薄，还不如旧香残粉。

① 清·陈廷焯撰、孙克强等辑校《白雨斋词话全编·词则辑评·闲情集》卷一，中华书局，2013，第911页。

一转，情绪下沉。这旧香残粉到底指什么？是指女子擦的胭脂香粉，还是荷花的香粉，似乎已经不重要了。三句“一”与“数”相对，一个春天还有几行书信，本已经很少了，但到秋天的时候，连仅有的数行书也没有了。二转，情况更糟。下片前两句以凤、鸳的成双成对反衬自己的孤独，借酒遣愁。结尾两句，词人已经不相信梦魂了。梦魂纵然有也成虚幻了，何况连梦都没有了，叫人情何以堪！痴情的人，偏偏充满绝望。

由“梦魂长在分襟处”“梦魂惯得无拘检，又踏杨花过谢桥”到“梦魂纵有也成虚。那堪和梦无”，经历了多次的梦回、梦残、梦觉，及曾经绮丽的鸳屏梦、高唐梦、巫峡梦，词人于常见的变故和人情冷暖中，在一次次的失望和求而不得中，期望逐渐覆灭。所以，他说“可怜如梦难凭”(《清平乐》)，梦是难以作为凭据的，梦是虚幻无着的。甚至，他更为决然地认为，“从来往事都如梦”(《踏莎行》)。由痴信梦魂，到认为梦是了无凭据、虚幻不实的，可以感知到词人逐渐冷却的心，和对山盟海誓的绝望。

二 闺怨

闺怨词在小山词中虽不算主要内容，但也写得幽婉可喜，不可忽略。如这首《蝶恋花》：

> 碧草池塘春又晚。小叶风娇，尚学蛾妆浅。双燕来时还念远。珠帘绣户杨花满。　　绿柱频移弦易断。细看秦筝，正似人情短。一曲啼乌心绪乱。红颜暗与流年换。

小山称自己的词作乃“补乐府之亡”，可见他对这一体裁独特的认识。小山生于张先、柳永之后，自柳永始，慢词在宋代词坛日益受到重视。小山不仅在创作上仍专意小令，在风格上也远绍花间词，喜其精雅，不愿流入俚俗。尤其在闺怨词的创作上，柳永就大量引入方言俚语口语，使这一题材走向通俗，更为大众化，成为一种新的倾向。小山闺怨词则固守花间词以来的传统，“直逼《花间》，字字娉娉袅袅”[1]。不仅惯用晚唐五代以来常见的小令词调，尤其是在词的写作结构方面，亦尽可能地遵循花间词以来情景交融、先景后情的写作模式。

即如本词，不仅以景起，还充分发挥景语即情语的修辞方式，主要通过描景刻物来传达春闺怨。写法上，多隐括前人和同时代人诗句、词句，以春景的细密繁艳衬托闺中人的孤独与心绪纷乱。首句化用谢灵运“池塘生春草”（《登池上楼》）句，点明为暮春时节。二三句形容柳叶细嫩，但却用拟人手法，说柳叶还在学化浅浅的蛾眉妆。看似写景，实则在写闺中女子。四五句写春燕归来，珠帘绣户外飘满杨花，春意尚浓，可见惜春之情。此景是女子绣户内视角。这两句亦从其父晏殊词中化用。小山词中常化用其父词句。晏殊词中爱写燕子，如“无可奈何花落去，似曾相识燕归来”（《浣溪沙》），“燕子归来。几处风帘绣户开”（《采桑子》），以及“满目山河空念远，落花风雨更伤春”（《浣溪沙》），都写得含蓄、精雅又颇为感伤。小山不仅从词句和意境上借鉴其父词作，而且在气质上亦与其父一致，都以外物之细腻与感性映射人物内心情感之幽怨、起伏。过片境转，前三句叙事，“细看秦筝，正似人情短”，从筝写到人，幽怨之情爆发。结尾两句听筝曲而生出感

① 明·毛晋《跋小山词》，邓子勉编《明词话全编·毛晋词话》，凤凰出版社，2012，第3989页。

发。心绪固乱，听曲而更乱。“暗”字虽写红颜在惜春伤感中暗自老去，但却令人有惊惕、促迫之感。而对年华、流光的珍视，又与其父晏殊如出一辙。

这种以景起或以景结，或起结都在景的写法在小山词中并不典型，但在他的闺怨词中却是常见手法。关键是在这类词中，他常喜用描绘的笔法，而非叙事的笔法来写。这也是小山不为流俗所左右，固守自我传统的体现。黄庭坚说他“文章翰墨，自立规摹，常欲轩轾人，而不受世之轻重”①，我们从他的闺怨词中便可看出其独立与坚持。

小山闺怨词中尤以几首《生查子》写得灵巧幽绝，气韵宛然。如下面这首：

> 轻匀两脸花，淡扫双眉柳。会写锦笺时，学弄朱弦后。
> 今春玉钏宽，昨夜罗裙皱。无计奈情何，且醉金杯酒。

小山词十分善用暗喻，词句洗练之外，也容易拉近物与物、物与人之间的关系，形成密切碰撞，甚至造成界限模糊、虚实难辨的审美效果，给人朦胧迷离或惝恍如梦的感觉。这是小山词词境唯美的原因之一。本词前两句即如此，词人将女子擦粉、画眉十分平常的动作通过改变字序，形成暗喻效果，使以花喻脸、以柳喻眉本非新鲜的比喻打破了物我界限，使动词“匀”“扫”质感更强，女子立体的形象如在目前。另外，源于洗练与经济的笔墨，表意重心不一定局限于动词，形容词、时间副词用好了，一样能

① 宋·黄庭坚《小山集序》，刘琳等点校《黄庭坚全集·正集》卷第十五，中华书局，2021，第358页。

出惊喜效果。本词上片后两句、下片前两句之句末一字，即是如此。“会写锦笺时，学弄朱弦后”到底如何？形成开放空间，引领读者去想象。而“钏宽”表明憔悴消瘦，“裙皱”则言情绪低落，怨意显影。如此水到渠成，结句才写借酒浇愁。不多着一字，但“秀气胜韵得之天然”[①]。

类似笔法还有下面这首《生查子》：

一分残酒霞，两点愁蛾晕。罗幕夜犹寒，玉枕春先困。

心情剪彩慵，时节烧灯近。见少别离多，还有人堪恨。

再如另一首《生查子》：

坠雨已辞云，流水难归浦。遗恨几时休，心抵秋莲苦。

忍泪不能歌，试托哀弦语。弦语愿相逢，知有相逢否。

开头两句写景。坠雨辞云，写云雨分隔，又喻两情暌违；流水自顾流去，而不归浦口，又暗喻对方绝情。这句隐约可见刘禹锡“花红易衰似郎意，水流无限似侬愁”（《竹枝词》）之意。况且坠雨与浦口并无关系，但词人用了“已”，意味着期盼，意味着雨辞云间而归流水，终将流入浦口。但秋水却“难”归浦口，即未归浦口，希望落空。浦口分明是女子的象征；流水则暗喻男子。景语亦情语。因为对方乖离，故心中凄苦，不免有恨，这情感的直率、爱恨分明，又似晋宋时期吴声西曲中常见的女子性格；而以莲子苦喻心苦，双关修辞手法也是吴声西曲中常见的。下片写

① 宋·王灼撰、郑明宝整理《碧鸡漫志》卷二，大象出版社，2019，第16页。

女子本想托管弦摅恨，但弦音却不受人控制，反倒期望相逢，又忐忑最终是否会相逢。将女子的心理活动和盘托出。下片“弦语”“相逢”两次出现，顶针、接字手法亦如《西洲曲》：“低头弄莲子，莲子青如水。置莲怀袖中，莲心彻底红。”对仗的工整、自然景物的细微描画、对五言四句吴声西曲写法的规摹，这些都从诗中而来，因此有人评价本词“齐梁新体诗之佳者不能过之”[①]。小山知交好友黄山谷亦谓小山“独嬉弄于乐府之余，而寓以诗人句法，清壮顿挫，能动摇人心”[②]。小山《生查子》词因其五言八句的体式，成为其词集中明显体现以五言精华入词的典范。他希望如钟嵘所说，能起到“摇荡性情，行诸舞咏”(《诗品序》)的效果，黄庭坚看到了。这大约是小山不愿规摹柳永之长调慢词并俚俗赋化的原因。

小山词尤其是《生查子》气韵生动、清壮顿挫的背后，是因他从古诗十九首、杜甫五言诗中汲取了营养。他曾以“少陵诗思旧才名”(《临江仙》)自喻，也确实受了杜甫善于炼字、善用动词的影响。如下面这首《生查子》：

长恨涉江遥，移近溪头住。闲荡木兰舟，误入双鸳浦。
无端轻薄云，暗作廉纤雨。翠袖不胜寒，欲向荷花语。

起句化自“涉江采芙蓉，兰泽多芳草。采之欲遗谁，所思在远道”(《古诗十九首》)，次句又化自吴声歌曲之“忧思出门倚，

① 夏敬观《吷庵词评·小山词》，葛渭君编《词话丛编补编》，中华书局，2013，第3448页。

② 宋·黄庭坚《小山集序》，刘琳等点校《黄庭坚全集·正集》卷第十五，中华书局，2021，第358页。

逢郎前溪度”(《前溪歌》)，赠人、怀人之思不言已出。三四句反用施肩吾之“摇荡木兰舟，双凫不成浴”(《杂古词五首》其一)，反衬自己的孤单，怨意渐显。结句化自杜甫之“天寒翠袖薄，日暮倚修竹”(《佳人》)，佳人孤寒形象傲立。且“袖”不胜“寒”，比杜甫的“天寒翠袖薄”更进一步。

小山词有时如温词一样较少用动词，但一用便汲取了杜诗善用动词之精华，善以虚实相对，如上引之袖为实、寒为虚。再如“觉来何处放思量”(《临江仙》)，“放”乃动作性极强的词，但连接的却是无形的“思量”，虚实相映，出人意料。再如“碧楼帘影不遮愁”(《玉楼春》)，影本虚幻，更挡不住什么，何况还是看不见的愁呢?“遮”为实在的动作词，但其前后连接的却是一个比一个虚幻的物象，这种虚实之间的关系透露了无奈，也更空幻、更富有诗意。这是小山词学杜的精华所在。

《生查子》全篇皆五言，似两首五绝或五古，又得《古诗十九首》与杜诗之神韵，令人回味无穷、爱不释手是必然的。清人李调元亦曰“晏几道《小山词》似古乐府，余绝爱其《生查子》云(词略)”[①]，可见其天然神韵、清丽可喜。这样的风格，并不仅见于《生查子》词调，其他词调亦有以上所说的气质，如《清商怨》：

庭花香信尚浅。最玉楼先暖。梦觉春衾，江南依旧远。

回文锦字暗剪。漫寄与、也应归晚。要问相思，天涯独自短。

① 清·李调元《雨村词话》卷一，唐圭璋编《词话丛编》，中华书局，2005，第1390页。

陈廷焯说“艳词至小山，全以情胜”[①]，我们从上面这首词亦能感觉到，此不赘述。

三　相思

小山足迹漂泊不定，他去过长安，又在江西和扬州担任过小官吏，曾在归德军（河南商丘）待过，又曾因郑侠上书事被牵连入狱。大约四十一岁的时候，投奔任江南太守的五兄知止，回京后，又曾与黄庭坚在汴京相聚。大约在四十三四岁期间，经常去好友沈廉叔、陈君龙家饮酒，参加宴会，并听其侍女莲、鸿、蘋、云唱歌。在元丰五年（1082）春监颍昌许田镇。元丰八年秋（1085）四十八岁，调离许田镇的文书下达。元祐元年（1086）至元祐三年（1088），回京后的小山仍常在沈、陈两家饮酒、听曲，即他曾在自序中说的“始时沈十二廉叔、陈十君龙家有莲、鸿、蘋、云，品清讴娱客。每得一解，即以草授诸儿，吾三人持酒听之，为一笑乐而”[②]，许多词作甫一草就即令几位侍儿歌唱。《小山词》大约编成于这几年间。

元祐三年前后，苏轼欲经黄庭坚绍介去见小山被拒，他说“今日政事堂中半吾家旧客，亦未暇见也”[③]。此时小山五十一岁，苏轼五十二岁。

---

① 清·陈廷焯撰、孙克强等辑校《白雨斋词话全编·词则辑评·闲情集》卷一，中华书局，2013，第909页。

② 宋·晏几道《小山词自序》，张草纫《二晏词笺注》，上海古籍出版社，2008，第602页。

③《砚北杂志》上引邵泽民语，孔凡礼《苏轼年谱》卷二十七，中华书局，1998，第855页。

崇宁元年（1102），小山退居京城被赐第[1]。崇宁二年（1103）或稍后，小山多次搬家。据载，“晏叔原聚书甚多，每有迁徙，其妻厌之，谓叔原有类乞儿搬漆碗”[2]，小山因此作《戏作示内》诗，中有“可是近来疏酒盏，酒瓶今已作花瓶”，大约此时小山已贫至无力买酒，更遑论听曲了。在崇宁四年（1105）至崇宁五年期间，六十八、九岁的小山又曾任乾宁军（今河北青县）通判，再转开封府推官，又转管勾使院刑法。

纵观小山一生行迹，其五十多岁之前应该是作词的高峰期，词集也编于这一时期。那么他词中所写的女子，除了沈、陈二家侍女之外，大约就是此前他外任或在汴京酒筵歌席间结识的女性。据考证，甚至还包括早年间在汴京结识的西楼歌女，在长安结识的两个西溪歌女，在江西、扬州时期结识的歌女，在归德府与他相恋的歌女，以及在江南结识的歌女，在许田镇结识的歌女师师等[3]。但因小山生平资料有限，以上所说的歌女，只是从他的词作内容推测而来，虽有一定道理，但也不能就此坐实。我们读小山词，除了他在自序里提到的几位有名字的歌女之外，别的只能从文本中去体会，以免穿凿附会。

小山深于情，这些女子，即使短暂相交，或如惊鸿一瞥，别后也便容易思念，因而催生出许多相思词作来：

---

① 宋·王灼撰、郑明宝整理《碧鸡漫志》二：“叔原年未至乞身，退居京城赐第，不践诸贵之门。蔡京重九、冬至日，遣客求长短句，欣然两为作《鹧鸪天》（词略），竟无一语及蔡者。”（大象出版社，2019，第18页）

② 宋·张邦基撰、金圆整理《墨庄漫录》卷第三，大象出版社，2019，第186页。

③ 据张草纫《晏几道部分事迹及作品编年》，张草纫《二晏词笺注》，上海古籍出版社，2008，第611—626页。

无端恼破桃源梦，明日青楼。玉腻花柔。不学行云易去留。　应嫌衫袖前香冷，重傍金虬。歌扇风流。遮尽归时翠黛愁。(《采桑子》)

谁将一点凄凉意，送入低眉。画箔闲垂。多是今宵得睡迟。　夜痕记尽窗间月，曾误心期。准拟相思。还是窗间记月时。(《采桑子》)

风梢雨叶，绿遍江南岸。思归倦客，寻芳来最晚。酒边红日初长，陌上飞花正满。凄凉数声弦管。怨春短。　玉人应在，明月楼中画眉懒。鱼笺锦字，多时音信断。恨如去水空长，事与行云渐远。罗衾旧香余暖。(《扑蝴蝶》)

这三首都采用诗从对面来的写作手法。什么是诗从对面来？即从对面着笔。清人许印芳在评价杜甫《月夜》时说："《三百篇》为诗祖，少陵此等诗从《陟岵》篇化出。对面着笔，不言我思家人，却言家人思我。又不直言思我，反言小儿女不解思我，而思我者之苦衷已在言外。"①杜诗是五律，巧用月照两地，不必再作交代或过渡，"闺中只独看"即从对面着笔。王维的"遥知兄弟登高处，遍插茱萸少一人"(《九月九日忆山东兄弟》)、柳永的"想佳人妆楼颙望，误几回、天际识归舟"(《八声甘州》)则借句首动词"遥知"和领字"想"，从对面写来。

上引第一首《采桑子》首句"恼破"写桃源梦醒的懊悔。接下三句写梦中女子在明月青楼中，肌肤像玉一样光滑，容貌像花一样美丽。她与他情好，不学巫山神女，稍来即逝。下片通过"应

① 王步高主编《唐诗三百首汇评》(修订本)卷五，凤凰出版社，2017，第397页。

嫌”这样的揣度语想象女子闺中情形。香冷即闺房清冷，须重傍香炉来熏香、取暖。歌扇虽然可以遮住脸庞，却遮不住女子眉上之愁。

第二首《采桑子》上片前三句都为画面，词人用反问句将女子的凄凉哀怨和闺房闲寂写了出来。四句用“多是”倒绾，才让人知晓这其实是诗从对面来，是想象中的情形。下片仍用相同手法，先呈现逼真画面，其次用“准拟”点明是对面着笔，词人相思的苦心借此跃然纸上。

《扑蝴蝶》一词，上片写词人滞留江南，花红柳绿，难掩思归之心。下片通过“应在”二字，将画面切换至闺中，写闺中人的慵懒与别恨。也是从对面着笔。

小山写相思的词很多，如何在创作时不至简单重复大约是他要经常考虑的。前面写到小山爱写梦，这是从情感、内容角度而言。从写作方式、结构词境角度，梦是结构词作很好的一个关节点。通过梦入、梦醒、梦中，词人可以接入新的内容与画面。而诗从对面来也是一种结构词作的方法，通过一些过度提示语，即如上面的应嫌、多是、准拟、应在等，词人可以另起内容，推动词作的展衍，并且更容易增加画面感与真实性，也因为细致的描写和想象，足见词人的深情与相思的苦心。小山这类词就是巧用此法，而写出了令人动容的情感和思念。

有时相思是借触物伤情进而忆旧的形式展现的，如：

画屏天畔，梦回依约，十洲云水。手捻红笺寄人书，写无限、伤春事。　　别浦高楼曾漫倚。对江南千里。楼下分流水声中，有当日、凭高泪。(《留春令》)

半夜梦回，想到曾经的过往，十洲云水如在眼前。境界阔大而伤感。下片写回忆当初，不写具体人事，就是高楼漫倚，望着千里江南，听楼下水声经过，便能让人感觉到主人公的情怀和伤感。

有触物而生感慨的，如：

> 题破香笺小研红。诗篇多寄旧相逢。西楼酒面垂垂雪，南苑春衫细细风。　　花不尽，柳无穷。别来欢事少人同。凭谁问取归云信，今在巫山第几峰。（《鹧鸪天》）
>
> 一醉醒来春又残。野棠梨雨泪阑干。玉笙声里鸾空怨，罗幕香中燕未还。　　终易散。且长闲。莫教离恨损朱颜。谁堪共展鸳鸯锦，同过西楼此夜寒。（《鹧鸪天》）

具体的相思已经凝结为对人生的伤感经验，“莫教离恨损朱颜”，正话反说，冷漠与消极之下掩饰不住深情与苦心。

小山词一个很明显的结构特点是：先叙事后写景，或是先抒情后写景，与温词景—情—景的结构模式不同，也与此前大多数词人先景后情的写作方式不同。李清照说小山词“苦无铺叙”[①]便是针对这一特点，反对其开头即言事，没有铺垫，没有造境。但这未必是缺陷。小山之所以采取这样的写作模式，乃因他多情伤感，心中埋了万千的话要说、万千的情要诉，他顾不得特定程式了，他就是要开口而呼、肆口而发，将他的情感、挂念、回忆急切地一吐为快。而结句结在景上，亦非小山有意为之，他是无奈，他是无法排解，他是不知如何是好，故只能付之于景，让景替他

① 王仲闻《李清照集校注》卷三《词论》，中华书局，2020，第226页。

定格他无法留住的过往，让景替他冷却他无法冷却的炙热。小山词以情胜、以伤感胜，从其常见的结构驱遣中亦可见一斑。

他相思的苦心有时能从不同寻常的体物中表露出来，如这首《南乡子》：

花落未须悲。红蕊明年又满枝。惟有花间人别后，无期。水阔山长雁字迟。　　今日最相思。记得攀条话别离。共说春来春去事，多时。一点愁心入翠眉。

自古见花落而悲，这是人的正常反应。但本词起句却言“花落未须悲”，因为花落之后明年还会开满枝头的。小山更进一步说，只有开花时节别离后再无会面之期时才是应该悲伤的。小山心思迂曲婉转，先抑后扬，痛人心魄。上片议论，下片忆旧。因为无法相见，故使忆旧显得尤为伤感。结句虽言女子之愁，“一点愁心入翠眉”，但何尝不是思念着她的自己的愁呢？本词之所以独特，并非由于技法，而是词人情到深处才能生出的痴念，令人不能不动容。

此外，还有因相思而生怨的：

长因蕙草记罗裙。绿腰沉水熏。阑干曲处人静，曾共倚黄昏。　　风有韵，月无痕。暗消魂。拟将幽恨，试写残花，寄与朝云。（《诉衷情》）

醉拍春衫惜旧香。天将离恨恼疏狂。年年陌上生秋草，日日楼中到夕阳。　　云渺渺，水茫茫。征人归路许多长。相思本是无凭语，莫向花笺费泪行。（《鹧鸪天》）

尤其是《鹧鸪天》后两句，词人被相思折磨，尝尽煎熬，也遭遇了无情与背叛，最终怀疑起相思本身，既而产生消极想法，告诫自己不要流泪写情书了，那都是枉然的。情深似无情，难掩幽怨。

还有因相思而生疑、生惧的：

初心已恨花期晚。别后相思长在眼。兰衾犹有旧时香，每到梦回珠泪满。　　多应不信人肠断。几夜夜寒谁共暖。欲将恩爱结来生，只恐来生缘又短。（《木兰花》）

相逢欲话相思苦。浅情肯信相思否。还恐漫相思。浅情人不知。　　忆曾携手处。月满窗前路。长到月来时。不眠犹待伊。（《菩萨蛮》）

“只恐”“还恐”两句，写出了相思的懊恼、犹疑和迷信、恐惧，那种进退维谷、忐忑不安的心思令人如临其境。

还有因相思而生愿的：

歌彻郎君秋草。别恨远山眉小。无情莫把多情恼。第一归来须早。　　红尘自古长安道。故人少。相思不比相逢好。此别朱颜应老。（《秋蕊香》）

对于相思中的女子来说，什么都比不上相见，所以她说“相思不比相逢好”，而且告诫远行的他，最最重要的是要早早归来。“第一归来须早”写出千古相思男女共同的心愿。

即使草草幽欢，别来也深情相念：

莺来燕去。宋玉墙东路。草草幽欢能几度。便有系人心处。　　碧天秋月无端。别来长照关山。一点恹恹谁会，依前凭暖阑干。(《清平乐》)

小山心细如发。他与女子的相处，哪怕是“几许无凭事”(《清平乐》)，哪怕是“草草幽欢”，都会“系人心处”，“沉思暗记”(《阮郎归》)，反复回味。对于萍水相逢或酒筵歌席间的逢场作戏，文人们太懂了，一般不会当真，更不会将其记在心间。而小山却都将这些装在了心里。是他的心太寂寞了吗？还是他的心里装不下其他，只认为与女子的情是真挚的、是值得珍惜并仔细回味的？所以在反复回味与思念之中，尤其是那些即使相思都不可能再重新得到的情感，他无法轻易放手，更无法彻底忘记。这些情感给小山带来的相思的凄苦大于当初相聚的欢乐，有时让他因此生病、醉酒、情绪恹恹，尝尽凄苦滋味。所以小山称其词为“补亡”，大约就是在悼念一种失去的、再也回不来的、无法重现的经历和情感。在此意义上，小山不仅是在补亡，更是在与记忆和心理的不可逆性反复拉扯。一切逝去的因其无法重现而让人着魔般渴望以某种形式再现，此不可再现的旧情、往事因其逝去而在心理与记忆中本能过滤掉了令人不快的部分，而显得异常美好，因此也令人异常留恋，无法割舍。小山就是掉进了这忆旧、补亡的漩涡而无法自拔。他本身又个性敏感，年少生活富足，故理想化而富有诗性，不适合现实，只适合活在诗与幻象中。早年沈廉叔、陈君龙二位好友曾短暂地为他创造过这样的氛围，美好得犹如幻境。如今好友去世的去世，生病的生病，小山的幻境破灭了，但他却仍想回到那幻境中，他的许多创作都是因为这样的心结产生的。好友家的侍儿或他在其他场合结识的歌妓舞女就成了他最为惦念的人，她们是那个幻境中真美的化身，他在与她们的接触中实现了片刻的欢娱、对真美的拥有，以及失去后的无法承受。小山与这些歌妓的来往、他对她们的情感，与曹雪芹笔下的贾宝玉是何其相似。小山爱写梦，其实就是他的情感欲求无法得到满足、不愿意面对现实时，渴望在梦中重现往日的一种潜意识。所以，他的一些词写得迷离惝恍，摄人心魄，因为他为之付出的是全部的真心，这样赤诚之人写出的描述感情的词，自然也就具有一般词所没有的魅力了。

四　远花

小山笔下的女性，多酒筵歌席间相遇，远远地观看，她们如远处生长的花一样，美丽迷人，但又因无法接近而增加了朦胧与神秘，即如下面这首《采桑子》所写：

> 非花非雾前时见，满眼娇春。浅笑微颦。恨隔垂帘看未真。　　殷勤借问家何处，不在红尘。若是朝云。宜作今宵梦里人。

非花非雾，化自白居易的“花非花，雾非雾。夜半来，天明去。来如春梦不多时，去似朝云无觅处”(《花非花》)。朦胧迷离，恍若梦境，这就是小山初见这位女子时的感受。她满眼含春，娇俏可人，浅笑微颦都是那么动人。但是这种美的感知是带有遗憾的，因为是“恨隔垂帘看未真”。正是因为隔着帘子、远远地看这位女子，故更易产生朦胧、神秘之美。这种美被反复玩味，达至如梦如幻境地。再加上词人并不知晓女子的住处，女子像旦为行云、暮为行雨的巫山神女一样踪迹难求，更增加了神秘莫测与望而不得的懊丧，如同“美人如花隔云端”（李白《长相思》），故词人只能希望她今宵进入自己的梦乡了。

如远花，似帘影，如朝雾，似行云，这恰恰象征了小晏与歌女的关系模式。有时候，他情愿保留这种隔帘而望的神秘，这令对方和自己之间的感情会过滤掉一些俗艳，显得异常美好。这种美好又是他孤寂生活的回味和安慰。他对沈、陈二友人家中的歌女如莲、鸿、蘋、云及其他曾熟稔的歌女的情感莫不如此。对于她们，他都有专门的歌咏，遥远的思念，就像在远远打量他十分欣赏的人儿一样。对小莲，他说：

小莲未解论心素。狂似钿筝弦底柱。脸边霞散酒初醒，眉上月残人欲去。　旧时家近章台住。尽日东风吹柳絮。生憎繁杏绿阴时，正碍粉墙偷眼觑。（《木兰花》）

小山眼中的小莲是一个情窦未开的女子，热情娇憨，又年轻美丽。小山离京监许田镇期间，亦曾写词思念她：“记得春楼当日事，写向红窗夜月前。凭谁寄小莲。”且将自己的情思写得缠绵、犹疑而伤感：“绛蜡等闲陪泪，吴蚕到了缠绵。绿鬓能供多少恨，未肯无情比断弦。今年老去年。”（《破阵子》）

见到枝上梅欲开，他会忆起小鸿：

小梅枝上东君信。雪后花期近。南枝开尽北枝开。长被陇头游子、寄春来。　年年衣袖年年泪。总为今朝意。问谁同是忆花人。赚得小鸿眉黛、也低颦。（《虞美人》）

他期盼着雪后花期，因为他知道古人常折梅寄友："江南无所有，聊赠一枝春。"（陆凯《赠范晔诗》）他与小鸿分别已非一年，年年思念年年流泪。本句七字四字相同，"年"字四见，足见词人对小鸿无一刻忘怀，时刻受着思念的煎熬。此词作于小山监许田镇时期。唯独可以抚慰这年年眼泪的是折梅寄春，因为小鸿也是爱花之人。结句是对面着笔，词人想象每到梅开，小鸿也同他一样，泛起离愁。

小山有词"云鸿相约处，烟雾九重城"（《临江仙》）。他曾与小云、小鸿相约他日京城相会。在离开汴京的日子，小山同样对小云念念不忘。他想象着"小云双枕恨春闲"（《浣溪沙》），他见秋风起而不免想起小云：

> 秋风不似春风好。一夜金英老。更谁来凭曲阑干。惟有雁边斜月、照关山。　　双星旧约年年在。笑尽人情改。有期无定是无期。说与小云新恨、也低眉。（《虞美人》）

牛郎、织女七夕相会的约定还年年在，但是他却一再拖延，归期难定，所以不无懊恼地说"有期无定是无期"，并且想象将这些说给小云，小云也一定会添新恨吧。因为有这样的烦恼，所以不喜秋风，秋风的到来只能提醒自己归期又愆。他说菊花枯老，也是叹年华空老。物皆着我之色，因情而怨景，是小山词的又一种曲笔。

小蘋（即小蘋）的笑容特别迷人，小山在词中两次写道：

> 小蘋若解愁春暮。一笑留春春也住。晚红初减谢池花，新翠已遮琼苑路。　　湔裙曲水曾相遇。挽断罗巾容易去。

啼珠弹尽又成行，毕竟心情无会处。（《木兰花》）

琼酥酒面风吹醒。一缕斜红临晚镜。小颦微笑尽妖娆，浅注轻匀长淡净。　　手挼梅蕊寻香径。正是佳期期未定。春来还为个般愁，瘦损宫腰罗带剩。（《玉楼春》）

小颦的笑容该是多么美，多么妖娆！她如果笑的话，春天也会为她停驻的。“一笑留春春也住”，字里行间充满喜爱至极而散发的柔情和温暖。

莲、鸿、蘋、云是沈、陈二友人的家妓，小山常与她们来往，“每得一解，即以草授诸儿，吾三人持酒听之，为一笑乐”①，经常听她们唱自己的新作，彼此感情深厚，不仅单单是歌者与听者，更有创作者与演唱者的身份，除了听曲，还有书信、歌词之间的往还，彼此之间的感情自然要深厚一些，小山对她们的描写也更生动一些，体现了彼此的交情、思念甚至相恋。

此外，小山笔下还写了小玉、玉真、阿茸、小杏、疏梅等歌女，这些歌女，词人多数都是远远地观看，记录下她们的美好，并不涉及彼此的关系，更少有可以与莲鸿蘋云相比者，简列如下：

小玉楼中月上时。夜来惟许月华知。重帘有意藏私语，双烛无端恼暗期。　　伤别易，恨欢迟。归来何处验相思。沈郎春雪愁消臂，谢女香膏懒画眉。（《鹧鸪天》）

玉真能唱朱帘静。忆在双莲池上听。百分蕉叶醉如泥，却向断肠声里醒。　　夜凉水月铺明镜。更看娇花闲弄影。

① 宋·晏几道《小山词自序》，张草纫《二晏词笺注》，上海古籍出版社，2008，第602页。

曲终人意似流波，休问心期何处定。（《木兰花》）

阿茸十五腰肢好。天与怀春风味早。画眉匀脸不知愁，殢酒熏香偏称小。　　东城杨柳西城草。月会花期如意少。思量心事薄轻云，绿镜台前还自笑。（《木兰花》）

小杏春声学浪仙。疏梅清唱替哀弦。似花如雪绕琼筵。　　腮粉月痕妆罢后，脸红莲艳酒醒前。今年《水调》得人怜。（《浣溪沙》）

疏梅月下歌《金缕》。忆共文君语。更谁情浅似春风。一夜满枝新绿、替残红。　　蘋香已有莲开信。两桨佳期近。采莲时节定来无？醉后满身花影、倩人扶。（《虞美人》）

小山希望她们的美好能够被珍惜，能够永远留住。如这首《临江仙》，全词意境十分美好，与两位歌女的美好形单影只，形成形式与内容的完美统一：

旖旎仙花解语，轻盈春柳能眠。玉楼深处绮窗前。梦回芳草夜，歌罢落梅天。　　沉水浓熏绣被，流霞浅酌金船。绿娇红小正堪怜。莫如云易散，须似月频圆。

前两句似写花草，实则写人，直接将女子暗喻为仙花（杏花）与春柳。写这两位女子的歌声给词人留下深刻印象，他仍记得当初她们在玉楼深处、绮窗前歌唱的情形。接下两个五言对句，十分深情地描绘了当时歌罢给予人的美好感受。她们是如此的稚嫩、娇小，值得怜爱，以至词人生出奢望。他希望她们“莫如云易散，须似月频圆”，不要像天上的云那样容易飘散，要像天上的月亮一样，常常团圆，不要分离。这用心何其良苦！

小山词最打动人的地方也在其重情、真挚，对感情的守护如捧着一件易碎品，多方呵护，小心翼翼。尽管如此，仍难阻挡破碎分离的命运，其悲剧性亦在此。他渴望留住的，亲情、爱情、友情等，都一一离他而去。他什么也留不住、留不下。世上的人，仿佛再没有比小山更辛苦的了。不仅因为他在乎，而且因为他本来拥有的就少，能留住的也少，繁华、荣耀只是曾经记忆里的事，如今，连这些曾在诗酒宴会上结识的歌女也都会离他而去。命运莫测之外，真情遇到的可能只是逢场作戏的虚假、短暂的情感，还能指望有什么真挚永远的呢！所以，小山这个似乎不高、小心翼翼的希望，终究是要落空的。也许就在他写下的片刻，就已经知道不可避免地要失去了，因此便更伤心、更感人。

于是，他对与她们的重逢就更不敢奢望，一旦成真，反倒疑惑：

彩袖殷勤捧玉钟。当年拚却醉颜红。舞低杨柳楼心月，歌尽桃花扇影风。　　从别后，忆相逢。几回魂梦与君同。今宵剩把银釭照，犹恐相逢是梦中。（《鹧鸪天》）

末二句，小山翻用三家典故，杜甫的“夜阑更秉烛，相对如梦寐”、戴叔伦的“还作江南梦，翻疑梦里逢”、司空曙的“乍见翻疑梦，相悲各问年”，可见与女子重逢带给他的震动，真是犹疑、喜悦、悲喜莫名、歌哭无端，是“惊定还拭泪”的错愕。如果没有深受相思煎熬，断写不出这样“曲折深婉”[1]的句子。

① 清·陈廷焯《白雨斋词话》卷一，唐圭璋编《词话丛编》，中华书局，2005，第3782页。

小山词中值得一提的是有几首词有争议，如下面这首《洞仙歌》，张草纫认为是“写重见疏梅。疏梅是叔原在归德府南湖认识的歌女”[①]：

春残雨过，绿暗东池道。玉艳藏羞媚赪笑。记当时、已恨飞镜欢疏，那至此，仍苦题花信少。　　连环情未已，物是人非，月下疏梅似伊好。澹秀色，黯寒香，粲若春容，何心顾、闲花凡草。但莫使、情随岁华迁，便杳隔秦源，也须能到。

根据词中内容的蛛丝马迹来考证，终究缺乏有力证据。而且这里引用秦源典故，实则是化用刘阮桃源遇仙故事，为道教传统故实，亦是常引用的典故。本词调为中调《洞仙歌》，小山多写小令，少有中调、慢词，并且此词调“洞仙”也是强调“仙”，恐怕小山所写此女与道教有关，或者是地位较高的女冠，所以才会遇仙，才会说他人是“闲花凡草”，并且自己“无心顾”。显然这位女子地位高，品格亦高，故用梅来比拟。这大约是小山不便言明的一段往事，正如李商隐也曾暗恋地位较高的女冠一样，隐秘之事只能含蓄而言。况且小山词中多化用李商隐诗，自己身上发生的与李商隐类似的“遇仙”之事，想写但又不能写得十分明了，只能如此含而不露，欲吐又抑。

此外如以下几首：

芳年正是香英嫩。天与娇波长入鬓。蕊珠宫里旧承恩，

① 张草纫《二晏词笺注·小山词笺注》，上海古籍出版社，2008，第395页。

夜拂银屏朝把镜。　　云情去住终难信。花意有无休更问。醉中同尽一杯欢，归后各成孤枕恨。(《玉楼春》)

种花人自蕊宫来。牵衣问小梅。今年芳意何似，应向旧枝开。　　凭寄语，谢瑶台。客无才。粉香传信，玉盏开筵，莫待春回。(《诉衷情》)

绿径穿花，红楼压水。寻芳误到蓬莱地。玉颜人是蕊珠仙，相逢展尽双蛾翠。　　梦草闲眠，流觞浅醉。一春总见瀛洲事。别来双燕又西飞，无端不寄相思字。(《踏莎行》)

这些应该也是有关女冠的，不然不会随便引用“蕊珠宫”“蕊珠仙”这样的典故。这是小山与女冠关系的又一证明，不可简单认为是将妓女比作仙女这样传统的套路。

五　追忆

曾经，小山与沈、陈二友一起歌酒笑乐的生活单纯美好，后逢变故，“君龙疾废卧家，廉叔下世，昔之狂篇醉句，遂与两家歌儿酒使流转于人间”[①]，令小山伤痛不已。往事历历，“如幻如电，如昨梦前尘”[②]，小山不可能不在他此后的人生中时有追忆，其中令人拍案叫绝的是那首著名的《临江仙》：

梦后楼台高锁，酒醒帘幕低垂。去年春恨却来时。落花

① 宋·晏几道《小山词自序》，张草纫《二晏词笺注》，上海古籍出版社，2008，第602页。

② 宋·晏几道《小山词自序》，张草纫《二晏词笺注》，上海古籍出版社，2008，第602页。

人独立，微雨燕双飞。　　记得小蘋初见，两重心字罗衣。琵琶弦上说相思。当时明月在，曾照彩云归。

起首两个四二式六言句拉开叙事帷幕。梦醒后看到楼台高锁，酒醒后看到帘幕低垂。梦与酒都易使人产生非理性，词人希望借酒浇愁、倚梦忘却烦恼，却不能改变人去楼空的现实。楼台、帘幕与词人自我形成了对立和隔绝，这显然是沈、陈二家的楼台与帘幕，一再提醒词人这里不再有人迹。接着以“去年”为转折，接下三句忆旧。去年的时候，他亦曾来到这里。彼时落花满地，只有他一个人独立楼前；微雨下燕子双飞，似亦嘲弄他独自一人。上片前二句与后三句虽然都是写景，却是今年和去年之景，以此说明他对于友人家变故的痛惜已非一日。下片仍是忆旧，是更早于去年的往昔记忆。以“记得”作为打开记忆闸门的密钥，回想起他在沈、陈二家最初见到小蘋的模样。当时的小蘋穿着一件心字形的罗衣。她弹着琵琶，曲中传递着相思，也暗写二人初次见面即心意相通。席散后，小蘋回府，他正好与她有一段时间同路。当时明月高照，彩云满天，似乎专意一路陪伴她。情景历历在目，至今犹能感觉当日之美好。愈是绚丽美好，愈是难以忘怀，愈是追忆不已。字里行间，我们似能感受到当日小山一见钟情的喜悦，对美好的小蘋的珍视，以及如今物是人非的伤心绝望。

小山词自序里并未明言莲、鸿、蘋、云到底属于沈家还是陈家，当日小蘋应是和小山一样到其中一家作客、演唱，席散后各自归家。如今，小蘋与两家家妓一起，已“流转于人间”，不知所终。回想当日，心意难平。

词中“落花人独立，微雨燕双飞”“当时明月在，曾照彩云归”，屡被后人赞赏。陈廷焯认为“既闲雅，又沉着，当时更无敌手”[1]，又赞“‘落花’十字，工丽芊绵。结笔依依不尽”[2]。实则“落花”二句，全引自五代翁宏的诗：“又是春残也，如何出翠帏。落花人独立，微雨燕双飞。寓目魂将断，经年梦亦非。那堪向愁夕，萧飒暮蝉辉。”（《春残》）但此诗却泯然众人，并未显得突出。直到小山将其引入词中，才如点石成金一般，它的美被重新发现。就像沈祖棻先生说的，“这两句放在诗中，也远不及放在词中那么和谐融贯”[3]。这犹如欧阳修化用王维“山色有无中”的效果一样，比王维原诗更出彩，亦比后来苏轼的化用更恰切。

小山还有一首忆小莲的词，应亦是遭遇变故之后：

> 手捻香笺忆小莲。欲将遗恨倩谁传。归来独卧逍遥夜，梦里相逢酩酊天。　　花易落，月难圆。只应花月似欢缘。秦筝算有心情在，试写离声入旧弦。（《鹧鸪天》）

遗恨难传，梦里相逢，欢缘短暂，声入旧弦，都似乎永难再见。

他的追忆里有时隔着生离死别，如这首《木兰花》：

> 念奴初唱《离亭宴》。会作离声勾别怨。当时垂泪忆西楼，湿尽罗衣歌未遍。　　难逢最是身强健。无定莫如人聚散。已拚归袖醉相扶，更恼香檀珍重劝。

---

① 清·陈廷焯《白雨斋词话》卷一，唐圭璋编《词话丛编》，中华书局，2005，第3782页。

② 清·陈廷焯《云韶集辑评》卷二，葛渭君编《词话丛编补编》，中华书局，2013，第1436页。

③ 沈祖棻《宋词赏析》，上海古籍出版社，1997，第56页。

全篇叙事。念奴初唱《离亭宴》时，歌声凄婉，就已经勾起词人的离情别怨了。他不禁垂泪，忆起当时在西楼的情景。歌未唱完，已泪湿衫袖。过片意转。前两句，由伤痛经历凝结出人生经验：人生最难遇到的是身强体健，人生最无常难料的是人的聚散。由身强体健之难得到聚散无定，分明在写那个西楼歌女如今已不在人世，才会激发词人那样伤痛的感慨。结两句照应开头。词人无法忍受离声之凄苦，虽然醉酒仍拼命逃离，更懊恼歌声执着萦耳。是追忆，亦是悼亡。

再如这首《愁倚阑令》：

> 凭江阁，看烟鸿。恨春浓。还有当年闻笛泪，洒东风。
> 时候草绿花红。斜阳外、远水溶溶。浑似阿莲双枕畔，画屏中。

张草纫认为“此词为悼念已下世的沈廉叔并思念小莲而作”[1]，大致如此。

多数时候，词人感觉过往都成了“几许无凭事”，是如“梦云归处难寻”(《清平乐》)。如这首《鹧鸪天》：

> 斗鸭池南夜不归。酒阑纨扇有新诗。云随碧玉歌声转，雪绕红琼舞袖回。　今感旧，欲沾衣。可怜人似水东西。回头满眼凄凉事，秋月春风岂得知。

昔日曾在斗鸭池南整夜饮酒、听曲、观舞，好不热闹。如今

① 张草纫《二晏词笺注·小山词笺注》，上海古籍出版社，2008，第472页。

追忆，只能泪湿衣襟。不由感叹人如流水一样，终有各奔东西的时候，就如“几处歌云梦雨，可怜便、流水西东”(《满庭芳》)。回首往事，满眼凄凉，秋月春风又岂能知晓。满是沧桑和伤感。

人情的笃好是短暂的，人情乖离则是常态，所谓“梦云归去不留痕”(《浣溪沙》)，“去年花下客，今似蝶分飞”(《临江仙》)，“当年信道情无价”(《玉楼春》)，有不可抗拒的变故，也有人为的人情冷暖，所以词人有时会伤感、颓丧，如此首《浣溪沙》：

> 莫问逢春能几回。能歌能笑是多才。露花犹有好枝开。
> 绿鬓旧人皆老大，红梁新燕又归来。尽须珍重掌中杯。

不要问能有几次与春天相逢，能歌能笑才是最应该的。绿鬓旧人指词人，红梁新燕指年轻的新人歌女。新人不断，而自己却已年龄老大，只须尽情享受，及时行乐。看似颓废中蕴藏了太多的离别、伤心甚至绝望。

回首往事，词人有“从来往事都如梦”(《踏莎行》)的错觉，正如“落花空记前踪”(《风入松》)一样，曾经经历的美好人事，终究远去了，如远花，如梦影，如呓语。

小山之所以有这么多的追忆与眷恋，与他和这些女子的某种共性与呼唤有关。如这首《浣溪沙》：

> 日日双眉斗画长。行云飞絮共轻狂。不将心嫁冶游郎。
> 溅酒滴残歌扇字，弄花熏得舞衣香。一春弹泪说凄凉。

刘永济先生认为：“作者将此一舞女之生活和内心写得如此酣畅，其自身几已化为此女。盖由作者自身亦具有此种矛盾之痛苦，亦同有此舞女之个性，故能体认真切。此舞女，直可认为作者己身之写照。此种写法，又较托闺情以抒己情者更加亲切，因之更加动人。论者称其词顿挫，即从此等处看出也。”[①]小山家道中落，自身沉沦下僚，故对歌女这样依附于他人的状况异常同情。他能体谅到她们处境如何艰难，正如他觉知自己处境艰难一样，所以有时同情歌女即同情自己，感伤歌女即感伤自身。这使得他有“同是天涯沦落人，相逢何必曾相识”（白居易《琵琶行》）这样的与歌女同命运之感，故这类词作更能入木三分，感动他人。

纵观小山词作，虽“得于妇人”，满篇皆写女子，尤其是歌女舞姬，但他的词却“无不闲雅”[②]。详究其因，是因为小山虽多写女性，却情感真纯，不沦于狎亵。其次，词中女子多爱歌舞、吹箫、饮酒、写花笺，有较高的文化水平和修养，故她们的相思、闺怨和柳永笔下的烟花柳巷女子不同。这也是小山有意为之。他固守小令，就是爱其典雅柔丽；他不学柳永词风，不作慢词，也是在有意排斥俚俗和平庸。他虽困顿贫蹇，但仍有意固守自己的原则，不干权贵，不做违心之事，我们也看不到他笔下女子染有风尘气，她们多是小山在友人府上和任职场合、同僚宴会上的女子，是家妓、官妓。由于这些女子的身份、修养不同于青楼歌馆的私妓，她们的作风也有差异，故小山笔下女子不俗艳。或者说，小山就喜欢有文化、浪漫、纯真、多情的女子，所以他笔下多写这样的女子，也是其词面目闲雅的因素之一。小山虽然多写女子，可以看出他的多情，但却看不出滥情，这也与他本人始终格调高

① 刘永济编著《唐五代两宋词简析》，人民文学出版社，2018，第62页。

② 清·陈廷焯撰、孙克强等辑校《白雨斋词话全编·词则辑评·闲情集》卷一，中华书局，2013，第911页。

雅有关。

黄庭坚曾说："予尝论：'叔原固人英也，其痴亦自绝人。'爱叔原者皆愠，而问其目，曰：'仕宦连蹇，而不能一傍贵人之门，是一痴也；论文自有体，不肯一作新进士语，此又一痴也；费资千百万，家人寒饥，而面有孺子之色，此又一痴也；人百负之而不恨，己信人，终不疑其欺己，此又一痴也。'"①正因为小山有此四痴，他更能突破世俗，对笔下女子的情感、经历感同身受，将她们引为自己的同类，不仅被吸引，更有知音间的默契，所以我们读来也便深受触动，觉得魅力无限。这是属于小山最独特的气质。

① 宋·黄庭坚《小山集序》，刘琳等点校《黄庭坚全集·正集》卷第十五，中华书局，2021，第358页。

第十五讲

苏轼

巨变：天风海雨、逸怀浩气之作

回首向来萧瑟处。归去。也无风雨也无晴。

词至苏轼（1037—1101）发生了天翻地覆的变化。首先，词作数量空前①，题材内容丰富，可以说无事不可入词。因为词中所写内容繁复多样，很难再被纳入闺怨、相思、羁旅、代言等以往常见传统题材中。其次，内容表达中心转移。上述从花间词承袭下来的传统表达男女之情的作品在苏轼词中几乎绝迹，而苏轼词中最多的是上级、同僚、朋友之间的赠答、酬唱，以及表达个人情志、心态及世道沧桑之作，还有与苏辙之间深厚的兄弟情。女性很少被单独关注和书写。苏轼有二十多首赠女子之词，这些女子都是上级、同僚、朋友家的侍儿、歌妓、舞姬、乐妓等。是在与友人饮宴、交往间，作为对友人情谊的报答而投桃送李之作，与其说是赠妓词，不若看作赠友词的延续。所谓“一洗绮罗香泽之态”②，一定层面大约就是指苏词拒绝写闺怨吧。再次，在文学与音乐层面上，苏轼词首次表现出了更重词的文辞艺术即文学性的特点。苏轼有一些回文词、集句词，还有根据一些词句、故事敷衍的词，可以明显看出苏词创作的兴趣点在文辞而非音乐。这是词由音乐走向文学、由歌唱走向案头的一个关键的转捩点。最后，苏词中比较常见的词题及词序，超越了张先词善用词题及小序的特点，使词的功能更趋向于诗，词的侑酒功能向士大夫交往与文人诗的功能靠近。而词序篇幅的明显增大，亦增强了词的叙事性与纪实性，也是词被诗化的一个显著表现。

前人说苏轼以诗为词，因为其词中大量隐括他人诗句。其实，

① 据邹同庆、王宗堂《苏轼词编年校注》（全三册）（中华书局，2002），苏轼现存词331首，不包括存疑词、互见词和误入苏集词，属于北宋词人中存词数量最多者。本文引用苏轼词皆出此书，不另注。

② 胡寅语，见唐圭璋编《词话丛编·词苑萃编》卷之四，中华书局，2005，第1839页。

说苏轼以文为词、以赋为词都不为过。词这种体裁在苏轼手中就如可以任意抟捏的泥团，一切诗词的界限，以及所谓诗庄词媚、词别是一家的规则与藩篱，都被苏轼以四两拨千斤之势轻而易举地打破了。李清照说苏词乃“句读不葺之诗尔”①，晁无咎说苏词为“曲子内缚不住者”②，从不同角度反映了天才苏轼在词的创作领域的潇洒自如，不刻意追蓦却时见创新与收获。苏轼并非不懂词律与音乐，他也有自度曲如《踏青游》等，但是他不屑于死守作词的传统规则，而是以自己的理解和气魄，进行自由的创作。

下面主要从五个方面来体验苏词的与众不同。

一　黄州蜕变

元丰二年（1079）七月二十八日，苏轼被人构陷，遭遇乌台诗案，从湖州任上被捕，押入京师御史台监狱，十二月二十六日被贬为黄州团练副史，不得签署公判。出狱后的苏轼一刻也不敢停留，于元丰三年（1080）元月一日出发赴任，二月一日到达黄州，从此开始了四年贬谪黄州的生涯。黄州时期是苏轼生活、思想发生巨变的关键时期，也是他创作颇为丰富的时期。他死里逃生，从遭受打击的消沉中逐渐恢复过来，曾经惊心动魄的遭遇迫使他开始深思自我与人生的意义，思考如何才能获得心灵真正的安宁与喜乐。这些在苏轼黄州词中多有表现。苏轼在黄州留下七十七首词作，这是在其他任何地方都没有的。

---

① 宋·李清照《词论》，徐培均笺注《李清照集笺注》，上海古籍出版社，2002，第266页。

② 葛渭君编《词话丛编补编·云韶集辑评》卷二，中华书局，2013，第1444页。

黄州地僻多雨，生计艰难，苏轼初到黄州时并无住所，只得寓居定慧院，内心是孤独犹疑的，也是无所适从的，如他的《卜算子·黄州定惠院寓居作》所示：

> 缺月挂疏桐，漏断人初静。谁见幽人独往来，飘渺孤鸿影。　　惊起却回头，有恨无人省。拣尽寒枝不肯栖，寂寞沙洲冷。

这里的“幽人”指孤鸿，实际是苏轼心境的外化。写孤鸿在夜深人静的月下独自往来，写它犹疑不决、徘徊不定，写它心中有恨却无人能够理解，写它在寂寞的沙洲上飞翔，拣尽寒枝，却没有一处是自己想落脚的地方，写它没有一处是理想的栖息之地的孤愁无奈、形单影只。这孤鸿的犹疑与它孤单的影子恰恰与苏轼当时的心境相同，像极了刚死里逃生的苏轼惊悸未定又孤独迷茫、犹疑不定的状态。

到了这年九月的重阳节，苏轼的心情稍微缓和过来了，他说：“尘世难逢开口笑。年少。菊花须插满头归。”他说：“古往今来谁不老。多少。牛山何必更沾衣。”（《定风波·重阳括杜牧之诗》）这是隐括自杜牧的《九日齐安登高》诗：“江涵秋影雁初飞，与客携壶上翠微。尘世难逢开口笑，菊花须插满头归。但将酩酊酬佳节，不用登临恨落晖。古往今来只如此，牛山何必独沾衣?”此前欧阳修词中爱化用前人诗句，苏轼比他的老师欧阳修走得更远，他有时整首或整篇化用前人诗文，即所谓隐括。杜诗中的齐安就是指黄州。苏轼之所以隐括杜牧诗，不仅是因为时地巧合，更主要的是他看重和喜欢杜诗中所寄寓的潇洒不羁与苦中作乐的心态。这也正是元丰三年重九苏轼的心态。

似乎，那个乐天的苏轼又回来了。但是，乌台诗案与贬谪遭遇给苏轼造成的伤害不能短时间根除，他的心情仍时有起伏，不免有见花落泪的伤感，如他作于元丰四年（1081）春天的《水龙吟·次韵章质夫杨花词》：

似花还似非花，也无人惜从教坠。抛家傍路，思量却是，无情有思。萦损柔肠，困酣娇眼，欲开还闭。梦随风万里，寻郎去处，又还被、莺呼起。　　不恨此花飞尽，恨西园、落红难缀。晓来雨过，遗踪何在？一池萍碎。春色三分，二分尘土，一分流水。细看来，不是杨花点点，是离人泪。

虽然是次韵之作，但苏轼所表达的对花的怜惜，对杨花抛家傍路、万里漂泊的同情以及说杨花不是杨花，“是离人泪”的认知与抒发，无不寄寓着自身的身世漂泊之感，对杨花的描写与同情实则是自伤、自怨、自怜。如“抛家傍路”一语，寄托无限悲辛。因为此时的苏轼还未营建雪堂，可谓居无定所，与杨花的抛家傍路是一样的，说杨花也是在说自己，所以才能写得那么真切、伤感。

这种内心的起伏与多感，甚至在他写给章质夫家善弹琵琶者的歌词中，仍可窥见：

烦子指间风雨，置我肠中冰炭，起坐不能平。推手从归去，无泪与君倾。（《水调歌头》）

这是以韩愈《听颖师弹琴》诗隐括而成，韩愈的诗如下：“自闻颖师弹，起坐在一旁。推手遽止之，湿衣泪滂滂。颖乎尔诚能！无以冰炭置我肠。”与韩愈诗中听琴后“湿衣泪滂滂”相反，苏轼是

"无泪与君倾"，听后已经无泪可弹，显然更进一层。原因何在？因为弹琵琶者指间的拨弄已经在词人内心形成无法扼制的风雨，如将冰炭置于肠中，忽冷忽热，令人坐立不安，心情不能平复。苏轼的翻出更胜一筹。胜不在描写技巧，而在从韩诗原有之意发挥出来的指间风雨，以及冰炭令人"起坐不能平"，甚至"无泪与君倾"这些剧烈的生理与心理感受。苏轼在用他人之曲浇自己胸中之块垒。在词中如此寄寓自己的人生感慨和不平遭际，苏轼应该是独特的，也是具有开创意义的。在此意义上，词与诗的功能在无限接近。

苏轼亦在词中抒发被贬的苦闷和牢骚。如元丰四年（1081）深秋写的这首《满江红·寄鄂州朱使君寿昌》：

> 江汉西来，高楼下、蒲萄深碧。犹自带、岷峨雪浪，锦江春色。君是南山遗爱守，我为剑外思归客。对此间、风物岂无情，殷勤说。　　江表传，君休读。狂处士，真堪惜。空洲对鹦鹉，苇花萧瑟。不独笑书生争底事，曹公黄祖俱飘忽。愿使君、还赋谪仙诗，追黄鹤。

词是写给好友鄂州使君朱寿昌的。上片主要写景，下片议古论今。词人站在黄鹤楼上，看到江水深碧，如绿色的葡萄一样清澈。从翻滚的江水中，词人似乎看到了来自家乡岷峨的雪浪、锦江边的春色。面对如此景物风情，他不得不与身为贤太守的好友一吐为快了。景为触媒，勾起了苏轼的思乡与贬谪之感，进而将胸中的积郁不平之气也焕发了出来。下片以劝诫口吻告诉朱寿昌，还是不要读反映三国史实的《江表传》了。虽然狂处士祢衡被杀令人感到可惜，但是事到如今，鹦鹉洲上只有白色的芦苇花萧瑟摇曳，昔日人物早已消逝得了无踪影。也不要独独嘲笑书生的争名逐利，无论是曹操还是黄祖，虽然他们当年是杀害祢衡的罪魁祸首，但如今又怎样呢？还是希望好友学习李白的诗才，多作好诗，最好是作出像《登金陵凤凰台》那样的佳作。

整首词似乎是在劝诫朱寿昌，实际是苏轼假托劝诫对方而抒发自己的抑郁不平之气。来到地僻多雨的黄州，苏轼与同样来自蜀地的妻子王闰之怎能不思念家乡，并渴望回到家乡呢？除了思乡，此前所经历的一切，怎能不令人对人事、政治产生消极避让之心呢？苏轼劝诫对方不要争较是非与短长，希望对方摒除杂念、安心创作，实际是劝诫自己、开解自己。这说明苏轼心中仍有心结，因其不易解，故反映在了词中。

即便苏轼在自我开解，有时仍然驱不走颓废与忧愁。如他在元丰四年（1081）重阳节作的《南乡子》中就有“万事到头都是梦，休休。明日黄花蝶也愁”这种万事如梦、忧愁难遣的感受。在与好朋友的词中有时也难免牢骚满腹：

> 黄昏犹是雨纤纤。晓开帘。欲平檐。江阔天低、无处认青帘。孤坐冻吟谁伴我，揩病目，捻衰髯。　　使君留客醉厌厌。水晶盐。为谁甜。手把梅花，东望忆陶潜。雪似故人人似雪，虽可爱，有人嫌。（《江城子》）

这首词作于元丰四年（1081）十二月。词前序曰：“大雪，有怀朱康叔使君，亦知使君之念我也。作《江神子》以寄之。”大雪在黄州并不多见，景虽美，但难免冷冻难捱。本词开首写雪化为雨，至黄昏仍纤绵不绝。第二天揭开门帘，屋上的檐沟几乎被大雪填平了。江阔天低，视线因雪而受阻，几乎找不到挂有青帘的酒家了。苏轼一人独坐屋内，孤独寒冷，沉吟不绝。他不由得用手揩着病眼，捻着没有几根的衰髯。雪天令苏轼感受到寒冷的同时，更加觉得孤寂，缺人陪伴。这也是他想念好友朱寿昌的原因。大约他的心事，只能和朱寿昌说说了。

下片抓住盐和雪相似的外形与颜色来作文章。使君留客，酽酽而醉。不由感慨，几案上的水晶盐，能让什么变甜呢？周邦彦有“并刀如水，吴盐胜雪，纤手破新橙”(《少年游》)，橙子与菠萝等水果撒一点盐可使甜味尤甚，故苏轼有此说法。结尾三句议论：雪洁白的品质似人，人的高洁品性也似雪，虽然可爱，但有时不免惹人嫌。这是苏轼的自况，也是他的牢骚和不满。言下之意，盐本来是咸的，但却可以使人感到甜；雪本来是洁白的，但却有时遭人嫌。该咸（嫌）的不咸（嫌），不该咸（嫌）的却咸（嫌）。如此，苏轼只能雪中手握梅花，东望而忆陶渊明了，即希望自己葆有梅花般凌寒绽放的高洁品格，和陶渊明般超脱自然的品性。他只能学习陶渊明，“纵浪大化中，不喜亦不惧”(陶渊明《神释》)了。苏轼在元祐五年(1090)作的《问渊明》诗中亦有“纵浪大化中，正为化所缠。应尽便须尽，宁复事此言”，晚年更有《和陶诗》一百余首，他向陶渊明学习，希望具有陶渊明那般超脱自然的胸怀和品格，则是在元丰四年末的黄州萌芽的。

遭遇变故，虽有衰病心态，但依然希望葆有如雪一样的高洁品性，即使遭人嫌弃、不容于世亦无悔。并且，苏轼在精神生活与日常生活中也有意向陶渊明靠近，从陶渊明身上汲取精神力量。如写于元丰五年（1082）的《江城子》：

梦中了了醉中醒。只渊明。是前生。走遍人间、依旧却躬耕。昨夜东坡春雨足，乌鹊喜，报新晴。　雪堂西畔暗泉鸣。北山倾。小溪横。南望亭丘，孤秀耸曾城。都是斜川当日境，吾老矣，寄余龄。

苏轼在词前序中说：“陶渊明以正月五日游斜川，临流班坐，顾瞻南阜，爱曾城之独秀，乃作斜川诗，至今使人想见其处。元丰壬戌之春，余躬耕于东坡，筑雪堂居之。南挹四望亭之后丘，西控北山之微泉，慨然而叹，此亦斜川之游也。乃作长短句，以《江城子》歌之。”

从苏轼的词序中，我们更应该读到的是他的安心和自适。对于苏轼而言，来黄州的两年间都无自己的住所，直到元丰五年二月，始在友人马正卿的帮助下，于东坡得数十亩地，开始垦荒与营屋。由于房子是在大雪中建造，故取名雪堂。这时，苏轼方才有了自己的住处和耕地，方才安定下来，并自号为东坡。他艳羡陶渊明的斜川之游，此时终于觉得自己与渊明有了相同之处，有了田耕，可以衣食自足。所以，他在词中说，“只渊明。是前生”。他虽然说“走遍人间、依旧却躬耕”，同时也自喜能有与渊明一样的躬耕机会。所以，他会欣喜地注意到昨夜雨后东坡春水丰足，这是只有躬耕田亩的人才会在意的，因为雨水足意味着收成好，所以苏轼才在此句之后续以“乌鹊喜，报新晴”，我们也可以从中感受到苏轼愉悦的心情。下片首句以“雪堂”带起，写雪堂四周景色宜人，与词序相互映照。结尾三句不免有些伤感。比起渊明的躬耕生活，自己如今已四十六岁，显然是年龄老大了，故说“吾老矣”。但“寄余龄”又收束回来。即使是老了，能有属于自己的地方住、能有田耕，也可以寄托余生了。伤感中有开释。比起初到黄州的词作，心里安宁了许多。

苏轼精神上产生的巨大蜕变，在这一年三月七日作的《定风波》中可以感受到：

莫听穿林打叶声。何妨吟啸且徐行。竹杖芒鞋轻胜马。谁怕？一蓑烟雨任平生。　　料峭春风吹酒醒。微冷。山头斜照却相迎。回首向来萧瑟处。归去。也无风雨也无晴。

本词小序曰：“三月七日，沙湖道中遇雨。雨具先去，同行皆狼狈，余独不觉。已而遂晴，故作此词。”道中遇雨，其他人惊慌失措，但词人却镇定自如。显示出此时苏轼内心不再是刚到黄州、寓居定慧院时的惊悸不安了。不仅如此，经历了生活与思想的磨炼之后，苏轼内心生出一份难得的从容与宠辱不惊。所以，下雨又算得了什么呢？不要被雨打树叶的声音所影响。这样的天气，何妨边吟啸边慢慢地走呢。我穿着草鞋，拄着竹杖，浑身轻快，比骑马衣裘轻快多了，有什么好怕的？言下之意，我已跌至生活谷底，再没有什么可以担忧的事了，我又有什么可害怕的呢？平生的经历，不过如这一蓑烟雨罢了，都不是什么大事。下片说料峭春风吹醒了酒，实际是说自己当下十分清醒。酒醒后虽然感觉到有些冷，但幸好红色的斜阳透过山头照了过来，好像是专门来迎自己一样。“山头斜照却相迎”足见苏轼的乐观和他每每能从失败与打击中看到希望的独特情怀和性格。结尾三句，回头再看经过的雨中之路，更觉得什么都没有，故说“也无风雨也无晴”，就像没有刮过风下过雨，也没有天晴一样。外物显然已无法影响自己的内心了。或者说，苏轼已经可以做到心无挂碍了。因为心无挂碍，所以发生的任何事情都像没有发生过一样，对自己没有丝毫影响。末句可谓点睛之笔，足见苏轼性格的坚强与坚定。

苏轼终于从内忧外患中，从精神与心灵的苦难中得到解脱，他不再害怕各种变故，内心无风无雨亦无晴，多了宠辱不惊的平静、从容、乐观与笃定。在苏轼此后的词作中，也能感受到其精神蜕变后的坚定、执着、自在，以及不甘屈服与不妥协的心理，几乎同时的作品还有“谁道人生无再少？门前流水尚能西。休将白发唱黄鸡”（《浣溪沙》），“梦里栩然蝴蝶、一身轻……求田问舍笑豪英。自爱湖边沙路、免泥行”（《南歌子》），“酒醒还醉醉还醒，一笑人间今古”（《渔父》）。

苏轼对陶渊明的崇敬与规摹，还体现在他的《哨遍》中：

> 为米折腰，因酒弃家，口体交相累。归去来，谁不遣君归。觉从前皆非今是。露未晞。征夫指予归路，门前笑语喧童稚。嗟旧菊都荒，新松暗老，吾年今已如此。但小窗容膝闭柴扉。策杖看孤云暮鸿飞。云出无心，鸟倦知还，本非有意。　　噫！归去来兮。我今忘我兼忘世。亲戚无浪语，琴书中有真味。步翠麓崎岖，泛溪窈窕，涓涓暗谷流春水。观草木欣荣，幽人自感，吾生行且休矣。念寓形宇内复几时。不自觉皇皇欲何之？委吾心、去留谁计。神仙知在何处，富贵非吾志。但知临水登山啸咏，自引壶觞自醉。此生天命更何疑。且乘流、遇坎还止。

从序中可知，这也与他躬耕东坡、营造雪堂有关：“陶渊明赋《归去来》，有其词而无其声。余治东坡，筑雪堂于上，人俱笑其陋。独鄱阳董毅夫过而悦之，有卜邻之意。乃取《归去来》词，稍加隐括，使就声律，以遗毅夫。使家僮歌之，时相从于东坡，释耒而和之，扣牛角而为之节，不亦乐乎。”苏轼因营造雪堂、开荒东坡而喜悦自足，却不能被一般人理解。唯独他的好友董毅夫理解他，并愿与他卜邻而居，一起劳作相和。所以苏轼十分高兴，隐括陶渊明的《归去来兮辞》而作《哨遍》，送给董毅夫。由此可见苏轼是真心希慕陶渊明而奉其为偶像，并可见苏轼彼时归隐思想意味已经逐渐明显了。

而几乎同作于元丰五年七月的《念奴娇·赤壁怀古》则可谓是苏轼黄州时期有关人事与自然对比在词中的集中体现：

> 大江东去，浪淘尽、千古风流人物。故垒西边，人道是、三国周郎赤壁。乱石穿空，惊涛拍岸，卷起千堆雪。江山如画，一时多少豪杰。　遥想公瑾当年，小乔初嫁了，雄姿英发。羽扇纶巾，谈笑间、强虏灰飞烟灭。故国神游，多情应笑我，早生华发。人间如梦，一樽还酹江月。

经过两年多亲近自然及当地淳朴民风的浸染，苏轼心境更阔，眼界更大。他意识到人的生命是短暂的，即使曾经建立多么显著的功业，即使曾经是多么叱咤风云的人物，如周瑜、诸葛亮，都会如大浪淘沙一样被淘洗干净，踪影全无，而江山与水月等自然却是永恒的，是不会随人世沧桑而代谢掉的。这种有关人事与自然的思考与看法更为透彻地表现在他几乎同时创作的《赤壁赋》中。

苏轼在向陶渊明学习的过程中不仅体会到躬耕自足的快乐，也在陶渊明“纵浪大化中”、回归自然的思想影响之下，更深切意识到了自然与人生的密切关系，以及人在自然中获得解脱、超脱甚至美感与慰藉的重要性。此时的苏轼还是那个苏轼，但似乎又是一个新的苏轼了。

在此心态与精神自足的影响下，苏轼再与自然界相遇，则心中满是喜悦与超然，以及由此产生的快乐和豪放。苏词的豪放词，或者说词中流露出的豪放，是他遭遇挫折，在忧生叹往中生发出来的，自然也是从他轻松悟道中体现出来的。如元丰五年（1082）中秋节的这首《念奴娇》：

凭高眺远，见长空万里，云无留迹。桂魄飞来光射处，冷浸一天秋碧。玉宇琼楼，乘鸾来去，人在清凉国。江山如画，望中烟树历历。　　我醉拍手狂歌，举杯邀月，对影成三客。起舞徘徊风露下，今夕不知何夕。便欲乘风，翻然归去，何用骑鹏翼？水晶宫里，一声吹断横笛。

上片着重写月下景色，境界开阔，可见苏轼胸中如“云无留迹”一样，豁然洒脱，无所挂碍。而“江山如画”等又可见他对于江山故国的欣赏和留恋，自有一种愉悦自然流露笔端。下片前五句化自李白《月下独酌》：“花间一壶酒，独酌无相亲。举杯邀明月，对影成三人。月既不解饮，影徒随我身。暂伴月将影，行乐须及春。我歌月徘徊，我舞影零乱。醒时同交欢，醉后各分散。永结无情游，相期邈云汉。”李白的诗虽然写得飘逸，但难脱孤寂与凄冷，而苏轼的“我醉拍手狂歌”则从孤寂愁闷中生发出豪放与不羁，他在月下狂歌起舞，俨然不知今夕是何夕。苏轼终究战胜了寂寞忧愁。“便欲乘风，翻然归去”与五年前中秋怀子由写的“我欲乘风归去”（《水调歌头》）类似，但心境已不同，当初想乘风归去，“又恐琼楼玉宇，高处不胜寒”（《水调歌头》），还有所犹疑和担心，如今却说“何用骑鹏翼”，这是何等自信与自足！

元丰五年对于苏轼来说是至为关键的一年。这一年，苏轼的生活起居逐渐安定，思想发生了巨大变化。尤其是这年，他的《东坡易传》终于完成，苏轼从《周易》中体味到人生的变与常、万物自有其规则又具有层出不穷的变化，他的思想更为成熟。佛道思想对其心灵产生的慰藉，以及对其任情自然、不再执着产生了很大影响，但儒家的刚正入世依然是他性格的底色。这些思想共同融合，彼此渗透与避让，成就了一个蜕变后的苏轼。这从他元丰六年（1083）作的两首词中可以明显感觉到。如四月作的《临江仙·夜归临皋》：

夜饮东坡醒复醉，归来仿佛三更。家童鼻息已雷鸣。敲门都不应，倚杖听江声。　　长恨此身非我有，何时忘却营营。夜阑风静縠纹平。小舟从此逝，江海寄余生。

因为在东坡饮醉，三更才归家。这时家童鼻息如雷，根本敲不开门。换作旁人遇到此事肯定会发怒生气，但苏轼却没有，他淡然处之，反而是拄着拐杖，听起了前面的江声。下片是苏轼彼时听着江声的心理活动，或曰得到的感悟。他突然意识到以往一直难以割舍下世间的营营碌碌，因此长恨自己人在江湖身不由己，仿佛此身不是自己的一样。如今，看着眼前夜半的江面，风平浪静，江面如縠，不起一丝波纹。内心即如这“风静縠纹平”一样，宁静自如，不起一丝波澜。彼时的苏轼突然了悟，万事不再令其难以割舍如腹中冰炭，而是平静如水，再难起波澜。故他觉得自己应该如范蠡一样，“小舟从此逝，江海寄余生”，从此向往江湖，过上隐居自足的生活了。

再如元丰六年（1083）十一月作的《水调歌头·黄州快哉亭作》：

落日绣帘卷，亭下水连空。知君为我，新作窗户湿青红。长记平山堂上，攲枕江南烟雨，杳杳没孤鸿。认得醉翁语，山色有无中。　　一千顷，都镜净，倒碧峰。忽然浪起，掀舞一叶白头翁。堪笑兰台公子，未解庄生天籁，刚道有雌雄。一点浩然气，千里快哉风。

苏辙《黄州快哉亭记》载："清河张君梦得，谪居齐安，即其庐之西南为亭，以览观江流之胜。而余兄子瞻名之曰'快哉'。"据苏辙所记，快哉亭是苏轼为张梦得新建亭子所起的名字，"快哉"二字也体现了苏轼登上此亭后的感受。有如此快哉的感受，还是由于苏轼眼光和境界已非昔日可比，故览江流之胜，见其广阔平静，见其澄澈如镜，亦见其风高浪险。这一切，都是俯瞰所得，足见他经历变故与磨炼后，已经能超然物外，同时又入乎其中，不沾不滞，能窥晓事物本质。所以，他笑宋玉执着而见识浅陋，硬要将风分为雄雌。对于苏轼而言，风哪有什么雄雌，只要胸中有浩然之气，任何风都是可以荡涤心灵的千里快哉风。"一点浩然气，千里快哉风"可见苏轼情感之豪迈，也可见其词风之豪放。

苏轼的黄州词值得单独、整体地去解读，是因为这段时期对于苏词创作及风格的改变（由婉约转向豪放），以及苏轼思想的转变而言，都是十分重要的时期。仔细梳理、解读这段时期的苏词，可以帮我们更深刻地了解苏轼的思想，以及其词作创作达到高峰期的原因。

二　兄弟情深

苏轼与弟弟苏辙关系深厚，他们不仅是兄弟，更是友朋和同道。甚至，苏辙是哥哥的粉丝和拥趸，也常常为贬谪流徙的苏轼照顾家人、善后周旋。苏轼有时会作诗打趣弟弟，说“宛丘先生长如丘，宛丘学舍小如舟。常时低头诵经史，忽然欠伸屋打头。斜风吹帷雨注面，先生不愧旁人羞”（《戏子由》）。有时看到弟弟离去的背影，会心生一种悲凉和怜悯，如“登高回首坡垅隔，但见乌帽出复没。苦寒念尔衣裘薄，独骑瘦马踏残月”（《辛丑十一月十九日既与子由别于郑州西门之外马上赋诗一篇寄之》）。甚至会不由得想起他，“忆弟泪如云不散，望乡心与雁南飞”（《壬寅重九不预会独游普门寺僧阁有怀子由》），也会与他诗歌唱和，诉说人生感慨和漂泊辛劳：“人生到处知何似，应似飞鸿踏雪泥。泥上偶然留指爪，鸿飞那复计东西。老僧已死成新塔，坏壁无由见旧题。往日崎岖还记否，路长人困蹇驴嘶。”（《和子由渑池怀旧》）在乌台诗案中，苏轼自忖难逃一死，故写下《狱中寄子由二首》，其中第一首后四句如下：

是处青山可埋骨，他年夜雨独伤神。
与君世世为兄弟，更结人间未了因。

其实苏轼是借诗交代后事，结尾两句又表示了深深的遗憾和期望，他希望与子由能够生生世世结为兄弟，今生的遗憾与未了的因缘来世再续。

在词中，苏轼也常常寄怀子由，与子由来往唱和，借此与弟弟发发牢骚、说说心里话。如他在熙宁七年（1074）十月由海州赴密州途中就曾作词寄子由：

孤馆灯青，野店鸡号，旅枕梦残。渐月华收练，晨霜耿耿，云山摛锦，朝露漙漙。世路无穷，劳生有限，似此区区长鲜欢。微吟罢，凭征鞍无语，往事千端。　　当时共客长安。似二陆、初来俱少年。有笔头千字，胸中万卷，致君尧舜，此事何难。用舍由时，行藏在我，袖手何妨闲处看。身长健，但优游卒岁，且斗尊前。（《沁园春·赴密州早行马上寄子由》）

这是一首羁旅词。与大多数羁旅词不同的是，苏轼旅途中抒发的对象是弟弟，而非像柳永等词人那样主要的抒发对象是女子。这也是羁旅词发展的一大转变。上片前七句写景，诉旅途劳顿和萧瑟之景；后六句抒情，感劳生多奔波少欢娱，且凭鞍无语迷茫。下片前六句忆旧。回忆自己与弟弟当年初至京城时，似陆机陆云兄弟一样，都是意气风发的少年，才情横溢，胸中似有万千致君尧舜之策，全不知人生与仕途的艰险难测。接下三句写如今苏轼的态度。还是儒家穷则独善其身、达则兼济天下思想，虽然是否被重用由不得自己，但到底是行还是藏却是自己能够掌握的，显示了苏轼的从容、淡定与有主见。而且，“袖手何妨闲处看”，将怀才不遇之感化为袖手旁观，看似消极，其实是智慧之举，这样至少可以保留自我而不致随波逐流。结尾三句与子由共勉，希望彼此都身体康健，这样才能有机会优游卒岁，相逢时可再斗酒言欢。结句看似平淡，却体现了亲人之间最深长的挂念，犹如《古诗十九首》中的“弃捐勿复道，努力加餐饭”一样，深情厚笃，令人动容。

两年后，苏轼在密州任上，中秋节大醉，作词并怀念在远方的弟弟，其词序曰“丙辰中秋，欢饮达旦，大醉。作此篇，兼怀子由”：

明月几时有？把酒问青天。不知天上宫阙，今夕是何年。我欲乘风归去，又恐琼楼玉宇，高处不胜寒。起舞弄清影，何似在人间。　　转朱阁，低绮户，照无眠。不应有恨，何事长向别时圆。人有悲欢离合，月有阴晴圆缺，此事古难全。但愿人长久，千里共婵娟。(《水调歌头》)

这是苏词中的名篇，与《念奴娇·赤壁怀古》一样，都是大家非常熟悉的。因为大醉，故句首就有不凡的发问："明月几时有？"这个"几时"可以理解为"何时"，更可以理解为"从何时"。以此为由，触发想象，一方面希望自己也如嫦娥一样飞升至月宫，但又恐高处不胜寒；一方面又同情嫦娥在月宫中孤独起舞，不似人间欢乐热闹。将中秋词推向了一个前所未有的高度。下片主要是感悟，开释子由，也是自我开解。他说人生本来就有悲欢离合，不可能只有欢合而没有悲离，就像天上的月亮，有圆就有缺，晴天能看见，阴天就看不见，自古如此，我们都改变不了。我们唯一可以做的，就是彼此祝福和共勉。苏轼在大醉悲伤的时候还不忘为弟弟开解，与弟弟共勉，说明他心中始终装着子由。

在翌年八月，也就是熙宁十年（1077）八月，苏轼在徐州作《水调歌头》和子由：

安石在东海，从事鬓惊秋。中年亲友难别，丝竹缓离愁。一旦功成名遂，准拟东还海道，扶病入西州。雅志困轩冕，遗恨寄沧洲。　　岁云暮，须早计，要褐裘。故乡归去千里，佳处辄迟留。我醉歌时君和，醉倒须君扶我，惟酒可忘忧。一任刘玄德，相对卧高楼。

苏轼在词序中说：“余去岁在东武，作《水调歌头》以寄子由。今年，子由相从彭门百余日，过中秋而去，作此曲以别余。以其语过悲，乃为和之。其意以不早退为戒，以退而相从之乐为慰云耳。”

苏辙原词为《水调歌头·徐州中秋》：

离别一何久，七度过中秋。去年东武今夕，明月不胜愁。岂意彭城山下，同泛清河古汴，船上载凉州。鼓吹助清赏，鸿雁起汀洲。　　坐中客，翠羽帔，紫绮裘。素娥无赖，西去曾不为人留。今夜清尊对客，明夜孤帆水驿，依旧照离忧。但恐同王粲，相对永登楼。

这年四月，苏轼离开京城赴徐州，任徐州知州，弟弟苏辙陪同。在徐州，兄弟俩一起相聚百余日。中秋过后，苏辙辞行，并作了这首《水调歌头》。从苏辙词中确实可感觉到凄苦之情甚浓。他先是感叹与哥哥分别七年未曾谋面，去岁的中秋夜是一人独过，想来不胜愁苦。没想到今岁有机会与哥哥相处一段时间，且共度中秋，十分难得。同时，中秋后又要分离，不免倍感孤独，充满离别的忧愁。结句尤其伤感。他害怕此去一别，不知何日才能相会，只能像王粲一样，登楼而望却不得相聚。从中可感觉到苏辙对哥哥的依恋不舍。

苏辙曾于《逍遥堂会宿二首并引》中写道：

辙幼从子瞻读书，未尝一日相舍。既仕，将宦游四方，读韦苏州诗，至“安知风雨夜，复此对床眠”，恻然感之。乃相约早退，为闲居之乐。故子瞻始为凤翔幕府，留诗为别曰

“夜雨何时听萧瑟”。其后子瞻通守余杭，复移守胶西，而辙滞留于淮阳、济南，不见者七年。熙宁十年二月，始复会于澶濮之间，相从来徐，留百余日，时宿于逍遥堂。追感前约，为二小诗记之。①

从苏辙的记述可知，他从小就随苏轼一起读书，于苏辙而言，苏轼不仅是兄长，更兼师友，二人形影不离。但此前七年未见的经历，给苏辙留下了极大的伤痛，每念及此心下恻然。这就使他熙宁十年八月与苏轼离别之际，感到无限的忧愁和伤感。

兄弟同心，苏轼颇能感觉到苏辙情绪的低落和悲伤，所以，他随之和子由，也写了这首《水调歌头》。在词中，他首先以谢安自比，说明自己始终有隐居东山之志。这是在回应苏辙一再提到的希望兄长早日隐退，兄弟俩可以闲居相守，对床夜话。三四句化用王羲之与谢安的对话：“谢安尝谓羲之曰：‘中年以来，伤于哀乐，与亲友别，辄作数日恶。’羲之曰：‘年在桑榆，自然至此。顷正赖丝竹陶写，恒恐儿辈觉，损其欢乐之趣。’”②无论是谢安还是王羲之，人到中年，尤其无法忍受与亲友的离别之苦，以此来表达自己亦无法忍受兄弟分离。但苏轼的性格毕竟较苏辙开朗刚烈，他随之笔锋一转，安慰弟弟说，一旦功成名遂，自己就学谢安及时隐退。并且再次申述困于官职、不得隐居的烦恼和遗憾。下片从苏轼一再申述己志中可看出他一直在安慰弟弟。前三句叮嘱弟弟岁末天冷记得添衣。进一步说，既然故乡遥远，归计难求，不如行到佳处从容停留，赏景自娱。苦闷时别忘了以酒解忧。结尾

① 宋·苏辙著，曾枣庄、马德富校点《栾城集》卷七，上海古籍出版社，1987，第158页。

② 唐·房玄龄等《晋书·王羲之作》，中华书局，1974，第2101页。

两句说自己希望学求田问舍的许汜，不必在乎像陈元龙、刘备那样期许甚高的人的眼光。是在安慰弟弟，也是在劝诫自己。

兄弟情深在二人赠答的三首《水调歌头》中淋漓尽致地表现了出来。我们从中看到更多的是兄弟间的彼此在乎、相互怜悯、相互安慰。这种情感在二人天各一方时尤其能体现出来。如元祐六年（1091）八月，苏轼在东京赴颍州途中作《满江红》，即为“怀子由作”：

> 清颍东流，愁目断、孤帆明灭。宦游处、青山白浪，万重千叠。辜负当年林下意，对床夜雨听萧瑟。恨此生、长向别离中，添华发。　　一尊酒，黄河侧。无限事，从头说。相看恍如昨，许多年月。衣上旧痕余苦泪，眉间喜气添黄色。便与君、池上觅残春，花如雪。

此前，苏辙在京任尚书右丞，居东府。苏轼虽与兄弟于东府团聚，但却时受群小攻讦，日日处在煎熬中。为躲避朋党攻击，逃离政治漩涡，苏轼七上封章，请求外任。故苏轼在词中再申二人多年前的约定，实属迫不得已，心中充满悔恨与无奈。他说自己辜负了当年归隐林下的旧约，而且长年别离，不觉已到了老年，皆添华发。这种兄弟别离之苦，苏轼在次年写的《感旧诗并叙》中亦有所言：“不相见者，十尝七八。每夏秋之交，风雨作，木落草衰，辄凄然有此感，盖三十年矣。”“相看恍如昨”“衣上旧痕余苦泪”，充满岁月沧桑，而“宦游处、青山白浪，万重千叠”，又何尝不是仕途险恶、万事可悲的委婉表述呢？

绍圣元年（1094）八月，苏轼宿江西造口时，闻夜雨作词而寄子由：

梧桐叶上三更雨。惊破梦魂无觅处。夜凉枕簟已知秋，更听寒蛩促机杼。　　梦中历历来时路。犹在江亭醉歌舞。尊前必有问君人，为道别来心与绪。(《木兰花令》)

即使在去世前四年的绍圣四年（1097），谪居儋州的苏轼又逢中秋节，更加思念子由，故作《西江月·中秋和子由》：

世事一场大梦，人生几度秋凉。夜来风叶已鸣廊。看取眉头鬓上。　　酒贱常愁客少，月明多被云妨。中秋谁与共孤光。把酒凄然北望。

这时的苏轼仿佛已经大彻大悟，所以他说“世事一场大梦，人生几度秋凉”。与弟弟的约定始终未能实现，中原离自己更远了，他似乎再也不敢有什么奢望了，“把酒凄然北望”，道尽了绝望与艰辛。

说到底，苏轼是最懂弟弟的那个人。元丰三年（1080）冬在黄州时，他得知弟弟因丧女而缓不过劲来，作《菩萨蛮》回文词四首博弟弟一笑。词题分别是“春闺怨”“夏闺怨”“秋闺怨”“冬闺怨”，在此只列第一首：

翠鬟斜幔云垂耳。耳垂云幔斜鬟翠。春晚睡昏昏。昏昏睡晚春。　　细花梨雪坠。坠雪梨花细。颦浅念谁人。人谁念浅颦。

他在《与李公择书》中说：“子由无恙，十月丧其小女，三岁矣。屡有此戚，固难为情，须能自解尔。……效刘十五体，作回文《菩萨蛮》四首寄去，为一笑。”[①]由此可见苏轼对子由的挂念和疼惜。

三 不易察觉的温柔

苏轼不像其他词人，词中多写对女子的爱恋，或通过闺怨来写对方与自己的感情。苏词中这样的内容是非常稀少的，但也不能因此认为苏轼没有儿女之情。如他的悼亡词，就是千古经典。

此前，在柳永、欧阳修词中，曾有过类似悼亡之作，但一者对方身份难明，无法确定是妻、妾还是青楼女子，再者词人本身写得也比较含蓄、隐晦，令人难以明确判断。所以，深切表达对亡妻怀念的，还要数苏轼的这首《江城子》：

> 十年生死两茫茫。不思量。自难忘。千里孤坟，无处话凄凉。纵使相逢应不识，尘满面，鬓如霜。　　夜来幽梦忽还乡。小轩窗。正梳妆。相顾无言，惟有泪千行。料得年年断肠处，明月夜，短松冈。

本词的词题为“乙卯正月二十日夜记梦”，作于熙宁八年（1075）正月二十日的密州任上。此时距离王弗（1039—1065）去世已经整整十年了。苏轼在《亡妻王氏墓志铭》中说王弗“生十有六年，而归于轼……其死也，盖年二十有七而已”[②]。王弗去世时才二十七岁，只比苏轼小两岁。十年后，三十九岁的苏轼在梦

① 宋·苏轼撰、孔凡礼点校《苏轼文集》，中华书局，1986，第1501页。
② 宋·苏轼撰、孔凡礼点校《苏轼文集》，中华书局，1986，第472页。

中仍梦见她，可见苏轼对王弗的感情。苏轼在《亡妻王氏墓志铭》中说王弗“君之未嫁，事父母，既嫁，事吾先君、先夫人，皆以谨肃闻”①，甚至“先君命轼曰：‘妇从汝于艰难，不可忘也。他日汝必葬诸其姑之侧。’”②说明王弗侍奉公婆孝敬、谨肃，妇德甚高，苏轼父亲叮嘱他将来一定要将王弗葬在她婆婆旁边。在与苏轼相处上，王弗常说“子去亲远，不可以不慎”③，给予他提醒和帮助。对于豪放外向的苏轼所结交的人，她也常常操心，“轼与客言于外，君立屏间听之”④，俨然堪比施青绫步障为小叔解围的才女谢道韫，而“其言多可听，类有识者”⑤，可见苏轼对王弗十分倚重。不仅如此，王弗还通书识字，有时苏轼忘记的东西她都能记起来，只是作为女子，不便张扬自己的才华和学识罢了，所以苏轼说她为人“敏而静”⑥，是苏轼生活与精神上的好伴侣。

对苏轼而言，王弗不仅是妻子，更是知音。故十年后写起，苏轼仍能脱口而出“十年生死两茫茫。不思量。自难忘”。阴阳相隔十年，仍能做到即使没有想起也从不曾忘记，这是多么深厚的感情。说明在苏轼心里始终有一个地方住着王弗，从未曾离去。苏轼想象着二人即使见面也应该不相识了吧？因为自己仕途奔波，早已尘满面、鬓如霜了，王弗怎么还能认得自己呢？想想这些，怎能不使人感到凄凉。下片记述梦里情景。王弗正在小轩窗前梳妆，她还是二十七岁的模样。她看见白发星现的自己，怕是更要心疼吧？所以，“相顾无言，惟有泪千行”，千言万语，不知从何说

① 宋·苏轼撰、孔凡礼点校《苏轼文集》，中华书局，1986，第472页。
② 同上。
③ 同上。
④ 同上。
⑤ 同上。
⑥ 同上。

起，但离别的伤痛却令人不能不掉泪。

本词超越技巧与手法，直以真情动人。从苏轼的记梦及感受可以明显体会到，非对妻子用情至深者写不出这样的词作。一首悼亡词，抵得上许多词人遍布满眼的写情之作。

王弗辞世太早，苏轼为她留下的，也只有这么一首悼亡词了。也许是出于对遗憾的弥补，苏轼为第二任妻子王闰之留下五首词。

王闰之（1048—1093）是王弗的堂妹，二十一岁嫁给苏轼，四十六岁去世，陪伴苏轼二十五年。这二十五年，正值苏轼三十二到五十七岁之间，也是苏轼人生最跌宕起伏的时期。王闰之随苏轼从家乡眉山青神来到京城，又随苏轼辗转于杭州、密州、徐州、湖州、黄州、汝州、常州、登州、开封、杭州、开封、颍州、扬州、开封，不畏艰难，处变不惊[①]，苏轼也说她对自己不离不弃，“曾不少须，弃我而先”，而且“妇职既修，母仪甚敦。三子如一，爱出于天”[②]，对待前妻之子如同己出，天性中充满爱与良善。

苏轼对王闰之的感情表达也是比较含蓄而不易被人察觉的，隐藏在家书与感旧这类题材中，不细读是注意不到的。熙宁七年（1074）正月，苏轼过丹阳，作有《减字木兰花》：

晓来风细。不会鹊声来报喜。却羡寒梅。先觉春风一夜来。　　香笺一纸。写尽回文机上意。欲卷重开。读遍千回与万回。

① 见张耒《祭苏端明郡君文》：“其君子，险夷屡更。穆穆愉愉，何易何艰。”苏辙《祭亡嫂王氏文》：“贫富感忻，观者尽惊。嫂居其间，不改色声。冠服肴蔬，率从其先。性固有之，非学而然。族人咨嗟，观行责报。”

② 宋·苏轼撰、孔凡礼点校《苏轼文集》，中华书局，1986，第1960页。

本词词题“得书”即得家书，与妻子有关。而从词作内容看，就是在含蓄隐忍但又难以掩饰地表达自己得到妻子书信时的喜悦心情。起句写晓来风细，实则写宁静愉悦心情，为下句得到家书作铺垫。“不会”，没想到，表示意外。鹊声报喜，反用敦煌曲子词“叵耐灵鹊多瞒语，送喜何曾有凭据”（《鹊踏枝》），委婉表达书信至。但词人却说羡慕寒梅夜里已觉春风至，以此来婉言家书不及寒梅早觉春至，表达日夜期盼家书的急切焦灼心情。

下片写读家书。家书是王闰之写于香笺之上的，想来娟秀浪漫，故苏轼专用“香笺”一词。写王闰之的缠绵相思，不是明言，而是化用苏蕙写给窦滔的织锦回文《璇玑图诗》，表达妻子借家书诉相思闺怨。结尾两句叙事，但写得十分动情感人。读完家书后，本来要卷起束之高阁的，但又不由自主地打开读了起来，而且是“读遍千回与万回”，读了千万回，由此可见苏轼对王闰之的思念。

出于宋代普遍的伦理观念以及对妻子的尊重和爱恋，苏轼在与妻子有关的词作中尽量写得庄重含蓄，有别于写给歌妓舞女乐妓之作。我们可以感受到，苏轼是在含蓄地表达对妻子的爱恋之情。这种感情应该是藏起来的，但由于惊喜和思念，苏轼又不愿就此忽略、不留痕迹，所以他在词中要写，但又是极其含蓄委婉地去表达，希望尽量不要引来他人的注意和评头论足。这种心思，就好像是要把妻子藏起来但又不由得要炫耀一下，来宣示她的存在一样。苏轼类似写给王闰之词作中的小心思，大约是很少有人体会到的，所以说这是苏轼不易被察觉的温柔。他的《蝶恋花·京口得乡书》亦是如此：

雨后春容清更丽。只有离人，幽恨终难洗。北固山前三面水。碧琼梳拥青螺髻。　一纸乡书来万里。问我何年，真个成归计。白首送春拚一醉。东风吹破千行泪。

这首词也写于熙宁七年春，苏轼在京口时期。这是他与王闰之成婚的第六个年头。虽然王闰之陪伴他四处漂泊，但苏轼往往每到一地上任，安定下来才会接家眷过来，所以其间难免有分隔异地的时候。上片起句即言春雨过后，万物似被洗过一样更加清新美丽。接下两句意思突转。虽然春雨可洗净一切，但是只有离人的幽恨是终难洗去的，婉言离恨深切。四句宕开，写眼前北固山三面环水。但北固山水在苏轼眼里，恰像是碧玉拥梳着一个青螺髻。心中思念着妻子，故看山不是山，看水不是水，都似妻子梳挽的螺髻。深情弥漫于天地。下片直抒胸臆。书信来自万里外，信中内容，又是在殷切问我何时归家。而我滞留在此，虽然计划着早日归家，但只是计划而已，是“真个成归计”了。可见苏轼的相思，亦可见因无法归家而感到有愧于妻子，只能借酒浇愁。结句“东风吹破千行泪”，豪放不羁、对妻子情感不易外露的苏轼，也难免流下了千行泪，足见思乡、思妻之情。这是苏轼少见的情感失控。

元丰三年（1080），苏轼到达黄州。自元丰二年七月二十八日乌台诗案起，妻子一直提心吊胆，受了不少惊吓。刚到黄州的苏轼境况艰难，又对妻子愧悔交加，于是在三月写下了这首《南歌子·感旧》：

寸恨谁云短，绵绵岂易裁。半年眉绿未曾开。明月好风闲处、是人猜。　　春雨消残冻，温风到冷灰。尊前一曲为谁哉？留取曲终一拍、待君来。

寸恨虽短，但是谁又能把它裁掉呢？言恨绵绵不绝，根本不可能根除。此似是感叹乌台诗案所遭受的痛苦，实则也是诗从对面来，是说妻子幽恨不绝。三句想象更为具体，妻子的眉头半年来就没有开过，心疼妻子幽恨愁苦，暗涉此前遭遇的变故。下片前两句似在开解妻子——春雨来了，冷冻最终会消失，那温暖的春风会吹暖冰冷的心。并说，我是为谁作的这曲《南歌子》呢？当然是为你啊，希望以此曲迎接你的到来。

比起六年前写给王闰之的两首，这首词写得更为直接一些，似乎不再藏着掖着了。这是因为苏轼与妻子都人到中年，其间经历了许多的生死磨难，感情更笃，妻子因为自己受了不少苦，苏轼心中更有愧疚与感激，让他更在乎王闰之的感受。所以在本词中，我们分明能感受到苏轼对妻子更加体谅，试图宽慰，反复开释，所谓“贫贱夫妻百事哀”，相濡以沫的感情中更增加了温柔体贴。

苏轼还有两首《菩萨蛮》，作于元丰三年的七夕，词题为“七夕，黄州朝天门上二首”。乍看似乎是节序词，二首都围绕七夕节俗展开：

> 画檐初挂弯弯月。孤光未满先忧缺。还认玉帘钩。天孙梳洗楼。　佳人言语好。不愿求新巧。此恨固应知。愿人无别离。
>
> 风回仙驭云开扇。更阑月坠星河转。枕上梦魂惊。晓檐疏雨零。　相逢虽草草。长共天难老。终不羡人间。人间日似年。

但是如果了解当时苏轼与妻子的具体情况，就知道苏轼这两首词别有所写。自元丰二年（1079）七月二十八日苏轼在湖州任所被御史台吏押往京城起，苏轼便与妻子匆匆分离，直至元丰三年五月二十九日，始经苏辙护送到达黄州。因此，这年的七夕，王夫人与苏轼才团聚月余。第一首上片首句紧扣七夕，月还是弯月。次句即言月虽未圆，望月之人已担心月缺了，婉转表达夫妻二人刚团聚即担心分离的心情。下片言乞巧，佳人指王夫人。苏轼说王夫人乞巧的话很好。为什么呢？因为她并不在乎乞巧，她乞求的是要两人永远在一起，再不要分离。从王闰之的乞巧之语可见夫妻分离的辛酸，同时还有逃过一劫的庆幸与惊悸，恰似杜甫妻子的“惊定还拭泪”（《羌村三首》其一）。

第二首上片写马上就要天亮，牛郎织女又要分离。檐间疏雨似乎也为他们忧伤。下片似为王夫人所感所言：牛郎织女相逢虽短暂匆忙，但他们毕竟能与天长在。不像人世间生命短暂却有好多苦难，度日如年。这又是王夫人因分离而产生的伤感和担忧。

如果抛开时地，以及其间苏轼与王闰之的离合，两首词只会被认为是许许多多七夕词中的两首。但结合二人的遭际与遇合，便会读出它们的特别之处，以及苏轼在其中寄寓的对妻子王闰之的情感和词人不露声色的温柔。

苏轼还有两首词是写给朝云（1062—1096）的。如《殢人娇·赠朝云》：

> 白发苍颜，正是维摩境界。空方丈、散花何碍。朱唇箸点，更髻鬟生彩。这些个，千生万生只在。　好事心肠，着人情态。闲窗下、敛云凝黛。明朝端午，待学纫兰为佩。寻一首好诗，要书裙带。

这首词作于绍圣二年（1095）五月的惠州。朝云是苏轼的妾。据张邦基《侍儿小名录·朝云》载：“东坡先生侍妾曰朝云，字子霞，姓王氏，钱塘人。敏而好义，事先生二十有三年，忠敬若一。生子遁，未期而夭。”苏轼在《朝云诗并引》中说：“予家有数妾，四五年相继辞去，独朝云者，随予南迁。因读乐天集，戏作此诗。朝云姓王氏，钱唐人。尝有子曰干儿，未期而夭云。”可见朝云十分忠义，在苏轼绍圣元年（1094）被贬宁远军副节度使惠州安置时，毅然陪同苏轼前往此荒远之地。这时已经五十九岁的苏轼，面对三十四岁的朝云，态度是亲昵宠爱的。他不避讳自己白发苍颜，却描写朝云朱唇如箸点般娇小，描写朝云髻鬟生彩、敛云凝黛，还描写了她的好心肠以及可爱的情态，写她为了端午节纫兰为佩，非要苏轼给她寻一首好诗，以便书写在裙带上。

苏轼晚年虽然愈贬愈远，但朝云的陪伴给他的生活带来了很多乐趣。而这些也与朝云侍妾的身份有关。宋人对妻与妾的要求和期许不同，妻重德重端庄，妾则重美貌重情趣，所以无论是给王弗的悼亡词，还是与王闰之有关的词作，苏轼的态度都是含蓄隐忍、诚敬庄重的，而对朝云的描写则相反，是亲昵活泼的。

苏轼另有一首《三部乐·情景》，亦为赠朝云之作：

> 美人如月。乍见掩暮云，更增妍绝。算应无恨，安用阴晴圆缺。娇甚空只成愁，待下床又懒，未语先咽。数日不来，落尽一庭红叶。　　今朝置酒强起，问为谁减动，一分香雪。何事散花却病，维摩无疾。却低眉、惨然不答。唱《金缕》、一声怨切。堪折便折。且惜取、少年花发。

朝云病逝于绍圣三年（1096）七月，这首词应作于朝云病重的五、六月间。这首词没有了上一首的轻松活泼，虽然开头仍写朝云貌美，但“乍见掩暮云”已暗含愁绪。虽说应无恨，实则已预感到不妙，所以特怕阴云缺月，实际已是担心朝云命不久矣。接下三句写朝云因病懒下床，情绪低落，未语先咽。下片写朝云强起置酒，并唱《金缕曲》，体现出生命凋零之前的伤感与前兆。

四　友情的另一种表现形式

苏轼词中很多赠同僚、上级、友人之词，如赠陈述古、杨元素、徐君猷、孙巨源、赵晦之、李公择、冯当世、王缄、郑彦能、张继愿、梁左藏、李公恕、许仲涂等，粗略统计，至少有84首。而赠同僚、上级、友人之侍儿歌妓之词至少有25首。两者加起来，几乎占苏轼词（不包括存疑词）的三分之一。

这类词作数量虽然多，但如应和诗一样，属于交往酬唱之作，水平参差不一。究其原因，还是与官场应酬有时缺乏真情有关。但这些词所体现的与诗相似的功能不能忽视，其中也有一些词写得较有味道。除了文中已举的例词之外，还有写于元丰五年（1082）九月的《醉蓬莱》：

笑劳生一梦，羁旅三年，又还重九。华发萧萧，对荒园搔首。赖有多情，好饮无事，似古人贤守。岁岁登高，年年落帽，物华依旧。　　此会应须烂醉，仍把紫菊茱萸，细看重嗅。摇落霜风，有手栽双柳。来岁今朝，为我西顾，酹羽觞江口。会与州人，饮公遗爱，一江醇酎。

苏轼元丰三年二月到黄州，八月黄州旧守陈轼罢任，新守徐大受（字君猷）来替，与苏轼一见如故。苏轼曾在与弟书中说：“轼始谪黄州，举眼无亲。君猷一见，相待如骨肉，此意岂可忘哉！”① 可见二人关系深厚，徐君猷在苏轼最艰难时给予许多帮助。本词序中亦说：“余谪居黄州，三见重九，每岁与太守徐君猷会于栖霞楼。今年公将去，乞郡湖南，念此惘然，故作是词。”上片前三句说自己谪居黄州已三年，又逢重九，如大梦一场。四至八句说自己开荒东坡，踯躅搔首，幸有徐君猷高情厚谊，郡中无事，常可与自己饮酒，真有古贤太守之风。下片前三句写重阳习俗。四五句写徐君猷亲植的柳树被风染霜而树叶摇落。接下六句想象来岁重九情景，君猷遗爱仍在黄州。上下片挽合双方，描述徐君猷三载相伴的深厚情谊，并赞其仁政遗风对黄州的沾溉，感谢其对自己的眷顾，是酬答词常见的写作模式。苏轼写给徐君猷的词不少，此外如《少年游·端午赠黄守徐君猷》《南乡子·重九涵辉楼呈徐君猷》以及《浣溪沙》五首等。

苏轼的赠答词中也有写与雅志相同者，如写给参寥子的：

有情风、万里卷潮来，无情送潮归。问钱塘江上，西兴浦口，几度斜晖？不用思量今古，俯仰昔人非。谁似东坡老，白首忘机。　　记取西湖西畔，正暮山好处，空翠烟霏。算诗人相得，如我与君稀。约他年、东还海道，愿谢公、雅志莫相违。西州路，不应回首，为我沾衣。

这首《八声甘州·寄参寥子》写于元祐六年（1091）三月的杭州，全词写得豪情荡逸。参寥子即僧道潜。上片借钱塘江潮而发议论。说风可以是有情的，它能送潮来；又是无情的，它能送

① 丁传靖辑《宋人轶事汇编》卷十二，中华书局，2003，第607页。

潮归。三四句宕开，不再讨论钱塘江潮，而是说在钱塘江上、西兴浦口，曾几度看过夕阳呢？这一设问亦不须回答。因为五十五岁的苏轼，已见过自然、人生的许多壮阔波澜和浮沉巨变，早已淡泊豁达、波澜不惊了。所以他说，不必去思量今古，判断谁是谁非，进而去俯仰追攀。下两句自嘲也是自诩：谁会像我这个白头东坡老呢，已全然消除机心。下片前三句以“记取”领起，叮嘱道潜也包括自己，记着二人同游西湖山水的点滴。并进而直言“算诗人相得，如我与君稀”，诗人中如自己与道潜这样志同道合者实在太稀少了。并相约他年归隐杭州，与道潜相伴，正如谢安归隐东山一样。苏轼于元祐四年（1089）知杭州，元祐六年被召为翰林学士承旨，此应为留别道潜之作，所以有此约定。

相较苏轼写与其他郡守官员的词作，写给道潜的词更接近他的本心，故也写得更好一些。

苏轼还有一些写给侍儿歌妓舞女之词，多是在与同僚、上级、好友宴饮时被这些女子索要而写就，或是出于对被宴请的酬谢，作词赠予这些同僚上级宠爱的侍女，以投桃报李。所以，这些词虽是写给女子的，却是友情的另外一种表现形式。一般情况，苏轼在词中对这些女子赞美有加。如写给驸马都尉王诜（字晋卿）侍妾爱姬的两首：

满院桃花，尽是刘郎未见。于中更、一枝纤软。仙家日月，笑人间春晚。浓睡起、惊飞乱红千片。　　密意难传，羞容易变。平白地、为伊肠断。问君终日，怎安排心眼。须信道、司空自来见惯。（《殢人娇·王都尉席上赠侍人》）

香叆雕盘，寒生冰箸，画堂别是风光。主人情重，开宴出红妆。腻玉圆搓素颈，藕丝嫩、新织仙裳。双歌罢，虚檐转月，余韵尚悠扬。　　人间，何处有，司空见惯，应谓寻常。坐中有狂客，恼乱愁肠。报道金钗坠也，十指露、春笋纤长。亲曾见，全胜宋玉，想像赋高唐。（《满庭芳·佳人》）

这两首词都写于熙宁十年（1077）春，第一首写于汴京郊外，第二首写于汴京，都写于驸马王晋卿席上。这两首词都是对女子的情态、美貌、歌喉、技艺极尽描写和赞美，尤其是后者，是为王晋卿爱妾啭春莺所写①，写作过程中难免有逢迎其主人的因素。

一般而言，此类词作虽见才情，丽藻雅词，但我们始终感觉苏轼是作为旁观者身份，离所写女子很远，亦是理性、应酬的描写，难见真情流露。

黄州时期，黄守并好友徐君猷有好多侍女，所谓“君猷后房甚盛”②，苏轼笔下对徐君猷侍儿的描写亦占据同类词作之首。如作于元丰五年（1082）的赠徐君猷侍女妩卿、胜之、庆姬、懿懿等几首：

娇多媚煞。体柳轻盈千万态。殢主尤宾。敛黛含颦喜又嗔。　　徐君乐饮。笑谑从伊情意恁。脸嫩敷红。花倚朱阑裹住风。（《减字木兰花·赠徐君猷三侍人妩卿》）

双鬟绿坠。娇眼横波眉黛翠。妙舞蹁跹。掌上身轻意态妍。　　曲穷力困。笑倚人旁香喘喷。老大逢欢。昏眼犹能仔细看。（《减字木兰花·胜之》）

天真雅丽。容态温柔心性慧。响亮歌喉。遏住行云翠不

---

① 参拙文《“春莺啭”与“啭春莺”》，《中国艺术报》2019年12月6日。

② 宋·王明清撰、燕永成整理《挥麈后录》卷之七，大象出版社，2019，第183页。

收。　　妙词佳曲。啭出新声能断续。重客多情。满劝金卮玉手擎。(《减字木兰花·庆姬》)

柔和性气。雅称佳名呼懿懿。解舞能讴。绝妙年中有品流。　　眉长眼细。淡淡梳妆新绾髻。懊恼风情。春著花枝百态生。(《减字木兰花·赠君猷家姬》)

天然宅院。赛了千千并万万。说与贤知。表德元来是胜之。　　今来十四。海里猴儿奴子是。要赌休痴。六只骰儿六点儿。(《减字木兰花·赠胜之,乃徐君猷侍儿》)

碧纱微露纤纤玉。朱唇渐暖参差竹。越调变新声。龙吟彻骨清。　　夜来残酒醒。惟觉霜袍冷。不见敛眉人。燕脂觅旧痕。(《菩萨蛮·赠徐君猷笙妓》)

因为胜之是徐君猷最爱的侍女,苏轼词中曾有四首写及胜之。除了以上两首之外,还有《西江月》:

龙焙今年绝品,谷帘自古珍泉。雪芽双井散神仙。苗裔来从北苑。　　汤发云腴酽白,盏浮花乳轻圆。人间谁敢更争妍。斗取红窗粉面。

词前序曰:"送建溪双井茶、谷帘泉与胜之。胜之,徐君猷家后房,甚丽,自叙本贵种也。"就因为胜之是徐君猷最宠爱的侍儿[1],所以苏轼专门送胜之珍贵的建溪茶,并又专门作词赠予她。这也是元丰五年的事。

① 宋·王明清撰、燕永成整理《挥麈后录》卷之七,大象出版社,2019,第183页。

元丰七年（1084）七月，苏轼去黄北归，经过姑熟，作《西江月·姑熟再见胜之次前韵》，此时君猷已逝，胜之已归张子厚，东坡再见胜之，怀念好友，不胜伤感，掩面痛哭，词曰："别梦已随流水，泪巾犹裛香泉。相如依旧是臞仙。人在瑶台阆苑。"感叹君猷早亡、阴阳相隔。但胜之的态度令人意外："东坡复见之，不觉掩面号恸，妾乃顾其徒而大笑。东坡每以语人，为蓄婢之戒。"①胜之早已取悦他人、忘记旧主人了，这又是东坡为君猷恸哭的另一层原因。

无论诗词，凡是创作，都是真情的流露，非有赤子之心、真情实感，不能打动人，这也是一般应酬之作虽具社交功能但艺术上乏善可陈的原因。苏轼写徐君猷侍儿之作不少，但都没有这首《西江月》令人感动。

五　文辞历险——敷衍词

苏轼词中还有此前极少见到的一种现象，即敷衍前人诗、词、文、曲、故事、佛经入词，可以说将敷衍的词作带入了一个前所未有的境地。众多敷衍词作的出现，是苏轼词中重视文辞甚于音乐的表现。这些词作有的翻新出奇，是苏词的特有现象。

苏轼敷衍词中，第一类是因诗敷衍者。此前词中虽常见化用前人诗文的现象，但毕竟是个别诗句，很少全篇敷衍、化用的。苏词中即有全篇敷衍、化用之作，如前文已举的《水调歌头》，是隐括韩愈《听颖师弹琴》诗；《定风波》（与客携壶上翠微）隐括杜

① 宋·王明清撰、燕永成整理《挥麈后录》卷之七，大象出版社，2019，第183页。

牧的《九日齐安登高》诗。另外再如《木兰花令》，改白居易《寒食诗》而成，其序曰："与郭生游寒溪。主簿吴亮置酒。郭生喜作挽歌，酒酣发声，坐为凄然。郭生言吾恨无佳词，因为略改乐天《寒食诗》歌之，坐客有泣者。"苏轼词云：

乌啼鹊躁昏乔木。清明寒食谁家哭？风吹旷野纸钱飞，古墓累累春草绿。　　棠梨花映白杨路。尽是死生离别处。冥漠重泉哭不闻，萧萧暮雨人归去。

第二类是因词句敷衍者。如《洞仙歌》（冰肌玉骨）序中说："今四十年，朱已死，人无知此词者，独记其首两句。暇日寻味，岂《洞仙歌令》乎？乃为足之耳。"再如《浣溪沙》词序写道："玄真子《渔父词》极清丽，恨其曲度不传，故加数语，令以《浣溪沙》歌之。"玄真子即张志和，本词是敷衍张志和的《渔夫词》而成：

西塞山边白鹭飞。散花洲外片帆微。桃花流水鳜鱼肥。自庇一身青箬笠，相随到处绿蓑衣。斜风细雨不须归。

还有因词中语敷衍者，如《如梦令》二首，其序曰：

元丰七年十二月十八日，浴泗州雍熙塔下，戏作《如梦令》两阕。此曲本唐庄宗制，名《忆仙姿》，嫌其名不雅，故改为《如梦令》。盖庄宗作此词，卒章云："如梦如梦，和泪出门相送。"因取以为名云。

也有隐括前人文入词者，如前文所举之《哨遍》，其序曰：

陶渊明赋《归去来》，有其词而无其声。余治东坡，筑雪堂于上，人俱笑其陋。独鄱阳董毅夫过而悦之，有卜邻之意。乃取《归去来》词，稍加隐括，使就声律，以遗毅夫。使家僮歌之，时相从于东坡，释耒而和之，扣牛角而为之节，不亦乐乎。

有因曲敷衍者，如《醉翁操》，序中交代了因欧阳修喜琅琊美景，作《醉翁亭记》闻名于世，后有好奇之士作《醉翁操》曲，但有声无辞。虽有依楚词作《醉翁引》者，但“虽粗合韵度，而琴声为词所绳约，非天成也。后三十余年，翁既捐馆舍，遵亦没久矣。有庐山玉涧道人崔闲，特妙于琴。恨此曲之无词，乃谱其声，而请于东坡居士以补之云”。

有因事敷衍者，如《水龙吟》（古来云海茫茫），苏轼的许多敷衍词，序的篇幅已远超词的篇幅，由此亦可见苏轼对文字、文辞的兴趣有时要远大于乐曲。

有因佛经敷衍者，如《蝶恋花》，词题为“同安君生日放鱼，取《金光明经》救鱼事”，词为：

泛泛东风初破五。江柳微黄，万万千千缕。佳气郁葱来绣户。当年江上生奇女。　　一盏寿觞谁与举。三个明珠，膝上王文度，放尽穷鳞看圉圉。天公为下曼陀雨。

此词作于绍圣三年（1096），同安君王闰之已去世三年。苏轼在她生日这天放生，并取《金光明经》救鱼的故事为之祈福。

有因一句话敷衍者，如《定风波》：

谁羡人间琢玉郎。天应乞与点酥娘。尽道清歌传皓齿。风起。雪飞炎海变清凉。　　万里归来颜愈少。微笑。笑时犹带岭梅香。试问岭南应不好？却道。此心安处是吾乡。

词序曰："王定国歌儿曰柔奴，姓宇文氏，眉目娟丽，善应对，家世住京师。定国南迁归，余问柔：'广南风土应是不好？'柔对曰：'此心安处便是吾乡。'因为缀词云。"

王安国家歌儿柔奴善言辞，对苏轼的疑虑，她的回答豁人耳目，令人不由得心神自振。岭南自古为罪臣贬谪之地，多少文人大家因贬岭南而愁苦不堪，即如韩愈被贬后的《潮州刺史谢上表》中，极言潮州生态之恶劣，哀求皇帝令其早回京城。与多数文人士子身居厄境的凄苦自恋、难以解脱相比，柔奴通透豁达，具有无比坚强自洽的心性，这点感动了苏轼，为此写了这首词。而结尾化用柔奴原话的"此心安处是吾乡"不仅成为苏词中的名句，更给予后来同样出于逆境者不知多少精神力量和慰藉。虽然只是一句话，但在苏轼敷衍词中却属于最成功者。

苏轼还有一些敷衍词和集句词，游戏成分更大，艺术上较为乏善可陈。

苏轼的敷衍词虽然水平参差不齐，但在词的音乐与文学两个系统中所体现出来的特质，告诉我们文学的重要性越来越大。苏轼对词的贡献不仅在其一洗绮罗香泽之态，而是越来越重文学性，因诗、词、文、故事、佛经入词，其中颇有收集、整理、记录曾经发生的故事与文字的目的，因此在词的发展史上具有不可忽视的意义。

第十六讲

李清照

声律与情感的经典融合

元宵佳节，融和天气，次第岂无风雨？

一　词调声情与意脉承转——《永遇乐》

落日镕金，暮云合璧，人在何处？染柳烟浓。吹梅笛怨，春意知几许？元宵佳节，融和天气，次第岂无风雨？来相召、香车宝马，谢他酒朋诗侣。　　中州盛日，闺门多暇，记得偏重三五。铺翠冠儿，撚金雪柳，簇带争济楚。如今憔悴，风鬟霜鬓，怕见夜间出去。不如向、帘儿底下，听人笑语。

本词的写作年代，按照徐培均的观点，应该作于南宋绍兴九年（1139）的元宵节，其时词人五十六岁。因为据《宋史·高宗本纪五》，绍兴五年、六年有日食、兵祸以及百姓生计艰难，绍兴七年高宗在平江，“下诏移跸建康”①，“八年春正月戊子朔，帝在建康”，“九年春正月壬午朔，帝在临安。丙戌，以金国通和，大赦”②。在此情形下，才有欢度元宵佳节的可能。自从绍兴五年（1135），李清照五十二岁之后始定居南宋都城临安（杭州）。所以，本词所描述的元宵节，应该是绍兴九年或之后在临安度过的元宵节。关于写作年代及地点，宋人张端义亦有表述，他说李清照“南渡以来，常怀京洛旧事，晚年赋元宵《永遇乐》词”③，亦说明本词是南渡以后词人晚年所作，但写作年代应早于《声声慢》。

本词亦遵从词人一贯的写作方式，以景起句。通过营造氛围，制造情境，逐步描绘勾勒。这也是李清照不同于男性文人的一大特点。男性词人在描写女性时，注意力多在女性身上，很少对周

① 元·脱脱等撰《宋史·高宗本纪五》，中华书局，1985，第528页。

② 元·脱脱等撰《宋史·高宗本纪六》，中华书局，1985，第535、538页。

③ 宋·张端义撰，许沛藻、刘宇整理《贵耳集》卷上，大象出版社，2019，第149页。

围事物和情景有过多关注。而李清照在写词的时候，也是她对外部世界认识与思考的时候，再加上她天生的热情和对现实、政治与国家大事的关心，她的笔触就会伸向一般词人容易忽略的情境。

上片十二句三句一组，每组中的第三句与前两句是一个转折，结构整饬。首三句先从大的意境渲染，点明彼时词人所处的时分。傍晚，金色的夕阳铺满西天，天空就像镀了一层金一样；而暮云笼罩着圆月，就像将一块无瑕的白璧围合。景色不可谓不绚丽。这两句化自宋人廖世美的《好事近》：“落日水镕金，天淡暮烟凝碧。”以及梁江淹的《休上人怨别》：“日暮碧云合，佳人殊未来。”但是忽然一句“人在何处”，将人从沉迷的景色中拉开，引出女主人公，也就是词人自己。颇有将自己作为他者进行关注的意识。仅仅由此四字，我们仿佛看到了当年李清照孤坐的剪影。有的本子认为此处的“人”当指已故之赵明诚，于词上下句的情境似乎不符。此处李清照的自问，透露出来的是一种恍惚犹疑、不知身在何处之感，亦有远离故土的飘零之感，说的是词人自己的感觉。而当时明诚已去世有年，本词主旨亦非悼亡，断不可能指赵明诚。

接下三句形容春景。“染柳烟浓”，写上元节的柳像染了绿色一样，春气氤氲，翠烟凄迷。这是南宋都城临安的上元节。气候温暖的临安，元宵时节已经春意盎然了。“吹梅笛怨”，写词人听到笛声里吹奏着《梅花落》，曲意感伤，乡思顿起，不仅发出“春意知几许”的疑问——春意到底有几分呢？自问也是拷问。这当中有疑惑，有理性，也有无法真正走入现实中的困惑。如今李清照对春天如此疏离和冷静，悄然流露几许沧桑。

接下三句，首句点明时节，正值元宵佳节，次句总写元宵节的天气。元宵佳节，融和天气，亦该是一个喜气团圆的日子，但是，冷不丁一句“次第岂无风雨”的反问，将已经不再年轻的词人的心态与经历的诸多坎坷都暴露了出来。词人半生寥落，颠沛流离，见过了太多的苦难与不测，于是面对眼前的美景与熙乐，竟然不敢相信它的永久。即使是在这平静和美之际，亦似乎看到了风雨与即将来临的无法预测的种种不幸。这已经不是女性天生的多愁善感与忧郁，而更多是掺杂了人生苦难的忧患与危机意识。所以，在这人人喜乐的良辰美景之际，有酒朋诗侣乘着香车宝马邀请她出去赏灯游玩时，李清照根本无法打起精神、提起兴趣，与众人一同去游乐。她与现实环境是那般格格不入。

但拒绝归拒绝，清醒归清醒。李清照毕竟是一个情感丰富的女人，况且为名臣之女、名士之伴侣，年轻时有过非常美好率性的时光，在这样一个几乎是万民同乐的日子里，难免会勾起她对往昔的忆恋。因此，过片从忆旧写起。记得当年在汴京最繁华的时候，自己做女儿时，闺门多暇。年轻浪漫的女儿们，对于任何一个节日，都是那么喜爱，尤其是元宵节这样盛大的节日。“记得偏重三五”，反映了元宵节在当时人们心中的重要程度。宋人笔下多有关于这一天的节庆活动的记载。孟元老的《东京梦华录》追述了北宋东京开封的城市风俗、节庆活动，在卷六《元宵》中他记载道：

> 正月十五日元宵，大内前自岁前冬至后，开封府绞缚山棚，立木正对宣德楼，游人已集御街两廊下。奇术异能，歌舞百戏，鳞鳞相切，乐声嘈杂十余里。……宣德楼上皆垂黄缘帘，中一位乃御座。……宫嫔嬉笑之声，下闻于外。……万姓皆在露台下观看，乐人时引万姓山呼。[1]

[1] 宋·孟元老撰、邓之诚注《东京梦华录注》，中华书局，1982，第164—165页。

吴自牧的《梦粱录》是记述南宋都城临安风貌的一部书，在卷一《元宵》中，对汴京的元宵节亦有精彩记述：

> 正月十五日元夕节，乃上元天官赐福之辰。昨汴京大内前缚山棚，对宣德楼，悉以结彩。山沓上皆画群仙故事，左右以五色彩结文殊、普贤跨狮子、白象，各手指内五道出水。其水用辘轳绞上灯棚高尖处，以木柜盛贮，逐时放下，如瀑布状。又以草缚成龙，用青幕遮草上，密置灯烛万盏，望之蜿蜒如双龙飞走之状。上御宣德楼观灯，有牌曰“宣和与民同乐”。万姓观瞻，皆称“万岁”。①

由本朝人的记载可知，当时的元宵节隆重热闹，今人已难以想象，其范围波及之广、持续时间之长，并不仅限于帝王享有，所谓“阡陌纵横，城闉不禁。别有深坊小巷，绣额珠帘，巧制新妆，竞夸华丽，春情荡飏，酒兴融怡，雅会幽欢，寸阴可惜，景色浩闹，不觉更阑。宝骑骎骎，香轮辘辘，五陵年少，满路行歌，万户千门，笙簧未彻”②。据此，我们亦彻底明白了词人所说的“记得偏重三五”有多么重的分量，而接下来的转折又有多么剧烈。

下片次三句，写元宵节汴京女子常见的打扮。这一天，她们必然是头上戴着铺翠的花冠，装饰以撚金雪柳，盛装打扮，整齐漂亮，出去赏月观灯。

什么是“铺翠冠儿”？铺翠，就是首饰上点缀以翠鸟的羽毛，其实就是点翠。此处的铺翠，表明点翠的面积较大，整个冠上都

---

① 宋·吴自牧撰、黄纯艳整理《梦粱录》，大象出版社，2019，第210页。
② 宋·孟元老撰、邓之诚注《东京梦华录注》，中华书局，1982，第173页。

铺满了点翠。这样的冠子在当时的京城很流行。《梦粱录》中记载的珠翠冠儿大约与此类似：“（杭州）官巷口、苏家巷二十四家傀儡，衣装鲜丽，细旦戴花朵肩，珠翠冠儿，腰肢纤袅，宛如妇人。”①这些傀儡头、身上的装饰，想必是欢度元宵佳节的都城仕女的常见装束。

什么是“撚金雪柳”？南宋朱弁《续骫骳说》中有记载：“都下元宵，观游之盛，前人或于歌词中道之……又妇女首饰至此一新，髻鬟簪插如蛾蝉、蜂蝶、雪柳、玉梅、灯球，袅袅满头，其名件甚多，不知起何时，而词客未有及之者。”②南宋周密《武林旧事》也有记载：“元夕节物，妇人皆戴珠翠、闹蛾、玉梅、雪柳、菩提叶、销金合、蝉貂袖、项帕，而衣多尚白，盖月下所宜也。”③南宋陈元靓《岁时广记》亦载：“《岁时杂记》：‘都城仕女，有元夜戴灯球、灯笼，大如枣栗，如珠茸之类。又卖玉梅、雪梅、雪柳、菩提叶及蛾蜂儿，皆缯楮为之。’”④

由上述几位南宋人的记载可知晓，元宵佳节这天，都城的女子们是要盛装观灯的，她们的装扮，尤其是首饰，种类繁多，令人眼花缭乱，而且衣多尚白，是为了月下灯下赏心悦目。朱弁的记载更说明，女子元宵节所插戴的这些新颖时髦的首饰，尚未有人在词中写及，李清照应该是首次记录下这些装饰的人，这与她女性的身份以及较为关注女性物事分不开。从这一角度而言，我

① 宋·吴自牧撰、黄纯艳整理《梦粱录》，卷一《元宵》，大象出版社，2019，第211页。

② 宋·陶宗仪编、刘宇等整理《〈说郛〉选五十八种》，大象出版社，2019，第117—118页。

③ 杨瑞点校《武林旧事》卷二《元夕》，浙江古籍出版社，2015，第44页。

④ 宋·陈元靓撰、许逸民点校《岁时广记》卷十一《上元》，中华书局，2020，第227页。

们更觉李清照笔下这八个字对于反映南宋元夕都城仕女的装扮具有史料价值。直至南宋后期辛弃疾在他的《青玉案·元夕》中有“蛾儿雪柳黄金缕”，算是对类似女子装饰有一定的记载。其中这“雪柳黄金缕”，也就是本词中的“撚金雪柳”。详其情，应该是一种头饰，用白色缯帛裹住细柳形状的楮纸，上面杂以金线装饰，在元夕灯下，如钗摇似的袅娜震颤，白色明丽，金色闪耀，是都城元夕女子必备头饰之一。

想必在元宵佳节，像铺翠冠儿、撚金雪柳这样的装饰很普遍，直到宋高宗于绍兴二十七年（1157）三月二十一日专门下了一道《禁宫人以销金铺翠为首饰手诏》:“比年以来，中外服饰过为侈靡，虽累行禁止，终未尽革。朕躬行敦朴，以先天下。近外国所贡翠羽六百余只，可令焚之通衢，以示百姓行法当自近始。自今后宫中首饰衣服，并不许铺翠销金。如犯此禁，重置于法。”[①]词中言及的铺翠、销金，都在禁止之列。可知词人所言不虚，这样的装饰，确实属于“争济楚”。

往昔愈繁华，现实愈凄凉。所有的美好都成了回忆，恍如隔世。如今，经历了南渡之乱与丧夫失家之痛的词人，心境再也无法回到从前，生活无法安定，不知未来在哪里。而这一切苦难与艰辛的岁月，都在她的容貌与身体上留下了无法抹去的痕迹，憔悴衰老与风尘满面的词人，更是无法面对眼前依然熙攘、热闹与奢华的人物与景物，于是，一向自视清高的词人，只有在夜间人少的时候，才肯出去。但是，她的心没有同身体与外貌一起老去，依然年轻，无法做到万事不关心。所以，她只有在帘子后面听听

① 曾枣庄、刘琳主编《全宋文》第二百四册，上海辞书出版社、安徽教育出版社，2006，第276页。

人们的欢声笑语，偷偷看看那热闹辉煌的灯景与人流。这恐怕是词人谢绝邀请不愿意外出的真正原因。

而这“帘儿底下，听人笑语”亦侧面暴露出词人的经济窘况。她不再是居于“庭院深深深几许”的仕宦家庭的主妇，而是在都城临街赁屋而居的落魄无依的老妇。

词人后期词作中少有如前期那样对室内器物精致的描写，不能说与她实际居处环境的逼仄拮据无关，尤其是更晚期作的《声声慢》，这方面的特点更明显。闲闲一笔，似乎是“没要紧语”，却勾勒出了词人的全部境况。你能说李清照不是写词高手吗？

本词上下片通过多次转折与对比，一步步使词人的形象得以确立乃至明晰。上片十二句、四个组群，逐层交代清楚了时间、地点、事件，并且也揭示了这些繁华深处的矛盾与危机。上片最后三句也是通过转折表现了词人与周围人的不同——周围人还在醉生梦死，词人经历苦难，却无论如何做不到欢笑与忘却。而下片前两组三句中，对中州盛日元夕的回忆，又与上片的现实形成鲜明对比，也与下片后面几句涉及词人现在的生活形成鲜明对比，往乐而今哀，念国思乡之情自然寄寓其中。结尾的两组三句，以赋体方式直抒胸臆，以散文化的句式，以散漫语、没要紧语、絮叨语，生动写出了词人如今面对繁华元夕的态度，人不再年轻了，心已经老了，中间还隔了一个故国、一个曾经的爱侣赵明诚、改嫁又离婚的风波，心情怎能似旧时？正如她在词中写到的“不成怀抱，得似旧时那”（《转调满庭芳》）。

这一点是李清照高明的地方，她的爱国之情是由具体生活细节生发，含蓄而自然，活生生，有血有肉，不像张元幹等南渡词人，同样感情的表达近乎声嘶力竭，严重破坏了词的美感，亦给人以不真实、强为表现的观感。

而词人“风鬟霜鬓”的沧桑外貌和“帘儿底下，听人笑语”的行为又突显了内心活动，形象生动。这些遍及全词的转折与对比，反映了词人内心的矛盾与冲突和与现实的格格不入，也塑造了她独特而清醒的个性。心怀家国，突破了传统的小女人的一己悲喜与愁苦，而具有悲悯之心和慈惠之爱，境界更大，格局更高。既显示了她的不同，也显示了她意识的独立自觉。

本词双调104字，已属于长调慢词，上下片各十二句，四仄韵。《永遇乐》共有七种体式，李清照此体最接近于苏轼体，但个别地方的平仄与苏轼体有差异，不守平仄的几处如“几”“暇”“重”“冠”“济”“出”。据《词林正韵》，本词押第四部，其中“处”“许”“雨”“侣”“楚”“语”属于上声语韵，“五”属于上声麌韵，“去”属于去声御韵，语、麌、御通押。虽押仄声韵，但基本属于发音舒缓的上声韵和去声韵，比起《声声慢》的仄声韵，声情上没有那么凄苦。而据《乐章集》注，《永遇乐》曲调属于林钟商。林钟商属于中吕均，商调。周德清《中原音韵》云：“中吕高下闪赚……商调凄怆怨慕。”这就是说，《永遇乐》具有凄怆怨慕与高下闪赚的特点。前者符合本词中所表现的情感基调，而后者的特点，多半体现在每三组句中前两句与第三句之间声情气调的跳转，这一点在李清照词中表达更为明显。从写景、抒情角度，往往前两句写景，后一句抒情或言事；从词体结构来说，上片，尤其是前九句，往往在闪赚处意脉转折明显，体现在句式上就是转折、发问。

如果说因为高下闪赚，前两句与第三句之间有不同、有转折，是《永遇乐》词调本身具备的曲调因素，那么发问则是李清照的独创，是她经历国破家亡、流离失所，历尽人世的巨大沉浮和世态炎凉之后，对生活产生的犹疑，对风云难测、对人事不定、转瞬即逝的过度反应。她经历了太多苦难，即使面对美景，仍难以使她从过去的苦难经历中彻底拉回，故对眼前一切美好事物，不由得会产生怀疑，很难再有处变不惊的心态，而是惊定还拭泪，如惊弓之鸟。所以，本词才会有连着三处发问。

本词在意脉的连贯与转折方面，与晁端礼的《永遇乐》有相似之处，可见李清照是借鉴了晁氏的同调词体。晁端礼的《永遇乐》列于下：

> 雪霁千岩，春回万壑，和气如许。今古稽山，风流人物，真是生申处。儿童竹马，欢迎夹道，争为使君歌舞。道当年、蓬莱朵秀，又来作蓬莱主。　　一编勋业，家传几世，自是赤松仙侣。青琐黄堂，等闲游戏，又问乘槎路。银河耿耿，使星今夜，应与老人星聚。要知他、秋羹消息，早梅初吐。

这也更证明了《永遇乐》词调高下闪赚的特点，同时也体现了李清照善于向前人和当代词家学习，她的“学诗谩有惊人句”(《渔家傲》)，其实也包括学词。

此后，辛弃疾、姜夔、刘辰翁、赵以夫等人的同调词在押韵方面也都效仿李清照这首词。可见李词影响之大、之深。刘辰翁的《永遇乐》甚至在小序中明确写到读易安词深受感动，三年后仍不能忘记，并为此依声和词：“余自乙亥上元诵李易安《永遇乐》，为之涕下。今三年矣，每闻此词，辄不自堪。遂依其声，又托之易安自喻。虽辞情不及，而悲苦过之。”其词如下：

> 璧月初晴，黛云远澹，春事谁主。禁苑娇寒，湖隄倦暖，前度遽如许。香尘暗陌，华灯明昼，长是懒携手去。谁知道，

断烟禁夜，满城似愁风雨。　宣和旧日，临安南渡，芳景犹自如故。缃帙流离，风鬟三五，能赋词最苦。江南无路，鄜州今夜，此苦又谁知否。空相对，残缸无寐，满村社鼓。

此词从内容到结构方式、意脉转折、抒情与叙事，可谓学李清照最像的一首，其中“缃帙流离，风鬟三五，能赋词最苦”大体勾勒出了李清照晚年际遇及形象。而且，刘辰翁亦明显能感受到易安在词中所寄托的爱国之思，这方面的表达也颇有沧桑之感。

而从爱国思想的表达、格局之大、情思之雅方面，南宋抗金名将李纲的《永遇乐》与本词更有意脉的相连：

秋色方浓，好天凉夜，风雨初霁。缺月如钩，微云半掩，的烁星河碎。爽来轩户，凉生枕簟，夜永悄然无寐。起徘徊，凭栏凝伫，片时万情千意。　江湖倦客，年来衰病，坐叹岁华空逝。往事成尘，新愁似锁，谁是知心底。五陵萧瑟，中原杳杳，但有满襟清泪。烛兰缸，呼童取酒，且图径醉。

李纲此词的意绪、格调、所寄托的故国之思，与李清照相近，但是在构词的意脉与曲调的“高下闪赚”方面，似乎有所欠缺。

以一首词而影响了南宋词坛多位著名词人，本词的思想内容、情感基调、曲韵声情、艺术成就，都堪为绝唱。自然，本词在易安词中亦属于成就最高者之一。

二　词境与声律——《声声慢》

寻寻觅觅，冷冷清清，凄凄惨惨戚戚。乍暖还寒时候，最难将息。三杯两盏淡酒，怎敌他、晚来风急。雁过也，正伤心、却是旧时相识。　　满地黄花堆积，憔悴损、如今有谁堪摘？守着窗儿，独自怎生得黑。梧桐更兼细雨，到黄昏、点点滴滴。这次第，怎一个、愁字了得！

这首词的写作年代，徐培均认为应该作于绍兴十七年（1147）李清照六十四岁时。理由是“在建炎三、四年金人南侵中，清照古器物一部分运往洪州，不久损失，绍兴元年卜居越州土民钟氏宅又被窃一部分。故至晚年流荡无依，家徒四壁，遂有此深愁惨痛发之于词。考曾慥于绍兴十六年编《乐府雅词》成，中收清照词二十三首而未及此词。可见尚未写出、或写出不久而流播未广。否则如此精品，恐无遗珠之憾。因系此词于绍兴十七年”[①]。在没有更多材料佐证或否定的情况下，姑且认同徐氏说法。但准确地讲，应该是最早作于绍兴十七年，这样更为妥帖。

1.叠字

前人评价李清照的这首词，多着意于她的叠字下得紧，下得奇，认为“以一妇人，乃能创意出奇如此”[②]，实属不易。有人甚至由此追述李清照词叠字的来源与先例，追溯到《古诗十九首》有三联叠字者，如“青青河畔草，郁郁园中柳。盈盈楼上女，皎皎当窗牖。娥娥红粉妆，纤纤出素手”[③]。更有人举出韩愈《南山诗》七

① 宋·李清照撰、徐培均笺注《李清照集笺注》，上海古籍出版社，2002，第163页。

② 宋·罗大经撰、王瑞来点校《鹤林玉露》卷之六乙编，中华书局，1983，第226页。

③ 隋树森《古诗十九首集释》，中华书局，2018，第21—22页。

联叠字者，如：“延延离又属，夬夬叛还遘。喁喁鱼闯萍，落落月经宿。訚訚树墙垣，巘巘架库厩。参参削剑戟，焕焕衔莹琇。敷敷花披萼，闟闟屋摧霤。悠悠舒而安，兀兀狂以狃。超超出犹奔，蠢蠢骇不懋。”[①]韩愈诗是出了名的佶屈聱牙，我们看以上七联诗，无论写景还是抒情，颇为隔膜，并且也缺少美感。或者说，韩愈诗的美，是需要深细发掘、辅以理性思维，才能够领略得到。如果按照钟嵘的说法，那绝非“直寻”，多有“补假”之嫌。但由于文人多是尚奇猎异的，为了远离趋同，寻求新鲜的表达方式，在叠字这条路上，也有希望不让于韩愈者。晚唐诗人李商隐诗即好用叠字，但其表现出来的艺术效果却平淡无奇，甚至流于平庸与无聊，如“改成人寂寂，寄与路绵绵”（《谢先辈防记念拙诗甚多异日偶有此寄》），“花情羞脉脉，柳意怅微微”（《向晚》），“稍促高高燕，微疏的的萤”（《细雨》），如此之类，不胜枚举。有的含有叠字的诗句，令人无法想象出自深情绵邈的李义山，如“叶叶复翻翻，斜桥对侧门”（《蝶》），“暗暗淡淡紫，融融冶冶黄”（《菊》）。

对于叠字的执拗追求，李清照之后更甚，因为大家迷恋于她这十四个字的奇妙表达效果，纷纷想粉墨登场，来试试效果。元代杂剧家乔吉作了一首《天净沙·即事》，二十八字全用叠字。这样的强作，简直倒人胃口。大量叠字用得最成功的要数清代女词人贺双卿了，她的《凤凰台上忆吹箫》叠了四十八个字：“寸寸微云，丝丝残照，有无明灭难消。正断魂魂断，闪闪摇摇。望望山山水水，人去去，隐隐迢迢。从今后，酸酸楚楚，只似今宵。　青遥。问天不应，看小小双卿，袅袅无聊。更见谁谁见，

① 清·方世举编年笺注，郝润华、丁俊丽整理《韩昌黎诗集编年笺注》，中华书局，2012，第203页。

谁痛花娇？谁望欢欢喜喜，偷素粉，写写描描？谁还管，生生世世，夜夜朝朝。”[①]把女子的楚楚动人、柔弱多情以及细腻自怜的感物方式写出来了。

清人周济在《宋四家词选目录序论》里说：“双声叠韵字要着意布置，有宜双不宜叠、宜叠不宜双处。重字则既双且叠，尤宜斟酌。如李易安之‘凄凄惨惨戚戚’，三叠韵，六双声，是锻炼出来，非偶然拈得也。”[②]可见至清代，李清照在本词中的双声叠韵字被用以作为阐发词学理论的例证，其影响已毋庸赘言了。

由十四字叠字引来的认识魔障，自宋及清，蒙蔽了不知多少读者与词学家的眼，人们掉在这一文字魔障中，屡屡发论，而不及其他。但总算有几个清醒者。陈廷焯即在其《白雨斋词话》卷九中说：“十四叠字，不过造语奇隽耳。词境深浅，殊不在此。执是以论词，不免魔障。”[③]他是明显反对只局限于十四叠字而体认《声声慢》者。除了造语，还有造境，而词境的深浅，并不完全取决于这十四个叠字。甚至，有的人读出了更多本应接近于李清照心境的意味来，如梁启超认为这首词是“写从早至晚一天的实感。那种茕独栖惶的景况，非本人不能领略，所以一字一泪，都是咬着牙根咽下”[④]。这是自本词产生以来最早最接近于词人本心的一种体认。说到底，李清照这首《声声慢》的感人与独特，是饱蘸着生命之血的老年妇人孤独的泣诉，就像东坡笔下“孤舟之嫠妇”

---

① 李雷主编《清代闺阁诗集萃编》，中华书局，2015，第1315—1316页。

② 清·周济《宋四家词选目录序论》，唐圭璋编《词话丛编》，中华书局，2005，第1645页。

③ 清·陈廷焯撰、孙克强等辑校《白雨斋词话全编·白雨斋词话》卷九，中华书局，2013，第1311页。

④ 梁启超《中国韵文里头所表现的情感》，《饮冰室文集》之三十七，中华书局，2015，第97页。

（《赤壁赋》）一样，其悲切无法用一般的语言表述。对此，唐圭璋亦言：“无一处不是她饱经忧患后的低沉的倾诉，无一处不是她历经折磨后的忧叹。”[1]刘永济亦有相近表述：“总由生活痛苦，不得不吐而出之，绝非无此生活而凭空想写作可比也。”[2]

《声声慢》表现出来的声情与格调，尤其是词人的心态，大抵被认为是李清照现存词作中写作年代最晚者。也就是说，本词是可以作为李清照生命中最后一首词来看待的。其间所寄寓的悲凉、绝望和对一切都不再有热情和祈盼的心境，是一个老年妇人才会有的心态。

易安词，起句几乎都是以景入词，尤其早期词作，景物往往柔丽淡雅，为她所追求的典雅风格的体现；后期词作虽不及前期心境浪漫多情时那样，景物透着欣喜与色彩，但即便是写风，写病中华发，哪怕是悼亡、思念故国，都从赋景开始，如“帘外五更风，吹梦无踪”（《浪淘沙》），“病起萧萧两鬓华。卧看残月上窗纱”（《山花子》），“藤床纸帐朝眠起。说不尽、无佳思”（《孤雁儿》），“风住尘香花已尽，日晚倦梳头”（《武陵春》），“风柔日薄春犹早。夹衫乍著心情好”（《菩萨蛮》）。这也是从《花间集》承袭而来的词的一贯谋篇布局方式。但词人的这首《声声慢》，似乎已经不再注重常规的构篇方式，或者，词人彼时内心是崩溃的，她已经不再想遵从以往一直笃定的规则，她就是要在这绝望之时，破除一切陈规，任性一把。所以，才有了本词开始的十四个叠字。

① 唐圭璋、潘君昭《论李清照的后期词》，《江海学刊》1961年第8期。
② 刘永济《唐五代两宋词简析》，人民文学出版社，2018，第87页。

2.悲情

这十四个叠字，是动词叠加形容词。“寻寻觅觅”是外部动作，“冷冷清清”是周围环境，“凄凄惨惨戚戚”是内心的感受。

词人到底是在寻觅什么？词中并未明言，我们也无法据词意探寻出蛛丝马迹。但恰是这“寻寻觅觅”四字，透露出老年妇人独处时下意识的动作。她一个人坐在屋内窗前，没有什么家人需要照顾，没有什么家务需要忙碌，没有上下内外的家庭关系需要打理、协调，父亲早已作古，丈夫也已去世，自己没有孩子，改嫁又离婚，与原来的婆家也断了往来。况且因为南下、文物被盗、自己被诬蔑，又追着皇帝的銮驾奔波往来，如一片孤舟在海上漂泊。居无定所、举目无亲，是她生活的常态。种种打击，种种遭遇，使她恍若经历一场噩梦，惊定还拭泪。

一个老年嫠妇的日子，剩下的是大把的空虚，和无法打发的时间。她坐在窗前，手下意识地窸窸窣窣，在凉簟上摩挲、摩挲。至于在摩挲什么、寻觅什么，她自己也不知道，更没有什么明确的目标。这种动作透露出老年妇人潜在的空虚的生命状态，她觉得一无所有，故无意中她想寻找，犹如溺在大海中想随手抓住一根救命稻草，或者随便什么，总比什么都没有要好。寻寻觅觅，意味着摩挲这个动作不是一次两次，而是习惯性的，有意无意地在重复着。

但是她寻觅到了什么？并无实物，只是一种感觉——冷冷清清。这是指周围无人，一个人冷清孤独，其实更是她内心的感受。这个感受是恒定的，而非一时的。更像是生命的一种寻觅，岁月的一种寻觅。当然，这种生命与岁月的寻觅不是向前，如年轻人那样带着憧憬，而是回首，向过往的岁月与生命，承载着失落无助和入骨的惋惜。

其实，这种寻觅是徒劳的，因为人无法再回到从前，时光的隧道是不可逆的，那种冷冷清清的感受，从内心是驱除不去的。既如此，寻觅还不如不寻觅。意识到这些，也就引发了词人更大的伤感，生命冷清而无望，甚至凄惨而绝望。感觉一步步由具体而抽象，由外而内。

“凄凄惨惨戚戚”是较“冷冷清清”更进一步的感受。如果说冷冷清清兼指词人的内外感受，则“凄凄惨惨戚戚”是较前更进一步的内心感受。这六字句内本身亦有递进，寻觅的结果是感到冷冷清清，由此感到更加凄惨，意识到凄惨之后，内心则更为忧伤，即“戚戚”。这种戚戚之感，正如梁启超所言，是“咬着牙根”的哽咽，故词中多用入声字，就是这种心境与感受的外化。

前人沉迷于这十四字的“气机流动，前无古人，后无来者，可为词家叠韵之法”[①]，却不知词人在这十四字中，走完了漫长的生命历程，内心经历的千山万水，又岂是外人能完全体会的？正如外人尤其是男性词人和词论家无法明晓词人的心事，即便词人自己，万千的悲戚，遑论十四字，就是千言万语，又岂能描摹倾诉得尽？故须消愁解闷，但“三杯两盏淡酒，怎敌他、晚来风急”。风虽急，怎能抵挡不过？抵挡不过，说明身体虚弱，更是内心脆弱，无法再承受一丝的风雨，何况急风？如此情境，是否似曾相识？词人年轻时也有不抵西风的情形，所谓“莫道不销魂，帘卷西风，人比黄花瘦”（《醉花阴》），但那是婚后浸润在爱情与共同的金石书画爱好与情趣中的，少妇的不能自持，其底色是安宁如意的。而如今晨起的西风，再无人遮挡，更无人爱怜，是独自承

① 清·陆蓥《问花楼词话》，唐圭璋编《词话丛编》，中华书局，2005，第2545页。

受，更兼老年无依。与其说“怎敌”，不如说是对往昔岁月曾经拥有的呵护的怀恋。明白她的心结，对她接下来所写亦了然于心了：“雁过也，正伤心，却是旧时相识。”悲冷凄清之感无法排遣，转而饮酒，希望借此驱寒。但寒未驱散，却惹来更大的不耐与无法承受。再转而抬头，本想极目远望，摅怀去忧，却见大雁当空飞过，又勾起思乡念远，正自伤心，又似见到了旧日的大雁。雁飞天空，何来旧相识之说？曾记否，当年，词人有“云中谁寄锦书来，雁字回时，月满西楼”（《一剪梅》）之语。那时虽然也是独自一人，但犯着相思，有牵挂的人，虽在远方，总有团聚的希望。如今再见大雁，旧日牵挂的人早已魂归故土，再盼不来相聚。似曾相识，又大不相同。原来，极目也无法令人摅怀了。词人的悲切又深入一层。

那么，还是不要仰望了吧，低头，却见到满地堆满凋零的黄花（菊花）。大约时节，正在重九前后。那黄花，却是触目惊心的憔悴。一句“如今有谁堪摘”，记忆又穿越回从前。

那时，也是重阳节，年轻的词人曾效陶渊明，在东篱下把酒赏菊，有“东篱把酒黄昏后，有暗香盈袖”（《醉花阴》）词句。那盈袖的暗香，是菊花香，也是生活洋溢出的自得与幸福。篱边的菊花，曾经赵明诚摘下插至她的鬓发，如今菊花飘零满地，无法捡拾，更无人为她体贴地插花了。“一枝折得，天上人间，没个人堪寄”（《孤雁儿》）。一切都失去了。“如今有谁”，伤痛的发问，如梦魇般的现实，终让词人难以接受，更难以承认。如今生命中再没有谁为她插花，令她牵挂，剩下的是漫长的空虚和打发不掉的时间。所以，词人发出“守着窗儿，独自怎生得黑”的诘问。度日如年啊，怎么能盼到天黑呢？而彼时，天刚晓。不仅如此，又下起了秋雨，细细的，似乎可以完全渗透人的心。这细雨，这雨滴，偏偏滴在肥大的芭蕉叶上，一点点，一滴滴，没个尽。本来凄切的心更加烦扰，令人难以忍受。所以，词人再也忍受不住，发出了呼喊："这次第，怎一个、愁字了得！"这扰攘的雨打芭蕉声，这无尽的秋雨，这夕阳西下的黄昏，将词人围堵在其中，无处可逃，无法排遣，愁如黄昏后的暗夜，将词人围裹，甚至要吞没，这份窒息，简直是任何的词语都无法形容的！

李清照前期词写得含蓄蕴藉，多通过外物来间接表达自己的心曲，真正遵循了词"别是一家"的原则，就如她写的"终日向人多酝藉，木犀花"（《摊破浣溪沙》）给人的感觉一样。而后期词作一是因为经历了太多的事情，心中常有不得不发的心声，再是生存环境恶化，自己周遭已非往日深宅大院的优裕环境，也就缺少可以入词的精美事物，更少了那份闲雅幽静的心境，所以，后期词作的表达方式更为直接，已经顾不得刻意地修饰和考虑如何表达了。满含深郁之情的文字喷薄而发，就如"独自怎生得黑""这次第、怎一个愁字了得"，这些看似平常的直白的"没要紧语"，实际上是词人累积的难得的人生体验。因此，从文本角度而言，也可以作为判断李清照词前后期特色的因素之一。

3.声律

《声声慢》双调九十七字，属于仙吕调。据陈廷敬、王奕清等《钦定词谱》，此调有十四种体式，八种押平韵，六种押仄韵。元人周德清说"仙吕调清新绵邈"（《中原音韵》），则此调有清新悠远、情调绵长的特点。此前，《声声慢》都押平声韵，自李清照始，有了她这一体的入声韵。其实，李清照对词的音律不仅非常重视，也是十分精通的。她在《词论》中对李煜父子、冯延巳、柳永、张先、晁端礼、晏氏父子、欧阳修、苏轼、王安石、贺铸、秦观、黄庭坚等十九位词人的词进行了评价，都指出了其不足之处。所不满者，大多在音律方面。对于欧阳修、苏轼这样的大家，她直言不讳地批评，就是因为他们作词不重音律，“皆句读不葺之诗尔，又往往不协音律”[①]。对于李清照来说，如果不协音律，即使作者“学际天人”，也是不被肯定和赞许的。因此，她明确主张词“别是一家”，这个“别”就“别”在了音律上：“盖诗文分平侧，而歌词分五音，又分五声，又分六律，又分清浊轻重。”[②]她认为词在音律上分得更细，所遵循的音律规则远大于诗。诗讲平仄、清浊即可，而词，除了讲平仄、清浊，还得遵循五声和六律，五声即是阴平、阳平、上、去、入，六律就是指乐曲的音高和定调，如黄钟、太簇、姑洗、蕤宾、夷则、无射六阳律，与大吕、夹钟、仲吕、林钟、南吕、应钟六阴律。即如本词，是属于仙吕调，这就是属于六律范畴。

在李清照之前，《声声慢》已经有押入声韵的了，就如李清照在《词论》中写到的：“且如近世所谓《声声慢》《雨中花》《喜迁莺》，既押平声韵，又押入声韵。”[③]但是却没有如李清照这一体的《声声慢》，因为她在句中的平仄独树一帜。但《钦定词谱》却以李清照之后的高观国的同调词为正体。《钦定词谱》是在清初词学家万树《词律》基础上编撰而成，《词律》与《钦定词谱》不以易安词为正体、却以高观国（号竹屋）词为正体的原因，正如万树所言：

用仄韵，从来此体皆收易安所作，盖其遒逸之气，如生

① 宋·李清照撰、徐培均笺注《李清照集笺注》，上海古籍出版社，2002，第267页。

② 同上。

③ 同上。

龙活虎，非描塑可拟。其用字奇横而不妨音律，故卓绝千古。人皆不及其才而故学其笔，则未免类狗矣。观其用上声入声，如惨字、戚字、盏字、点字、滴字等，原可作平，姑能谐协，非可泛用仄字而以去声填入也。其前结“正伤心，却是旧时相识”，于心字豆句，然于上五下四者原不拗，所谓此九字一气贯下也。后段第二、三句“憔悴损、如今有谁堪摘”，句法亦然。如高词应以“最得意”为豆，然作者于“输他往”句，亦不妨也。今恐人因易安词高难学，故录竹屋此篇。[1]

现将三种体式的《声声慢》词谱罗列于下：

声声慢　晁补之

双调九十九字，前段九句四平韵，后段八句四平韵

朱门深掩，摆荡春风，无情镇欲轻飞。[2]

◇◇◇◆，◆◆◇◇，◇◇◆●□△。

断肠如雪撩乱，去点人衣。

●◇□◆□●，●●□△。

朝来半和细雨，向谁家、东馆西池。

◇◇◆□◆●，●◇□、◇●□△。

算未肯、似桃含红蕊，留待郎归。

●●●、●□□□●，◇●□△。

还记章台往事，别后纵、青青似旧时垂。

◇◆◇□◆●，◆◆◆、□◇◆●□△。

① 蔡国强《词律考正》卷十，华东师范大学出版社，2019，第312页。

② “□”表示平声，“●”表示仄声，“◇”表示应平可仄，“◆”表示应仄可平，“△”表示平声韵，“▲”表示仄声韵。

灞岸行人多少，竞折柔枝。

●●◇□□●，●●□△。

而今恨啼露叶，镇香街、抛掷因谁。

◇◇◆□●●，●□□、◇●□△。

又争可、妒郎夸春草，步步相随。

●□●、●□□□●，●●□△。

又一体　高观国

双调九十七字，前段十句四仄韵，后段八句四仄韵

壶天不夜，宝炬生香，光风荡摇金碧。

□□◇●，◆●□□，◇□◆◇◇▲。

月浥水痕，花外峭寒无力。

◆●◆□，◇●◆□□▲。

歌传翠帘尽卷，误惊回、瑶台仙迹。

◇□●□◆●，●◇□、◇◇□▲。

禁漏促，拌千金一刻，未酬佳夕。

◆◆●，◇◇□◆●，●◇◇▲。

卷地香尘不断，最得意、输他五陵狂客。

◆●◇□◆●，◆◆●、□◇●□□▲。

楚柳吴梅，无限眼边春色。

◆●□□，◇●●□□▲。

鲛绡暗中寄与，待重寻、行云消息。

□□◆□●●，●□◇、◇◇◇▲。

乍醉醒，怕南楼、吹断晓笛。

◆◆●，●◇◇、◇◆◆▲。

又一体　李清照

双调九十七字，前段九句五仄韵，后段八句五仄韵

寻寻觅觅，冷冷清清，凄凄惨惨戚戚。

□□●▲，●●□□，□□●●●▲。

乍暖还寒时候，最难将息。

●●□□□●，●□□▲。

三杯两盏淡酒，怎敌他、晚来风急。

□□●●●●，●●□、●□□▲。

雁过也，正伤心、却是旧时相识。

●●●，●□□、●●●□□▲。

满地黄花堆积，憔悴损、如今有谁堪摘。

●●□□□▲，□●●、□□●□□▲。

守着窗儿，独自怎生得黑。

●●□□，●●●□●▲。

梧桐更兼细雨，到黄昏、点点滴滴。

□□●□●●，●□□、●●●▲。

这次第，怎一个、愁字了得。

●●●，●●●、□●●▲。

这三体中，从时间顺序上，先有晁补之体，次有李清照体，后有高观国体。晁体押平韵，后二体押仄韵。晁体、高体都是上下片各押四韵，而李体是上下片各押五韵，多押的那个韵脚在起句上。也就是说，其他二体起句不押韵，而李体起句押韵。显然，李体的韵脚押得较其他二体都密。而所押之韵（觅、戚、息、急、识、积、摘、黑、滴、得）属于第十七部，入声，锡、职、陌、

缉通押。这一韵部不仅短截有力，而且开口小，声音相对微弱，形象地体现了老年妇人虚弱、掩抑、悲切的情感与声形。那种情不得伸、言不得说的哽咽之语，积郁了多少的压抑与隐忍，借助以上入声韵，很好地表达了出来。

而从句中押韵情况看，晁体可平可仄的地方有三十三处，高体可平可仄处有四十二处，而李体却无一处可平可仄。对押韵的要求显然高了很多，也难了很多。再对比高体与李体，在李体也就是本词中，明确属于平或仄的地方，在高体中却属于可平可仄，如觅、冷（第一字）、凄（第一字）、惨（第二字）、戚（第一字）、乍、还、时、最（《词谱》为“正”字）、三、淡、敌、晚、来、雁、过、正、伤、却、旧、时、满、黄、堆、憔、悴、今、守、独、更、昏、点（第二字）、滴（第一字）、这、次、一、个、愁、字、了，共四十二处。而李体属于仄韵的地方，高体却押平韵的在“盏”“得”处。

从以上押韵情况来看，以本词为一体的《声声慢》，其创作难度确实远高于高体，也就是说，在九十七字中，易安词可谓每个字都是严守平仄，而高体中却有四十二处可平可仄，回旋余地颇大。而在李体中两处押仄韵的地方，高体都押了平韵而不是可平可仄，这也从一个侧面说明高体从韵律上来说，较为平缓自由。所以，能达到李体这样韵脚既密、押韵又严格遵守平仄而没有可平可仄的体式，难度确实颇大，这也就是万树所说的“今恐人因易安词高难学”而以高观国体为正体的原因。

本词更为奇绝的地方在于，用了五十九个仄声字，其中有十九个是入声字（觅、觅、戚、戚、息、敌、急、却、识、积、摘、着、独、得、黑、滴、滴、一、得）。入声短急快截，如音乐中的休止符，蕴蓄的情感较为强烈有力，恰好体现了本词哽咽悲抑的情感基调与内心的悲抑不平。

而从词中各字的发音来看，多用了双唇音（b、p、m，觅，觅，杯，满）、唇齿音（f，风）、舌尖音（z、c、s、d、t、n、l、zh、ch、sh、r，冷、冷、惨、惨、乍、暖、时、最、难、三、两、盏、淡、怎、敌、他、来、正、伤、是、时、识、地、堆、如、谁、摘、桐、到、点、点、滴、滴、这、次、第、怎、愁、字、了、得）、舌面音（j、q、x，寻、寻、清、清、凄、凄、戚、戚、将、息、酒、急、心、却、旧、相、积、今、兼、细）。双唇音是通过气流爆发，唇齿音是通过唇齿的缝隙摩擦而出，舌尖音与舌面音也是通过先塞后擦、气流爆破而出，这几种发音方式都有迂阻不畅的特点，像极了哽咽、掩抑、悲泣的情绪流露，所以词家评论本词“颇带伧气”[①]。所谓的伧气，即是粗俗之气，这是相对于李清照前期词的精雅而言的。虽然以“伧气”形容本词有些过，但总体而言，本词中所体现的满心而发、肆口而言，不讲蕴藉与典雅，在易安词中，确属最为质朴的，也就是所谓的“伧气”。而梁启超所说的“咬着牙根咽下”，也确实是具有非常精准的艺术感悟力，把握住了本词不同于李清照以往词的声形气韵。

总之，《声声慢》所表达的绝非一时一地的情绪，也非有具体诱因，而是词人在生命的老年，曾经拥有的一切都已经失去之后的一种无望的孤独的倾诉。而本词所选取的词调、韵脚、入声字、几乎三分之二的仄声字，唇齿音、舌尖音及其塞擦的迂阻不畅的发音方式等，都与词人所要表达的情感达到了完美的统一。这些因素，共同促成了这首千古名作的诞生。这是词人生命最后阶段的代表作，某种程度上，亦可看作是代表词人艺术最高成就的作品。

① 清·许昂霄《词综偶评》，唐圭璋编《词话丛编》，中华书局，2005，第1578页。

第十七讲

陆游

——「愁绪」为何人

谈《钗头凤》

伤心桥下春波绿，曾是惊鸿照影来。

一　本事舛错与误读

陆游的《钗头凤》是一首被广泛传诵的词，这不仅因为词作本身，更因为其背后所勾连的故事。据陈鹄、刘克庄、周密记载，陆游与表妹唐琬婚后情好，但唐琬不容于婆母，陆游被迫与唐琬分离，数年后在沈园与唐琬相遇，唐琬遣人送来黄封酒，陆游感而作《钗头凤》，并题于沈园壁。唐琬睹陆游此词而心伤，亦回词一首，其中有“世情薄，人情恶”两句，后抑郁而终。后人敷衍全词为：

世情薄。人情恶。雨送黄昏花易落。晚风干。泪痕残。欲传心事，独倚斜栏。难。难。难。　人成各。今非昨。病魂常似秋千索。角声寒。夜阑珊。怕人询问，咽泪装欢。瞒。瞒。瞒。

唐琬的早逝是陆游心中永远的伤痛，他在诗中一再表达了对往日二人短暂夫妻生活的怀念，如在七十五岁时，仍写下《沈园二首》：

城上斜阳画角哀，沈园非复旧池台。
伤心桥下春波绿，曾是惊鸿照影来。

梦断香消四十年，沈园柳老不吹绵。
此身行作稽山土，犹吊遗踪一泫然。

在八十四岁、去世的前一年，陆游还写下了《春游》：

沈家园里花如锦，半是当年识放翁。
也信美人终作土，不堪幽梦太匆匆。

怀念唐琬那惊鸿照影般的美丽，以及二人之间那惊鸿一瞥、如梦般短暂而美好的夫妻生活。

可以说，《钗头凤》词与陆游唐琬凄美的爱情故事，以及陆游悼念唐琬的诗作，不同文体之间形成了难以割舍的互文与互释关系，相互发酵、敷衍、丰富，再加上戏曲与影视剧的助力，共同生成了超越文本的强大的传播力，从而使这首词成了千古传诵的名篇，亦成就了文学史上一段佳话。

但是，上述有关陆游《钗头凤》的所谓“本事”，正像许多学者已指出的，却未必是真的“本事”，而是存在着误读和舛错，因此也有必要交代一下。

有关本事，首先见于陈鹄（1174—1224）《耆旧续闻》卷十：“余弱冠客会稽，游许氏园，见壁间有陆放翁词云：‘红酥手。黄縢酒。满城春色宫墙柳。东风恶。欢情薄。一怀愁绪，几年离索。错。错。错！　春如旧。人空瘦。泪痕红浥鲛绡透。桃花落。闲池阁。山盟虽在，锦书难托。莫。莫。莫！’笔势飘逸，书于沈氏园，辛未三月题。放翁先室内琴瑟甚和，然不当母夫人意，因出之。夫妇之情，实不忍离。后适南班士名某，家有园馆之胜。务观一日至园中，去妇闻之，遣遗黄封酒果馔通殷勤。公感其情，为赋此词。其妇见而和之，有‘世情薄，人情恶’之句，惜不得其全阕。未几，怏怏而卒。闻者为之怆然。此园后更许氏。淳熙间，其壁犹存，好事者以竹木来护之，今不复有矣。”①次见于刘克庄（1187—1269）《后村诗话》载：“放翁少时，二亲教督甚严。初婚某氏，伉俪相得。二亲恐其堕于学也，数谴妇，放翁不敢逆尊者意，与妇诀。某氏改事某官，与陆氏有中外。一日，通家于沈园坐间，目成而已。翁得年最高，晚有二绝云（略）。”②三见于周密（1232—1298）《齐东野语》卷一：“陆务观初娶唐氏，闳之女也，于其母夫人为姑侄。伉俪相得，而弗获于其姑。既出，而未忍绝之，则为别馆，时时往焉。姑知而掩之，虽先知挈去，然事不得隐，竟绝之，亦人伦之变也。唐后改适同郡宗子士程。尝以春日出游，相遇于禹迹寺南之沈氏园。唐以语赵，遣致酒肴，翁怅然久之，而赋《钗头凤》一词，题园壁间云……实绍兴乙亥岁也。”③

关于陆游与唐琬是否为表兄妹关系、唐琬因何被迫离婚、沈园墙壁题的是否为《钗头凤》等，学界都有不同观点，其中涉及《钗头凤》分歧最大的，便是这首词作于何时、是否为唐琬所作。

清人吴骞在《拜经楼诗话》中就曾表示过这种疑惑：“《野语》（按，指周密《齐东野语》）所叙岁月前后尤参错。且玩诗词中语意，陆或别有所属，未必曾为伉俪者。”④已经对陆游词中所写对象产生了怀疑。

今人吴熊和先生言：“十多年前，夏承焘先生指导我为陆游词编年，曾断《钗头凤》为蜀中词，盖作于乾道九年至淳熙五年（1173—1178）陆游寓居成都期间，与这时期的《真珠帘》《风流子》

① 宋·陈鹄录正、储玲玲整理《耆旧续闻》卷十，大象出版社，2019，第302页。

② 辛更儒《刘克庄集笺校》卷一七八，中华书局，2011，第6876页。

③ 宋·周密撰、张茂鹏点校《齐东野语》卷一，中华书局，1983，第17页。

④ 孔凡礼、齐治平编《陆游资料汇编》，中华书局，1962，第313页。

等词性质相近，似亦为客中偶兴的冶游之作，实与唐氏无涉。”[①]吴熊和先生进一步从“陈鹄、周密两家之说多抵牾处”“词意及词中时地同唐氏身份不合”“《钗头凤》词调流行于蜀中”等方面，指出了陈、周二人说法可疑。

二　原有词调与写作年代

关于《钗头凤》的创作年代、其所写缘由，夏承焘、吴熊和二先生的判断是令人信服的。而从陆游《钗头凤》词调的体式来看，《钗头凤》词亦应作于蜀中，而不是早年。据《钦定词谱考正》引《古今词话》云：“政和间，京师妓之姥，曾嫁伶官，常入内教舞，传禁中《撷芳词》以教其妓，人皆爱其声，又爱其词，类唐人所作。张尚书帅成都，蜀中传此词，竞唱之，却于前段下添‘忆忆忆’三字，后段下添‘得得得’三字，又名《摘红英》，殊失其义。不知禁中有撷芳园，故名《撷芳词》也。”[②]据《古今词话》，《钗头凤》一词在宋徽宗政和年间（1111—1118）即已流行，但当时的体式应是双调五十四字、前后段各七句六仄韵的格式，正如《钦定词谱》里列举的无名氏词作一样。《撷芳词》由宫廷传到民间，人们不仅爱其声亦爱其词，但对《撷芳词》这一词调名倒不大在意。所以，《撷芳词》在成都流行时，人们争相唱之，并在原来体式上，前后段各加了三个仄声字——忆忆忆，得得得，而陆游更因其中“可怜孤似钗头凤”一句，改其名为《钗头凤》，并且亦

① 吴熊和《陆游〈钗头凤〉词本事质疑》，浙江省文学学会编《文学欣赏与评论》，浙江人民出版社，1981，第36页。

② 清·陈廷敬等编纂、蔡国强考正《钦定词谱考正》卷十，华东师范大学出版社，2017，第328页。

增加了三个入声字，如此体例，显然是受了蜀中流行的《撷芳词》体式的影响。因此，夏承焘先生认为此词的写作年代是蜀中时期，是有充分依据的。

既然《钗头凤》一词作于蜀中，而陆游又大约在乾道六年（1170）至淳熙五年（1178）辗转于蜀中做官，那么，陆游创作《钗头凤》的时间只能是在1170年至1178年这段时期，也就是在陆游四十六岁至五十四岁之间。从年龄段来讲，离他与唐琬夫妻琴瑟和鸣的时期早已过去了二十多年。因为陆游七十五岁作的《沈园》里有“梦断香消四十年”，说明唐琬在陆游三十五岁时就已经去世。如果说此词是为唐琬而作，那么就应该是陆游三十岁左右甚至更早些时候的作品，显然与蜀中所作时间差距太大。再者，从词作的风格上来说，正如吴熊和先生指出的，陆游此词用语香艳，显然不大可能是写给曾经的妻子的，而是冶游之作。具体地说，是写给陆游在蜀地的小妾杨氏的[①]。如此，褪去了长久以来加在《钗头凤》上的“光环”，我们就只能从词作本身来鉴赏了。

三　他者视角的美丽相思

红酥手。黄縢酒。满城春色宫墙柳。东风恶。欢情薄。一怀愁绪，几年离索。错。错。错。　春如旧。人空瘦。泪痕红浥鲛绡透。桃花落。闲池阁。山盟虽在，锦书难托。莫。莫。莫。（陆游《钗头凤》）

① 此说可参见陈祖美先生《陆游〈钗头凤〉新解》，《名作欣赏》2011年第2期。

本词双调60字，上下片各十句，八仄韵两叠韵。按照明顾从敬《类编草堂诗余》关于小令（58字以内）、中调（58至90字）、长调（91字以上）的分类法，属于中调。实际从体式与风格而言，仍属小令。前三句交代人物、事件与季节。与一般起句以景物渲染、点明季节不同，开首即如镜头中的特写，推出“红酥手”，通过描写手之红润娇嫩，为本词定了基调：写美丽女子。次句继以“黄縢酒”，为本词拉开抒写愁绪的闸门。而红与黄，又从色彩的鲜艳明丽方面，增强了视觉冲击力，增强了画面感。而红酥手与黄縢酒的对比，亦是契合饮酒主题，如“垆边人似月，皓腕凝霜雪”（韦庄《菩萨蛮》），但却是对此类传统主题的继承与发挥。三句“满城春色宫墙柳”是白描手法，是对春天常见景物的客观描写，似无深意，但此句却起承上启下作用。从时间上，交代了季节（这是晚唐五代小令一贯的写法），可谓是景语，但却意在引起下文。下句之“东风”，是春天常见现象，本无异议，但加一“恶”字，却表面上写东风，实则暗含隐喻，是景语更是情语。东风为春风，本应和煦，何来恶之谓？但东风既可催生万物，亦可加速花草的凋零，并不总是温柔和煦的。温庭筠《更漏子》有“兰露重，柳风斜，满庭堆落花”句。其中“柳风”即应指东风了，其后接以“斜”字，麻韵，开口大而发音悠长，正刻画出东风的劲厉，所到之处花儿凋零，故落花才会堆满庭院。这大约是较早写“东风恶”的词。而抛开词面意，结合本词为小妾杨氏所作，则东风实际是暗示陆游的妻子王氏的。因为有东风的阻拦，所以二人的相守厮磨总要受到影响，而不会畅快。因此，总会有离愁别恨，故有“一怀愁绪，几年离索”之叹。甚至会产生懊悔，产生怀疑，故有“错错错”的悔恨与不甘。

上片应为忆旧，下片写今。以景入词。一个“如”字，将景语变成情语，也将现在的春天与以往的春日联系在一起。下句接以“人”。以“空”与“如”呼应，使人与春天形成对比，春天依旧，自然是永恒的，今年的春天与去年或前年的春天是没有什么不同的，而人却消瘦了，以人之消瘦婉述相思之苦。前两句蓄势，第三句情感爆发，“泪痕红浥鲛绡透”，写忧伤落泪，泪痕将手帕都已经湿透了。红，言泪痕与胭脂交织，仿佛流下的是红泪，但亦双关泣泪如血。四句宕开，由写人转为写景，视线由室内转为室外，用桃花落在池阁旁，烘托山盟虽在、书信难通的落寞，以及难以跨越此种阻隔的憾恨。收束在景。结尾三个“莫”字，亦是此种无奈的哀叹，或愁苦而致产生的言不及义。

全词以他者视角，通过对女子外形的描写，通过手、泪等局部细节的描写，点染、发酵，表现了相思之苦。而结尾的“错错错”“莫莫莫”，又将这种愁苦与悲伤、懊悔与不甘渲染、加深，从中可体会出词人的情感浓度，亦可体会出此种情感带给词人的无措与迷乱。

陆游存词145首[①]，他与同时代词人在词体与词调上显示出不同的趣味，他喜作小令，爱用僻调[②]。但是，人们没有注意到的一点是，陆游的小令实际是规摹晚唐五代词，即从词调来讲，《玉胡蝶》、《月照梨花》（《河传》）、《太平时》（《添声杨柳枝》）在宋代很少人作，但却是花间词人笔下喜爱的词调。从词境的构造与叙事方法上，亦与花间词相似，而这又与《撷芳词》词调词作本身“类唐人所作”（《古今词话》）有渊源关系。在用韵上，上片之手、酒、柳，上声，有韵；恶、薄、索、错、错、错，入声，药韵。下片

① 据夏承焘、吴熊和笺注，陶然订补《放翁词编年笺注》，上海古籍出版社，2012。

② 参朱惠国《论〈放翁词〉的用调特色》，《文学遗产》2016年第5期。

之旧、瘦、透，去声，宥韵；落、阁、托、莫、莫、莫，入声，药韵。有的句子中间用入声字，如色、一、浥，读来给人以滞涩、压抑之感，仿佛能听到呜咽之声，很好地使内容与形式达到了完美统一，在宋代小令中应属于上乘之作。

第十八讲

辛弃疾

英雄的眼泪

倩何人唤取，红巾翠袖，揾英雄泪！

辛弃疾词作有620余首[1]，无论从数量、质量及其达到的艺术成就，都可谓宋词集大成者，代表了两宋豪放词的最高成就，其中尤数表达志意不伸、报国无门之类作品，最具特色与艺术感发力。兹选取《水龙吟·登建康赏心亭》与《摸鱼儿·更能消、几番风雨》两首鉴赏之。

一　兼具豪放气魄与柔婉美感

水龙吟·登建康赏心亭

楚天千里清秋，水随天去秋无际。遥岑远目，献愁供恨，玉簪螺髻。落日楼头，断鸿声里，江南游子。把吴钩看了，栏杆拍遍，无人会，登临意。　　休说鲈鱼堪脍。尽西风季鹰归未？求田问舍，怕应羞见，刘郎才气。可惜流年，忧愁风雨，树犹如此！倩何人唤取，红巾翠袖，揾英雄泪！

上片之“楚天千里清秋”由“念去去，千里烟波，暮霭沉沉楚天阔”（柳永《雨霖铃》）化用而来。“千里”扩大了词境，本为词人登赏心亭眼前所见之景，但却似视线接通千里，而辽阔远大。“清”字摹状出秋季因脱去夏日氤氲燥热、水气迷蒙而呈现出的清爽，也暗喻萧瑟。次句水流逝而“秋无际”，隔四字而再现“秋”字，呼应回环，透露浓浓秋意，也定下沉郁的基调。接下三句十二字写眼前所见之山。以玉簪、螺髻形容山峦高耸之状态，本已新颖，词人还将高耸之山峦比作玉簪螺髻的美人，她们都向词人俯首倾斜，诉说着愁与恨。词人眼见这些青山之前，山本是山，

① 据邓广铭《稼轩词编年笺注（定本）》，上海古籍出版社，2007。

人自是人，虽然也有“我见青山多妩媚”(《贺新郎》) 的时候，但毕竟山与人之间没有如此亲密的关系，如今眼前的山却仿佛一群玉簪螺髻的美人，对着词人在哀怨地倾诉着仇恨，凄美婉约，是辛弃疾的独创。接下七句，描写词人在赏心亭上的感受，共分三层。他首先把自己说成是一个“游子”，表明他难忘家乡，有无法认同如今身份的意思，自有身份上的疏离，如断鸿——失群的大雁一般，亦暗喻一种愁；接下两句，写词人在亭上，解下腰间所佩宝剑打量，之后又反复地拍打栏杆，所谓的“拍遍”，透露着无奈和无措；末两句直说出如此不安与烦躁的原因——“无人会，登临意”，没有知音，没有人能理解他。此处呼应“断鸿”“游子”，突显其孤独、失落。

下片连用几个典故，说自己即使不是像张翰那样归隐江东，也依然无法实现抱负的羞愧，尤其是“可惜”三句，时光流逝、风雨中忧愁，大树都会枯萎，又何况人呢？表示无法承受之重，亦有美人迟暮、英雄失路的悲凉。但此种愤懑，结以红巾翠袖揾英雄泪，苍凉中又充满柔情，不致剑拔弩张、声嘶力竭。

本词意象丰富，境界阔大，用典繁密，不仅化用诗词赋，亦选取历史典籍、笔记等。但典故的选取都围绕一个英雄抱负得不到实现的主题，从情境的营造上，亦选取悲凉苍茫与失意忧伤的意象，这些总体组成了一个庞大的意象群，缠绵丰富、百感交集，并营造了苍茫辽阔的意境，表达了词人沉郁纡徐的情感，创造出了一个苍茫豪放与婉转低回交织的英雄的世界。词人虽然有远大的抱负，爱国的理想，曾经叱咤风云的战斗经历，所抒发的也是英雄失意的悲凉，但词人在意象的选取、情感的表达上，又注重营造唯美的世界，使苍凉的爱国激情中又渗透着柔美缠绵的情感，尤其是结尾“倩何人唤取，红巾翠袖，揾英雄泪”，使英雄壮志所可能带来的粗粝浅直得以很好地柔化和丰富化，增加了词的内涵与感发力，使辛词兼具豪放气魄，又有柔婉美感，这是任何偏于豪放或偏于婉约的词家都无法达到的高度。

二　借女子失宠被弃抒报国无门的悲愤

《摸鱼儿》词前小序为："淳熙己亥，自湖北漕移湖南，同官王正之置酒小山亭，为赋。"词为：

> 更能消几番风雨，匆匆春又归去。惜春长怕花开早，何况落红无数。春且住。见说道、天涯芳草无归路。怨春不语。算只有殷勤，画檐蛛网，尽日惹飞絮。　　长门事，准拟佳期又误。蛾眉曾有人妒。千金纵买相如赋，脉脉此情谁诉。君莫舞。君不见、玉环飞燕皆尘土。闲愁最苦。休去倚危栏，斜阳正在，烟柳断肠处。

"更能消"，说明消受的风雨已经太多，不再能够消受得了了。首二句即已暴露词人的压抑和接近崩溃的境地。即便如此，接下来却一个"又"字，更进一步，将此种情绪推到极致，也就是无法消受的极致。促成无法消受的诱因是"春又归去"。本来风雨已经足够多了，令人无法消受，如今春天又要离去，这种叠加的打击，将词人的情绪推至痛苦绝望的边缘。起首三句，营造出了备受打击的情感基调，境亦沉郁悲凉，契合别离氛围。

接下九句，围绕"惜春"而发，透露了词人的缠绵、婉转、多情。此种情绪的表达，分为三个层次。起初因为害怕春天离去，故连带产生"不合情理"的想法——长怕花开早。花开得早，就意味着春天离去得也迅速，“何况落红无数”，故希望花迟迟开放，借此期望春天放慢离去的脚步。既然无法阻挡春天来临的脚步，故生出第二层的“妄想”——“春且住”，希望春天停驻，并用“见说道”——据听说，引出如若春天不停下脚步而会产生的后果——“天涯芳草无归路”。如果春天匆匆离去，这些在春天开遍天涯的芳草，就会一并归去，并不会再回来，故曰“无归路”。惜春之情、留春之愿，殷殷切切，令人感动、心痛。用情既深，毁灭至痛；期望太多，失望亦大。词人的多情只是多情，最终是无法改变春天的脚步与节奏的。故当冷静下来，即会生怨，生不甘，因而有“怨春不语”的哀怨。其缠绵悱恻，宛似闺中思妇，但其所思所怨，又非思妇所能比。故词人即便“殷勤”，也只能换来“画檐蛛网，尽日惹飞絮”，蛛网意味着荒凉、尘埃，这尘荒招来的又只是飞絮萦绕，纷繁无比，令人心境亦仿佛生尘。

下片连用四个典故，表达失意之情，被弃之感。先写陈皇后被冷落在长门宫，次化用屈原《离骚》之“众女嫉余之蛾眉兮，谣诼谓余以善淫”，表达被嫉妒、排挤的情形，再写即使如陈皇后千金买赋，也依然无人听她倾诉衷肠，感到失望，甚至绝望。接下宕开一笔，用劝诫的口吻——“君莫舞”，正话反说，告诫对方，无论当初杨玉环、赵飞燕是多么专宠后宫，“三千宠爱在一身”，最终不还是荒冢一堆、黄土一抔，化归尘土、踪迹皆无？故而词人理智地说出“闲愁最苦”四字。闲愁看似无大碍，但正如贺铸《青玉案》所言：“试问闲愁都几许？一川烟草，满城风絮，梅子黄时雨。”它如烟草，似飞絮，像梅雨，无处不在，无时不在，令人无处躲藏。且此愁又因“闲”而无法驱遣，表达了词人无法施展抱负、无法为国为抵抗金人而“忙”、只能处于身闲状态的抑郁和苦闷。理解此，方能真正理解词人看似无病呻吟的“闲愁最苦”，理解其胸中如有万鼙雷的压抑与激愤，理解其无法再如“壮岁旌旗拥万夫，锦襜突骑渡江初”(《鹧鸪天》）那样投入火热的抗金战斗中的焦虑与不甘。说“闲”而实则不“闲”、无法“闲”，满含了期盼与悲愤。结尾三句，依然是正话反说，是劝诫，是纾解，是怕“倚危栏”进而见到斜阳下的烟柳而“断肠”，实则即使不去倚危栏，不立斜阳里，不望烟柳，也依然无法不“断肠”，此情之深沉绵渺、执着不渝，虽经百折九死，其犹未悔，终难改变。

三　创作观念与手法创新

《摸鱼儿》与《水龙吟》一样，写得婉转迂回，沉郁悲壮。但是却不会给人剑拔弩张之势、单调说教之感，得益于词人观念与表现手法的创新。

首先，词人站在宇宙自然面前，眼界高远，万物予取，收放自如。这就使他能够突破固有藩篱与界限，自由驱遣才思与技巧。人说辛弃疾掉书袋，但此种掉书袋与一般所说的掉书袋有所不同。他不似江西诗派为追求生新出奇而讲究“无一字无来处”，孜孜于句法章法而密织典故，亦不似宋初西昆派因局限于台阁，无更多生活与诗料，刻意从史书与典籍中爬罗剔抉，他是精力充沛、经验丰富而天姿纵放的人（这一点与苏轼类似），因此无论诗词歌赋，还是经史子集，他都是随意拈来，而不是刻意炫耀，亦不是单纯从作词技巧上来追求，他是认为前人成言与自己要表达的思想、情感或意境的营造有一定相似性，借此与前人形成一种对话，才借鉴吸取，有的甚至是原句搬用。如《水龙吟》中之“断鸿声里”，出自柳永《玉蝴蝶》:“断鸿声里，立尽斜阳。”“忧愁风雨”，出自苏轼《满庭芳》:“思量。能几许、忧愁风雨，一半相妨。又何须，抵死论短说长。”“树犹如此”，出自庾信《枯树赋》：“桓大司马闻而叹曰：‘昔年种柳，依依汉南。今看摇落，凄怆江潭。树犹如此，人何以堪！’”“英雄泪”，出自杜甫《蜀相》：“出师未捷身先死，长使英雄泪满襟。”但被化用的四句，其在原诗词中所表达的志意、所抒发的情绪，与《水龙吟》词高度吻合，尤其是化用的庾信与杜甫的诗句，原句在原作中即是表达无法收复失地、壮志抱负不伸的遗憾和伤感，如此典故或诗句被词人拈取，放在词中，实际是增加了词的内涵，对于深化词的内容、强化词人的情感、增强词的表现力，起到了不可替代的作用。另外一些词，如“吴钩”“栏杆”以及“登临”等意象，虽与原来出处不一定有必然联系，但倘若明了此处可能是化用，结合原诗词，则本词的表现力、感发力又借此增强了许多。如“吴钩”，李贺有“男儿何不带吴钩，收取关山五十州”（《南园十三首》其五）；“栏杆”，李煜有“独自莫凭栏，无限江山，别时容易见时难”（《浪淘沙》）；“登临”，王安石有“登临送目，正故国晚秋，天气初肃”（《桂枝香·金陵怀古》）等。李贺诗表达了不能佩带宝剑、奔赴沙场的愤慨之情，李煜词表达了失去江山的悔恨和痛苦，而王安石词则表现了晚秋金陵登临时眼前肃穆萧瑟的气氛，这些都与辛弃疾在本词中所要表达的情感、志意及所要营造的词境，契合无间。

而且，辛弃疾化用前人词句，是在充分保证文学性的前提下，汲取前人诗词中的美妙词语，是从审美角度而不是从炫技逞才角度出发的，所以被化用之词自然成为本词中唯美意象、语言、画面乃至意境等的有效助力，如《水龙吟》中之“遥岑远目，献愁供恨，玉簪螺髻”，用女子的献愁与供恨、用女子的玉簪与螺髻来形容山峦的形状及情态，此种写法新颖独到，是辛词艺术魅力的体现，也是其词豪放中兼具婉约之美的表现。但这几句却也并非辛弃疾完全的独创，“遥岑远目”即化自韩愈、孟郊的《城南联句》：“遥岑出寸碧，远目增双明。”而以玉簪比喻青山，则化自韩愈《送桂州严大夫同用南字》：“江作青罗带，山如碧玉簪。”可以说，韩愈、孟郊的原诗本身即是美的载体，辛弃疾的化用，不仅增加了本词隽永丰富的内涵，同时亦增加了词的美感，使词既不致含义单调浅显，又唯美摇曳，可谓是成功的化用，这又岂是缺乏审美判断力、单纯的掉书袋者所可以同日而语的？

其次，词人利用慢词便于铺叙的功能，将自己化不开的深情、复杂莫名的感觉以及丰富多重的志意与情怀，借助一些虚词、连词以及领字等表现了出来，使在小令中单纯直接的表达，变为纡徐曲折、掺入更多表现因子，呈现沉郁顿挫、缠绵多情、慷慨悲凉、忧喜交加等多棱复杂的面貌，从而使豪放的情感得以借柔美婉约的形式表现出来。即如《水龙吟》一词，“把”“了”“休”“尽”“怕应”“倩”等；又如《摸鱼儿》一词，“更能”“又”“长”“何况”“且”“见说道”“算只有”“准拟”“曾有”“纵”“最”“休”“正在”等。这些词有的属于连词，有的是副词，有的是虚词，还有的是口语。他创造性地将这些词语融入本应整饬的词句当中，使词句呈现纠缠、割裂、颠倒、顿开等特点，而且使本来关系不甚密切的句与句之间，具有了连贯、转折、因果等逻辑关系，具有了词评家所说的“以文为词”的特色。这些虚词等的运用，造成了情感表达一定程度的“错乱”“颠倒”，但也丰富了词的情感表现力，从而使情感色彩变得丰富、复杂、缠绵、多样、多重，这些不容易清楚分割开的情感，是构成辛词情感基调与艺术成就的不可忽视的因素。另外，巧妙利用倒装句，也是辛词婉转回旋、曲折多样的原因之一，此不赘述。还有，打破句中常规构词结构，使之呈现不规则形态，或不符合常规形态，也就是所谓的“以文为词”。如“揾英雄泪”“把吴钩看了”“倩何人唤取”“休去倚危栏”“匆匆春又归去”，打破了四字句一般二二句式，五字句一般二三句式或二二一句式、六字句一般二二二句式的常规，而呈现一三句式，一二一一、一二二、一一一二、二一一二句式，再如“七八个星天外，两三点雨山前”（《西江月》），是不常见的三一二句式。这些句式给人产生毫无规律可循的印象，使人感觉是纯出于词人的率性而为，从而显得变幻莫测，起到了新颖、陌生化的效果，又构成辛词豪放纵肆的艺术特色之一。

另外，数量词的巧妙搭配与应用，亦是辛词境界阔大、感情沉郁的一大因素。如《水龙吟》里的“千里”,《摸鱼儿》里的“几番”“千金”等。又如“八百里分麾下炙，五十弦翻塞外声”（《破阵子》）、“七八个星天外，两三点雨山前”（《西江月》）、“白发空垂三千丈，一笑人间万事”“二三子”（《贺新郎》）、“千古江山”“四十三年”“一片神鸦社鼓”（《永遇乐》）等。虽然“八百里”是指八百里驳，并非实指空间距离，但词人仍使用倒装句式将其提前，一为与“五十弦”对仗，二也未尝不是借此错觉营造广阔浩大的气势。也许与曾带兵打仗的经历有关，辛弃疾对数字比较敏感，而亦将此敏感带入词中，通过大量数量词的搭配和运用，表达了其豪迈不拘、纵横捭阖的个性，也表达了其宏大夸张的词境、壮丽伟岸的气魄，以及细腻幽微的观察视角。

总之，辛弃疾词之所以代表了两宋词的艺术的高峰，不仅仅是因为他扩大了词的内容，拓展了词境，表达了豪放雄健的词风，是豪放派的代表性词人，更主要是因为他具有英雄的资质，具有英雄的理想与情怀，并且具有英雄的抱负。而此种情怀与抱负，又通过柔美婉约的形式完美地表达出来，从而丰富了词的内涵与风格，使词突破了非婉约即豪放、非豪放即婉约的简单二分法，而兼具豪放与婉约之美，是英雄的豪放，以婉约的形式表达之。

辛弃疾通过大量创作，以实践证明豪放与婉约不仅可以兼具，而且会结合得很好。这样的结合，非一般只工于作词技巧者可比，亦非一般只局限于书斋、无丰富的从军经历者所可比，更非情感脆弱、无英雄气概与抱负者可比。所以，两宋词坛上可以有苏轼、李清照，可以有晏殊、晏几道，可以有柳永、周邦彦，可以有秦观、贺铸，亦可以有姜夔、吴文英，而如辛弃疾者，只有一人而已。英雄的眼泪，柔婉中更蕴蓄深挚的情感，和无可替代的感染力。所以刘克庄评价辛词曰“大声鞺鞳，小声铿鍧，横绝六合，扫空万古，自有苍生以来所无”[①]，虽有些许夸张，但亦捕捉到了辛弃疾身上少见的英雄气概对于词作、词风独一无二的影响。

谢章铤《赌棋山庄词话》可谓深谙辛弃疾词中三昧：“学稼轩，要于豪迈中见精致。近人学稼轩，只学得莽字、粗字，无怪阑入打油恶道……稼轩是极有性情人，学稼轩者，胸中须先具一段真气奇气，否则虽纸上奔腾，其中俄空焉，亦萧萧索索如牖下风耳。”[②]此真气奇气，亦可释为英雄气也。

① 宋·刘克庄《辛稼轩集序》，《稼轩词编年笺注》，上海古籍出版社，2018，第656页。

② 清·谢章铤撰、刘荣平校注《赌棋山庄词话》，厦门大学出版社，2013，第25页。

后 记

写作这篇后记时，工作重心已经转移，很难再进入当时念兹在兹、欲罢不能的写作状态了。故回顾以往，有一种无力感，也厌倦自己枯燥的表达方式，但还是需要作一些必要的交代。

本书的写作缘起是在讲授花间词讲读课上。讲授中，有时会问学生类似的问题：这首词，你是如何看待的？在鉴赏这首词时，你在鉴赏什么？你想从中获得什么？或者说，我们在解读或鉴赏一首词时，从何下手？有没有大致的路径和要素？这些问题是在问学生，也是在问自己，但答案并不能令人满意。这就更意味着细读词作是非常重要的，无论进行何种研究，读懂作品永远是首要且必要的。作品读不懂，以此为基础进行的研究就很难深入。

本书选取的十八位词家，除李白、陆游、辛弃疾部分是以前曾经发表过的，其余都是近年所写。李清照部分是另一部即将面世的书中的两篇。虽然此前对这些词家词作并不陌生，有的还写过文章，但这次在系统地细读、精读过程中，还是收获不少。

在这十八讲中，每讲集中细读、阐释一位词家及其词作。对于他们的词作，不作主题先行的安排，主要从其作品中抽绎、提炼出最需要阐释给读者的内容，既注重每一词家词作的全貌和常识，又注重发掘其独特之处，有些观点属于目力所及未曾在研究中提出的。比如韦庄词历来存在爱姬被夺说，这一观点从宋代延续到了当代，评论者甚多，但大同小异，对于“爱姬被夺”这一说法本身并不曾怀疑。实际上，之所以产生这样的说法，是因为韦庄词中有些因素令人难以读懂、读通，故“望词生义”，实则结合韦庄之诗以及词的题材可以判定，韦庄的此类词是悼念亡姬的。而所谓的爱姬被王建所夺、藏于宫中，又与人们对其《小重山》一词的内容类型无法正确体认有关。像此类绵延千年的错误说法，只有仔细阅读、结合诗词的内部传统与词的题材等方面的积淀、演绎因素，才能正确解读，并廓清迷雾。类似的如：李珣的渔隐词大家都熟悉，但却难见有人提到其无法真正放下世俗与功名，而李珣在相思闺怨词中常显示出来的失落与旧欢不再的伤感，则隐约寄托了一些深意，这也是前人不曾意识到的。再如，李煜以画家的观物与笔法来写词；后期词作爱陈情、赋情，即使写景也被置于抒情的话语系统中。还有，关于柳永词，人们爱用俚俗或“腻柳”来形容，但柳永词却体现了两大类风格：在写妓女与闺怨词中呈现俗的风格，而在羁旅词与描写城市风情词中则呈现雅的方面。尤其是前者，恰是通过絮叨的方式，以俗语、方言、口语来呈现女子表述方式的独特。无论雅与俗，都是其有意为之。再如苏轼词在写女性时体现出不同的特质，写王闰之和朝云时含蓄、深情，写歌妓时则情感疏离，将之视为表达友情的别样方式。如此等等，不另赘述。

本书的出版，首先非常感谢李山先生推荐，也要感谢广州出版社的支持，以及在写作过程中为我提供帮助的亲朋。

2023年7月3日

于东城区土儿胡同寓所